Là où mon coeur te retrouvera...

LIVRE III
LE COEUR OU LA RAISON

Table des matières

Fanart rélisé par Charlie L

Carte
Liste des personnages

1 ~ Déterrer des souvenirs. _____ 21
2 ~ Savoir attendre, c'est savoir jusqu'à quand l'impatience nous gagne ! _____ 31
3 ~ Un grain dans le rouage. _____ 41
4 ~ Il y a des jours comme ça... _____ 49
5 ~ De la puissance à l'incompétence... _____ 57
6 ~ Rester ou fuir _____ 67
7 ~ Du désespoir vient la peur des ténèbres. __ 77
8 ~ C'est de la peur qu'on tire les plus grandes forces. _____ 85
9 ~ Quand une rencontre du passé devient un amour du présent. _____ 95
10 ~ De la jalousie à l'honneur, il n'y a qu'un pas ! _____ 105
11 ~ Et un soir, elle apparut... _____ 113
12 ~ Craindre, c'est croire en sa fin. _____ 123
13 ~ Des vérités difficiles à entendre. _____ 131
14 ~ De révélations en théories _____ 141
15 ~ Chercher la vérité peut devenir un jeu dangereux. _____ 153
16 ~ Une quiétude de courte durée _____ 163

17 ~ Partageons tous les moments ensemble... _____ 173
18 ~ Aux portes d'Althéa _____ 181
19 ~ Et puis il y a ce à quoi on ne s'attend pas ! _____ 193
20 ~ Il faut choisir ses combats _____ 203
21 ~ Trouver la bonne fin à tout cela _____ 213
22 ~ De l'entêtement vient les grandes décisions ! _____ 221
23 ~ De la haine à l'amour, il n'y a qu'un pas ! _____ 231
24 ~ Il faut savoir gérer les conséquences d'une incertitude. _____ 241
25 ~ Du désespoir naît une lueur d'espoir __ 251
26 ~ Vivre ou mourir _____ 261
27 ~ Les souhaits peuvent être en demi-teinte… _____ 271
28 ~ Faire obstacle ou protéger _____ 279
29 ~ Là où tu te caches... _____ 291
30 ~ La Terre de Désolation. _____ 303
31 ~ Les profondeurs de l'oubli _____ 313
32 ~ Le piège se referme. _____ 323
33 ~ Ma mission est réussie... _____ 333

Fanart rélisé par
Charlie L

SUIVRE MON ACTUALITÉ :
Inscrivez-vous !

Là où mon cœur te retrouvera...
Livre III
Le cœur ou la raison.

PREMIÈRE ÉDITION – Disponible en numérique et papier.
ISBN numérique : 9782491818142
ISBN papier relié : 9782491818166
ISBN papier Broché : 9782491818159
Autoédition – SEPTEMBRE 2023 -Tous droits réservés.
Nuance Web, 8 rue du Général Balfourier, 54000 NANCY
cassidyjordane@gmail.com
© 2023 Jordane Cassidy, pour le texte et l'édition.
© 2023 Nuance Web, pour la couverture.
© 2023 Thierry Nicolson, pour l'illustration de couverture
Bêta lecture : Camilla, Lili et Corinne
Correction Christophe

TOME 3
LE CŒUR OU LA RAISON
Là où mon coeur te retrouvera...

Avertissement

Le Code de la propriété intellectuelle interdit les copies ou reproductions destinées à une utilisation collective. Toute représentation ou reproduction intégrale ou partielle faite par quelque procédé que ce soit, sans le consentement de l'Auteur ou de ses ayants cause est illicite et constitue une contrefaçon sanctionnée par les articles L335-2 et suivants du Code de la propriété intellectuelle. Ce livre est une œuvre de fiction. Les personnages et les situations de ce récit étant purement fictifs, toute ressemblance avec des personnes ou des situations existantes ne saurait être que fortuite et indépendante de la volonté de l'auteur.

L'auteur reconnaît que les marques déposées mentionnées dans la présente œuvre de fiction appartiennent à leurs propriétaires respectifs.

Avertissement sur le contenu : cette œuvre peut dépeindre des scènes d'intimité explicites entre deux personnes et un langage adulte. Elle vise donc un public plutôt adolescent et adulte. L'auteur décline toute responsabilité pour le cas où le texte serait lu par un public trop jeune.

À propos

Cette histoire se base sur les « pouvoirs guérisseurs » de la lithothérapie.
La lithothérapie est une pratique pseudoscientifique de médecine non conventionnelle basée sur la croyance en un pouvoir qu'auraient certains cristaux (quartz, améthyste, citrine, rubis, turquoise, aigue-marine, etc.) au contact ou à proximité de l'être humain. La croyance sur laquelle se basent ses promoteurs est que les cristaux émettraient une « résonance » ou une « vibration » singulière qui aurait le pouvoir de guérir les maladies ou d'améliorer le bien-être psychique d'une personne.
Si je me sers de cette base comme inspiration de mon histoire, il n'est en rien une volonté de ma part de faire du prosélytisme concernant la lithothérapie. Je laisse à chacun d'avoir un avis concernant la véritable portée du pouvoir des pierres sur soi. Néanmoins, ces vertus recensées me servent de base pour cette histoire.

Le Roi Mildegarde tient le Royaume d'Avéna sous sa coupe depuis deux décennies. Son château se trouve à la capitale Avéna, avec le Palais du Conseil Magique. Si la paix avec les royaumes voisins demeurent, chaque Roi garde en tête que pour être respecté, il faut faire valoir son pouvoir, sa puissance et son influence au-delà de leur royaume afin qu'aucun n'ose partir en guerre contre lui pour conquérir de nouvelles terres... Aussi, chacun essaie de s'implanter dans le territoire de l'autre de façon plus ou moins détournée, de façon licite ou pas, pour exercer son influence.
Dans ce contexte, difficile de savoir si l'ennemi vient de l'intérieur ou de l'extérieur du royaume... Pour les cas les plus extrêmes, le Roi fait alors appel à ses chevaliers magiques...

LISTE DES PERSONNAGES

Aélis de Middenhall :
doit épouser le Duc Callistar

Duc Callum Callistar :
Surnommé le chevalier de sang.
Chevalier magique aux ordres du Roi Mildegarde. Duc d'Althéa

Hélix Mildegarde :
Roi du royaume d'Avéna

Fergus de Middenhall :
Père d'Aélis

Christa de Middenhall :
Mère d'Aélis

Mills Aicard :
Maître du château d'Althéa et 1er serviteur du Duc Callistar

Finley :
Chevalier magique d'Althéa et bras droit du Duc Callistar

Cléry :
Prêtre d'Althéa

Gésar
Frère du Roi hélix Mildegarde.
Chef des brigands qui sévissent dans le royaume et volent les pierres magiques.

Khan
Bras droit de Gésar. Chevalier magique maîtrisant la Kunzite et l'eau.

Ysalis Alidosi
Intendante du château d'Althéa

Précédemment dans

Là où mon coeur te retrouvera...

À la surprise de tous, Aélis se réveille en pleine forme, quelques jours après avoir reçu l'orbe de Callum de plein fouet durant l'attaque de Gésar et de son bras droit, Khan, lors de leur mariage. Lasse des cachotteries de son mari et de sa relation ambiguë avec Ysalis, l'intendante, Aélisen veut à Callum. Ce dernier lui propose alors d'aller à Azorina, à la fête des tissus, pour essayer de renouer avec elle. Ils y rencontrent la jeune comtesse d'Azorina, Azalia Éranthis, et son chevalier magique, Santor, après une méprise. Azalia les invite alors dans son château. Très vite, Callum sent le danger au sein des murs de la demeure. Le père d'Azalia est rongé par les ténèbres depuis la mort de son épouse et, au contact de celles de Callum, se transforme en un démon hors de contrôle.

Durant le combat qui l'oppose au Comte Éranthis, Callum se trouve en mauvaise posture. Aélis le sauve sans trop savoir comment, en envoyant un orbe blanc sur le démon. Callum décide le tout pour le tout pour le vaincre et invoque le Cercueil de la Faucheuse, qui implique à son initiateur d'absorber les ténèbres du démon, en plus d'user d'une grande énergie magique. Si cela sauve le Comte Éranthis, les conséquences sur Callum à la nuit tombée sont graves : il n'arrive plus à gérer le trop-plein de ténèbres en lui et entame une transformation en démon, malgré le sceau censé le protéger de son mal. Grâce à l'intervention d'Aélis et ses paroles réconfortantes, Callum parvient à inverser le processus de transformation et apaiser son âme, mais le danger pour Althéa demeure trop grand, trop risqué.

Le couple ducal se rend donc au Conseil Magique à Avéna, en compagnie de Cléry, pour demander de l'aide au Grand Gardien qui accepte de prendre en charge l'état de Callum. À la vue d'Aélis, l'homme se montre enthousiaste et espère réveiller en elle la Protectrice, être suprême créé par les mages de temps anciens pour lutter contre les démons et dont Aélis est la dernière descendante en vie avec sa mère de la lignée qui l'a toujours abritée. Il compte donc sur l'état de Callum pour éveiller en Aélis son instinct de protection et ainsi faire apparaître la Protectrice. Malheureusement, la Protectrice ne s'éveille pas et l'intervention du Conseil Magique ne suffit pas à stopper la transformation de Callum à la nuit tombée : le Duc se fait complètement dévorer par ses ténèbres et prend la forme complète d'un démon.

Si le Grand Gardien pensait trouver face à lui un démon de bas niveau, comme attendu lors d'une transformation d'un humain dévoré par les démons, comme ce fut le cas du Comte Éranthis, il n'en fut rien pour Callum. Apparaît alors à la stupeur de tous un démon de premier niveau, Noctis, un des démons légendaires, qui sent en Aélis la Protectrice, son ennemie depuis toujours.

Il décide de l'enlever pour tenter de faire apparaître sa rivale tout aussi légendaire, sans être gênés par le Conseil Magique. Seulement, au cours de leur escapade, une troupe de la garde royale d'Avéna s'interpose, jugeant le danger d'un démon dans la capitale. Un combat inévitable s'ensuit, exposant la puissance de Noctis sur ses adversaires, et notamment sur Gobald, chevalier magique à la tête de la garde royale. Pendant ce temps, l'inquiétude du Grand Gardien augmente au fur et à mesure de ses recherches dans les vieux grimoires sur Noctis, autant par le danger qu'un tel démon représente pour tout le monde que par celui de voir définitivement disparaître la Protectrice s'il venait à tuer Aélis.

Il met alors en place un plan afin de faire revenir Callum à la place du démon en forçant l'activation du sceau sur le corps de Callum qui loge le démon. Noctis se voit contraint de revenir au Conseil Magique avec Aélis pour neutraliser le Grand Gardien et retrouver sa totale liberté. Lors d'une tentative d'attaque magique sur Noctis pour faire revenir Callum, Noctis protège Aélis et renforce une nouvelle fois l'idée d'impuissance de ses adversaires. Constatant l'entente pour le moins étonnante entre Aélis et Noctis et le personnage de défi qu'est Noctis, le Grand Gardien, intrigué par le fait que Noctis n'ait pas saisi l'opportunité d'en finir une bonne fois pour toutes avec l'unique porteuse de la Protectrice, lui propose un marché : son sceau retiré contre la protection d'Aélis jusqu'à ce que la Protectrice apparaisse. Mais Noctis se méfie des intentions du Grand Gardien, se demandant ce qu'il cherche à faire contre lui avec cette proposition, et refuse.

Tandis que le jour se lève, le Grand Gardien, à la surprise de tous, fait le premier pas vers une conciliation avec le démon. Il enlève le sceau censé repousser les ténèbres du corps de Callum et libère ainsi la totalité des pouvoirs de Noctis, puis laisse Aélis à Noctis avant de partir. Plus méfiant encore, Noctis rechigne à accepter cette charge et décide de battre en retraite et rend son corps à Callum. Si Callum n'a aucun souvenir de ce qu'il s'est passé, les interrogations sur lui, sur sa nature à absorber les ténèbres plus que la normale, sur Noctis et sur la Protectrice, demeurent. Les recherches d'explications deviennent prioritaires.

De son côté, le Grand Gardien informe le roi Mildegarde de la transformation de Callum et demande des explications sur l'existence d'Aélis, alors que sa lignée fut exterminée il y a vingt-cinq ans. Hélix Mildegarde lui avoue avoir caché volontairement la survie de la lignée pour favoriser les chances de revoir un jour le retour de la protectrice, mais demeure perplexe pour le cas de Callum et de ce démon légendaire.

Aélis et Callum rentrent à Althéa et se jurent de rester unis, malgré l'antagonisme évident entre Noctis et la Protectrice, mais une mauvaise nouvelle les attend à leur arrivée : Christa de Middenhall, la mère d'Aélis, est malade. Aélis se rend alors d'urgence à **Piléa**, son fief natal.

1
Déterrer des souvenirs.

Il y a trois ans...

— Votre Majesté, au rapport !
Le Roi Mildegarde regarda son lieutenant de travers.
— J'espère que les raisons qui vous conduisent à me déranger en plein repas avec la famille royale sont pertinentes, Lieutenant Gomi.
Le lieutenant s'inclina devant la famille royale.
— Je suis désolé de vous déranger, mais je dois vous informer d'un fait grave.
— Un fait grave ? Rien que ça ?!
— Nous avons essuyé une attaque, Votre Majesté ! Les geôles ont été partiellement détruites.
Hélix Mildegarde s'interrompit tandis qu'il essayait d'arracher la chair d'un pilon de poulet avec ses dents. Il le posa alors dans son assiette en silence et s'essuya les mains, puis la bouche, à présent tout à son écoute.
— Comment ?!
— Des prisonniers ont pris la fuite, à la suite d'une intrusion.

Dans un geste brusque, le Roi se leva de son siège.
— Qui a osé attaquer la prison ?! s'exclama-t-il alors, dans un cri de colère.
— D'après les premières informations recueillies, il semblerait qu'un chevalier magique se soit infiltré dans les geôles et qu'il ait semé le chaos au milieu des gardiens et des prisonniers. Je suis désolé. J'ai manqué à ma mission, Votre Majesté. Je devais en assurer la sécurité, mais je n'étais pas présent au moment de l'attaque. Je pense que tout était prévu pour parvenir à la réussite de cette attaque, y compris de connaître mon emploi du temps...

Le soldat s'agenouilla, se mettant à la merci du châtiment du Roi. Cependant, Hélix Mildegarde ne s'attarda pas sur la culpabilité de son lieutenant en charge de la prison d'Avéna.

— Un chevalier magique, tu dis ? Sa description ?! lui ordonna alors le Roi.

— D'après les prisonniers qui ont préféré rester de peur des représailles plutôt que de s'enfuir, ce serait un homme d'une cinquantaine d'années avec des lunettes.

— Un chevalier à lunettes, tu dis ?...

Hélix Mildegarde se rassit pour réfléchir et trouver qui, à sa connaissance, pouvait correspondre à ce descriptif. Il n'y avait pas des milliers de chevaliers magiques au royaume.

— Il semblerait que son pouvoir magique soit de type... aqueux.

Le Roi écarquilla les yeux, devinant soudain l'identité du chevalier. Il releva la tête vers son soldat, la mine plus inquiète. Son lieutenant ferma un instant les yeux avant de les rouvrir pour annoncer l'objectif de cet assaut contre la prison.

— Il est venu libérer votre frère, Gésar Mildegarde. Il s'est enfui avec lui.

Les yeux d'Hélix Mildegarde s'assombrirent. Il ferma le poing et serra ses doigts de toutes ses forces, de rage.

— Maudit sois-tu... Khan !

Aujourd'hui...

Hélix Mildegarde contempla sa chevalière d'un air songeur. Un souvenir lui revint en mémoire... Ils avaient huit et onze ans à l'époque.

« — Hé ! Hélix ! Regarde ce que j'ai appris ! déclara Gésar, les pupilles brillantes.

Hélix regarda son grand frère en coup de vent avant de se replonger dans ses livres.

— Merveilleux coup d'épée ! lui déclara-t-il d'un ton monotone.

— Contemple-le bien ! Il va servir le royaume bientôt ! se gaussa Gésar. Père a dit que j'irai bientôt combattre avec les troupes royales.

— Réjouissant !

— Arrête d'être cynique et sors un peu de tes livres, Hélix !

— Les livres sont aussi d'excellents outils pour gagner un territoire ! Tu devrais en lire, futur Roi !

— Et toi, tu devrais prendre aussi une épée pour protéger ton futur Roi !

— Il saura se défendre sans moi ! Regarde le magnifique geste qu'il vient d'apprendre !

— Fais le malin ! Tu verras ! Père sera fier de moi ! Je veux être son digne successeur ! Et tu seras mon premier conseiller, Hélix !

— Je n'attends que ça ! lui répondit Hélix avec ironie.

— Un jour, j'hériterai de la chevalière de Père ! Il m'a promis qu'il me la donnerait le jour de la succession. Je suis après tout le fils héritier du trône !

Hélix souffla, dépité par tant de futilités à ses yeux.

— Tout ça pour une bague... Il y a tellement d'autres choses à découvrir que la guerre et la gouvernance d'un royaume.

— Pourquoi n'aimes-tu pas l'idée d'être Roi, frangin ?

— Parce que l'on n'est jamais en paix !

Hélix ferma son livre et le quitta.

— Je t'apporterai la paix ! Je te le promets, Hélix ! »

Hélix souffla à ce souvenir.

— Tu parles ! Tu ne m'amènes que des ennuis !

Un soldat vint alors le trouver dans la grande salle du trône.

— Votre Majesté ! Au rapport !

— Sempiternelle phrase... Parle !

— Nous n'avons toujours aucune trace de Messire Gésar ni du chevalier magique Khan. Il semble que leur activité soit discrète depuis le mariage du Duc Callistar. Nous n'avons pas eu d'autres vols de pierres depuis ni eu vent d'attaques d'un chevalier avec le descriptif du chevalier Khan.

Hélix contempla à nouveau cette fameuse chevalière à son doigt, héritée de leur père, d'un air songeur.

— Que comptes-tu faire, mon frère, maintenant que tu as le corps d'Ilina ? À quoi cela t'avance-t-il de le récupérer ?

Un grand livre se referma dans un amas de poussière. Le Grand Gardien soupira, agacé de ne pas trouver plus d'informations sur Noctis.

— Alors ? Toujours rien ?

Kizo apparut sur le pas de la porte de son bureau.

— Non... Je n'ai aucun témoignage stipulant que ce démon ait déjà pris possession d'un corps.

— Je suis sûr qu'il y a un moyen d'inverser cette possession et de rendre à Callum l'entière propriété de son corps ! l'encouragea Kizo, optimiste. Peut-être devrions-nous nous pencher sur des cas de possession de démon de niveau plus faible et adapter une formule pour ce démon et sur l'exorcisme.

— C'est une idée... Séparer le démon de Callum Callistar nous permettrait de gagner un soldat contre ce démon. Après tout, Callum est un chevalier émérite. Cependant, j'ai aussi l'intime conviction que l'en séparer ne serait pas judicieux pour l'hôte.

— Tu crains que la séparation se passe mal et que Callum en paie le prix fort, et nous aussi ?

— Oui. Le démon pourrait altérer le corps de Callum s'il sent qu'on tente de l'en séparer.
— Alors, pourquoi chercher des témoignages de possession dans ces livres ?
— Nous avons une théorie sur cette possession avec le Roi Mildegarde. Nous pensons que Callum a ce démon depuis la naissance. Il a toujours manifesté ce déséquilibre en lui des forces entre le Bien et le Mal. Partant de ce principe, si ce démon est présent depuis sa naissance, cela peut donc signifier que c'est la mère de Callum qui aurait pactisé avec le démon lors de la grossesse.
— Sa mère ? Mais..., on ignore qui c'est ! Il a toujours été orphelin. Et pourquoi offrir son fils à un démon ?
— Pour tout te dire, Kizo, la vérité sur les origines de Callum a été cachée par le Roi volontairement, et aujourd'hui, tant que nous ne savons pas ce qu'il s'est réellement passé avec sa mère, nous devons conserver ce secret.

Kizo le fixa gravement.
— Pourquoi conserver un tel secret ? Qu'y a-t-il d'important à cacher dans les origines de Callum ?
Le Grand Gardien sourit avec amertume.
— Certainement qu'il y a des souvenirs du passé que le Roi a préféré enterrer, pour le bien de tous...
— Effectivement, vu les dernières révélations, la vie de Callum Callistar semble bien compliquée !
— Et elle peut l'être encore plus selon ce que nous garderons pour nous et ce qui se révèlera à lui. La question est donc de savoir si cette possession a été volontaire ou involontaire de la part de sa mère. Soit elle a convoqué le démon pour qu'il interfère d'une quelconque manière et Callum risque de mal accepter cette issue, soit elle l'a rencontré par hasard et c'est lui qui s'est servi de sa grossesse pour répondre à des desseins plus troubles. Dans ce cas, Callum pourra l'admettre plus facilement comme une fatalité.
— Dans tous les cas, quelle tristesse si cette possession date réellement de cette période !
Kizo ne cacha pas sa compassion pour cette femme inconnue qui avait dû beaucoup souffrir aussi.

— Quel sentiment a pu éprouver cette mère lorsque le démon s'est réfugié dans son ventre ?

Le Grand Gardien contempla le livre qu'il venait de refermer avec amertume.

— La tristesse d'une mère n'a d'égale que celle de son fils orphelin aujourd'hui...

Cléry referma un vieux livre emprunté au Conseil Magique concernant la Protectrice. Il avait ainsi un peu plus d'éléments sur les attentes du Grand Gardien la concernant. Elle était un symbole du Bien, une légende, elle aussi. Il comprenait combien la réapparition de la Protectrice avait une importance dans la lutte du pouvoir contre le Mal. Il soupira et se décida à ouvrir les portes de l'église, avec sérénité. En cette matinée, le soleil était au rendez-vous et l'air frais du matin annonçait un redoux évident pour la journée. Pourtant, quelle ne fut pas sa surprise en trouvant le responsable du cimetière devant lui, attendant l'ouverture des prières en ce lieu saint.

— Bonjour Monsieur Ratule. Les bras du Seigneur sont grands ouverts pour vous !

Il lui céda le passage devant l'entrée de l'église et l'homme entra, le visage visiblement tracassé. Sans un mot, Monsieur Ratule le salua d'un signe de tête et se dirigea vers le confessionnal, après avoir fait un signe de croix devant l'autel. Cléry soupira, navré de voir combien ses fidèles pouvaient trouver autant de tracas dans leur quotidien, au point de chercher une aide religieuse dès la première heure de la matinée. Il sourit finalement. Sa mission était de les soulager, peu importe l'heure. Il se dirigea donc à sa suite en silence et s'installa dans la partie du confessionnal dédiée à l'homme d'Église.

— Mon Père, je viens à vous, car le poids de ma culpabilité me ronge depuis trop de temps. J'ai péché d'orgueil et de paresse.

— Que vous arrive-t-il, mon fils, pour vous accabler à ce point d'une culpabilité ?

— J'ai caché un fait important à la communauté et à notre Duc.

J'ai manqué à mes devoirs par simple orgueil, pour un fait outrageant pouvant avoir des conséquences...

Cléry sentit l'homme très mal à l'aise, inquiet.

— Je vous écoute.

— J'ai découvert qu'une tombe a été profanée..., le jour du mariage du Duc. Le cercueil avait disparu... Dans un élan de panique, j'ai recouvert le trou et j'ai fait comme si rien ne s'était passé. J'avais peur qu'on me juge d'incapable. Je suis après tout le gardien du cimetière. C'est mon rôle de surveiller les tombes. Si l'une d'elles est endommagée, la responsabilité me sera incombée et... pour ce cas, j'ai pris peur en réalisant les répercussions sur mon avenir. Seulement..., plusieurs semaines après, la terre a de nouveau été remuée et là, j'ai complètement paniqué. Peut-être que quelqu'un a su que j'avais tu cet outrage. Peut-être qu'on essaie de me faire peur... Peut-être que c'est « Elle » qui revient me hanter ! Je ne dors plus ! Elle va venir emporter mon esprit en enfer !

Le gardien du cimetière s'attrapa les cheveux dans un geste de démence.

— Calmez-vous, mon enfant. Vous dites qu'une tombe a été saccagée ? Vous savez, si votre culpabilité d'avoir délibérément omis de le signaler est effective, la culpabilité de celui qui a troublé le sommeil de nos morts l'est encore plus. On ne sort pas nos morts du repos éternel. C'est un blasphème. Le Seigneur sera beaucoup moins clément envers cette personne. La question est de savoir pourquoi on s'attaquerait à une tombe, à deux reprises. Peut-être serait-il judicieux de déposer une plainte pour lancer une enquête ?

— Mais s'il y a enquête, je vais être puni par le Duc ! Je ne voulais pas déranger le Duc dans son bonheur de nouveau marié avec une telle affaire et ensuite, je me suis dit que c'était trop tard. Maintenant, je me rends compte que j'ai compromis autant de preuves que d'espoir de résoudre cette énigme à cause de ma faiblesse !

— Il n'est jamais trop tard pour réparer ses erreurs ! rétorqua d'un ton sûr le prêtre. Dites-moi, vous avez dit « elle va revenir me hanter... », de qui parliez-vous ?

— Il ne s'agit pas de n'importe quelle tombe... C'est celle de l'ancienne Duchesse d'Althéa : Dame Averhill !

— L'ancienne Duchesse d'Althéa ? répéta alors Cléry, surpris et songeur.

— Oui... Comment peut-on commettre un tel sacrilège le jour où une nouvelle Duchesse doit prendre la gouvernance de la cité ? Qui peut vouloir infliger un tel affront au Duc le jour de son mariage ?

Cléry resta tout aussi abasourdi par cette annonce.

— Déjà qu'il a dû essuyer cette attaque en pleine cérémonie... continua le gardien du cimetière, désolé.

Cléry écarquilla les yeux et une hypothèse traversa son esprit. La coïncidence semblait grosse, mais en même temps...

Il sortit alors du confessionnal et se montra à Monsieur Ratule.

— Montrez-moi la tombe ! Immédiatement !

— Mais... ? Et ma repentance ?

— Le Seigneur verra en vous un premier pas vers le pardon si vous me conduisez à cette tombe !

Le gardien le guida à travers les rangées de tombes jusqu'à apercevoir au fond du cimetière une grande stèle surplombant les autres. Cléry fronça les sourcils et se hâta.

— La voici ! lui déclara l'homme. Son père, le Duc Averhill, est juste à côté.

Cléry remarqua alors la différence immédiate de traitement de faveur entre les deux tombes. Si la tombe de la Duchesse était majestueuse et indiquait volontairement la mise en avant de la personne qu'était cette femme, celle du Duc était discrète, sans ornements. Il contempla les épitaphes. La Duchesse était morte il y a vingt-cinq ans. Le Duc il y a treize ans.

— Pauvre homme..., commenta alors le gardien du cimetière. Il aimait tellement sa fille. Il ne s'est jamais remis de son décès. Déjà, la disparition de son épouse l'avait profondément meurtri, celui de sa fille l'a achevé…

— Comment est-elle morte ? J'avoue ignorer l'histoire d'Althéa.

— En couche ! Ni le bébé ni elle, n'ont survécu. Ce fut un traumatisme incurable pour son père. Il aurait tout donné pour elle.

— Cela se voit. Il suffit de comparer les deux tombes.

— Il ne voulait pas d'un caveau familial où il aurait pu la rejoindre. Il se sentait responsable de sa mort et estimait qu'il ne méritait pas les mêmes égards. Alors il s'est contenté d'un enterrement sobre à ses côtés. Il voulait qu'elle marque davantage les esprits que lui. Peut-être une façon de la faire exister encore maintenant aux yeux des gens. Quand ils viennent ici, ils la voient. Elle ne passe pas inaperçue.

Cléry s'agenouilla et toucha la terre. Il examina bien le lieu, puis visa le type de chaussure du gardien en correspondance avec les traces de pas légèrement effacées dans un coin de la tombe.

— Des bottes de soldats...
— Plait-il ?
— Il y a des empreintes partielles ici.

Il les montra au gardien qui observa plus attentivement le sol.

— Pour en avoir vu beaucoup sur le champ de bataille, ce sont des empreintes de bottes de soldats. L'armure et les bottes rendent le pas plus lourd. Il n'y a pas de crampons ayant emporté la terre. Les bottes de soldats en sont dépourvues, justement pour éviter de rendre l'armure plus lourde encore...

— Vous êtes en train de dire que ce serait peut-être la garde royale ?

— Pas forcément. Cela peut être un groupe de mercenaires aussi, mais l'armée royale était là, le jour du mariage. Cela reste plausible dans les deux cas. La question est de savoir qui était là la première fois, le jour du mariage, et qui est venu la seconde fois, lorsque vous avez remarqué que la terre a été à nouveau retournée ?

— Pour des mercenaires, l'hypothèse tient la route, mais pour la garde royale ? Pourquoi la garde royale ferait...

Le gardien s'interrompit dans sa réflexion et écarquilla les yeux. Cléry commençait à creuser de ses mains la tombe.

— Que faites-vous ? Vous n'allez pas, vous aussi... ?
— Vous n'avez pas vérifié si le cercueil a été remis en place, je parie ?
— N... non...
— Vérifions ! Cela confirmera l'hypothèse que quelqu'un est venu vérifier le vol du cercueil, avant nous !

2

Savoir attendre,
c'est savoir jusqu'à quand
l'impatience nous gagne !

— Alors ? Comment s'est passée cette nouvelle nuit ?
— Comme toutes les précédentes... D'un calme surprenant.

Finley se posta dans le dos de Mills qui regardait au loin le Duc, assis en tailleur sur la pelouse du jardin, en train de méditer.

— Ce n'est pas normal ! s'inquiéta Finley. Nous savons que le démon est toujours en lui. Alors pourquoi ne se manifeste-t-il plus ? Pourquoi les ténèbres ne viennent-elles plus perturber son sommeil ?

Mills laissa aller son regard à la contemplation du Duc, malgré les inquiétudes de Finley.

— C'est une question à laquelle visiblement personne n'a la réponse. Pas même le principal intéressé.

Finley grimaça.

— Edern a visité son plan astral ?

— Le Grand Gardien le lui a fortement déconseillé, en sachant qui est son ennemi si elle venait à le rencontrer. Une attaque frontale n'est pas souhaitable si on veut préserver cette paix, même temporaire, avec le démon. Le mieux à faire, c'est de laisser ce démon tranquille, tant qu'il accepte de laisser le Duc dans cet état et qu'il ne déclenche pas de guerre.

— Et la méditation donne quoi, d'après vous ?

— Je l'ignore également. Le Duc reste silencieux depuis, même concernant ses méditations. Est-ce qu'il arrive à rentrer en communication avec lui ou non ? Est-ce que ce sont ces méditations qui entrainent ces nuits plus ensommeillées ? Je pense que lui-même attend d'en savoir plus pour confirmer ou infirmer quoi que ce soit.

Finley observa Callum Callistar au loin.

— C'est bizarre... Il devrait broyer du noir un minimum ; la Duchesse n'est toujours pas revenue à Althéa et nous n'avons pas beaucoup de nouvelles. Ne lui manque-t-elle pas au point de ruminer et faire croître les ténèbres en lui ?

— Ooooh ! Je pense qu'elle lui manque, mais il essaie d'en faire abstraction... en méditant !

Mills se mit à glousser. Finley esquissa un sourire à sa boutade.

Assis en tailleur, Callum laissa retomber son dos contre la pelouse, dans un grand soupir de lassitude. Il avait beau essayer, il n'y arrivait pas. Entrer en contact avec Noctis semblait compliqué. Il ignorait comment faire, par quel chemin passer. Demander une aide extérieure était exclue afin de ne pas mettre les autres en danger. Noctis était un démon plutôt susceptible ; il ne fallait pas le provoquer inutilement. Comment Noctis l'accueillerait-il s'il venait à entrer en contact avec lui dans son plan astral ? Il savait que la méditation permettait d'atteindre un certain niveau de lévitation de la pensée. Même s'il n'était pas le plus confirmé des pratiquants, il n'avait que cette voie pour l'instant pour lui parler. Mais plus il essayait, moins il arrivait à laisser son esprit sortir de son corps.

Mais avait-il le choix ? Apprendre son existence avait changé un peu la donne sur qui il était. Des questions avaient fini par lui traverser l'esprit, des demandes d'explications devenaient nécessaires pour soulager sa conscience, mais aussi celle des autres. Dans un sens, il comprenait Aélis et son sentiment d'exclusion et d'angoisse à être vue comme dangereuse et différente à cause de la Protectrice. La révélation de ce démon de premier ordre n'avait qu'aiguisé davantage la méfiance de ceux qui l'entouraient. Il ne s'était jamais autant senti comme une bête sauvage à mettre sous haute protection. Même s'il les comprenait, cela l'agaçait. Il voulait rassurer tout le monde, mais il n'en trouvait pour l'instant pas les moyens. Il ressentait le besoin de combler ses doutes par des réponses, mais en même temps, il craignait aussi cette discussion avec son autre soi.

Allongé sur l'herbe, il sortit alors sa pierre translucide accrochée à son cou et la contempla. Pouvait-elle aussi le protéger de ce démon ? Il ne l'avait pas portée la nuit où le démon était apparu. Il devait alors se dévêtir de tout objet parasite pour que les actes du Conseil Magique ce soir-là ne soient pas brouillés. Mais Noctis était apparu. Aurait-il finalisé sa transformation si cette pierre avait été à son cou ?

Il souffla. Ces incertitudes le minaient, mais bizarrement, ces pensées lugubres ne semblaient pas l'affecter comme à son habitude. C'était comme si le démon avait grillé tout son stock d'énergie négative en apparaissant, comme si les réserves étaient tellement basses qu'il pouvait presque croire qu'il était un chevalier comme les autres avec un parfait équilibre entre le bien et le mal en lui. Il n'y avait plus ce sentiment de débordement imminent des ondes négatives. Lui-même avait du mal à croire en cette libération. Il pensait plutôt que ce n'était pas de bon augure.

— Vous semblez bien pensif !
Callum entendit alors Mills se rapprocher de lui.
— La question est de savoir à quoi, ou plutôt à qui vous pensez ! continua le chambellan.
Le sourire affable de Mills fit lever les yeux de Callum.
— Mais je pense bien évidemment à vous, cher Mills ! lui répondit

le Duc, sarcastique.
— Vous me flattez, cher Duc ! Et pourquoi moi ?
— Je me demandais si vous seriez capable de vous battre contre le démon en moi s'il venait à ressortir et à être dangereux.
Mills regarda le kiosque au loin, d'un air pensif.
— Difficile de dire qui peut avoir cette capacité, hormis la Protectrice. Le Grand Gardien actuel a pris de gros risques en se confrontant à un être de ce niveau. Même s'il est judicieux de penser qu'il serait le plus apte à rivaliser avec lui, nous n'avons pas suffisamment de données sur ce démon légendaire pour contrecarrer sa toute-puissance et le battre. Les registres du Conseil Magique nous ont donné de bonnes informations, mais pas autant que nous l'aurions souhaité. Face à un démon de cette envergure, il est logique que nous ayons peu de témoignages. Je pense que ce démon n'a eu besoin d'exprimer toute sa force qu'en de rares occasions et il est aisé de penser que ces rares occasions ont eu lieu en présence de la Protectrice. Malheureusement, les témoignages n'ont pu être tous relatés et collectés, si leur puissance respective était telle que tout pouvait être détruit à des kilomètres à la ronde.
Mills constata l'air un peu abattu du Duc.
— Mais ne vous inquiétez pas. Avec ou sans sceau, nous trouverons un moyen de ne pas exacerber sa colère... enfin, s'il réapparait !
— Il attend la venue de la Protectrice. Il a vu Aélis, il a senti qu'elle était en elle. Il réapparaitra tôt ou tard.
— Oui, il semblerait que beaucoup de monde attende son retour..., mais personnellement, j'attends davantage le retour de notre Duchesse ! Pas vous ?
— Il est indéniable qu'elle sait se faire désirer ! rétorqua Callum, sur un ton cynique.
— Il ne peut en être autrement de la Duchesse d'Althéa ! s'en amusa Mills.
— Ce qui me soulage, c'est que tant qu'elle est loin de moi, un affrontement entre nos alter ego est repoussé.
— Allons ! Vous ne pouvez vous satisfaire d'une séparation avec pour excuse la fin du monde ! Tout cela ne doit pas interférer avec votre vie de couple... Et puis, qui vous dit que le danger ne viendra

pas d'ailleurs, comme avec ces voleurs de pierres ?!
— Elle est partie avec sa garde personnelle... J'ose espérer que cela suffira à sa protection.
— Moui... répondit Mills, plutôt alarmant. C'est quand même bizarre qu'elle ne soit déjà pas rentrée à Althéa. Si j'avais été à votre place, cela aurait fait longtemps que je me serai rendu à Piléa !
Callum se leva alors.
— Oui, mais vous n'êtes pas moi !
— Fort heureusement ! Je vous laisse votre démon légendaire !
Mills frissonna tout en restant moqueur, puis se tourna pour retrouver le château.
— Tu parles, il en jubilerait, le vieux bougre ! marmonna Callum, pour lui-même.
— Les rideaux que Dame Aélis a commandé à la fête aux tissus d'Azorina ont été posés pour remplacer les anciens. Quel dommage ! Elle ne peut même pas les voir de là où elle se trouve !
Mills lâcha un gros soupir déçu avant de quitter le Duc, peu dupe du message de son chambellan.
— C'est bon ! Je vais à Piléa ! J'ai compris !

Mills se rendit dans sa chambre et passa sa main devant un miroir. Le visage du Grand Gardien apparut.
— Toujours aucune nouvelle de l'un ou de l'autre ?
— Non... répondit Mills. La Duchesse n'est toujours pas rentrée de Piléa. Quant au Duc, son silence est assez surprenant. Il pourrait creuser davantage le sujet du démon qu'il abrite à travers des questions qu'il pourrait me poser ou à travers des livres, mais il n'en fait rien. C'est comme s'il se refusait d'avoir un jugement basé sur des « on-dit » et qu'il préférait avoir un regard neutre et faire sa propre enquête sur le sujet.
— Vous pensez qu'il ne nous dit pas tout sur son lien avec le démon.
— Il n'arrive pas à le trouver par la méditation. Je pense que,

même si beaucoup de questions le taraudent, il sent un lien instinctif avec Noctis qui le pousse à agir ainsi. Avez-vous une idée de la dernière confrontation de Noctis avec la Protectrice ?

— Nous n'avons pour l'instant qu'un texte datant d'il y a cinq siècles. Rien ne nous dit qu'ils ne se sont pas revus après.

Mills demeura songeur. Le Grand Gardien continua.

— De même, j'ai beau essayer de chercher une raison, je ne vois pas pourquoi un démon légendaire irait se cacher dans le corps d'un bébé.

— C'est aussi ce qui m'intrigue. Une possession implique des sacrifices de la part des deux parties. Un démon légendaire n'a aucun ennemi suffisamment effrayant pour choisir de se cacher dans un humain, au risque de perdre une partie de sa puissance par l'acte de possession. C'est ce que je n'arrive pas à comprendre. J'en viens à penser qu'il ne l'a peut-être pas fait volontairement.

— Tu penses qu'on l'a enfermé volontairement dans le corps de Callum bébé ? Cela impliquerait un grand pouvoir magique de la part de celui qui a fait l'incantation pour jeter le sort de possession... Ce serait alors un mage ? Quel mage aurait une telle puissance si ce n'est ni toi ni moi ?

— Je l'ignore... Beaucoup d'éléments sont encore hors de notre portée... Gardons notre vigilance pour le moment et continuons à explorer un maximum de pistes.

Le Grand Gardien acquiesça d'un signe de tête et Mills effaça son visage du miroir en cuivre d'un nouveau geste de la main. Il soupira et sortit de sa chambre avec une certaine inquiétude. Il n'y avait rien de pire que l'inconnu, sans pistes tangibles pouvant aider à avancer.

Il nettoyait alors ses petites lunettes lorsque Cléry arriva en trombe au château.

— Bien le bonjour Cléry ! Que nous vaut cette visite... dans un tel état ?

Mills l'examina de la tête aux pieds. Le prêtre était recouvert de terre.

— Doux Jésus ! Que vous est-il arrivé ?!

— Est-ce que le Duc est dans les parages ? demanda alors le prêtre, faisant fi de son apparence déplorable.

Mills regarda son camarade avec curiosité.

— Vous souhaitez emprunter la salle du grand bain ? lui rétorqua alors Mills.

Cléry soupira et jeta un œil à sa tenue.

— Pardon pour cette présentation pour le moins pittoresque pour un homme de mon rang.

Cléry resta pour autant absorbé par l'objet de sa venue.

— Est-il là ?

— Non. Il vient de partir pour Piléa.

— Seul ?

— Oui.

L'air tracassé du prêtre ne fit qu'agrandir l'intrigue du chambellan autour de sa venue.

— Je ne suis que chambellan, mais je peux peut-être vous aider ?!

Cléry considéra la proposition de Mills un instant et souffla.

— Mills, vous êtes plus qu'un chambellan, voyons ! Avons-nous un registre des anciens occupants du château et un historique de ce qui a pu s'y passer ?

Mills se mit à réfléchir.

— Possible, oui. Ce serait soit dans la bibliothèque, soit dans le bureau du Duc, dans tous les cas.

Sans attendre, Cléry se rendit à la bibliothèque. Mills lui emboîta le pas, bien résolu à comprendre quelle mouche avait piqué Cléry. Une fois dans la bibliothèque, le prêtre commença à chercher ce fameux registre. Mills l'y aida en silence jusqu'à ce qu'il fasse une bonne pioche au bout de plusieurs minutes.

— Le voilà ! s'exclama-t-il.

Cléry se précipita dessus et l'ouvrit, cherchant tout d'abord la généalogie des Averhill.

— Pourriez-vous me dire ce que vous cherchez ? Ne me laissez pas dans l'ignorance, cher ami ! C'est très déplaisant !

— Pardon, Mills. La tombe de la jeune Duchesse Averhill a été violée. On a pris son cercueil.

— Quoi ? s'exclama Mills, abasourdi par cette nouvelle bien mystérieuse. Vous êtes en train de me dire que sa dépouille a disparu.

Cléry acquiesça de la tête.

— Qui pourrait vouloir voler les ossements d'une défunte si

importante pour Althéa ?

— C'est ce que j'essaie de déterminer en venant ici et en cherchant d'éventuels indices sur sa famille en premier lieu.

— Il ne me semble pas qu'il y en ait des membres de la famille encore vivants, sinon Althéa aurait eu un héritier à la mort du Duc Averhill. Or, le Roi a mis Althéa en régence par le Général Fritz.

— C'est vrai. Le gardien du cimetière m'a dit qu'elle était morte en couches. Or, jusqu'à preuve du contraire, une femme ne fait pas un bébé seule. Elle avait forcément un amant. La disparition du cercueil peut venir de là...

Il tourna les pages et tomba sur la généalogie. Mais quelle ne fut pas leur surprise en constatant que la généalogie indiquait bien les parents Averhill dont la mère était disparue il y a longtemps, leur fille Ilina Averhill avec sa date de décès, un trait sur sa gauche pour lui attribuer une filiation sans doute maritale à un homme dont le nom n'était pas indiqué, avec la naissance d'un bébé, issu des deux, décédé à la naissance.

— Comment est-ce possible que le registre ne mentionne pas le nom du père ? fit remarquer Mills, circonspect.

— Mais surtout pour quelle raison n'était-il pas mentionné ? ajouta gravement Cléry.

— Est-ce que cela signifie qu'on a caché délibérément son identité ? déclara Mills en réfléchissant.

— Ou peut-être que tous l'ignoraient aussi...

Mills regarda avec gravité Cléry.

— Quand est-ce que la disparition de sa dépouille a eu lieu ?

— Le jour du mariage ducal.

Mills écarquilla les yeux, comprenant que cette date amenait des pistes supplémentaires.

— Je veux écarter toutes les possibilités avant de croire qu'il y ait un rapport entre cette disparition et l'attaque du mariage... Cela peut être une affaire familiale, comme un villageois ou quelqu'un de l'extérieur qui ait voulu montrer son opposition à ce mariage, en montrant qu'il regrette l'ancienne duchesse à la nouvelle.

— Oui, c'est tout aussi plausible... commenta Mills. Je suggère de ne pas en parler à la Duchesse tant que nous n'avons pas plus d'éléments. Si elle venait à croire qu'on ne veut pas d'elle à Althéa,

cela lui mettrait un coup au moral qu'il n'est pas bon de faire naître en elle.
— Je suis d'accord. Il faut tout de même prévenir Callum de ce lien possible entre la disparition de l'ancienne duchesse et l'attaque du mariage.
— Attendons qu'il revienne de Piléa. Cela nous laissera peut-être du temps pour enquêter et en savoir plus sur Ilina Averhill.
— Oui, je vais interroger les anciens d'Althéa. Peut-être sauront-ils nous en dire davantage sur les fréquentations amoureuses de la Duchesse Averhill ?...

Du haut de sa fière monture, Callum Callistar observa Piléa au loin. Il avait craqué. Il avait cédé aussi bien à Mills qu'à l'appel du manque de sa femme. Il pouvait en cet instant reconnaître l'homme faible, sans force mentale, qu'il était. Mais s'il y avait une chose dont il était certain, c'était que les ténèbres ne pouvaient rien devant sa curiosité. La curiosité était une source intarissable d'espoir. Elle donnait un but, une envie de savoir qui dépassait toute déprime. Et s'il était aujourd'hui sur le point de retrouver sa femme, c'était bien parce qu'il voulait connaître cette partie de sa vie antérieure à leur mariage, comme on découvre une part d'ombre qu'on expose à la lumière du soleil. C'était une sensation vivifiante à laquelle même un démon ne pouvait s'opposer.

Il avait déjà eu l'occasion de se rendre à Piléa. C'était d'ailleurs dans cette région qu'il avait rencontré la fillette au collier. Un élément qui avait aussi déterminé son choix à vouloir faire d'Aélis son épouse, les coïncidences étant plus fortes que la raison. Il avait cherché cette fillette plusieurs années plus tard, en vain. Mais cette fois-ci, la petite ville de Piléa lui apparaissait différente. Comme une alliée plus pertinente qu'à l'époque pour déchiffrer le mystère Aélis. Il avait de quoi enquêter. Il avait beaucoup plus d'éléments pour connaître la vérité. Malgré tout, il savait que cette enquête allait être reléguée au second plan devant son envie de savoir ce que fabriquait son épouse au sein de sa famille.

Il donna un coup de talon à Kharis qui avança tranquillement vers la ville jusqu'à arriver devant le domaine des De Middenhall. Il se trouva alors devant un garde à l'entrée.

— Je suis le Duc Callum Callistar, Seigneur d'Althéa et mari de votre jeune maîtresse. Je souhaiterais la voir...

3

Un grain dans le rouage.

— Duc Callistar ! Quelle surprise ! Nous n'attendions pas votre venue ! Si nous avions su, nous aurions...
— Vous auriez quoi ? Caché des choses de ma vue ?
Venant à lui, Fergus de Middenhall regarda Callum Callistar d'un air hébété devant son ton suspicieux et un poil agressif, puis s'arrêta.
— Pas du tout ! C'est avec plaisir et sans désagrément que nous accueillons votre visite. Vous êtes le mari de ma fille, vous êtes ici comme chez vous. Seulement, nous aurions pu mieux préparer votre arrivée afin que vous trouviez rapidement votre confort !
Callum lança un regard torve à son beau-père avant de tendre les rênes de Kharis à un serviteur.
— Comment va votre épouse ? se radoucit légèrement le Duc.
— Mieux ! Elle garde encore le lit, mais elle va beaucoup mieux. La présence d'Aélis a aidé à son rétablissement. Le départ de sa fille pour Althéa lui a mis un coup au moral, je pense, et sa blessure lors du mariage n'a rien arrangé à son inquiétude de la laisser avec vous. La venue d'Aélis l'a rassurée.

Fergus de Middenhall invita le Duc à le suivre à travers les couloirs du domaine. Callum observa attentivement la demeure d'enfance d'Aélis. Chaque détail avait son importance pour l'aider à mieux comprendre sa femme et trouver des indices pour le bon déroulement de son enquête sur l'identité de la fillette qu'il avait sauvée. Fergus le conduisit dans une grande salle.

— Vous devez être fatigué. Nous allons vous servir à boire, ainsi qu'une collation.

— Je souhaiterais voir ma femme immédiatement.

Fergus le fixa un instant, devant son air impassible.

— Oui... Suis-je bête ! Cela peut se comprendre qu'elle vous ait manqué, à vous aussi.

Callum se trouva légèrement gêné par cette déduction pour le moins impudique. Fergus l'invita à le suivre.

— Elle était tout à l'heure dans le jardin avec Taïkan.

À la mention de ce nom, Callum se raidit et s'arrêta. Il l'avait déjà entendu et ce n'était pas à son avantage.

— Un problème, Duc Callistar ?

Une sourde colère le gagnait. Alors qu'il l'attendait à Althéa, elle batifolait dans les jardins de la maison familiale avec son ex.

— Non, allons-y.

Les deux hommes traversèrent deux pièces avant d'arriver vers les jardins derrière le domaine. Il aperçut alors Aélis au loin en train de rire avec ce fameux Taïkan. Sa mâchoire se serra.

Aélis remarqua l'agitation à l'entrée du jardin et son sourire s'effaça à la vue de son mari. Elle jeta rapidement un regard vers Taïkan et tenta de paraître normale, devinant que la rencontre risquait d'être tendue.

— Regarde qui est venu nous rendre visite, Aélis ! Ton mari ! s'exclama joyeusement Fergus de Middenhall.

— Que... faites-vous ici ? lui demanda-t-elle alors, non sans cacher sa surprise et oubliant les salutations.

— Ma présence vous dérange ? lui répondit durement le Duc, constatant son manque d'enthousiasme à le retrouver.

— Pas... pas du tout ! le contredit-elle. Seulement, je ne m'attendais pas à une visite-surprise. Vous n'avez pas annoncé votre arrivée, il me semble.

— Et je vois que je fais bien de venir ici à l'improviste.

Callum jeta un regard noir à Taïkan, qui lui répondit visiblement par le sien. Si Callum ne semblait pas ravi de le voir auprès de sa femme, il en était de même pour Taïkan qui n'aimait pas l'idée de voir le mari d'Aélis venir s'immiscer dans leur discussion. Aélis se reprit et tenta de calmer les choses en agissant en femme civilisée.

— Duc Callistar, voici...

— Taïkan ! la coupa sèchement le Duc. Je sais.

Taïkan sourit, heureux de constater que sa réputation était venue jusqu'aux oreilles du Duc.

— Taïkan, voici mon mari, le Duc Call...

— J'avais compris ! la coupa Taïkan, aussi discourtois que tranchant. Difficile de ne pas s'en douter !

Callum serra le poing. La remarque était une déclaration de guerre évidente. Il s'esclaffa alors.

— Et moi je comprends mieux certaines confidences que ma femme m'a faites à votre sujet !

Taïkan dévisagea alors Aélis, qui leva les yeux au ciel. Elle passa son bras sous celui de son mari et l'emmena plus loin, pour une discussion plus privée.

— Excuse-moi, Taïkan, mais je crois que j'ai besoin de m'entretenir avec mon mari immédiatement !

Callum se laissa traîner par sa femme à plusieurs mètres de là, avec un petit sourire de vainqueur qu'il ne cacha pas à son ennemi. Une fois loin des regards indiscrets, Aélis se posta devant lui.

— À quoi vous jouez ? l'invectiva-t-elle.

— Je peux vous retourner la question ! lui répondit Callum, tout en croisant ses bras.

— Je vous demande pardon ?

— Quand le chat n'est pas là, les souris dansent. Je vois que, finalement, ce que vous m'aviez confié sur lui et vos sentiments à son égard n'étaient que mensonges pour m'amadouer !

— Quoi ?! Je ne mens pas ! Qu'est-ce que vous insinuez ?!

Callum jeta un regard au loin, où attendait son rival.

— Vous semblez préférer passer du temps ici avec lui que de

rentrer à Althéa pour le passer avec moi !
— Mais pas du tout ! Ma mère est encore convalescente.
— Votre père m'a dit qu'elle allait mieux.
— Mieux ne veut pas dire qu'elle est totalement guérie !
— Et donc si sa convalescence prenait plusieurs années, vous me snoberiez tout ce temps ?
— Mais bien sûr que non ! objecta Aélis, agacée par ces accusations sans fondements.
Callum campa un peu plus sur sa position.
— Je vois que je suis le seul à m'inquiéter et à éprouver un manque. C'est presque risible tant c'est navrant...
Callum s'agita, nerveux.
— Vos suppositions sont fausses ! s'emporta Aélis. Bien évidemment que vous m'avez aussi... manqué.
Aélis se rendit compte de la portée de ses derniers mots et rougit.
— Vraiment ? insista alors Callum, sceptique.
Callum décroisa ses bras et jeta un nouveau regard au loin vers Taïkan qui patientait toujours. Sans attendre, il attrapa Aélis par la taille.
— Montre-moi combien je t'ai manqué, Aélis ! lui chuchota-t-il alors, droit dans les yeux.
Aélis se mit à rougir plus franchement et se trouva mal à l'aise. Elle avait l'impression qu'il cherchait plus à réaffirmer qu'elle était sa propriété devant Taïkan, qu'une réelle envie de rapprochement entre eux.
— Lâchez-moi ! le repoussa-t-elle alors. Ce n'est ni l'endroit ni le moment ! Êtes-vous obligé de vous montrer en spectacle de la sorte ? Je vous ai déjà dit que vous manquez de pudeur !
— Il n'y a pas besoin d'endroit ou de moments pour dire ce qu'on ressent... Je vous ai déjà aussi répondu la même remarque ! Et le spectacle est pour celui qui trouve un intérêt malsain à nous regarder !
Il jeta un nouveau regard derrière Aélis en direction de Taïkan, puis la relâcha, amer.
— Cela vous gêne donc autant que l'on s'affiche comme un couple devant lui ?
Aélis fronça les sourcils.

— Je ne crois pas avoir besoin de leçon de votre part. Vous n'étiez pas gêné pour vous afficher en public avec l'Intendante au banquet que j'avais préparé à votre retour, au point de la conduire dans les écuries ! Ce n'est pas parce que je suis devenue votre épouse que je ne dois pas considérer avec respect les sentiments de Taïkan à mon égard et lui infliger une peine supplémentaire en restant dans vos bras.

— Oooh ! Le pauvre petit, il ne faut pas heurter sa sensibilité !

— Tout comme je dois composer avec la mienne concernant l'Intendante ! Je sais ce que cela fait !

Aélis croisa les bras à son tour. Callum s'enhardit.

— Sauf qu'aujourd'hui, Ysalis n'est plus au château !

Aélis laissa retomber ses bras de surprise.

— Quoi ?

— Je l'ai virée !

La stupéfaction gagna le visage d'Aélis.

— Mais qui va la remplacer ?

— Il n'y a donc que cela qui vous vient en tête quand je vous annonce que j'ai congédié mon ex ?

Aélis se mit à rougir légèrement, embarrassée.

— Le devenir d'Althéa est plus important que mes problèmes personnels... C'est ce qu'on attend d'une duchesse, non ?

— Je suis justement venue chercher sa remplaçante !

— Ici ? s'étonna un peu plus Aélis. À Piléa ?

— Ici. À Piléa !

Interloquée, Aélis se demanda qui pouvait être à la hauteur de la tâche. Callum en sourit.

— Pour éviter toute histoire, le mieux serait que ma femme prenne le relais ! Elle n'aura plus à se préoccuper d'une réticence, d'un bras de fer et de l'aide d'un tiers pour obtenir gain de cause...

Aélis releva la tête vers lui, choquée, mais aussi perdue.

— Moi ? Intendante ? Mais je suis déjà Duchesse, je ne peux pas...

Callum se rapprocha lentement d'elle et lui attrapa le bout des doigts.

— Tu as déjà pris l'initiative de régler certaines affaires courantes en mon absence et certains travaux. Tu peux prendre sa place.

À la fois gênée et reconnaissante, la jeune femme gesticula dans tous les sens, peu assurée de savoir si c'était la bonne option. Callum la rassura alors.

— On fait un test et on voit si ça passe... Sinon on avisera pour chercher quelqu'un.

Aélis se trouva perturbée par cette double annonce. Elle pouvait reconnaître que le geste de Callum était touchant et plein d'attention à son égard, mais la tâche lui semblait énorme à gérer.

— Oui... On peut faire le test...

Elle lui sourit alors, plus radoucie, même si elle doutait encore de ses capacités à tenir ce rôle. Elle serra ses doigts dans ceux de son mari.

— Mais bon, cela est valable uniquement si ma femme daigne rentrer de Piléa plutôt que de flirter avec son ex !

Callum afficha alors un visage narquois devant lequel Aélis ne cacha pas son indignation et en vint à poser ses poings sur ses hanches d'exaspération.

— Je ne flirte pas avec lui !

— Mais vous ne me laissez pas vous embrasser devant lui.

— Je ne vois pas l'intérêt de le narguer. Vous n'êtes qu'un enfant qui a peur qu'on lui vole son jouet. Vous êtes ridicule !

— Ridicule ? Je devrais faire un grand sourire ravi de vous retrouver en compagnie de votre ex, en train de rire alors que vous-même vous n'aimiez pas me voir tourner autour d'Ysalis ? Et je joue les gamins ? Très bien ! Dans ce cas, restez avec lui, puisque ma réaction vous indiffère au point de camper sur vos positions !

Callum tourna les talons, très énervé, et quitta le jardin. La chute de cette discussion déstabilisa Aélis qui ne sut quelle attitude adopter, avant de finalement s'agacer de son comportement jaloux.

— Très bien ! Puisque vous le prenez ainsi ! Bon vent ! lui criat-elle dans son dos.

— Ouais, je m'en vais trouver une intendante ! Peut-être même une nouvelle amante !

Il lui fit un signe d'au revoir de la main et disparut. Aélis grogna de colère et tapa du pied dans l'herbe. Au loin, Taïkan observa avec perplexité le départ de Callum plutôt tendu et la réaction agacée d'Aélis. Il alla la retrouver.

— Aélis, est-ce que ça va ?

Elle hésita à lui répondre. Il était en partie responsable du désaccord qu'elle avait avec son mari.

— On ne peut mieux !

Callum traversa les couloirs d'un pas pressé. Sa rage augmentait avec les pas qu'il multipliait. Il pensait avoir été suffisamment patient et compréhensif, il avait même fait preuve de confiance en lui proposant ce poste, mais rien ne semblait lui faire comprendre que son attitude restait équivoque.

— Duc Callistar, vous revoilà ? Où allez-vous ? lui demanda alors Fergus qui le croisa par hasard.

— Je rentre à Althéa. Je réalise la mauvaise idée d'avoir laissé mon fief pour une femme !

Fergus tiqua en devinant que sa fille était la femme en question. Et au vu de son agacement, le couple était en froid.

— Vous n'allez pas partir maintenant. Restez au moins pour le diner ! lui cria-t-il alors qu'il se trouvait déjà plusieurs mètres plus loin.

Callum quitta le domaine sans plus de considération pour le maître des lieux et alla chercher son cheval. Il tomba alors nez à nez avec Nimaï et Sampa.

— Mon... Mon commandant ! Que faites-vous ici ?! demanda alors Nimaï tout en posant le genou pour le saluer.

Main droite posée fièrement sur le cœur et l'autre dans le dos, Sampa le salua fièrement.

— Mes respects, Duc Callistar.

Callum observa un instant l'un, trop lèche-bottes, et l'autre, trop peu soumis à son goût. Il leva les yeux et monta en selle.

— Je rentre à Althéa.

— Vous êtes venu voir la Duchesse ? l'interrogea Nimaï tout en se relevant.

— Et visiblement, le plaisir n'était pas réciproque ! grommela Callum doucement entre ses dents. Vous devriez surveiller un peu plus votre maîtresse ! reprit-il plus haut. Que faites-vous là ?! Je ne vous ai pas envoyé la suivre pour que vous restiez à l'extérieur du domaine.

— Nous sommes allés recueillir des témoignages d'habitants des alentours... lui indiqua Sampa. Il semblerait qu'un troll perturbe leur tranquillité. Nous sommes allés nous assurer de ces dires et vérifier s'il n'y avait pas un danger direct pour la Duchesse et sa famille.

— Un troll, tu dis ? Ils restent pourtant à l'écart des humains, en général.

— Celui-ci aurait une attitude belliqueuse, voire enragée... continua Nimaï. Il aurait détruit des récoltes et le bien de certains habitants. Ce descriptif n'est pas dans les habitudes des trolls. C'est pourquoi nous sommes partis chercher des informations plus concrètes et déterminer les risques pour la Duchesse.

— Et qu'avez-vous recueilli comme renseignements ?

— Il a sévi hier sur le nord de Piléa et aurait provoqué une panique au sein des habitants avant de repartir ! lui révéla Sampa. Nous venions rendre compte à la Duchesse de nos dernières avancées avant de savoir si nous devions aller plus loin en allant à sa rencontre pour le neutraliser.

Le Duc Callistar évalua la situation un instant, puis avisa de la valeur de ses deux soldats, avant de statuer.

— On y va !

Les deux soldats se regardèrent, surpris par l'annonce du Duc.

— Maintenant ? demanda alors Nimaï.

— Maintenant ! confirma Callum. Prenez vos chevaux !

— Nous devons en toucher un mot à la Duchesse ! l'interpella Sampa. Nos ordres viennent d'elle.

La remarque de Sampa fit voir rouge au Duc. Son corps se raidit et il leur jeta un regard dur, signe manifeste de son agacement à voir son ordre discuté.

— Je ne suis pas d'humeur à discuter commandement. J'ai dit : « on y va ! »

Ne souhaitant croiser une nouvelle fois le fer avec le Duc, Nimaï consulta silencieusement l'avis de Sampa qui se montra tracassé à devoir encore composer avec l'impossibilité du couple ducal à trouver un terrain d'entente concernant le commandement de la garde personnelle de la Duchesse. Nimaï haussa les épaules, puis alla chercher son cheval. Sampa fixa le Duc qui ne lâcha pas son regard défiant.

— Tu comptes rester là à me provoquer ? lui fit alors remarquer le Duc.

— Il est préférable qu'un de nous deux reste, au cas où le troll aurait changé sa trajectoire et viendrait par ici. Cela tempèrera aussi l'agacement de ma maîtresse à vous voir réquisitionner ses deux soldats sans sa permission.

— Toi, un jour, je trancherai ta gorge... vociféra Callum.

— Il faut bien mourir un jour... lui répondit Sampa, avec un petit sourire.

Il quitta alors le Duc et entra dans le domaine. Nimaï le retrouva avec son cheval.

— Je suis prêt, Commandant ! Allons-y !

4

Il y a des jours comme ça...

Sampa se frotta la tête tout en avançant dans les couloirs. Il allait devoir annoncer la réquisition de Nimaï par le Duc à sa Duchesse et il imaginait déjà son courroux.
— Pourquoi faut-il qu'ils se chamaillent tout le temps ?
Il souffla d'un air las et se rendit vers le jardin. Il vit alors la Duchesse se diriger rapidement vers lui.
— Sampa ! Vous revoilà ! Vous avez eu des nouvelles de ce troll ? Tiens ?! D'ailleurs, où est Nimaï ?
— Oui, nous avons eu de nouvelles informations. Le troll a été vu dans la partie nord de la ville. Il a fait quelques blessés avant de repartir vers l'extérieur de Piléa. Nimaï est parti sur les lieux... avec le Duc Callistar.
Il s'étrangla presque en lui avouant la présence du Duc Callistar dans cette entreprise.
— Ce départ est de son... initiative. Mais si Nimaï est parti pour assurer un maximum votre sécurité en allant au plus proche du problème, je reste ici au cas où le risque viendrait d'ailleurs ! Ne

vous inquiétez pas !

— Ah... Le Duc n'est pas rentré à Althéa...

Aélis baissa les yeux, confuse. Une attitude qui étonna Sampa. Elle ne disait rien concernant l'ordre du Duc.

— Tout va bien, Duchesse ?

— Oui oui ! feignit-elle d'un sourire faux qui n'échappa pas à Sampa.

Il souffla. Visiblement, il s'était passé encore quelque chose entre eux.

— Le Duc..., vous a-t-il dit quelque chose à mon sujet ? lui demanda-t-elle alors, d'une voix peinée, le regard fuyant.

Sampa la fixa un instant.

— Faut-il qu'il nous dise quelque chose pour savoir à quel point il tient à vous ?

Aélis releva aussitôt la tête, surprise par la délicatesse de ses mots. Elle lui sourit avec reconnaissance.

— Je suis sûr qu'ils vont revenir avec la tête de ce troll, Duchesse.

Nimaï et Callum s'avancèrent vers le nord de Piléa. Ils recueillirent des informations rapidement ; le troll avait fait de nombreux dégâts sur son passage. Ce qui ressortait le plus des témoignages des habitants était le comportement inhabituellement agressif du troll. Aucun ne comprenait une telle force et une telle agressivité. Tandis qu'ils venaient au contact des citoyens, de l'agitation se fit sentir à la venue d'une personne.

— C'est le Duc ! put-on entendre.

Callum et Nimaï se tournèrent, alors qu'ils aidaient un groupe d'homme à lever une poutre pour réparer un abri pour les chevaux, détruit par la bête. L'homme élégant, accompagné de sa petite cour lui servant de protection, remarqua les habitants en plein travail de réhabilitation du quartier.

— Ne vous inquiétez pas ! J'ai sollicité l'aide de la capitale pour faire acheminer des chevaliers d'Avéna afin de régler le problème.

— Pourquoi vos chevaliers ne vont pas le tuer ? cria un habitant.

— Oui ! ajouta le tavernier. Nous avons pourtant un chevalier magique à Piléa ! Pourquoi ne fait-il rien ?!

— Il est sur une autre affaire.

— Qu'y a-t-il de plus important que notre ville ? cria une vieille dame.

Callum et Nimaï observèrent en silence le débat.

— Piléa grandit et un seul chevalier ne suffit plus, hélas ! avoua le Duc de Piléa d'un air désolé. J'ai demandé au Conseil Magique de m'envoyer un second chevalier magique attitré à Piléa, mais je n'ai pas eu de retour positif pour l'instant.

Callum fronça les sourcils. Il avait du mal à déterminer la sincérité du Duc. Quelque chose le gênait dans son comportement.

— Rien ne vous empêche de solliciter un soutien venant des villes voisines ! déclara alors Callum.

Le Duc de Piléa s'approcha alors de Callum. Il l'observa avec attention.

— Vous n'êtes pas d'ici, je me trompe ?

— Effectivement. En quoi est-ce un problème ? l'interrogea Callum, tout en croisant les bras de manière assurée.

— Les relations diplomatiques sont quelque chose de fastidieux. Demandez une aide et vous êtes automatiquement redevable. Être redevable, c'est devenir corvéable. Piléa ne sera jamais à la solde de qui que ce soit !

— Piléa est bien à la solde du Roi et du royaume ! intervint Nimaï.

— Et c'est déjà trop ! répondit aussi vite le Duc de Piléa.

— Déjà trop ? reprit Callum. Pourtant, vous venez de dire que vous avez prié Avéna de vous envoyer des chevaliers magiques. Vous ajustez vos propos quand ça vous arrange ?!

Le Duc de Piléa le fixa avec suffisance.

— Je ne crois pas avoir eu le privilège de connaître votre nom ? Qui êtes-vous pour critiquer ma gouvernance ?

Callum décroisa ses bras.

— Quelqu'un qui considère les habitants de Piléa et cherche une réelle solution plutôt que l'attente ! Nimaï, on y va ! Allons trouver ce troll.

Callum monta sur Kharis. Nimaï fit de même avec son cheval.

— Je vois... Vous êtes des mercenaires, vu votre accoutrement.

Se sentant offusqué, Nimaï analysa sa tenue, puis celle du Duc.

— Je pourrais te couper la langue, Duc de Piléa ou pas, pour avoir outragé mon Commandant ! s'emporta Nimaï.

Callum intervint d'un geste de bras en barrière à sa colère.

— Laisse-le dire ! Tu vois bien qu'il tire sa vanité de petites choses ! Pendant ce temps-là, heureusement que certains font de grandes choses et sont plus humbles...

Le Duc de Piléa serra les dents tandis que, d'un bruit de bouche, Callum ordonna à Kharis de partir. Il les observa s'éloigner avant de donner un ordre à l'un de ses serviteurs.

— Je veux savoir qui sont ces deux hommes qui discutent ma suzeraineté ! Suis-les ! On ne se moque pas impunément de Jacob Taversil...

Nimaï ne décolérait pas. La petitesse du Duc de Piléa l'avait réellement agacé. Callum le remarqua.

— Il aura son compte tôt ou tard. Ne gaspille pas ton énergie pour ce type. L'orgueil est puni par Dieu.

— Dommage que Messire Cléry ne soit pas avec nous pour lui apporter la divine révélation du pécheur qu'il est !

Callum se mit à rire.

— Il gaspillerait beaucoup d'énergie avec lui !

Tous deux continuèrent et quittèrent Piléa pour s'avancer dans les terres agricoles avant de rejoindre la forêt au nord. Le troll avait laissé des traces facilement repérables sur son passage. C'étaient des créatures de trois mètres de haut. Leur poids conséquent permettait de suivre leurs empreintes de pas d'une part, mais leur balourdise détruisait tout d'autre part. Branche cassée, rocher soulevé, panneau d'indication pulvérisé... Le troll semait des indices de son passage tellement évident que la poursuite s'avérait aisée.

C'est en s'approchant d'une demeure agricole qu'ils entendirent des cris de terreur. D'un regard entendu, ils foncèrent vers ces habitations et tombèrent nez à nez avec le troll attaquant les paysans. Une gamine était cachée sous une charrette vers laquelle le troll s'approchait.

— Ma fille ! Nooon ! cria sa mère, blessée, contre un mur.

Aussitôt, Callum Callistar descendit de son cheval et courut jusqu'au troll. Il lui sauta dans le dos, l'agrippant d'une clé de bras au cou, et se saisissant de sa dague dans sa botte de l'autre. Il insuffla alors son mana dans son arme pour faire apparaître son armure et son épée, mais la stupéfaction le gagna. Le troll, enragé, s'agita devant cette agression venue dans son dos et se balança tout en essayant d'attraper Callum. Nimaï, qui observait la scène de son cheval, comprit que quelque chose clochait.

— Pourquoi ne fait-il pas apparaître son épée ?

Sans attendre, il descendit à son tour de son cheval et dégaina son épée pour lui venir en renfort. Il donna alors un grand coup dans le mollet du troll. Le troll poussa un cri, mais à la surprise des deux chevaliers, l'épée ne trancha pas sa peau. Pas même une éraflure.

— C'est quoi ce bordel ?! lâcha Nimaï, se trouvant pris au dépourvu.

Callum comprit la gravité de leur situation. Il regarda la petite fille en pleurs, cachée sous la charrette.

— Fuuuiiis ! lui ordonna-t-il rapidement.

Le troll réussit à attraper la veste de Callum et le décolla de lui, telle une marionnette, avant de l'envoyer valser de l'autre côté de la cour. Pétrifiée, la fillette ne bougea pas. Le troll jeta un regard vers Nimaï à ses pieds, et grogna.

— Et merde !

D'un mouvement lourd du bras, le chevalier prit une baffe qui le fit valser plusieurs mètres plus loin. Le troll lâcha un cri de colère et frappa de ses deux mains la charrette qui se brisa sous l'impact.

— Noooon ! cria la mère en pleurs, impuissante.

Seule la main de l'enfant sortait à présent des débris de bois et de métal qui l'écrasaient. Callum et Nimaï regardèrent la situation, impuissants. Le Duc évalua l'état de son épaule. Elle avait effleuré les lames d'une machine à labourer les champs lors de son atterrissage. À quelques centimètres près, c'était son dos qui était fendu en deux. Il saignait beaucoup, mais ce qui l'inquiétait davantage était plutôt du côté de ses pouvoirs magiques. Il fixa sa main avec concentration. Rien ne sortait. Son mana avait disparu. Il ne pouvait invoquer le pouvoir de la pierre sans ce dernier. Il ne pouvait plus utiliser sa dague non plus.

— Qu'est-ce qu'il m'arrive ?

Il analysa la situation un instant. Le troll changea de cap pour s'attaquer au poulailler. Ses yeux dévièrent à nouveau sur sa main droite.

— Est-ce que Noctis aurait utilisé toute ma source magique pour apparaître ?

Il n'avait pas vraiment eu l'occasion ou l'excuse d'utiliser son mana depuis leur départ du Conseil Magique. Mais cette situation lui rappelait combien la puissance magique avait son importance et combien lui-même devenait faible sans cette dernière. Nimaï se releva, légèrement sonné, mais l'esprit toujours combatif. Il retrouva rapidement le Duc, assis et blessé à l'épaule.

— Commandant, ça va ?

Callum releva la tête vers son chevalier. Nimaï remarqua le trouble sur son visage et son bras dégoulinant de sang.

— Pourquoi n'avez-vous pas utilisé vos pouvoirs ? s'exclama-t-il alors, légèrement agacé par ce qui venait de se produire.

Callum se releva avec difficulté. Il fixa sa dague au sol, puis à nouveau sa main, et ferma les yeux pour se concentrer et chercher son mana en lui. Nimaï l'observa faire, abasourdi par son silence et son comportement, alors que le troll venait de tordre le cou à une poule.

— Duc ! La sieste attendra ! Il faut se débarrasser de cette bête ! insista-t-il.

Perdu face au mutisme du Duc, Nimaï fonça alors soulever les débris sous lesquels se trouvait la fillette, évanouie. Il toucha de sa main son cou pour vérifier son pouls, puis posa un regard panoramique sur le lieu.

— Comment arrêter un troll dont le tranchant de l'épée n'a aucun effet sur lui ?

Il chercha autour de lui une idée. Le feu risquait de se propager à tout le domaine agricole. Tout ce qui était lame était obsolète. Il repéra une corde enroulée sur un pilier en bois, puis observa le troll.

— Une corde peut être un moyen pour l'immobiliser...

Il reporta une nouvelle fois son attention vers Callum, toujours les yeux fermés.

— Mais qu'est-ce qu'il fout, nom d'un chien ?

— Tu vas me rendre mes pouvoirs, sale enfoiré de démon ! put-il tout à coup l'entendre s'époumoner de colère.

La rage s'empara de lui, visiblement poussée par l'impuissance dans laquelle il se trouvait désormais. Nimaï comprit alors que la situation était grave. Sans les pouvoirs du Duc, ce qui s'avérait être une affaire bénine allait être plus retorde que prévue. Callum pesta. Il n'arrivait pas à joindre Noctis dans son plan astral. Sa concentration était perturbée par sa colère d'une part, et par le contexte dangereux dans lequel il se trouvait d'autre part.

— Commandant ! Nous devons l'arrêter coûte que coûte ! cria Nimaï qui fonça à travers la cour pour récupérer la corde.

Callum ouvrit les yeux, bien résolu malgré lui à renoncer à Noctis et à la récupération de ses pouvoirs pour le moment.

— La petite est vivante ! cria Nimaï à la mère blessée.

Reconnaissante, la mère lui sourit avant de s'évanouir. Callum s'approcha de lui, le bras gauche inutilisable, et chercha à comprendre ce que Nimaï avait en tête avec sa corde. Il le vit faire un lasso rapidement.

— On va lui lier les chevilles ! lui déclara Nimaï tout en s'activant sans perdre de temps. Nous allons lui faire perdre l'équilibre. Une fois au sol, il nous suffit de monter à cheval et de le traîner hors du domaine jusqu'à la forêt avant de lâcher nos cordes. À défaut de trouver une solution pour le tuer pour l'instant, mettons-le à l'écart !

Il fit un second lasso.

— À deux chevaux, nous devrions arriver à le tirer !

Callum examina attentivement les nœuds coulissants que Nimaï préparait, puis le chevalier. Il observa ensuite le troll et la position de leurs chevaux.

— C'est un plan plutôt pertinent, au vu de la situation.

Il tapota de sa main droite l'épaule de Nimaï, en guise de félicitations, et retourna au centre de la cour.

— Il nous faut donc juste le piéger pour qu'il mette les pieds dans les lassos... murmura-t-il pour lui-même. Avec quoi pouvons-nous l'appâter ?

Nimaï vint dans son dos avec ses deux lassos.

— Il en faut un qui serve d'appât pendant que l'autre guide les deux chevaux dès qu'il sera piégé. Vous ne pourrez pas conduire les chevaux à vive allure, vu l'état de votre épaule...

— J'avais bien compris... Prépare le piège ! Je te l'amène !

— Ça marche !

Nimaï s'éloigna pour étaler les deux lassos au sol.

— Et sois prudent, Chevalier !

Nimaï s'étonna de cette considération sur sa vie de la part de son suzerain, puis sourit.

— Moi aussi, j'ai toujours regretté de ne pas avoir de pouvoirs magiques !

Callum tourna la tête vers lui, surpris, puis sourit.

— C'est vraiment la merde !

— Je dirai ça lorsque je vous ramènerai dans cet état à la Duchesse !

Callum tiqua, puis s'esclaffa.

— Elle pourrait me tuer d'avoir été aussi imprudent, au lieu de me soigner ! Ce n'est pas faux !

Callum s'avança alors vers le troll. Il l'observa un instant, puis ramassa un caillou qu'il jeta sur sa tête. Bien trop occupé à s'en prendre aux poules, il ne prêta pas attention aux tentatives de Callum pour attirer son attention. Callum renifla, bien décidé à lui prouver qu'il était plus intéressant que de petits animaux.

— Eh ! Gros lard ! Viens plutôt me tordre le cou ! Ça craquera plus !

Il repéra alors quelques œufs stockés dans un coin par la fermière et ayant échappé au saccage du troll, puis décida de faire une omelette sur le crâne dégarni de la bête. La pluie qui s'écrasa sur sa tête attira l'attention du troll qui se tourna enfin vers lui.

— T'en veux encore ? lui répondit-il dans un petit sourire.

Il se saisit d'un nouvel œuf et lui jeta en pleine face. Le troll se trouva aveuglé un instant avant de crier sa rage d'avoir le visage barbouillé. Il leva alors la main vers le chevalier pour l'attraper. Callum remarqua alors une pierre incrustée dans sa main. Elle était de couleur marron jaune et brillait.

— Qu'est-ce que cette pierre fait ici ?

Il fronça les sourcils, intrigué par cette découverte, mais très vite, dut reprendre le plan de Nimaï pour ne pas se retrouver en mauvaise posture. Le troll fonça vers lui, bien décidé à se venger d'avoir été recouvert d'œufs. Callum recula et se mit à courir en direction du piège. Le troll défonça l'entrée du poulailler et poursuivit Callum à travers la cour. Nimaï vit le Duc se diriger vers le piège et sourit.

— Te voilà, sale bête !

Tandis qu'il arrivait au niveau des deux lassos posés au sol, Callum sauta par-dessus, puis fit un dérapage et s'arrêta. Le troll ralentit sa cadence et Callum sourit, défiant, un dernier œuf en main. Il recula un peu.

— Mon mentor m'apprenait à tirer sur des conserves quand j'étais jeune. Il disait que si je les faisais toutes tomber, je gagnais le gros lot !

Il jeta le dernier œuf sur le visage du troll qui hurla une nouvelle fois, les yeux couverts de jaune d'œuf. Il fit quelques pas, désorienté, et posa ses pieds dans les deux lassos. Nimaï tira les deux cordes qui se resserrèrent à ses chevilles. Callum fonça alors sur lui et se jeta, les deux pieds en avant, pour le pousser au niveau du ventre. Le troll perdit l'équilibre et tomba en même temps que Callum au sol. Callum poussa un gémissement de douleur pour son épaule et Nimaï donna immédiatement un coup de talon à son cheval. Avec l'aide de Kharis, les deux chevaux conduits par Nimaï tirèrent le troll hors de la ferme.

Callum se tourna, dos au sol, et regarda le ciel.

— Journée de merde !

5

De la puissance à l'incompétence...

— Je t'écoute !
Jacob Taversil mangeait du raisin allongé sur une méridienne dans son château. Son serviteur s'inclina pour le saluer, puis commença son rapport.
— Il semble qu'ils aient trouvé le troll. Ils ne l'ont pas tué. Ils n'ont fait que le déplacer dans la forêt. Celui qui vous a parlé en premier a été blessé. Aucun des deux n'a manifesté de magie.
Le Duc de Piléa se frotta le menton.
— Ce ne sont donc que des mercenaires... Et ça vient donner des leçons... Nous allons nous aussi leur en donner une...

— Duc Callistar ! Je suis là ! Réveillez-vous ! Ce n'est pas le moment de me lâcher ! Le troll est dans la forêt, mais il faut vite

vous faire soigner ! Vous perdez trop de sang !
Callum ouvrit un œil, tout en gémissant, et reconnut Nimaï, penché au-dessus de lui. Il était accompagné d'un autre homme.
— Je suis avec le propriétaire du domaine ! continua le chevalier non magique. Je l'ai croisé sur le chemin, de retour des champs ! Je lui ai expliqué ce qu'il s'est passé ! Il nous emmène avec sa charrette en ville. Sa femme et sa fille sont aussi mal en point ! Debout !
Nimaï le releva et le porta jusqu'à la charrette. Il l'allongea délicatement avec l'aide du fermier. Callum regarda le corps de la fillette inanimée, allongée à côté de lui, puis s'évanouit.

Lorsqu'il rouvrit les yeux, il était alité. Un bref regard panoramique lui fit comprendre qu'il était dans une chambre de prime abord très impersonnelle. Il n'y avait rien pouvant lui indiquer chez qui il était. De petite taille, cela ressemblait plus à une chambre de passage. Il tenta de se redresser, mais une douleur vive à l'épaule lui rappela son combat contre le troll et il grimaça. Il examina plus attentivement son corps. On lui avait bandé le bras et le torse pour maintenir son membre blessé. Sans doute, la lui avait-on même recousue ? Il se remémora alors les mots de Nimaï : le troll dans la forêt, la famille de fermier et lui mal en point, le retour en ville. Il inspira un grand coup, comprenant qu'il avait dû perdre connaissance suffisamment longtemps pour qu'on ait eu le temps de le soigner et de le poser dans cette chambre. Il fit malgré tout l'effort de se redresser en se penchant sur le côté plutôt que d'utiliser directement ses abdominaux et sa musculature. La solliciter pour le moment était peu judicieux. Il ne devait pas forcer. Il s'assit sur le bord du lit et analysa sa tenue. On l'avait déshabillé. Le bras en écharpe, il pouvait difficilement bouger. Cependant, il devait se rhabiller. Il repéra ses vêtements nettoyés et tenta de se changer.

Nimaï vit le Duc descendre de l'escalier menant aux chambres de l'auberge et se précipita vers lui.
— Commandant ! Vous êtes enfin réveillé ! Comment vous sentez-vous ?
— C'est douloureux, mais ça va ! Où sommes-nous ?
— Dans une auberge dans le nord de Piléa. J'ai préféré attendre votre réveil avant de rentrer au domaine du Baron De Middenhall.

Je ne voulais pas inquiéter la Duchesse avec votre état. Par ailleurs, le médecin de la ville a aussi pris en charge les blessures de la petite et de sa mère.

— Comment vont-elles ?
— La mère, ça va. La petite est dans un état plus grave...
— Je vois...

Callum tenta de marcher un peu, mais Nimaï le conduisit vers une chaise.

— Vous devez avoir faim. Vous avez dormi plus d'une journée ! Il vous faut reprendre des forces ! Le médecin doit repasser pour soigner votre blessure.

Nimaï fit un signe à l'aubergiste pour qu'il rajoute un couvert.

— Tu viens de dire « plus d'une journée »?! fit Callum, interloqué par ce détail.

— Effectivement ! Vous aviez perdu beaucoup de sang ! Cela vous a considérablement affaibli. Selon ce que dira le médecin, nous verrons si je fais envoyer un courrier à la Duchesse pour la prévenir des derniers événements ou si nous pouvons nous déplacer jusqu'à elle. Jusqu'à présent, vous étiez trop mal en point pour risquer de vous voir mourir. Il a fallu parer au plus urgent.

Callum garda un air grave tandis que l'aubergiste posait son assiette devant lui.

— Ce troll n'était pas normal. Il avait une pierre magique dans le creux de la main.

— Quoi ? Ce serait de là qu'il tirerait sa force ? lui demanda alors Nimaï, prenant cette information avec intérêt.

— Je pense, oui ! Cependant, ton épée n'a eu aucun effet sur sa chair. Difficile alors de lui trancher la main pour lui ôter tout pouvoir.

— ... sauf si vos pouvoirs magiques reviennent ! objecta Nimaï.

Callum regarda sa main et tenta une nouvelle fois de concentrer son mana à l'intérieur de sa paume. Il avait beau fixer intensément le creux de sa main, rien ne sortait. Il lâcha un profond soupir de défaitisme.

— Vous êtes encore faible, attendez de reprendre des forces.

— Avec mes pouvoirs, je lui aurai tranché la main sans problème. Cette petite ne serait pas dans un état critique non plus... Tsss !

— Je suis aussi coupable que vous, si nous devons avoir cette analyse de la situation... Parons d'abord au plus essentiel. Votre santé !

Une fois l'estomac rempli et la visite du docteur effectuée, Callum fut autorisé à prendre le départ, avec une grosse recommandation de ne pas forcer sur son épaule. Ils préparèrent alors les chevaux pour leur retour vers la Duchesse.

— Tiens ! Tiens ! Tiens ! Il semblerait que le troll vous ait mis une correction !

Callum cessa de harnacher Kharis et prit un instant avant de se retourner. Jacob Taversil, le Duc de Piléa, se tenait là, en face, à l'entrée d'une taverne.

— Croyez-vous que l'éloigner suffira ?

Callum comprit vite ce vers quoi la discussion allait tourner.

— Ça se targue de faire mieux que nous, mais finalement, une gamine est dans un état critique.

— Sa mère et elle seraient mortes sans notre intervention ! s'exclama Nimaï, plein de rage devant ces accusations grotesques.

— C'est sûr qu'en le provoquant ainsi, nous sommes certains d'avoir plus de morts la prochaine fois.

Ses serviteurs se mirent à ricaner. Callum serra une lanière de cuir pour s'assurer que la selle de Kharis était bien fixée.

— On y va, Nimaï. Aide-moi à monter !

Nimaï serra le poing. Il se doutait que le Duc évitait volontairement le conflit, car son état ne lui permettait pas pour l'instant de le remettre à sa place. Cela le désola ; le grand Callum Callistar préférait la fuite au combat.

— C'est ça ! Allez dire à votre commanditaire que nous n'avons pas besoin de bras cassés ici ! Nous voulons de vrais chevaliers ! Les mercenaires ne sont pas les bienvenus dans cette ville !

— Nous ne sommes pas...

La main de Callum arrêta Nimaï.

— Je viens de te demander de m'aider à monter.

— Pardon, Commandant.

Nimaï s'inclina et l'aida à monter Kharis. Jacob Taversil tiqua devant ce dévouement de l'un envers l'autre.

— Tu ne devrais pas t'incliner pour cet homme ! Regarde ! Tu es obligé de le chaperonner !

Nimaï serra les dents, plus par le manque de respect envers son suzerain que pour sa condition.

Kharis fit quelques pas, pressé de bouger. Callum caressa son animal et fixa un instant le Duc de Piléa.

— Ne vous inquiétez pas ! On se reverra !

Il donna un petit coup de talons à son cheval qui se mit au pas et quitta le nord de Piléa.

Sampa observa la Duchesse faire les cent pas. Ils étaient sans nouvelles de Nimaï et du Duc depuis deux jours. Deux jours et deux nuits sans savoir si tout allait bien. Fergus se sentait tout aussi tracassé. Malgré son statut de baron, donc de noble de la ville, il hésitait à solliciter l'aide du Duc de Piléa dans leur problème de disparition du Duc et de Nimaï. Par ailleurs, on parlait du Chevalier de Sang, donc les raisons de s'inquiéter n'avaient pas lieu d'être. Pourtant, voir sa fille aussi inquiète le poussait de plus en plus à envisager cette solution.

Sampa, quant à lui, se refusait de céder à la panique. Il se montrait confiant et rassurant sur la situation des deux hommes, ne souhaitant engendrer de stress supplémentaire à sa maîtresse.

— Aélis, calme-toi ! lui pria son père. Je suis sûr qu'ils vont revenir aujourd'hui.

— J'ai un mauvais pressentiment, Père ! Je sens au fond de moi que quelque chose ne va pas. Je ne sais pas comment l'expliquer, mais il est arrivé quelque chose !

— Je vais y aller ! déclara Taïkan.

— Non ! s'opposa Aélis. Cela peut être aussi dangereux pour vous ! Je ne veux pas faire courir de risques à plus de personnes !

— Je ne suis pas sous vos ordres, mais ceux de votre père ! rétorqua Taïkan. Je suis libre d'aller où bon me semble et prendre les risques que je veux !

— Pourquoi feriez-vous cela ? Vous détestez le Duc !

Taïkan tourna la tête.

— Autant vérifier s'il est mort, ainsi je pourrais vous épouser !

Il jeta un regard vers Aélis et lui fit un petit sourire convenu. Aélis se raidit à l'idée funeste de devenir veuve, mais rougit malgré tout de ses intentions non cachées la concernant.

— Je le fais de façon assez égoïste, je l'avoue ! compléta-t-il.

Sampa fusilla du regard cet homme qui pouvait se réjouir de la mort du Duc pour s'approprier son épouse.

— Le Duc Callistar va revenir ! lui répondit-il durement. Nul besoin de vous réjouir d'une hypothétique vie avec la Duchesse. S'il y a bien une chose dont je suis sûr, c'est que le Duc est coriace ! Il n'abandonne pas facilement.

— Et il revient toujours ! tonna tout à coup Callum, du fond du couloir où tous se trouvaient.

Taïkan se retourna, surpris, et aperçut le Duc et Nimaï s'approchant. Aélis ressentit un profond soulagement, avant de réaliser le bras en écharpe du Duc. Elle se précipita alors vers lui et lui toucha délicatement le bras.

— Nous étions très inquiets ! Que s'est-il passé ? Est-ce le troll qui vous a mis le bras dans cet état ?

— Effectivement.

Callum contempla sa femme avec douceur et lui caressa les cheveux de sa main valide.

— Nous ne l'avons pas tué ! se désola alors Nimaï. Nous avons dû revoir nos plans.

Aélis se tourna alors vers Nimaï, inquiète, tandis que les autres se rapprochaient pour écouter.

— Vous n'êtes pas blessé, Nimaï ? s'inquiéta Aélis.

— Non, Duchesse. Je vais bien ! Il n'y a que le Duc qui a été touché à l'épaule.

— Allons-nous asseoir autour d'une table ! les invita alors Fergus. Nous sommes heureux de vous revoir, Duc Callistar !

Callum fixa Fergus avec courtoisie. À sa grande surprise, Aélis lui attrapa la main et le traîna jusqu'au salon. Cette pause dans leur relation conflictuelle le soulagea un peu. Aélis semblait inquiète pour

lui, malgré tout. Il serra sa main, heureux de la retrouver. Aélis jeta un regard à leurs deux mains enlacées, puis fit mine d'ignorer, les joues rougissantes. Ils passèrent devant Taïkan et les deux hommes se toisèrent un instant avant que Callum ne lui sourie de façon fière.
— Vous rêvez trop, Taïkan !
— Il suffit ! tonna Aélis, pour couper court à leur rivalité.
Ils s'installèrent tous au salon et des domestiques servirent une collation à tout le monde.
— Comment vous êtes-vous blessé ?! demanda alors Aélis sans attendre. Il vous faut immédiatement un médecin !
— J'en ai vu un ! Cela peut attendre avant de faire vérifier et soigner à nouveau ma blessure.
— C'est la raison pour laquelle nous n'avons pas pu revenir plus tôt ! déclara Nimaï. La blessure du Duc l'a affaibli. Il avait perdu beaucoup de sang. Nous avons dû le garder au repos le temps qu'il reprenne des forces.
— Que s'est-il passé ? lui demanda Sampa, l'air grave.
— Nous n'avons pas pu tuer le troll. Nous avons dû faire face à deux éléments imprévus dans notre objectif. La force du troll et les capacités du Duc à y faire face...
— Comment ? s'étonna Fergus. Le Duc est l'un des plus puissants chevaliers du royaume. Comment se peut-il qu'il n'ait pas pu vaincre ce troll ?
Tous observèrent alors Callum qui restait silencieux. Nimaï hésita à parler en son nom. Il baissa les yeux, de façon navrée. Aélis comprit que quelque chose clochait.
— C'est Noctis ? Il est réapparu ?
— Noctis ? fit Sampa, surpris comme les autres, d'entendre ce nom pour la première fois.
— Non ! trancha d'une voix sévère Callum entre ses dents. C'est même l'inverse !
— Comment ça ? fit Aélis, intriguée.
Callum tourna la tête, visiblement agacé de devoir avouer une vérité si humiliante pour lui. Nimaï soupira.
— Le Duc a perdu ses pouvoirs.
— Quoi ?! fit l'assemblée.
— Comment est-ce possible ? lança Fergus, choqué.

— Un chevalier ne perd pas ses pouvoirs ! s'écria Sampa. C'est impossible, non ?

Callum s'agita sur sa chaise, très agacé.

— J'ignore pourquoi, mais je n'ai plus de mana. Mon énergie magique a disparu ! Sans cela, je ne peux invoquer le pouvoir de l'obsidienne et donc utiliser mon arme et mon armure !

— Doux Jésus ! s'exclama Fergus, sidéré.

Taïkan fixa Callum avec intérêt.

— Serait-ce un enchantement magique ?

Il se tourna vers Aélis.

— Qui est Noctis ?

Aélis baissa les yeux.

— C'est une longue histoire...

— Nous avons donc dû trouver un plan B ! reprit Nimaï, en respect pour son commandant affecté par cette nouvelle déplaisante sur son compte. Nous avons réussi à lier les chevilles du troll et je l'ai tiré avec nos chevaux jusqu'à la forêt où je l'ai relâché.

— Pourquoi ne pas lui avoir tranché le cœur ? demanda Taïkan, sceptique.

Nimaï le fixa sévèrement.

— Mon épée a presque rebondi sur sa peau.

— Comment est-ce possible ? fit Sampa, toujours plus effaré par leur récit. Un troll n'est pas non plus une montagne à gravir !

La voix grave de Callum coupa court à l'emportement de Sampa.

— Il portait une pierre au creux de sa paume droite. Il ne fait que peu de doute qu'il tire sa force et sa santé de cette pierre ! continua-t-il. Elle brillait.

— Un troll avec une pierre ? s'étonna Aélis.

— J'ai été le premier surpris ! continua Callum. Les trolls n'ont pas de mana. Ils n'ont pas de pouvoir magique. Seulement celui-là...

Tous se mirent à réfléchir. Il y avait trop d'éléments en leur défaveur.

— Éloigner le troll de Piléa fut le plus judicieux pour gagner du temps et trouver une solution pour le neutraliser définitivement... avoua Nimaï, défaitiste sur leur entreprise.

Aélis regarda Callum, avec inquiétude. Lui qui d'ordinaire avait un trop-plein de négativité en lui, ne pouvait plus la laisser ressortir à travers son pouvoir magique. Elle s'interrogea sur la suite. D'ailleurs, elle réalisait que leur dispute d'il y a deux jours l'avait conduite à ne pas lui avoir posé les questions essentielles sur sa santé et ses nuits difficiles depuis leur visite au Conseil Magique. Elle baissa les yeux et se tritura les doigts. Elle se sentait coupable. Elle avait réagi trop vivement face à sa jalousie, sans réaliser qu'il y avait plus important.

— Est-ce que Noctis est revenu durant mon absence ? demanda-t-elle alors doucement à Callum.

Callum remarqua son dos courbé et sa posture embarrassée.

— Non ! lui répondit-il alors.

Il souffla et se frotta les cheveux, n'aimant pas cette tension entre eux.

— Toutes mes nuits ont été d'un calme olympien ! Trop à mon goût ! Je n'ai jamais aussi bien dormi ! C'est comme si rien n'avait existé...

Callum baissa les yeux, réalisant qu'il y avait pourtant des signes inquiétants sur son mana, bien avant son arrivée à Piléa il y a quelques jours.

— Vous n'aviez pas remarqué une perte de vos pouvoirs durant notre absence ? lui demanda sérieusement Sampa.

— Non. Je n'avais eu aucune raison de faire appel à mon mana. J'ignore donc si cette disparition de mon énergie magique est due à la nuit passée au Conseil Magique ou si c'est plus récent.

— Vous pensez que votre visite au Grand Gardien vous a « nettoyé » complètement de vos ténèbres et, du même coup, de vos pouvoirs ? demanda alors Aélis, de plus en plus inquiète.

— Je l'ignore... répondit Callum.

Fergus et Taïkan suivaient la conversation sans trop comprendre le sujet de la discussion.

— La dispute entre nous pourrait-elle en être la raison sinon ? lui demanda alors Aélis, navrée et penaude.

Callum la fixa avec attention, se demandant si ses émotions pouvaient effectivement agir sur ses pouvoirs.

— Mon mana n'a jamais été sensible à mes émotions jusqu'à ce point.

— Allons, ma fille ! Ne t'accable pas comme ça ! intervint Fergus.

Je suis sûr que la raison est plus simple que ça et que son énergie magique va revenir vite.

Aélis se leva et les quitta en silence. Elle se rendait compte qu'elle avait agi égoïstement depuis son départ d'Althéa. Elle avait manqué à ses devoirs en tant qu'épouse du Duc en plus d'un point. Callum se leva et jeta un regard à l'assemblée.
— Nous avons compris ! l'excusa alors Fergus de Middenhall d'un petit sourire. Elle a besoin d'être rassurée !

6

Rester ou fuir

Aélis souffla un grand coup en pénétrant dans sa chambre. L'émotion la gagnait face à toute l'inquiétude que Nimaï et le Duc lui apportaient à travers ces dernières nouvelles.

— Même si tout paraît indiquer le contraire, je vais bien ! lui déclara alors Callum, dans son dos.

Aélis se tourna alors vers son mari, surprise dans un premier temps de le trouver à sa porte, puis peinée de le voir avec son bras en écharpe. Callum entra dans la pièce malgré l'absence de permission de sa femme.

— J'aurais dû être plus vigilante. Votre situation magique est instable et je vous pousse à bout !

— Rien ne dit que c'est à cause de notre relation que mes pouvoirs ont disparu.

— Si Noctis est apparu, c'est à cause de moi ! rétorqua Aélis. Je vous ai demandé de lâcher prise sur vos ténèbres et il est apparu. De plus, j'ai en moi son pire ennemi. Comment ne pas croire que je n'ai pas une responsabilité dans votre situation ?!

La colère et la culpabilité d'Aélis heurtèrent Callum qui se sentait tout aussi responsable de l'inquiétude de sa femme.

— Nous ne savons rien de la cause de la disparition de mes pouvoirs. Peut-être est-ce le troll lui-même qui a la capacité d'annihiler les pouvoirs magiques grâce à cette pierre ?! Peut-être que Noctis a grillé toute l'énergie magique en moi pour apparaître et qu'il me faut attendre que cela se remplisse à nouveau en moi, telle une jauge ? Il ne sert à rien de culpabiliser et de trouver un responsable pour le moment. Nous devons réfléchir sur la façon dont cette pierre est arrivée dans sa paume et comment elle trouve le moyen d'agir sur lui sans mana. Peut-être même que c'est grâce au mana qu'il m'a absorbé que la pierre agit sur lui ?!

Ces hypothèses ne rassurèrent guère la jeune femme.

— Beaucoup d'incertitudes... En attendant, vous êtes blessé !

Aélis baissa les yeux tristement.

— J'avoue que ce n'est pas passé loin, cette fois ! Ah ah ! répondit Callum en plaisantant, ce qui ne fut pas au goût de sa femme qui le fusilla du regard.

— Comment allons-nous faire si vous perdez définitivement votre énergie magique ?...

La voix affectée d'Aélis obligea Callum à être plus sérieux et sincère. Il soupira.

— J'ai essayé de pénétrer dans mon plan astral par la méditation durant votre absence, pour entrer en contact avec Noctis. En vain. Je ne trouve pas la porte me conduisant à lui. Sur ce point, grâce à ses pouvoirs magiques, Edern est plus douée que moi, mais nous lui avons interdit formellement de venir au contact du démon ! C'est trop dangereux ; il pourrait ne pas apprécier l'intrusion d'un ennemi en moi. Je pense que je suis le seul qui puisse vraiment établir une discussion avec lui, ainsi que vous... Je doute qu'il écoute les autres. Seulement, si je n'ai plus de pouvoir, je comprends pourquoi mes tentatives d'aller dans mon plan astral échouent... C'est beaucoup plus compliqué sans mana !

Aélis s'assit sur le matelas de son lit, perdue.

— Peut-être que la solution est que vous rentriez à Althéa et que vous voyez avec les autres ce qui serait le mieux pour vous... Ils vous seront d'une meilleure aide qu'en restant ici !

— Pour vous laisser seule avec lui ? répondit rapidement Callum, tout en croisant les bras.

Aélis se releva d'un bond, devinant ses pensées à propos de Taïkan.

— Pas du tout ! Je ne disais pas cela avec cette arrière-pensée ! Vous êtes fatigant à la fin avec votre jalousie mal placée !

— Jalousie ? Je ne vois pas ce que vient faire la jalousie là-dedans quand je parle d'honneur ! On courtise ma femme sous mon nez ! Je vous rappelle que vous n'aimiez pas voir l'Intendante me faire des avances alors même que vous étiez à côté ! Je ne pense pas que ce soit de la jalousie de votre part, car cela signifierait que vous auriez des sentiments à mon égard, ce dont je doute en voyant comment vous minaudez avec votre soldat de Piléa ! Donc, comme moi, vous regrettez de voir votre honneur bafoué !

Piquée au vif, Aélis s'énerva.

— Oooooh ! Excusez-moi de « bafouer votre honneur » en étant courtisée ! S'il n'y a que votre « honneur » qui vous inquiète, alors raison de plus de rester loin de moi et de rentrer à Althéa !

Callum s'esclaffa de façon amère.

— Je crois que vous avez raison ! J'ai déjà assez perdu de choses en venant ici ! Mes pouvoirs, mon épaule et ma femme si douce, si attentive et si mignonne ! À quoi bon insister ?!

Il quitta alors la chambre, laissant Aélis seule avec sa colère.

— Douce ? Mignonne ? Rhaaa ! Il m'énerve !

Callum traversa les couloirs avec une colère qu'il n'arrivait pas à calmer. Bizarrement, il n'avait aucune envie de la calmer cette fois-ci. Il était même prêt à laisser volontiers sa place au démon qu'il logeait pourvu qu'il puisse ne plus vivre tous ces désagréments depuis qu'il était arrivé dans le fief de sa femme. Malheureusement, Noctis était aux abonnés absents et les ténèbres ne semblaient pas vouloir réagir à sa colère, à son grand dépit.

C'est ainsi qu'il croisa deux femmes, sortant par une porte. Très vite, il identifia à la couleur grise des cheveux de l'une d'entre elles Christa De Middenhall. Une servante l'aidait à marcher. Les deux femmes entendirent l'arrivée de Callum et interrompirent leur avancée. Callum les salua d'un signe de tête. Christa reconnut son gendre et sourit discrètement.

— Bien le bonjour, Madame.

— Bonjour Duc. Veuillez me pardonner de ne pas être venue vous accueillir. Je ne suis pas des plus présentables..., mais il semblerait que, vous aussi, vous ayez eu des soucis de santé !

Elle fixa alors son bras en écharpe. Callum regarda l'état de son bras et grimaça.

— Ne vous inquiétez pas ! Je n'ai fait que passer à Piléa ! Faisons comme si chacun de nous deux n'avait pas vu l'autre. Je repars pour Althéa.

Il inclina alors sa tête en signe d'au revoir. Christa examina plus attentivement son attitude.

— Je vous souhaite un prompt rétablissement, Baronne.

— Ma fille doit être peinée de vous voir rentrer si vite à Althéa.

— Je ne doute pas qu'elle trouve de quoi vite passer ce désagrément... Elle a Taïkan pour lui tenir compagnie, après tout !

Callum marmonna ses derniers mots avec un soupçon d'amertume dans la voix, ce qui n'échappa pas à la propriétaire des lieux. Elle sourit et souffla.

— Pauline, veuillez nous laisser quelques minutes s'il vous plaît. J'aimerais m'entretenir avec le Duc Callistar.

La servante s'inclina et confia sa maîtresse au bras du Duc.

— Allons nous asseoir plus loin...

Callum remarqua les traits tirés de Christa de Middenhall.

— Votre mari m'a dit que vous alliez mieux. J'en suis heureux.

— Disons que je suis sur la voie d'un rétablissement, mais je dois garder encore le lit. Cependant, je n'en peux plus de rester enfermée dans cette chambre !

— Votre fille doit tenir de vous. Elle a toujours besoin de se rendre utile !

Christa sourit timidement, plongée dans des pensées secrètes.

— C'est un trait de famille, oui !

Ils s'assirent sur le rebord d'un muret, non loin du jardin.

— Qu'est-il arrivé à votre bras ?

— Un troll traîne dans les parages et j'ai été blessé.

— Est-il prudent de partir dans votre état ?

— Merci de vous inquiéter pour moi. Mais il est préférable que je parte.

— Pour qui ?

Christa plongea son regard dans le sien, à la suite de cette question. Callum se trouva mal à l'aise. Christa respira un grand bol d'air frais et laissa les rayons de soleil caresser son visage.

— Puis-je vous poser une question ? demanda alors Callum.

Christa tourna la tête vers lui.

— Si vous pensez que cela peut vous apaiser...

— Est-ce que votre fille vous a parlé de notre dernier voyage à Avéna ?

Christa le fixa un instant avant de répondre.

— Non, elle ne m'a rien dit. Je n'ai pas été en mesure de beaucoup l'écouter. Et lorsque j'ai commencé à aller mieux, je pense qu'elle n'a pas voulu m'infliger des discussions compliquées. Elle est restée à mes côtés, mais nous avons parlé de tout et de rien. Y aurait-il quelque chose dont je dois être informée ?

Callum fixa le sol, sans un mot. Aélis ne lui avait pas parlé de la Protectrice en elle ni de son démon. Cela pouvait se comprendre, vu son état.

— Il n'y a pas d'urgence. Aélis a raison de privilégier votre santé.

Christa observa alors deux oiseaux nichés entre deux poutres du couloir ouvert sur le jardin dans lequel ils se trouvaient.

— Merci de l'avoir laissé venir à mon chevet.

Callum prit un temps pour répondre, gêné.

— Elle a la chance d'avoir des parents... Il faut chérir cela.

Christa posa sa main sur la sienne avec bienveillance.

— En vous mariant à ma fille, vous êtes entré dans notre famille. Je ne suis pas votre véritable mère, mais vous pouvez compter sur mon soutien. La vie de jeunes mariés peut s'avérer parfois compliquée, mais je suis sûre que vous trouverez des choses qui vous unissent et vous rendent forts ensemble.

Elle lâcha sa main et regarda au loin.

— Vous savez, quand le Roi Mildegarde a pris mon destin sous son aile, j'étais loin de penser que j'y trouverais l'amour. Pourtant, Fergus a su m'apaiser d'une manière incroyable. J'ai trouvé en lui un soutien indéfectible. Le Roi a forcé un peu ce qui était une évidence, avec le recul. Fergus est une personne fiable et je ne doute pas que le Roi voit en vous quelqu'un de fiable pour ma fille, tout comme elle peut vous apporter beaucoup également. Faites-vous confiance ! Taïkan est un soldat au service de la famille depuis de nombreuses années. Il a toujours été présent pour ma fille. Nous lui avons confié sa sécurité sans hésitation. Cependant, pour être honnête avec vous, je doute que ma fille sente en lui l'apaisement que je ressens avec Fergus. Même s'il la connaît depuis longtemps, il ne lit pas entre les lignes de son cœur. Sans doute parce qu'il pense justement la connaître très bien. Leurs dix années d'écart et sa plus grande expérience avec les femmes n'en sont pas la cause. Il y a ce fil imperceptible qui unit un homme à une femme qui se crée avec le temps et se consolide pour devenir un lien d'amour. Je ne vois pas ce fil rouge qui unit leurs mains. Il y a du respect, certes, une certaine admiration sans doute, une confiance non discutable évidemment, mais il n'y a pas cette flagrance qui fait que l'autre est son tout.

Elle posa à nouveau son regard sur son gendre avec un petit sourire.

— Vous avez la réputation d'être un fin observateur au combat. Or l'amour est un combat de tous les jours...

Ses yeux bifurquèrent ensuite vers sa main. Callum eut un réflexe surpris et examina immédiatement sa main à son tour, se demandant si elle voyait ce soi-disant fil sur lui. Elle gloussa alors de sa prédisposition à croire qu'il était réellement l'élu du cœur d'Aélis.

— Vous en pensez quoi ? lui demanda-t-elle.

Callum esquissa un petit sourire à son insinuation.

— Que la réponse n'est pas dans ce que voient les autres ?

— Vous me vexez ! lui répondit-elle, faussement outragée, bien qu'elle comprenne sa conclusion.

Callum sourit, amusé de cette discussion, pouvant lui rappeler par certaines façons celles qu'il pouvait avoir avec sa fille. Pourtant, cette histoire de fil résonnait en lui. Cette connexion unique entre deux êtres qui se trouvent le ramena vers un sujet essentiel.

— Y a-t-il d'autres membres de votre famille dans les environs de Piléa ?

— Pourquoi me demandez-vous cela ? répondit Christa, perplexe.

— J'ai rencontré, plus jeune, une fillette aux cheveux gris... Elle se faisait persécuter par d'autres enfants. Je la cherche depuis des années. Je voulais l'épouser. Et puis le Roi m'a mis devant mon nez le minois de votre fille avec une alliance à mettre à son doigt. Je ne cesse de me demander si j'ai bel et bien épousé la fillette que j'ai rencontrée quand j'étais jeune.

Christa le fixa en silence avant de réagir.

— Serait-ce un problème si ce n'était pas le cas ?

— Pour être sincère avec vous, je me pose aussi cette question ! s'esclaffa avec gêne Callum. J'ai peur de tout mélanger et de faire souffrir tout le monde inutilement.

Christa expira avec lassitude, comme si sa propre expérience lui laissait encore de douloureux souvenirs.

— Les souvenirs peuvent faire ressentir de notre présent l'impression de vivre toujours dans le passé. Parfois, il est bon de se demander où est son véritable bonheur. Dans le passé ou dans le présent ? J'ai mis du temps à comprendre que l'important n'était ni le passé, ni le présent, mais bien l'avenir qu'on veut construire. Et ça commence par les premières pierres que l'on pose au présent et non par ce qui a été fait par le passé, si on veut obtenir le château et le royaume de ses rêves ! Le passé ne sert qu'à ne pas répéter les mêmes erreurs.

Callum se mit à rire doucement.

— Vous ne seriez pas l'épouse de l'architecte du Roi, par hasard ?

Christa se mit à rire pudiquement à son tour.

— Qui sait !

Callum prépara la selle de Kharis en silence. Il avait attendu la nuit pour partir à Althéa. Que ce soit cette histoire de troll, son altercation avec le Duc de Piléa ou le comportement d'Aélis, rien n'allait comme il le voulait. Même si sa discussion avec sa belle-mère l'avait calmé un peu, son inquiétude se tournait surtout vers ses pouvoirs magiques. Il devait absolument comprendre pourquoi son mana ne réagissait plus. S'il avait toujours pensé que son énergie magique était innée, aujourd'hui, il doutait. L'existence d'un démon en lui remettait toutes ses certitudes en cause. Sans pouvoir, comment pouvait-il protéger Aélis et Althéa ? Comment pouvait-il tenir sa promesse d'être toujours là pour les deux ? Il caressa Kharis et soupira. Qu'allait-il lui-même devenir sans pouvoirs magiques ? S'il avait toujours espéré pouvoir se débarrasser de son trop-plein de ténèbres en lui, le prix de cette paix lui coûtait cher. Il en venait presque à regretter ses nuits d'insomnie. À l'heure actuelle, il n'était qu'un simple soldat, démuni de sa puissance de frappe pour attaquer ou se défendre.

Non sans difficulté, il grimpa sur sa monture et s'engagea vers le chemin du retour pour Althéa. Il n'avait dit au revoir à personne. Que dire ? Il optait pour un repli stratégique, à défaut de considérer son acte comme une fuite honteuse. Sans pouvoirs, que pouvait-il faire face à ce troll hormis leur envoyer Finley pour régler le problème ? Il se sentait aussi inutile qu'impotent.

Au bout d'une bonne demi-heure, Kharis entra dans une forêt longeant les collines de Piléa. C'est alors qu'il entendit le galop d'un cheval venir vers lui. Très vite, son cavalier se posta devant lui pour lui faire barrage et retira sa capuche. Callum découvrit alors Aélis.

— La politesse aurait été de nous dire au revoir ! lui déclara-t-elle alors, la voix et le regard durs.

Tous deux se fixèrent un instant, avant que Callum n'ordonne à Kharis de reprendre la route.

— Au revoir !

Il tenta alors de la contourner avec Kharis, mais elle s'interposa. Il souffla.

— Depuis quand savez-vous faire du cheval ? l'interrogea-t-il, surpris par sa dextérité à lui faire barrage.

— Depuis mes huit ans ! Et vous ?

La réponse et la question suivante surprirent un peu Callum, mais il garda le silence. Aélis ferma un instant les yeux, navrée de cette situation, avant de le fixer plus gravement.

— Écoutez... Je suis désolée ! Je ne voulais pas vous vexer en vous disant de rentrer à Althéa. Je suis juste... inquiète concernant vos pouvoirs magiques.

Leurs deux chevaux s'impatientèrent.

— Duc Callistar, je ne souhaite pas que vous partiez en couvant une colère contre moi.
Elle baissa alors les yeux timidement.
— Je suis contente de vous voir, seulement...
— Seulement ? répéta le Duc, tout ouïe.
— Seulement vous ne me faites pas confiance !
— C'est en lui que je n'ai pas confiance ! s'énerva Callum. Là est la nuance ! Et il m'a bien fait comprendre que j'en avais toutes les raisons.
— Taïkan n'a pas digéré notre mariage, mais il ne peut plus s'opposer au fait que nous soyons mariés maintenant !
— Tsss ! Comme si cela pouvait arrêter un homme ! Que vous êtes naïve !
Aélis fronça les sourcils, s'agaçant de voir Callum la juger ainsi.
— Et vous, un idiot avec votre jalousie ! Et ne me dites pas que c'est une question d'honneur, car votre honneur ne vous a jusque-là jamais posé de problèmes pour partager la femme d'un autre parmi vos anciennes conquêtes, non ?!
— Si vous m'interrompez dans mon avancée pour me chanter à nouveau vos absurdités, autant en finir tout de suite !
Aélis descendit de son cheval et attrapa les rênes de Kharis.
— Je vous laisserai partir que si vous me promettez que vous n'êtes pas contrarié à cause de moi !
Callum la fixa du haut de son cheval, puis descendit afin de se mettre à sa hauteur.
— Seriez-vous en train de réclamer un présent de ma part en signe de paix entre nous ?
Aélis se mit à rougir avant de se sentir mal à l'aise.
— Je n'ai besoin que de votre parole...
— Moi, j'ai besoin de votre contribution physique pour m'assurer de votre bonne volonté dans l'accord de paix entre nous.
Aélis baissa les yeux, les joues rosies.
— Pourquoi agissez-vous de façon si perverse avec moi ? Nos paroles devraient suffire. Je n'aime pas votre chantage.
— Ai-je le choix ? Ma femme me renie depuis mon arrivée ! Je m'assure juste de sa fidélité !
— Je ne vous renie pas ! C'est faux ! protesta Aélis tout en relevant

les yeux sur lui avec conviction. Et je vous suis fidèle !

Callum prit une position attentiste, claquant du pied contre le sol.

— Prouve-le, Aélis...

La voie douce et soudainement familière du Duc toucha la jeune femme qui hésita un instant.

— Je ne devrais pas avoir besoin de le prouver.

— Là, j'ai besoin d'une preuve...

Les chevaux s'agitèrent tout à coup. Callum calma Kharis d'une caresse sur son cou, mais le cheval demeurait stressé. Il fronça les sourcils. Pensant que leur dispute en était la cause, Aélis lâcha les rênes de Kharis pour se tourner vers son cheval et tenter de le rassurer également, mais il cabra subitement avant de prendre la fuite. C'est alors que le couple vit le troll sortir d'un buisson. Il lâcha un énorme grognement faisant fuir Kharis qui suivit le premier cheval. Aélis jeta un regard vers son époux déjà concentré vers son ennemi, malgré son bras en écharpe.

— Il nous faut prendre la fuite, nous aussi ! lui cria-t-elle alors. Nous ne pouvons pas le battre !

Le troll avança vers eux.

— Pars pendant que j'occupe son attention !

7

Du désespoir vient la peur des ténèbres.

— Il est hors de question que je parte sans vous ! s'indigna Aélis.
Callum trépigna d'agacement.
— Ce n'est pas dans ce genre de situation extrême que j'attends de vous l'expression de votre fidélité ! Partez vite, nom d'un chien !
— Je reste si vous restez !
Le troll poussa un nouveau grognement et s'avança vers Callum qui s'éloigna de sa femme immédiatement pour qu'elle ne soit pas blessée. Il sortit de sa botte sa dague. Il tenta ensuite d'y injecter son mana, mais aucun résultat n'apparut. Il pesta, ne trouvant quelle alternative il pouvait exploiter désormais.
— Allons, Callum ! murmura-t-il pour lui-même. Réfléchis comme Nimaï... Que ferait-il à ma place ?
Il se trouva vite démuni, mais tenta une dernière idée.
— Si ta peau est une cuirasse imperméable, qu'en est-il de tes yeux ?
Il défit rapidement son bras en écharpe pour gagner plus de mobilité malgré sa blessure et tenta une attaque. La gaucherie du

troll permit à Callum de l'éviter facilement pour le contourner et lui sauter dans le dos.

— Tu sais ce que disait mon précepteur pour le combat ? « Au lieu de vouloir d'entrée tuer quelqu'un, commence déjà par l'affaiblir ! »

Il prit son cou en écharpe de son bras blessé tout en grimaçant de douleur et, du droit, il planta la lame de sa dague dans l'œil droit du troll qui hurla. La douleur fut telle que le troll s'agita davantage, voulant se débarrasser de l'intrus dans son dos tout en se tenant l'œil. La blessure de Callum dans l'épaule se rouvrit face à son effort pour résister et le sang commença à s'étaler sur ses vêtements. Comme la première fois, le troll réussit à l'agripper en le saisissant par le bras droit en sang, ce qui accentua sa blessure. Callum lâcha un cri de douleur. Aélis posa ses mains devant sa bouche, ressentant au plus profond d'elle-même quelle devait être la douleur du Duc à travers ce cri déchirant. La dague tomba au sol. Tenant à bout de bras le Duc, le cri du troll résonna aux alentours pour asseoir sa force contre son ennemi. Voyant son mari à bout de force face à un ennemi toujours plus fort que lui, malgré un œil en moins, Aélis comprit que Callum risquait de mourir réellement en cet instant. Dans un élan héroïque insoupçonné, elle se précipita vers la dague. Les yeux à moitié fermés et luttant contre un nouvel évanouissement, Callum remarqua l'acte insensé d'Aélis. Elle plongea alors entre les pieds du troll, partiellement aveugle et occupé avec Callum, et attrapa l'arme tranchante. Elle frappa une première fois de toutes ses forces contre la jambe du troll. En vain. Une piqure de moustique aurait eu le même effet. Le troll leva le pied en arrière pour se débarrasser du moucheron qui l'importunait. Aélis évita le coup de pied arrière du troll de justesse.

— Va... t'en ! lui ordonna Callum une dernière fois, avec difficulté.

Aélis croisa son regard et refusa d'un signe de tête. Callum lui sourit tendrement.

— Ne te retourne pas !

— Noooon ! cria Aélis dans un élan de colère.

Dans un cri de désespoir, elle leva une nouvelle fois les bras pour armer son deuxième coup de dague. Tout à coup, une lueur blanche, entourée d'éclairs rouges et noirs, sortit de son corps et se concentra vers son arme. L'obsidienne incrustée dans la chappe de la dague réagit et scintilla alors. La dague se transforma soudainement en une nouvelle arme que même Callum n'avait jamais vue ! Un sabre à large lame courbée en S., pointu aux extrémités et au tranchant dentelé noir, apparut. La lame était portée par un manche fin, parfait pour la prise en main d'une femme. Dans une sorte d'état second, elle prit un meilleur appui sur ses pieds et elle donna de l'élan à son arme pour fendre la peau du troll.

Ce dernier hurla de douleur et lâcha Callum qui tomba au sol de tout son poids. Le troll se tourna alors vers Aélis et l'attrapa par la gorge. La poigne du troll fut telle qu'elle en lâcha son sabre pour tenter de se défaire de son emprise de ses deux mains. Le troll la souleva alors. Ses jambes se débattirent dans les airs. Callum observa la scène, le corps allongé au sol. Joue contre terre, tout son être était empreint de frustration et de colère. Sa blessure et son impuissance l'avaient rendu vulnérable et Aélis payait en cet instant sa faiblesse. Sa vision se troublait. Il sentait ses forces lui échapper. Son sang se répandait sur le sol lentement en même temps que sa conscience commençait à le quitter. Il était certain que leur issue funeste à tous les deux était imminente. Il ne leur restait que peu de perspectives favorables. L'intervention d'une tierce personne ? La fuite du troll pour une raison soudaine ? Même s'il venait à retrouver sa magie, son état général ne lui permettrait même plus de se lever. Il n'y avait qu'une issue possible finalement. Il ferma les yeux. Il pouvait encore entendre son pouls résonner en lui.

« — Noctis... Nous allons tous y rester, toi y compris si je meurs... »

C'était une pensée insensée, un espoir impossible après tant d'échecs à tenter de communiquer avec lui. Il rouvrit les yeux vers Aélis.

« — Nous ne pouvons pas la laisser mourir ! Tu ne peux pas perdre l'hôte de ta rivale si tu veux revoir la Protectrice ! »

Tout cela semblait vain. Il se parlait finalement à lui-même. Son épaule lui faisait un mal de chien. Il arrivait à peine à bouger ses doigts. Seul l'espoir de pouvoir la sauver subsistait tandis qu'elle se débattait avec le troll. L'énergie qu'elle avait réussi à libérer à l'instant n'avait pas suffi à mettre à mal la créature. Elle n'avait pas suffisamment duré non plus et s'était éteinte en même temps que la désillusion de voir apparaître la Protectrice en elle.

« Elle ne viendra pas... La Protectrice n'est pas en elle... »

Il avait encore un peu de force pour réfléchir à ce qu'il venait de se produire. Pour la seconde fois, elle avait utilisé cette lueur blanche avec ces éclairs noirs et rouges pour se battre. Une force incroyable lui ayant même permis d'interagir avec sa propre pierre, ordinairement dédiée à une seule personne, et au point de pouvoir invoquer une arme. Il ne savait plus si elle cachait du mana en elle au point de pouvoir elle-même devenir chevalier, comme Edern, ou si c'était bien les résidus de son propre mana qu'elle avait absorbés à travers l'orbe qu'elle avait encaissé lors de leur mariage qui avait permis à la dague de se déployer, ou encore si c'était bel et bien une réminiscence du pouvoir de la Protectrice qui s'était réveillée. Finalement, toutes ces questions resteraient sans réponse. Ses yeux se fermèrent avec cette amertume de n'avoir pas pu tout résoudre. Des images du sourire de cette fillette si reconnaissante envers lui lui revinrent en mémoire. Il la revoyait déposer ce baiser si chaud entre ses lèvres et sa joue. Il ne connaîtrait en fin de compte pas la réponse à ce qu'elle était devenue. Il tenta doucement de bouger son bras le plus valide pour attraper la pierre autour de son cou, mais l'effort était trop grand. Même ce simple geste lui devenait maintenant impossible. Il remarqua son sang à présent toucher sa joue. Si froid en comparaison du baiser si chaud que cette fille avait gravé sur son visage. Tout son corps avait à présent froid. C'était fini. Les ténèbres l'embarquaient définitivement cette fois pour un voyage sans retour possible. Elles avaient fini par revenir, par le rattraper. Il les avait fuies toute sa vie, pour ce résultat pathétique. Une lutte vaine en y repensant. La mort l'avait toujours accompagné, encore plus maintenant qu'il avait appris l'existence du Démon de la Mort en lui. Peut-être attendait-il ce moment où il allait cracher avec son sang son dernier souffle pour être libéré de lui. Il sourit de dépit. Tout cela pour ça.

« Tu as gagné, Démon ! Je m'incline ! »

Les derniers battements de son cœur retentirent avant le black-out total. Le silence envahissait ses oreilles. Les bruits de la réalité s'éloignaient. Il était seul désormais avec la mort qu'il avait si souvent côtoyée.

« — Décidément, les humains sont tous aussi consternants les uns que les autres... »

Un nouveau battement de cœur résonna en lui.

« — Vous êtes incapables de reconnaître votre culpabilité jusque dans la mort ! »

Deux nouveaux battements de cœur retentirent en lui, comme si rien n'était fini.

« — Cette voix... ? »

« — Tu ne peux t'en prendre qu'à toi-même de ce résultat ! Tu l'as bien cherché ! »

Une autre voix lui parlait.

Callum rouvrit les yeux et remarqua que son environnement avait changé. Tout était noir autour de lui. Il chercha à comprendre où il était avant de froncer les yeux. Il était debout, en pleine forme, sans la moindre blessure.

« — Ce n'est pas la réalité ! Où suis-je ? »

« — C'est bien ! Tu n'es peut-être pas si bête que ça ! »

Sur la défensive, Callum chercha son éventuel ennemi.

« — Qui es-tu ? Montre-toi ! »

Callum chercha sa dague, mais ne la vit nulle part. Il avait donc peu de moyens pour se défendre.

« — Tu es mage ? Chevalier ? C'est toi qui es derrière ce troll ? »

« — Finalement, tu es comme tous les autres, un idiot ! Aaaah ! Que c'est décevant ! En même temps, que pouvais-je espérer d'un humain ?! Vous êtes tous dotés d'un cerveau et êtes incapables de réfléchir correctement avec ! Une mante religieuse est bien plus intelligente que vous ! »

Callum écarquilla les yeux à ses mots.

« — Un humain... » répéta-t-il pour lui-même tout en essayant de comprendre les derniers événements.

« — Le démon ! Tu es ce démon ?! Je suis dans mon plan astral ! C'est ça ! Montre-toi, Noctis ! »

Un large souffle chaud vint battre tout à coup son visage.

Déstabilisé, Callum mit son bras en protection.

« — Tu renies mon existence et tu voudrais que je me montre maintenant à toi ? »

Callum chercha partout autour de lui la présence du démon, mais il se trouvait seul au milieu de nulle part.

« — Je cherche à te parler depuis des semaines ! lui répondit le chevalier. Où vois-tu une volonté de ma part de t'ignorer ?! »

« — Il y a ce qu'on veut faire croire et la vérité, Humain ! Tu es un vulgaire insecte qui croit tout maîtriser de sa vie, mais qui ne la comprend même pas et finit par être écrasé par arrogance et ignorance »

Callum tourna sur lui-même pour trouver l'origine de la voix du démon, mais il semblait être partout et nulle part à la fois.

« — Je ne comprends pas ce que tu essaies de me dire ! »

« — Tu n'as pas essayé de me chercher. Tu t'es fourvoyé dans cette pseudo quête à chercher à communiquer avec moi alors que tu ne le voulais pas au plus profond de toi. Ta peur de moi transpire à des kilomètres. Au point de bloquer ton mana et m'en imputer la responsabilité. Tellement facile. Tellement petit. »

Callum baissa son bras, abasourdi par les propos du démon.

« — Quoi ? Tu insinues que je bloque inconsciemment mon mana pour ne pas établir de lien avec toi ? »

La surprise se dessina sur son visage et Callum regarda immédiatement ses mains.

« — Tu as raison. Tremble devant moi, Humain. Tremble devant ma puissance. Repousse-la autant que possible avant qu'elle ne te dévore. Vous êtes tous pareils ! »

Une pression ahurissante tomba sur ses épaules. La gravité l'écrasait et l'empêchait de réfléchir. Il plia le genou, comme une volonté du démon à vouloir le soumettre à lui.

« — Regarde-toi ! Le Chevalier de Sang est si pitoyable ! Comment peut-on honorer de ce surnom un humain si faible ?! »

Callum fixa ses mains en silence, cherchant à comprendre ce qu'essayait de lui dire le démon. Paumes orientées vers le ciel, il constata que ses mains tremblaient réellement. Il réalisa que tout son corps était en panique. Effectivement, il découvrait qu'il avait sans doute vraiment peur pour la première fois. Une peur viscérale qui lui glaçait le sang et lui broyait les os. Il avait toujours pensé que sa force était suffisante pour vaincre. Une force magique et physique incroyable lui affublant l'arrogance de croire que la peur était pour les faibles qui enchaînaient les échecs. Mais pour la première fois de sa vie, son instinct l'avait poussé à battre en retraite, à se cacher et à ne pas aller au combat. Son instinct lui avait dicté de disparaître pour ne pas être repérable, de se fondre dans la nature, de s'y incruster dedans pour passer inaperçu. Bloquer son mana, c'était rompre tout lien avec lui, avec le monde magique. Le démon avait raison. Jamais il n'avait autant craint un ennemi. S'il ne le voyait pas jusque-là, maintenant il le comprenait. La normalité comme refuge au point de bloquer toute forme de magie en lui inconsciemment semblait en être une expression claire de cette peur primaire, incontrôlée, viscérale. Plus il fixait ses mains, plus il comprenait sa naïveté et combien il ne se connaissait pas.

« — Sache que la peur est l'un des deux facteurs pouvant déclencher les dix aspects de la mort. La peur nous emporte dans la souffrance d'une solitude éternelle dont on veut mettre fin, comme on craint de mourir, on se refuse de vieillir et on lutte pour une éternelle jeunesse, elle conduit au vide existentiel de toute chose parce qu'elle nous paralyse et nous empêche de faire quoi que ce soit, elle guide les gens vers la destruction, la rage, la folie. Parce qu'on a peur, cela vire à une obsession que seule la mort peut soulager, tout comme l'excès, la démesure de quelque chose pour la contrecarrer. Elle nous porte au désespoir, au sacrifice, à vouloir rester dans un état intemporel pour ne plus souffrir. Je suis curieux de voir quel aspect de la mort tu vas finalement choisir pour que cette peur cesse. »

Callum remarqua alors ses mains disparaître progressivement. Sa peur s'amplifia. La mort était synonyme de disparition totale. Le processus était par conséquent enclenché.

« — C'est ça ! continua Noctis, dans l'ombre. Va vers le néant, Humain ! Le néant, le vide, c'est l'oubli permanent ! Fuis ta raison d'exister et de craindre ! Tu ne mérites pas la vie ! »

Ses bras commencèrent à disparaître à leur tour. Sa respiration devint haletante. Sa peur rongeait son âme telle la corrosion attaquant le fer.

« — Dis adieu à tout. Les humains sont si faibles. Laisse la peur viscérale te ronger. Tu as déjà un pied dans la mort, mets le second. »

Ses jambes disparurent à leur tour. La disparition de son corps s'accélérait. La peur le terrassait, le plongeant dans l'incapacité de réfléchir et de bouger.

« — Je suis le Démon légendaire de la Mort ! Tremble, Humain ! Meurs littéralement de peur devant moi ! »

Des gouttes de sueur perlaient sur son front. Son teint était livide. Il était à deux doigts de pleurer. Puis soudain, un cri fendit l'air.

— Noctiiiiiis !

8

C'est de la peur qu'on tire les plus grandes forces.

Noctis et Callum reconnurent la voix d'Aélis. Elle appelait le démon à l'aide. Son cri avait réussi à traverser le plan astral de Callum. La peur du chevalier s'amenuisa soudain et cela stoppa net la progression de sa propre disparition. Comme un réveil à sa léthargie, Aélis le ramenait à la réalité.

« — Aélis... Elle... a besoin de nous ! Il faut la sauver ! »

Callum réalisa l'impuissance dans laquelle il était vraiment et son erreur d'avoir quitté son objectif principal de vue. Sa conscience avait quitté la réalité pour son subconscient. Son corps réel était très mal en point et il était aussi en train de perdre sa conscience. Seul Noctis pouvait changer les choses, mais sa peur endiguait jusque-là toute volonté de s'appuyer sur un ennemi pouvant le tuer d'un claquement de doigts au moindre faux pas comme il était en train de le faire depuis quelques minutes.

« — Non... Je dois la sauver ! Tu as raison, Démon ! Ma peur de toi me paralyse. Tu m'impressionnes, ta renommée d'être légendaire en plus d'être un démon installe d'emblée ta puissance sans que tu aies le moindre besoin d'en faire la démonstration. Tu as raison, je me suis fourvoyé dans ce que je pensais être une voie sans issue : celle de perdre tout libre arbitre contre toi. Après tout, qui ne serait pas résolu à mourir par la main du démon de la Mort, hormis peut-être la Protectrice ?! »

« — À quoi joues-tu, Humain ? Tu me flattes, puis tu me provoques en la mentionnant ? Laisse la Protectrice où elle est ! » gronda Noctis dans l'ombre.

Callum se surprit de cette remarque, réalisant qu'il avait oublié combien la relation que ce démon entretenait avec la Protectrice était peut-être la base de quelque chose de plus profond, plus sérieux, que ce qu'il laissait croire. Sa prédisposition à avoir protégé Aélis jusque-là et à avoir engagé une négociation avec le Grand Gardien était une preuve que le démon avait aussi des intérêts cachés dont il pouvait se servir à bon escient pour lui.

« — Aélis est en danger ! Je sais que je ne fais pas le poids contre toi, mais il y a plus important que ma peur ou ta suprématie sur moi ! Il faut la sauver ! Tu dois la protéger si tu veux que la Protectrice te combatte à nouveau ! Tu l'estimes, n'est-ce pas ? Au point d'espérer comme le Grand Gardien son prochain retour pour te battre à nouveau contre elle, pas vrai ? Donc, si je dois mourir en cet instant à cause de cette peur de toi et qu'il me faut choisir de quelle manière ma peur va me conduire à cette mort, alors je choisis la mort par sacrifice ! Vas-y ! Prends mon corps et mon âme ! lui cria-t-il alors. Fais disparaître ma peur de toi en prenant ma place, mais fais juste une chose en échange : protège Aélis ! Tu lui as fait une promesse, au Grand Gardien et à elle ! Sauve-les, la Protectrice et elle ! Ta puissance peut les protéger de n'importe quoi ! »

Un long silence régna où mystérieusement, Noctis prit un temps de réflexion avant de répondre.

« N'essaie pas de réinterpréter mes actes et mes pensées, Humain. Je la déteste. Cela a toujours été ainsi. Je n'ai rien promis à personne. Quel démon protègerait son ennemi ? Même pour un futur combat ? Je la tuerai de mes propres mains quand elle se réveillera. Rien de plus, rien de moins. En attendant, c'est toi qui vas mourir ! »

« — Si Aélis meurt, il n'y aura plus jamais de chances qu'elle réapparaisse ! Tu n'auras plus un ennemi de son pédigrée à combattre ! Tu vas t'ennuyer durant des siècles ! »

« — Tu me crains au point de faire disparaître ton mana, dans un premier temps, pour couper toute possibilité de contact avec moi, comme pour annihiler tout lien avec moi pouvant causer du tort, puis tout à coup, tu changes de cap, ne m'ignores plus, dans le seul but de sauver ta femme ? Tsss ! Effronté ! »

« — Oui, je reconnais mon erreur. Ma demande est culottée, mais ce qui est en jeu est important aux yeux de nombreuses personnes ! Aélis ou la Protectrice, qu'importe ! Il faut les sauver ! Prends-moi en sacrifice ! »

« — Tu te sers de ta faiblesse à me craindre pour la retourner en ta faveur. Pour qui me prends-tu ?! JE SUIS UN DÉMON ! ON NE ME MANIPULE PAS ! »

Callum encaissa sa colère en silence et se concentra sur les parties de son corps astral disparues.

« — Tu as raison. Quitte à complètement disparaître, autant que je tire un avantage de toi ! Tu veux ma mort, je te la donne ! Mais ma vie a un prix ! Je ne la cède pas gratuitement ! Tu m'as dit être curieux de mon choix sur ma façon de mourir ; tu l'as ! Le sacrifice, c'est cool ! Mais comme tout bon sacrifice, il y a une contrepartie ! Le sacrifice vain n'est pas envisageable ! Il y a ce côté héroïque qui va bien à mon teint et pourrait parfaire ma réputation ! Et la cause justifiant ce sacrifice est belle, non ? Donc peur de toi, peur de ne pas être à la hauteur ou peur de voir mourir Aélis ? Quelle importance si je trouve une solution pour tout corriger et la sauver ?! »

Le nouveau silence de Noctis indiqua à Callum qu'il était sur la voie d'un rééquilibrage des forces. Ses bras ne disparaissaient plus. Sa peur le quittait et son assurance revenait avec sa détermination à le convaincre de sauver Aélis à sa place. Il se demanda alors si c'était bien sa peur qui le faisait disparaître ou bien si ce n'était pas Noctis lui-même qui agissait sur sa disparition, telles les ténèbres qui l'engloutissaient une nouvelle fois. Il insista alors.

« — Moi, je suis gravement blessé et je disparais à cause de la peur que tu instilles en moi. C'est fini pour moi ! Ils comptent tous sur ta puissance pour les sauver maintenant ! Aélis ne m'a pas appelé. Elle t'a appelé, toi ! Tu dois vite prendre ma place ! Tu es leur unique espoir ! »

Callum lui ordonna presque ces derniers mots.

« — La ferme, Humain ! Ta mort ne m'oblige à rien du tout, la concernant ! Ta vie finira avec toi ! Elle n'a aucun lien avec moi ! Tu meurs et c'est tout ! Je retrouve mon total libre arbitre ! » grogna le démon.

Un sourire cynique se dessina sur le visage du chevalier.

« — Tu crois vraiment être tranquille si je meurs ? »

Callum se gratta alors nonchalamment l'intérieur de l'oreille de son petit doigt.

« — Même si tu ne sauves pas Aélis si je meurs, tu devras malgré tout t'occuper du bon fonctionnement de mon fief, Althéa, et crois-moi tu vas vraiment détester les humains pour leurs conflits de voisinage, de propriété ou pour les affaires familiales ! Il te faudra gérer les caprices du Roi Mildegarde, partir au combat, t'occuper de mon cheval... ils vont tous venir te solliciter à ma place ! C'est certain ! Ils espèreront que je sois encore dans ce corps et ne lâcheront rien pour me faire revenir ! Donc, vas-y, achève-moi, prends ma place puisqu'on partage le même corps et surtout... vis bien ma belle vie ! »

Tout à coup plus désabusé, Callum se mit à réfléchir sur sa propre vie et sur la réelle définition du sacrifice qu'il rencontrait au quotidien, bien loin du sacrifice mortel.

« — En fait, je réalise que ma vie réelle est déjà en soi synonyme de beaucoup de sacrifices... Finalement, ce sera peut-être des vacances pour moi de mourir ? »

« — Chercherais-tu à me faire douter de la pertinence de ta mort ? »

« — C'est à croire que la mort est plus douce que la vie… »

Il grimaça en repassant sa vie dans sa tête, se demandant qui aimerait vraiment prendre sa place. Il se gratta alors la tête et inspira un bon coup.

« — OK ! Je valide le sacrifice ! Désolé de t'imposer cela, mais tu es trop fort pour moi, je ne peux pas vaincre un démon légendaire... Je vais être finalement soulagé de toute cette merde ! Ce n'est peut-être pas plus mal... »

Callum prit un air légèrement navré.

« — Je ne suis pas un humain ! répondit Noctis, sur la défensive. Je n'ai aucune obligation à vivre comme un humain et encore moins de répondre aux humains ! »

« — Tu n'auras pas le choix puisque tu es en partie moi ! Douterais-tu ? L'idée de prendre ma place dans notre duo ne te plait plus autant ? Je pensais que tu n'attendais que ça ! Pouvoir retrouver ton libre arbitre complet dans un corps qui t'appartiendrait complètement... Aurais-tu peur de la tâche qui t'incombe ou... y a-t-il un problème dans l'équation, comme l'idée de ta réelle possibilité à pouvoir vivre sans moi et prendre le contrôle de tout si ma conscience et moi mourons ? »

Callum croisa les bras, dans un geste tracassé.

« — Non, parce que les cours que j'ai écoutés d'une oreille durant ma jeunesse au Conseil Magique m'ont appris, il me semble, qu'une possession impliquait des concessions aux deux parties impliquées la plupart du temps ! Donc, si je me vois dans l'obligation d'héberger un démon et de me coltiner des nuits blanches parce qu'il est du genre à broyer du noir constamment, je me demande de ton côté ce que tu peux subir comme désagréments au-delà de cet enfermement qui doit te coûter déjà des ruminations, ô toi, Grand Démon de la Mort ! En général quand un hôte meurt, le parasite le suit dans sa mort ! Non ? »

« — QUI TRAITES-TU DE PARASITE ? »

Un nouveau souffle vint percuter son visage et le décoiffer.

« — Vas-y ! Tue-moi ! » le nargua Callum, à présent plus du tout impressionné.

La disparition de son corps rétropédalait à présent : ses bras redevenaient progressivement visibles, puis ses poignets... Callum se mit à rire.

« En y réfléchissant, tu ne peux pas me tuer. Tu l'aurais fait depuis longtemps si tu avais pu prendre ma place de façon permanente. Donc, même si tu as une grande puissance, tu n'étais pas en train de m'achever en m'encourageant vers la mort, tu cherchais plutôt à me réveiller à ta façon en cherchant à toucher ma dignité, mon estime, ma bravoure, toutes ses valeurs qu'on attend d'un guerrier, d'un chevalier. »

Il tendit alors son bras et vit sa main réapparaître et soupira.

« — Toi aussi, tu as des faiblesses, pour ne pas dire la peur indicible de disparaître avec moi. Si je tombe, tu tombes aussi. Si je gagne, tu gagnes également ! Mais…, quel déshonneur pour un démon de ta trempe de devoir dépendre de quelqu'un d'autre, en l'occurrence un humain, n'est-ce pas ?! Difficile à avouer… »

Noctis ne broncha pas, signe évident que Callum voyait juste.

« — Je ne dois plus avoir peur de toi ! Je dois collaborer avec toi, pour notre bien à nous deux, et tu dois en faire de même. C'est un fait. »

« — Je n'ai aucune obligation envers toi ! » objecta Noctis.

« — Tu as investi mon corps ! Ne crois pas que tu vas être hébergé gratuitement, sans contrepartie. Si je dois paraître effronté pour pouvoir obtenir ton aide et trouver une solution pour sauver Aélis, je le ferai ! Cela m'est égal, tu ne peux pas me tuer ! Si je dois te pourrir la vie pour que tu m'aides, je ferai. Tout comme tu peux aussi le faire de ton côté. Nous devons donc trouver un terrain d'entente et nous entraider. Alors, montre-toi à moi, Démon et aide-nous, Aélis et moi ! »

Aélis se débattait contre la poigne du troll sur son cou. Elle regrettait d'avoir lâché la dague qui avait repris sa forme originelle en tombant au sol. Elle aurait pu tenter de crever son autre œil. Hélas, elle était maintenant en mauvaise posture et le Duc ne bougeait plus. Plus rien ne pouvait la sauver. Le troll la jeta à plusieurs mètres de lui. Son corps roula au sol, buttant sur les cailloux. Elle gémit de douleur, ayant l'impression d'avoir été rouée de coups comme dans son enfance. Pourtant, elle ne voulait rien lâcher. Elle lança un regard vers le monstre qui s'approchait d'elle en boitant. Elle avait au moins cette satisfaction de l'avoir blessé. Cependant, cela ne suffisait pas à l'arrêter. Elle s'assit et regarda la dague au sol à plusieurs mètres d'elle et comprit que cette option ne pouvait plus lui servir, vu la distance qui les séparait à présent. Elle chercha autour d'elle une idée, mais le troll se trouvait déjà en face d'elle, prêt à l'achever. Les fesses frottant le sol, elle se contenta de reculer avant que le troll arme ses bras pour la frapper. Elle aperçut alors la pierre magique dans sa main. Cette fameuse pierre que son mari avait mentionnée et qui pouvait expliquer la force et le comportement belliqueux du troll. Elle se rappela le combat du Duc contre Likone, le chevalier mercenaire, et la façon dont le Duc coupa toute possibilité d'attaque en brisant sa pierre, la tourmaline. Elle devait tenter de la briser aussi. Mais comment faire ? Elle ne voyait aucune issue. Le troll tenta de la frapper de ses deux poings contre le sol, mais elle esquiva de justesse et tenta de fuir. Il la rattrapa par la robe et son seul espoir se matérialisa en un cri.

— Noctiiiis !

Elle ferma les yeux, convaincue que cette fois, elle allait y passer. Le troll cria dans ses oreilles puis tout à coup, un bruit dans le dos du troll, accompagné d'un tourbillon, les interrompit. Aélis vit alors le corps de Callum s'entourer d'éclairs rouges et noirs, puis disparaître dans le tourbillon. Elle comprit immédiatement ce qui se passait.

— Noctis... murmura-t-elle dans un soulagement.

Elle avait déjà pu voir ce tourbillon, cette métamorphose. Le corps bougea alors et le tourbillon disparut pour laisser apparaître le Démon. Le regard dur, Noctis se tenait droit, de côté, et gardait sa tête tournée vers eux.

— Je ne sais pas qui je dois détester le plus entre vous tous... déclara-t-il d'un ton grave. Je devrais tous vous tuer pour être tranquille...

Le troll lâcha un nouveau cri qui résonna dans la forêt. Noctis l'observa de façon désabusée.

— Tu me casses les oreilles, troll !

Le troll abandonna alors Aélis pour attaquer Noctis.

— T'es sérieux, là ? fit le démon, sidéré du culot du monstre à croire pouvoir le vaincre.

— Il n'est pas dans son état normal ! Il a une pierre dans sa main qui doit jouer sur son comportement ! lui cria Aélis.

Noctis prit en compte sa remarque, mais n'en tint pas importance. Le troll tenta de le frapper, mais le démon esquiva sans mal sa balourdise et contourna le troll pour aller voir Aélis. La rapidité du démon à se déplacer impressionna Aélis qui le vit en une fraction de seconde devant elle. Elle remarqua alors la blessure à l'épaule se refermer progressivement.

— Est-ce que... le Duc et vous allez bien ? lui demanda-t-elle alors.

Noctis s'étonna de sa question et pencha sa tête pour tenter de comprendre l'intérêt de s'inquiéter de cela.

— Je ne sais pas qui de lui ou de toi est le plus agaçant ! vociféra-t-il tandis que le troll chargeait à nouveau sur eux.

Ses pupilles rouges brillèrent alors. Les ombres autour d'eux bougèrent tout à coup et se précipitèrent sur le troll. Aélis eut une impression de déjà-vu et comprit que le pouvoir du Duc venait en partie de Noctis. Le Cercueil de la Faucheuse venait de lui. Le troll s'embourba, prisonniers des ombres. Il eut beau se débattre, ses jambes restaient immobilisées. Il n'y avait pas de cercueil, pas de racines, pas de squelettes, pas de tempêtes de spectres au-dessus de leurs têtes, mais Aélis pouvait ressentir cette atmosphère lourde planer tout à coup dans l'air. C'était clairement une signature palpable du pouvoir du duo Callum Callistar/Noctis.

Noctis quitta Aélis et s'approcha alors du troll. À chaque pas, l'herbe sous ses pieds fanait et tombait en poussière. Un frisson parcourut l'échine de la jeune femme, appréhendant à présent de découvrir la suite.

— Aucun monstre ne m'attaquerait de la sorte sans en connaître les risques, troll. Il est clair que tu as perdu toute raison. D'ordinaire, les trolls courbent le dos à mon passage, au pire ils fuient.

Il regarda sa main. Les ombres entourant son corps l'obligèrent à lever la main vers lui. Noctis put y voir cette fameuse pierre.

— La folie des humains... à vouloir combattre ceux qui leur paraissent supérieurs, ils usent d'ingéniosité pouvant se retourner contre eux. La magie, l'énergie, la force, le pouvoir... Tu paies le prix à côtoyer les humains, troll. Comment une pierre peut-elle réagir et manifester un pouvoir sur un être dépourvu d'énergie magique ? Qu'ont-ils encore pu inventer comme subterfuge, capable d'aller contre la nature d'un tel être que toi ? La Protectrice n'étant plus là, peut-être est-ce enfin une occasion pour moi de détruire cette humanité qui cause du tort à nous tous ? Ils ont même été capables de détruire celle qui les protégeait. La destruction... Un aspect de la mort que l'humanité maîtrise tellement bien, au point que le vrai Démon de la Mort n'est pas celui qu'on pense finalement !

Noctis jeta un regard vers Aélis.

— Je n'ai jamais compris pourquoi la Protectrice protégeait tes semblables avec autant de conviction. Elle sentait qu'elle était en danger, que son utilité perdait en force face aux avancées technologiques que les humains ont mises en avant, siècle après siècle. Pourtant, elle continuait de se battre en votre nom. Elle continuait de croire en des valeurs que je ne voyais plus en l'Humanité. Elle gardait une confiance aveugle en vous et vous l'avez trahie !

Ses yeux rouges s'illuminèrent et tout à coup, les ombres rongèrent la main du troll, jusqu'à disparition. La pierre tomba au sol. Le troll retrouva un comportement plus calme, plus en adéquation à sa normalité. Noctis fixa la pierre au sol.

— Les pires démons, ce sont les humains !

Aélis se leva alors, comprenant l'amertume qui habitait Noctis. La rayure noire partant de sous ses yeux et descendant le long de ses joues ressemblait alors au passage de larmes acides ayant marqué sa peau d'une certaine mélancolie.

— Puisque nous sommes tous des démons, que nous sommes finalement semblables à vous, alors tout va bien !

Elle esquissa un petit sourire bienveillant. Noctis contempla son visage.

— On peut donc vivre en paix ! continua-t-elle.

— Humaine naïve ! Tu lui ressembles... Je comprends pourquoi je sens qu'elle est en toi ! Peut-être que c'est moi le naïf qui voudrait croire qu'elle est en toi...

Il regarda le troll avec morosité.

— Je ne peux te laisser en vie. Je n'ai aucune garantie que cette pierre ne t'a pas affecté d'une autre façon invisible pour l'instant. Tu risques de vivre avec quelque chose qui va te rendre à nouveau fou et tu te tueras si on ne te tue pas avant. Quoiqu'il arrive, la mort viendra te chercher, même si tu parais à nouveau normal et que tout est peut-être normal. Je ne peux prendre le risque que ce mal qui t'a habité à travers cette pierre te transforme à nouveau en quelque chose et que tu causes plus de désolation parmi les tiens ou mes semblables.

Aélis écarquilla les yeux. Au-delà de son intention de l'achever malgré son retour à un comportement normal, elle comprit combien le démon agissait avec conscience de ses actes. Elle pouvait sentir une mélancolie teintée d'un ennui profond à exécuter un monstre contre qui il n'avait pas particulièrement de griefs.

— On peut lui laisser une chance ! objecta-t-elle alors.

— Tu vas le surveiller chaque jour de ta vie, chaque heure, chaque seconde, pour t'assurer de sa normalité ?

Aélis baissa les yeux.

— Ensuite, tes semblables l'accuseront de n'importe quoi au moindre faux pas, car il a été le troll à la pierre magique dans sa main. Il est déjà condamné. Le fait même d'être un troll le condamne déjà aux yeux des humains.

Il agrandit alors son ongle noir, telle une longue lame coupante. Malgré son impossibilité à parler, le troll regarda le démon avec inquiétude, comprenant que sa fin était proche.

— Je n'ai rien contre toi, troll, mais je suis un Démon Légendaire ; je n'épargne personne !

Il lui trancha alors sa gorge. Aélis ferma les yeux tout en tournant sa tête pour ne pas voir l'exécution. Les ombres s'éparpillèrent pour retourner à leur coin de forêt et le corps du troll tomba au sol.

9

Quand une rencontre du passé devient un amour du présent.

Il n'y avait aucune pitié, aucun regret, aucune forme de sadisme ou de volonté réelle de nuire non plus. Juste une évidence inéluctable qui ressortait de son attitude calme et silencieuse. Les yeux de Noctis observaient le cadavre du troll sans la moindre expression d'une émotion, hormis peut-être un fond de lassitude propre au personnage depuis qu'Aélis l'avait rencontré.

Elle s'approcha lentement vers lui et observa à son tour le troll, puis la pierre au sol qui avait cessé de briller. Elle se pencha pour la ramasser.

— Ne la touche pas ! lui invectiva le démon.

Aélis éloigna immédiatement sa main.

— Vous sentez qu'elle est encore dangereuse ?

Noctis tourna la tête, refusant de lui répondre. Aélis soupira et se redressa. La blessure de Callum qui s'était transposée maintenant sur le corps de Noctis avait disparu. Elle la toucha du bout du doigt, mais Noctis eut un mouvement de recul, méfiant.

— Vous avez une cicatrisation rapide, c'est incroyable !

— Cesse de me brosser dans le sens du poil, Humaine ! Je ne suis pas ton ami !

Aélis grimaça. La défiance du démon devenait exaspérante.

— Merci d'être venu à mon aide.

Noctis lâcha un grognement agacé.

— Callum n'avait plus ses pouvoirs, nous étions démunis face au troll. Je suis contente que vous ayez entendu mon appel.

Noctis s'avança à quelques centimètres d'elle pour lui imposer volontairement sa domination.

— Ne crois pas que je suis ton toutou qui vient dès qu'on le siffle ! lui déclara-t-il alors, d'un regard condescendant. Cela ne se reproduira pas !

Aélis lui sourit malgré tout, commençant à être habituée à ses menaces futiles, comparées à celles plus évidentes de sa puissance.

— Alors, comment faire pour vous revoir ?

— Pourquoi veux-tu me revoir ? lui demanda alors le démon. Je ne t'apporterai rien de bon ! Je suis même l'ennemi de la Protectrice. Quel est ton intérêt de t'allier à un démon légendaire ? Ne crois pas m'amadouer en essayant de jouer l'amitié pour que j'épargne celle qui vit en toi !

— Je vois que vous avez une profonde méfiance en l'Humanité... Je peux comprendre que ces siècles vous ont forgé une analyse poussée de ce que nous sommes, mais...

Elle soupira.

— Je me fiche des autres, de ce qu'il y a eu avant ou de ce que vous êtes aux yeux des autres. Pour moi, vous êtes l'alter ego de mon mari et si je ne peux pas avoir confiance en lui, en qui puis-je avoir confiance si ce n'est en vous ? Vous êtes celui qui en sait le plus sur cette Protectrice en moi. Vous avez combattu contre elle. S'il vous plaît, parlez-moi d'elle !

Noctis fut surpris de sa demande.

— Elle est... ce qu'on dit d'elle.

Il s'éloigna d'elle sans un mot.

— Je veux votre version ! Pas celles des autres !

Elle baissa les yeux.

— J'ai l'intime conviction que votre relation avec la Protectrice était plus profonde qu'une simple rivalité du Bien contre le Mal, et le Duc Callistar pense la même chose. Je ne sais pas, je le sens au fond de moi... et peut-être que, lui aussi, en étant connecté directement à vous !

Noctis fixa Aélis avec intérêt.

— Tu... le sens ?

Aélis haussa les épaules.

— Bizarrement, mon instinct me pousse à croire qu'il y a quelque chose de bon en vous.

— Tsss ! Stupidités !

— Alors pourquoi m'avez-vous sauvée ?! s'écria Aélis, convaincue.

Noctis détourna le regard.

— Mon hôte... semble être aussi manipulateur que toi !

Aélis tiqua à cette révélation et sourit.

— Il a enfin réussi à communiquer avec vous à travers son plan astral ?

— Humf !

Le silence agacé du démon sembla lui confirmer ses hypothèses.

— Vous pouvez communiquer ? Vraiment ?! Comment avez-vous fait ? Vous pouvez lui parler en cet instant ? Puis-je en faire autant avec la Protectrice ?! Montrez-moi, s'il vous plaît !

Aélis lui attrapa le bras, suppliante.

— Lâche-moi, vermine !

La jeune femme fronça les sourcils, obstinée. Elle encercla alors sa taille de ses bras.

— Je ne vous lâcherai que si vous me répondez !

— Mais qu'est-ce que tu fabriques ? Pour qui tu me prends ?! Dégage !

Englué contre le corps d'Aélis, le démon se trouva à la fois gêné et impotent, ne sachant comment gérer cette situation imprévue et par où la prendre pour qu'elle s'éloigne. C'était la première fois qu'il subissait ce type d'attaque. D'ordinaire, il lui aurait suffi d'une gifle bien sentie pour s'en débarrasser, mais aujourd'hui, il hésitait.

Elle colla sa tête contre lui et ferma les yeux tout en le serrant fort.

— Tu veux mourir, Humaine ?! gronda le démon d'une voix caverneuse tout en faisant briller ses pupilles rouges.
— Je veux savoir ! cria la jeune femme toute en gardant sa position. Aidez-moi à y voir plus clair !
Noctis libéra son énergie magique pour impressionner Aélis afin qu'elle prenne peur. Mais celle-ci, les yeux fermés, n'y prêta pas plus d'attention.
— Tu vas me lâcher, oui ! tonna plus fortement le démon. Aussi teigneuse qu'elle, ce n'est pas possible !
Il tira alors ses cheveux argentés. Aélis ouvrit les yeux sous la douleur. La tête de la jeune femme se décolla de sa poitrine, mais elle tenta de garder ses bras autour de lui, malgré la douleur. Noctis observa le visage figé d'Aélis dans une expression de souffrance, mais dont la détermination semblait ne pas faillir.
— Je sais que la Protectrice communiquait aussi avec ses hôtes. Sois patiente. Elle te parlera si elle le souhaite.
Devant cette révélation, Aélis lâcha immédiatement Noctis.
— Quoi ? Vous avez dit quoi ?!
— La Protectrice a toujours été en parfaite symbiose avec ses hôtes. Elles ne faisaient qu'un. Contrairement au cas d'une possession, la cohabitation entre vous deux est innée. Ta descendance, ton sang, a été un élément inhérent à la création de la Protectrice. Sans cela, elle n'existerait pas, mais toi, non plus ! L'existence de l'une n'est possible qu'avec celle de l'autre.
— Création ? Vous voulez dire que je suis le fruit d'une expérience ?
— Je dis juste que ton lien avec elle est ancré en toi par les expériences qu'elle a vécues avec tes aïeux. De ce fait, elle a développé avec chacun de ses hôtes des facilités de communication et d'actions à travers les siècles qui, aujourd'hui, sont devenues innées, inscrites dans ton corps, dans ton sang. C'est pour cette raison que son pouvoir a aussi pris de l'importance à travers les siècles.
Aélis regarda ses mains. Chaque centimètre de sa peau contenait peut-être l'histoire de sa lignée avec la Protectrice.
— Qui était la personne avant moi l'ayant accueillie ? lui demanda-t-elle alors. Si ce n'est pas ma mère, était-ce ma grand-mère ?
— Je ne peux pas répondre à cette question, je l'ignore. Je ne l'ai

pas vue depuis un moment. Tout ce que je sais, c'est qu'elle vit à travers ta lignée. Chaque mort d'un membre de ta lignée qui l'héberge n'inclut pas la fin de la Protectrice. Elle trouve le moyen de survivre d'une façon que j'ignore. Elle ne peut mourir que si on la tue, elle. Tuer son hôte tandis qu'elle sommeille en elle n'a aucun effet hormis repousser son apparition éventuelle chez une autre hôte de ta lignée. Cela peut sauter une génération, passer à une lointaine cousine. Tout ce qui est avéré est que l'hôte est une femme aux cheveux gris, de la même lignée.

— Comment le savez-vous ?

Noctis afficha un air suffisant.

— Parce que j'ai testé ! J'ai déjà tué ses hôtes.

Aélis dévisagea Noctis avec effroi.

— J'ai même testé différentes morts, en me disant que cela aurait peut-être une efficacité ! Cela m'a amusé durant un siècle de tuer chacun des hôtes dans lesquels elle trouvait refuge avant qu'elle ne trouve le temps d'apparaître sous mes yeux. Elle était tellement agacée. Rhhaaa ! Un jeu du chat et de la souris tellement divertissant ! Une jubilation sadique exquise... puis cela m'a ennuyé, car je revenais toujours au point de départ. Elle se retrouvait tôt ou tard devant moi, prête à me tuer à son tour.

Aélis baissa les yeux, navrée.

— Apparemment, je suis la dernière de la lignée, avec ma mère...

— C'est un fait. Ta lignée a été décimée par un humain, pour éviter justement qu'elle trouve une solution pour réapparaître. Cet homme a opté pour une extinction de masse, un génocide, pour éradiquer toute possibilité. Il a été plus loin que moi... Mais son entreprise a peut-être raté, vu que tu es née et vivante.

— Qui est cet homme ? Et pourquoi n'est-ce pas vous qui avez éradiqué toute ma lignée, puisque vous saviez qu'elle pouvait réapparaître à tout moment ? Vous auriez pu vous débarrasser de votre ennemie jurée une bonne fois pour toutes, en ne laissant aucun survivant !?

— J'ai mes raisons...

Noctis se referma aussitôt en tournant la tête, arborant à nouveau un air plus détaché et mystérieux. Aélis lui attrapa la main.

— Vous venez de sauver la dernière hôte... Pourquoi ?

Noctis visa la main d'Aélis un instant, puis s'en détacha.
— Je dois partir...
— Quoi ? Pourquoi ? Cela vous demande-t-il de l'énergie d'apparaître ? C'est le Duc qui demande à revenir ? Ne m'évitez pas, s'il vous plaît !
Noctis la fixa un instant.
— Ne te mets pas en danger inutilement tant que la Protectrice n'est pas de retour...

Noctis disparut dans un tourbillon de mana noir et rouge et Callum apparut à sa place. Hébétée, Aélis fixa son mari sans trop savoir comment réagir. Callum la remarqua alors et lui sourit.
— Salut...
Il regarda son état général et constata que sa blessure à l'épaule avait disparu. Il toucha sa clavicule du bout des doigts, étonné par la puissance régénératrice de Noctis.
— C'est Noctis qui a soigné cela... répondit Aélis à son interrogation silencieuse. Il a une capacité régénératrice assez incroyable.
— Cela peut expliquer pourquoi j'ai toujours guéri vite depuis l'enfance. S'il est en moi depuis tout ce temps, son influence devait jouer sur moi.
— En apparaissant, il doit être en pleine capacité de ses pouvoirs, oui !
Aélis lui sourit avant qu'un léger malaise ne s'installe entre eux où chacun ne sut quoi dire. Ce fut la duchesse qui se lança.
— Vous avez réussi à entrer en contact avec lui alors ?
— Moui... J'ai encore beaucoup de mal à le cerner, mais je l'aurai à l'usure ! Comme ce fut le cas à l'instant !
Callum lui fit un clin d'œil rassurant auquel Aélis répondit par un large sourire.
— Vous savez ce qu'il vient de se passer ? Vous l'avez vu ?
Callum observa autour de lui et vit le troll au sol, puis se concentra sur l'état général d'Aélis.
— Non, dès qu'il prend le contrôle, c'est comme si... il me mettait dans un état de méditation. Je ne sais pas, c'est bizarre à expliquer. Je ressens, mais je perds toute possibilité d'agir de moi-même. Il me bloque comme si j'étais embourbé dans quelque chose m'empêchant

toute action.

— Lors de notre confrontation avec le Grand Gardien, Kizo et Cléry au Grand Conseil d'Avéna, Kizo est entré dans votre plan astral pour vous trouver. Il a dit que vous attendiez en souriant.

— Ah bon ? répondit Callum, plus que surpris. Je souriais ? Moi ? Il se montra du doigt, incertain d'être la personne en question. Aélis confirma de la tête. Il se mit à réfléchir alors, tout en arborant un air perplexe.

— Peut-être était-ce parce que vous étiez soulagé de ne plus être en lutte avec vos ténèbres ! lui déclara alors Aélis avec un petit sourire complice.

Callum s'attendrit de ressentir à nouveau un peu de paix entre eux.

— Est-ce que tu vas bien ? Pardonne-moi de ne pas avoir été à la hauteur...

Aélis grimaça de surprise, ne s'attendant pas à un tel aveu, mais son passage au tutoiement la soulagea quelque part. Ce troll et Noctis avaient fini par les renvoyer à l'essentiel : leur union. Touchée de retrouver enfin son mari, elle se précipita dans ses bras. Callum l'accueillit volontiers et la serra contre lui pour une étreinte aux allures de pardon.

— J'ai eu très peur pour vous.
— J'ai eu aussi peur pour toi, Aélis...

Il se recula légèrement et la fixa.

— C'était quoi encore ce que tu as fait tout à l'heure, au troll ? Une manifestation du pouvoir de la Protectrice ? Depuis quand as-tu la possibilité d'utiliser ma dague ?

Aélis se trouva décontenancée, ayant déjà oublié son exploit face au monstre.

— Euh... eh bien...
— Il y a clairement de mon mana en toi. Pour que la dague soit en capacité de te répondre, elle doit reconnaître mon mana. Donc, tu utilises forcément celui qui t'a percutée à travers mon orbe. Et je suis presque sûr que cela n'est possible que par l'intermédiaire de cette lumière blanche qui est en toi...

— La Protectrice ?

Callum hocha de la tête.

— Elle commence à se manifester, Aélis. Elle se réveille doucement, mais elle est bien là. Je ne vois pas d'autres explications possibles à ces manifestations magiques en toi dès que tu es en danger.

Il lui caressa alors les cheveux tendrement.

— Noctis ne t'a rien fait ?

— Non, il m'a dit que ma lignée a été décimée par un humain...

Callum se mit à réfléchir d'un air grave.

— Je pense que le Conseil Magique et le Roi ne nous ont pas tout dit...

Aélis secoua la tête affirmativement.

— Il semble évident que nous allons devoir nous méfier de tout le monde et enquêter par nous-même si on nous cache des choses...

Aélis lui sourit.

— Unis face à l'adversité !

— Oui ! rit Callum. Unis face à l'adversité !

Il posa son front contre le sien.

— Cela veut dire que tu rentres avec moi à Althéa ? lui susurra-t-il langoureusement.

— Ma mère n'est pas complètement rétablie... Je ne peux pas pour l'instant...

Devant la mine déçue et agacée de Callum, elle tenta de le rassurer.

— Et ça n'a rien à voir avec Taïkan ! Je vous le promets !

Elle déposa alors un baiser à la commissure de ses lèvres. Callum sourit bien qu'il ne soit en rien rassasié. Il tricha alors et détourna sa tête pour que sa bouche se colle à celle de la jeune femme. Il la serra un peu plus dans ses bras et grogna.

— Tu as raison, Aélis, je suis mort de jalousie. Je veux être le premier et le seul. Il t'a embrassée avant moi ! Qui sait ce qu'il a fait avec toi, je n'ai peut-être pas eu droit aux mêmes faveurs. Cela me ronge qu'il ait connu plus de toi que moi ! Même pour la demande en mariage, il m'a devancé !

Aélis se recula et se mit à rire.

— Cher Duc, sachez que pour ce qui concerne les demandes en mariage, un autre homme vous est passé devant !

Callum la dévisagea de façon dubitative alors qu'elle arborait un air espiègle.

— J'ai failli me marier à l'âge de six ans ! C'est même moi qui ai fait la demande, mais il n'a pas voulu !

Le cœur de Callum se mit à battre plus fort en l'entendant révéler cette anecdote. Son doux espoir secret devenait en cet instant les prémices d'une réalité tant rêvée. Aélis afficha soudain une mine triste.

— Ce garçon m'a sauvé la vie. Des garçons me voulaient du mal et il est intervenu et les a fait déguerpir fissa !

Elle fit un grand geste du bras tel un coup de balai qu'on donnait pour dégager la poussière.

— Il était tellement beau ! À la fois fort et impressionnant !

Callum remarqua son changement complet de tempérament, à la fois emporté et émerveillé.

— Je l'ai supplié de rester avec moi, je lui ai dit que je ferais le ménage, la vaisselle et que je cuisinerais s'il le fallait pour que je puisse rester à ses côtés. Et puis...

Elle souffla, complètement désemparée, tandis que Callum avait l'impression qu'elle lui racontait une histoire qu'il connaissait par cœur.

— Il m'a repoussée. Dans un dernier élan de combativité, je l'ai demandé en mariage et je l'ai même embrassé ! J'étais très maladroite ! J'avais vu ma mère embrasser mon père et mon père la prenait en réponse dans ses bras. Je m'étais dit que si je faisais pareil, il me garderait, lui aussi, dans ses bras.

Callum étouffa un rire, réalisant combien ses pensées à ce moment-là étaient mignonnes et naïves.

— Mais je m'y suis mal prise, j'ai mal visé et il a bougé aussi, certainement par peur de ce que j'allais lui faire et je l'ai embrassé ici !

Elle lui montra le coin des lèvres.

— Mon plan a échoué. Je lui ai alors juste donné mon collier avec la pierre que ma mère m'avait donnée. Elle m'avait dit de la garder comme un trésor... alors je lui ai donné mon trésor ! Et il est parti.

Aélis serra les poings et garda le silence, signe d'une triste colère et d'une grande déception malgré ses efforts. Elle avait été éconduite pour la première fois. Callum soupira, fixant la femme devant lui avec une tendresse qu'il pouvait enfin exprimer sans retenue. Il la tira alors à lui et posa ses mains en coupe sur le visage de sa femme pour l'embrasser.

10

De la jalousie à l'honneur, il n'y a qu'un pas !

Aélis se décolla des lèvres de Callum, décontenancée.
— Mais qu'est-ce que vous faites ?!
— J'embrasse ma femme !
Aélis fixa le Duc de façon incrédule.
— Je vous raconte mon premier béguin et tout ce que vous trouvez à répondre, c'est de m'embrasser ? Pourquoi n'êtes-vous pas agacé ou jaloux, cette fois-ci ?
Callum lui offrit un grand sourire espiègle.
— Peut-être que je suis moins jaloux de votre béguin que de Taïkan !
Aélis se détacha de lui, méfiante. Elle frotta alors les pans de sa robe.
— Tsss ! Attendez que je le rencontre à nouveau un jour ! Je suis sûre qu'il est encore plus beau et plus fort aujourd'hui ! Vous en mourrez de jalousie !
Callum pouffa de rire.

— Vous comptez le séduire pour me rendre jaloux ?
— Non, je suis fidèle ! Je crois vous l'avoir déjà dit ! Et puis, de toute façon...
Elle baissa alors les yeux.
— J'ignore où il est et s'il est même encore en vie ? Allez savoir la vie qu'il a menée depuis...
Callum contempla sa tristesse avec tendresse.
— Je suis sûr qu'il est le plus heureux des hommes ! déclara-t-il alors pour la rassurer.
Aélis le dévisagea, perplexe, puis sourit avec malice. Elle posa ses mains sur ses hanches, d'un air fier.
— Impossible ! Il a refusé de se marier avec moi ! Il a raté la plus belle des opportunités !
— Donc c'est moi, le plus heureux des hommes ?! Ah ouais ?!
Callum posa sa main sur son menton et se mit à réfléchir sur son bonheur, d'un air amusé.
— J'ai donc une sacrée chance ?! C'est marrant, mais vous ne m'avez pas proposé de cuisiner pour moi pourtant !?
— Vous avez une flopée de serviteurs pour ça ! protesta la jeune femme.
— C'est vrai... Donc vous ne m'êtes d'aucune utilité si vous ne cuisinez pas, ne faites pas le ménage ni la lessive...
Callum prit un air faussement contrarié tandis qu'Aélis ouvrait sa bouche d'un «O.» offusqué par sa goujaterie.
— Je n'ai pas demandé à être votre épouse, je vous rappelle !
— Très bien ! lança Callum, amusé. En rentrant à Althéa, je jouerai le rôle du pauvre roturier le temps d'une journée et vous, vous prendrez le rôle de son épouse attentionnée qui lui cuisine un bon petit plat ! Ça marche ?
Il lui tendit la main pour pactiser le marché.
— Je n'aime pas votre ton moqueur ! bougonna Aélis, vexée à présent et regrettant de lui avoir révélé son béguin d'enfance.
Elle fixa la main tendue vers elle, croisa les bras puis tourna la tête.
— Je ne sais pas cuisiner !
— Tsss ! Il ne vaut mieux pas que vous rencontriez votre amour de jeunesse si c'est pour qu'il découvre qu'il a bien fait de vous

rejeter. Sérieux ! Vous auriez pu au moins vous préparer dans cette éventualité de le rencontrer à nouveau ?!

— Oooh ! Ça va ! Je suis comme je suis et voilà ! En échange, j'ai la Protectrice en moi ! Voilà !

— Et c'est censé être un gage de valeur dans le bon fonctionnement d'un couple ? répondit Callum, le visage marqué par une forme de léger dégoût.

— Dit celui qui a un démon en lui !

Elle lui tira la langue en réponse. Callum lui fit un clin d'œil et lui sourit tendrement.

— On est fait pour s'entendre, que voulez-vous !?

Le sourire malicieux d'Aélis tomba aussitôt. Elle se trouva d'abord agacée par le scepticisme de son mari et sa provocation belliqueuse, puis touchée par cette conclusion mignonne même si gênante. Elle se mit à rougir, cherchant comment répondre à ce compliment tout en évitant de croiser le regard de son mari sous peine d'être carbonisée sur place par son attitude séductrice et tendre. Elle se racla la gorge et changea finalement de sujet, mal à l'aise.

— Comment allons-nous retrouver les chevaux ? déclara-t-elle alors doucement, faisant retomber l'ambiance taquine entre eux pour un sujet plus inquiétant. Il va sans doute falloir rentrer à pied.

Callum regarda autour de lui, le visage plutôt serein.

— Si je ne peux garantir de pouvoir retrouver votre cheval, pour le mien...

Il siffla alors, les doigts entre ses lèvres.

— Vous êtes sérieux ? Ce n'est pas un chien !

— Non, c'est un cheval de combat ! Kharis ne part jamais loin. Il a l'habitude du danger.

Elle entendit alors le galop d'un cheval au loin, puis Kharis apparut devant eux.

— Incroyable ! marmonna Aélis, stupéfaite.

— Oui, vous avez vraiment de la chance de m'avoir pour mari ! lui répondit-il tout en lui tirant à son tour la langue.

Il caressa sa monture avec bonheur et lui parla à l'oreille.

— Salut, mon gros ! Où est-ce que tu te planquais ? Tu l'avais pourtant déjà combattu, ce troll... Tu étais plus courageux la dernière fois ! Aurais-tu vécu un mauvais souvenir quand je t'ai laissé emmener ce monstre dans la forêt avec Nimaï ?

Le cheval hennit en réponse. Aélis se rappela l'anecdote de Mills sur la relation que le Duc Callistar entretenait avec son cheval, puis sourit. Un étrange écho avec sa rencontre avec Finley lui revint en mémoire.

— Vous lui donnez des surnoms, vous aussi ? Finley appelle Lutèce de façon très mignonne.

— Le lien d'un chevalier avec son cheval est extrêmement important. Chacun offre sa vie à l'autre durant un combat. Il faut qu'une extrême confiance naisse entre l'animal et l'homme. Les surnoms sont une façon de créer ce lien, je suppose...

— Cela fait longtemps que vous le montez ?

— Assez, oui. On a vu pas mal de choses tous les deux...

Callum regarda le ciel étoilé un instant.

— Il est tard. Ne restons pas là ! Rentrons !

Il lui tendit la main pour l'inviter à prendre place sur Kharis. Aélis lui offrit instinctivement la sienne en réponse.

— Oui, j'ai froid...

— Cela ira mieux une fois dans mes bras !

Callum décocha un nouveau sourire charmeur à son attention.

— Vantard !

— Tiens ? Ça change de pervers !

— Je n'arrive pas à y croire ! s'exclama Aélis, encore surprise. On a retrouvé mon cheval sur le chemin du retour ! Quel coup de chance !

Callum jeta un œil au cheval d'Aélis, attaché par les rennes à l'arrière de sa monture.

— Il a peut-être instinctivement commencé un processus de retour à son écurie. Cela peut arriver qu'il reconnaisse suffisamment le terrain pour revenir auprès de son maître.

— Je n'aurais au moins pas à justifier la perte d'un cheval à mon père...

— Vous craigniez donc tant que cela la colère de votre père pour un cheval ? Il ne semble pas être quelqu'un de sévère.
— Il ne l'est pas. Cependant, c'est un homme très prévoyant. Il risque de me demander pourquoi le cheval s'est égaré, il va donc s'inquiéter de ce qu'il m'est arrivé et il va agir en conséquence pour ne plus que cela se reproduise.
— Il ne va pas vous priver de sorties, quand même ?!
— Il en est tout à fait capable s'il estime que j'ai minimisé le danger.
— J'étais avec vous ! Je doute qu'il agisse ainsi !
— Ne minimisez pas l'amour d'un père pour sa fille !
Callum lui caressa alors les cheveux tandis qu'ils avançaient lentement, assis sur Kharis, vers le domaine des De Middenhall.
— Je peux le comprendre... même si je n'ai pas d'enfant. On peut être protecteur lorsqu'on estime affectueusement une personne.
— Cessez de me décoiffer ! râla-t-elle alors, tout en repoussant ses mains tripoteuses.
— Vous l'êtes déjà ! Votre combat avec le troll vous donne un style tout à fait surprenant !
— Très drôle ! Et ce n'est pas une raison pour en rajouter une couche !
— Si je ne peux pas caresser vos cheveux, puis-je alors vous enserrer la taille ?
Aélis tourna la tête vers Callum, derrière elle, d'un regard désabusé.
— Oh ! Vous préférez que je vous embrasse ?! lui lança-t-il alors, joueur.
La jeune femme souffla, visiblement lasse. Callum exprima alors sa déception.
— Vous ne me donnez pas beaucoup de raisons de rester auprès de vous... Vous le faites exprès ? Déjà que vous ne cuisinez pas... Croyez-vous que la Protectrice cuisine ? J'aurais peut-être dû me marier avec un être suprême composé de magie qui peut me proposer un plat juste en claquant des doigts...
Il claqua alors des doigts pour accompagner son propos, puis soupira.
— J'ai faim... Je mangerais bien une bonne volaille ! Noctis a

épuisé toute mon énergie...

— Tiens ! D'ailleurs ! cria-t-elle tout à coup. Et votre énergie magique ?! L'avez-vous retrouvée avec l'apparition de Noctis ?

Callum prit cette excuse pour encercler la taille d'Aélis de ses bras, puis examina sa main avec perplexité devant eux. Il avait complètement oublié ce détail pourtant si important. À croire que l'existence de Noctis et la nouvelle exquise d'apprendre qu'Aélis était bel et bien la petite fille qu'il avait sauvée enfant, avaient apaisé ses craintes. Aélis fixa la main de Callum devant elle. Il posa son menton sur l'épaule de son épouse et tous deux contemplèrent sa main jusqu'à ce que leurs deux visages soient illuminés par la magie. Le mana noir et rouge scintillait, crépitait même dans sa paume, comme s'il était encore plus vivace qu'avant. Aélis esquissa un large sourire ravi et contempla hâtivement la réaction de Callum en conséquence.

— En pleine forme ! Donc..., on dort ensemble ce soir, chérie ? lui demanda-t-il tout à coup, aussi ravi qu'elle. Il semblerait que mon retour urgent vers Althéa puisse attendre !

Aélis se crispa tandis que Callum fit disparaître son mana pour étreindre un peu plus sa femme par la taille. Aélis se figea.

— Tu comptes me repousser encore longtemps ? lui chuchota-t-il à l'oreille.

— On est chez mes parents... répondit-elle, gênée.

— Pour la nuit de noces, on verra à Althéa, mais... il n'y a rien de gênant qu'un mari et sa femme partagent la même couche, non ?

— C'est... c'est vrai... C'est... d'usage que...

— Ce n'est pas comme si tu ne t'étais jamais réveillée dans mes bras au petit matin, après tout !

Devant le comportement hésitant et timide de son épouse, Callum déposa un baiser sur ses cheveux et donna ensuite un coup de talon pour faire accélérer la cadence à Kharis.

— Vivement qu'on se couche !

Le couple ducal arriva au domaine une heure après et déposa

les chevaux directement à l'écurie tout en essayant de ne réveiller personne. Callum descendit de sa monture en premier, puis porta jusqu'au sol son épouse.

— Ma Duchesse, vous êtes arrivée à bon port.

— Mer... merci ! lui répondit-elle, troublée par son ton doux et plutôt séducteur.

Elle n'osait plus le regarder dans les yeux sans se sentir rougir outrageusement, ce qui n'échappa pas à son époux.

— Vous êtes bien pingre, MA... Duchesse. J'aurais espéré une récompense plus évidente pour mon escorte surveillée.

Aélis plissa les yeux.

— Dois-je donc récompenser aussi Nimaï et Sampa à chaque escorte alors qu'ils n'ont fait que leur devoir ?

Callum posa ses mains sur ses hanches.

— Décidément, vous aimez donc me rabaisser au même rang que ces deux soldats ! Mais je note toutefois que vous avez déposé un baiser sur le front de Nimaï là où je n'ai qu'un merci formel, même si troublé.

— Troubl...? Vous avez eu votre baiser à votre retour de mission, je vous rappelle ! objecta alors Aélis. Vos chevaliers peuvent en témoigner, vu comme nous avons été sifflés dans l'écurie !

— Je ne me souviens pas ! feignit faussement le Duc. Pouvez-vous me rejouer la scène, histoire que ce doux souvenir me revienne en mémoire ?

Il se pencha vers elle pour accompagner sa demande. Aélis repoussa sa bouche de sa main.

— Seriez-vous en train de me dire que ce baiser ne vous a pas laissé un souvenir impérissable ? Oseriez-vous prétendre que mes lèvres n'avaient pas ancré sur les vôtres un bonheur indéfinissable ?

Le visage de Callum se pourfendit d'un grand sourire conquis.

— MA... chère Duchesse, votre finesse d'esprit n'a d'égale que celle de vos charmantes lèvres ! Elles sont tellement troublantes ! Puis-je embrasser tout votre être entier ?

— Par embrasser, vous entendez me prendre dans vos bras ? lui siffla Aélis, les yeux plissés.

— Vous sous-estimez mon appétence pour votre personne !

Callum la saisit soudain par la taille, à la grande surprise d'Aélis qui se trouva bloquée dans ses bras.

— Pourquoi se contenter d'un peu quand on peut tout avoir ?

Il jeta ainsi ses lèvres contre celles de son épouse avec envie. Ce baiser à la fois chaud et impétueux déconcerta Aélis dans un premier temps, puis la charmante entente entre eux juste avant vint la conforter sur le fait qu'ils avaient besoin sans doute de se retrouver. Elle ferma les yeux et se laissa aller dans ses bras. Callum posa sa seconde main sur la joue d'Aélis, puis approfondit son baiser. Leurs langues se mêlèrent avec délicatesse, mais envie.

— Éloigne-toi d'elle immédiatement ! Je ne te laisserai pas bafouer davantage l'honneur de cette femme !

Interrompus dans leur partage affectueux, Callum et Aélis tournèrent simultanément leur tête vers la personne qui venait de s'interposer entre eux. Tandis que leurs lèvres refusaient de se quitter, la raison d'Aélis en décida autrement en découvrant Taïkan, une épée pointée vers le Duc. Son regard était dur, menaçant. Elle se détacha sans attendre des bras de Callum, à la fois gênée et inquiète. Callum se redressa et souffla.

— Taïkan ?! s'exclama Aélis. Qu'est-ce que tu fais là ?

— Je peux vous retourner la question.

— Cela semble clair ? répondit Callum, sévèrement. Nous faisons quelque chose pour lequel tu n'es pas invité !

— Je n'ai pas besoin d'invitation quand il s'agit de sauver l'honneur d'une gente dame.

Callum ferma les yeux un instant, la colère prenant le dessus.

— Sauver mon honneur ? répéta Aélis, incrédule.

— Je ne le laisserai pas te salir alors qu'il est évident que tu fais tout pour repousser ses avances.

Callum serra le poing. Une veine traversant sa tempe apparut.

— Taïkan, ce n'est pas ce que tu crois ! tenta de se défendre Aélis devant cette méprise.

— N'essaie pas de le protéger ! Il profite de ce mariage arrangé pour satisfaire sa bestialité ! S'il faut en arriver à cela pour te sauver de ce mariage non désiré, je le ferai ! Callum Callistar, je te provoque en duel !

11

Et un soir, elle apparut...

— Quoi ?! fit le couple ducal en chœur.
— Je te débarrasserai de ce mari qui ne te mérite pas ! Il suffit de voir dans quel état tu es ce soir pour voir que le Duc ne prend pas bien soin de toi !

Aélis jeta un regard sur sa tenue et se mordit la langue. Le malentendu avec Taïkan s'accentuait face aux apparences trompeuses.

— C'est de moi dont tu parles ? s'énerva Callum. J'accepte ton duel ! Ça tombe bien, ça fait un moment que je veux te botter le cul !
— Quoi ?! s'exclama Aélis. Vous n'allez pas le prendre au mot, Duc ! Je vous en prie !
— Je vais me gêner !

Callum sortit sa dague et insuffla son mana pour la transformer en épée.

— Pas de magie ! Juste un combat à l'épée ! précisa Taïkan.
— Ça suffira pour te remettre à ta place.

Aélis paniqua en voyant l'épée de Callum et s'interposa entre les deux hommes.

— Taïkan, cessez cette conduite outrageuse envers le Duc ! Duc, ne rentrez pas dans le jeu de la provocation, s'il vous plaît.
— Allons dans le jardin ! proposa Taïkan qui n'écouta pas Aélis.
— Ici ou ailleurs, cela ne changera rien à l'issue de ce combat : je vais te faire taire ! Cela a assez duré !

Dix minutes plus tard, les deux hommes se retrouvèrent prêts à combattre pour l'honneur d'une femme. Aélis observa, impuissante, Taïkan et Callum croisant le fer. Les bruits d'épée qui s'entrechoquaient et se frottaient vinrent perturber le silence de la nuit.
— Si je te tue lors d'un duel, le Roi ne pourra rien dire. Je t'aurais combattu à la loyale !
— Tu crois franchement que tu vas plier l'affaire si facilement ?! Aurais-tu oublié à qui tu parles ?
— Plus le combat sera difficile, plus la victoire sera belle ! rétorqua Taïkan, confiant.
— Aélis ne se mariera pas avec toi si tu me tues. Tu perds ton temps. Elle a un autre sauveur de gentes dames sur sa liste de prétendants !
— Qu..quoi ?!

Taïkan jeta un œil vers Aélis, se demandant qui était ce troisième homme. Le doute l'assaillit un instant, avant de se dire que c'était une ruse du Duc pour le déconcentrer.
— Elle aura au moins l'honneur sauf, même si elle ne veut pas de moi. Je ne te laisserai pas abuser d'elle plus longtemps et la rendre malheureuse dans un mariage non désiré !

Les épées s'aiguisèrent l'une contre l'autre à nouveau, chacun mettant tout son poids pour prendre le dessus.
— Son honneur sauf ? répéta Callum. Elle n'a pas besoin de toi pour protéger son honneur ! Si tu la connais si bien que ça, tu devrais connaître son tempérament suffisamment fougueux la rendant capable de se défendre seule !
— Vous ne la connaissez pas ! Aélis a toujours vécu recluse, par peur de la méchanceté des autres.

À cette révélation, Callum perdit de sa concentration et Taïkan en profita pour le blesser à la pommette. Le Duc se toucha la joue et vit du sang sur ses doigts.

— Touché ! répondit fièrement Taïkan. Je vois que vous ignoriez cela.

— Taïkaaan ! Ça suffit ! s'époumona Aélis. On n'est pas dans le jeu de celui qui me connaîtra le mieux ! Je vous en supplie ! Cela devient ridicule !

Callum jeta un regard à Aélis, puis sourit. Il avait aussi ses secrets intimes avec elle.

— J'avoue que je n'aimerais pas être à ta place, Taïkan ! reprit Callum, tout en lançant un nouvel assaut auquel Taïkan répondit en se protégeant de son épée. Être l'ex, le second, l'abandonné... Au choix ! C'est vrai que ce n'est pas glorieux !

— Espèce de... !

Les épées claquèrent dans l'air frais de la nuit à nouveau. Christa et Fergus De Middenhall apparurent alors auprès d'Aélis, accompagnés de Sampa et Nimaï.

— Ma chérie, que se passe-t-il ? s'inquiéta Fergus en constatant le duel sous ses yeux.

— Papa, Maman ! Il faut les arrêter !

Elle se précipita vers Nimaï et Sampa !

— Je vous ordonne de les interrompre !

Sampa et Nimaï observèrent le duel avec attention.

— On n'interfère pas dans un combat ! indiqua Nimaï. Il en va de l'honneur des chevaliers qui se combattent.

— Cela va mal finir ! s'énerva Aélis, impuissante. Nous ne pouvons pas les laisser continuer !

Sampa ferma les yeux, confirmant les propos de Nimaï.

— Je suis désolé, Duchesse. Nous ne pouvons nous en mêler sans connaître la pertinence de notre intervention... et vu la personne contre qui se bat le Duc Callistar, il est évident qu'il y a réellement une question d'honneur en jeu, je me trompe ?

Aélis baissa les yeux pour acquiescement.

— Pourquoi combattent-ils ? demanda alors Christa, soutenu par le bras de son mari. Que s'est-il passé pour en arriver à cette issue extrême ?

— Taïkan a provoqué en duel le Duc Callistar. Il estime que le Duc... n'est pas digne de moi.

— Quoi ? fit Fergus, surpris. Pourquoi cela ?
— Il y a eu méprise de la part de Taïkan, mais je n'ai pas réussi à lui expliquer les choses...
Christa soupira, compatissante pour sa fille.
— Taïkan a toujours eu de l'affection pour toi et une amertume à la suite du mariage ordonné par le Roi... rétorqua sa mère. Il n'a jamais vraiment digéré ce mariage. Tu le sais...
— Mère, vous ne savez pas tout à propos de Taïkan et moi. L'affection que vous supposiez le voir me porter jusque-là n'est pas celle du premier garde du Baron de Middenhall pour sa jeune fille. Cela va au-delà d'un sentiment de protection... Nous avons eu des sentiments plus poussés l'un envers l'autre.
— Quoi ? fit alors Christa, sidérée par cette annonce. Il a dix ans de plus que toi !
— L'âge ne fut pas vraiment un problème, même si quand nous avons commencé à nous courtiser, j'avais dix-sept ans et lui vingt-sept. Mon mariage avec le Duc Callistar m'a fait réaliser que cette relation avec Taïkan n'était pas celle que je pensais vivre. C'est de ma faute, je me suis fourvoyée dans une idylle à sens unique finalement... Je ne l'aimais pas ! Quoi qu'il en soit, il faut les arrêter ! répéta Aélis. L'un d'eux ou même les deux risquent d'être gravement blessés.

À ces mots, l'épée de Taïkan trancha le bras du Duc qui riposta par une lacération à la cuisse de Taïkan. Aélis s'attrapa les cheveux. Le sang giclait et la hargne des deux hommes semblait intarissable. La détresse d'Aélis se transforma peu à peu en colère. Son impuissance et l'indifférence de tout le monde à intervenir l'agacèrent. Mais par-dessus tout, elle risquait d'être veuve pour une question d'ego et de misogynie. Taïkan lança une nouvelle offensive contre Callum qui trébucha. Sentant le danger arriver pour son mari, le cœur d'Aélis s'arrêta tout à coup pour se remettre à battre plus fort. Elle sentit une boule d'énergie chauffer en elle. Une énergie traduisant sa volonté que tout cela cesse rapidement. Une façon d'exprimer sa colère grandissait en elle et d'une certaine façon l'encourageait à la laisser s'échapper.

Une lueur blanche sortit tout à coup de la poitrine de la jeune femme et l'enveloppa à la surprise de ses parents, de Nimaï et de Sampa. Ses cheveux virèrent au blanc. Un blanc immaculé qui illumina la nuit et interrompit tout à coup la concentration des deux hommes qui remarquèrent trop tard le changement d'Aélis.

— J'ai dit... ÇA SUFFIIIITTT !

Une voix qu'aucun n'avait pu entendre jusqu'ici sortit de la bouche d'Aélis. Elle frappa du pied le sol qui se fendit d'un éclair rouge et noir dans une lueur magique blanche, et creusa une crevasse qui se dessina jusqu'aux pieds des deux combattants pour les séparer. Callum vit les yeux d'Aélis devenir blancs. Une lueur blanche enveloppait son corps. Ses cheveux virevoltaient dans les airs.

— Aélis ? bredouilla alors le Duc, stupéfait.

« — Elle est là ! Je la sens ! »

Callum écarquilla les yeux. La voix de Noctis venait de résonner en lui et il sentit son propre corps réagir à cette apparition. Noctis se réveillait à son tour. Il fit tomber son épée et s'attrapa la tête, pour tenter de calmer le tumulte qui s'opérait en lui. Il savait que Noctis souhaitait prendre le contrôle de son corps pour se confronter à elle.

Tout à coup, la lueur autour d'elle disparut en même temps que ses yeux et ses cheveux blancs, plongeant à nouveau la nuit dans l'obscurité initiale. Aélis tomba alors au sol, inconsciente. Il fallut quelques secondes à chacun pour réaliser ce qu'il venait de se passer. Sampa, suivi de Nimaï, se jeta au sol pour s'enquérir de l'état de leur Duchesse. Malgré le comportement soudainement bizarre de Callum, Taïkan interrompit le duel et se précipita vers Aélis. Voyant Taïkan prendre les devants sur lui pour s'enquérir de l'état d'Aélis, Callum se ressaisit et mit fin à son combat intérieur contre Noctis pour la prise de contrôle de son corps.

— Tu ne passeras pas... grogna Callum entre ses dents. C'est ma femme avant tout !

Dans le corps astral de Callum, Noctis vit des barreaux tomber de nulle part et l'entourer, telle une prison. Il regarda ses hauts barreaux psychiques souhaitant le museler et plissa des yeux.

« — Tu veux donc jouer à ça, Humain ? »

« — Je ne joue pas. Il y a juste des priorités dans ma vie et Aélis en est une non négociable. »

Callum releva la tête et aperçut Taïkan courir auprès d'Aélis. Il se précipita à sa suite, jusqu'à le bousculer pour glisser le premier sur ses genoux au chevet de son épouse. Sans prendre de gants, il la prit des bras de Sampa et la ramena à lui.

— Aélis ! Réveille-toi !

Il lui tapota la joue, puis vérifia son pouls.

Un certain soulagement le traversa en se penchant au-dessus de son visage et y percevant son souffle, signe qu'elle était toujours vivante. Taïkan s'approcha et constata l'inquiétude du Duc et sa force à le devancer pour s'afficher comme l'unique homme légitime à se précipiter à son chevet.

— Aélis, réponds-moi ! J'ai cessé de me battre, alors réponds-moi !

Christa fixa le couple et sa fille en particulier, dans un état de panique.

— Non, pas ça...

Fergus lui frotta le dos pour la rassurer.

— Christa...

— Elle est en elle, Fergus ! J'ai tellement prié pour qu'elle saute une génération, pour que ma fille ne l'abrite pas...

— De quoi parlez-vous ? demanda Taïkan, perdu.

— Combien de temps va-t-elle rester inconsciente ? lui demanda durement Callum.

Le regard sévère de Callum fit frissonner Christa qui bredouilla.

— Je... Eh bien...

— Combien de temps dure la convalescence de l'hôte lorsque la Protectrice apparaît ?! ordonna Callum avec plus de clarté et de sévérité.

— Vous êtes au courant pour la Protectrice ? s'étonna alors Fergus.

— Répondez à ma question, bordel !

— Les premières apparitions épuisent considérablement l'énergie de l'hôte ! révéla alors Christa. Cela peut prendre beaucoup de temps... Plusieurs heures, voire une journée. Puis, la symbiose prend ses marques et cela passe plus vite.

Callum caressa le visage d'Aélis, puis tenta de la relever afin de la porter.

— Besoin d'aide ? demanda Sampa, prévenant auprès du Duc.

Ce dernier lui lança un regard dur qui lui fit regretter sa bonne intention, puis reporta son attention sur le corps inconscient de son épouse.

— Le duel est fini ! lança Callum sans même regarder Taïkan. La santé de ma femme prime sur le reste. Baronne, nous aurons une discussion dès qu'elle se réveillera...

Il quitta alors le jardin, laissant tout le monde derrière eux. Les jambes de Christa défaillirent et Fergus dut la retenir de tomber.

— Quelqu'un peut m'expliquer ? s'agaça Taïkan, réalisant être l'outsider sur ce sujet. C'est quoi la Protectrice ?

Sampa et Nimaï se regardèrent d'un air entendu et quittèrent le jardin sans répondre.

— Taïkan, les questions attendront ! répondit Fergus. Aide-moi à porter ta maîtresse jusqu'à sa chambre...

Callum déposa Aélis délicatement dans son lit et resta à son chevet. Sampa et Nimaï arrivèrent à l'entrée de la chambre peu de temps après.

— J'ai de quoi vous soigner ! lança Nimaï en montrant la trousse à pharmacie.

Callum accepta d'un signe de tête leur venue dans la pièce.

— Pas de signe de réveil ? demanda Sampa tout en jetant un œil vers la Duchesse endormie.

— J'en suis au point de me demander si un baiser pourrait la réveiller ! grommela Callum, agacé par cette attente insoutenable.

Sampa prit une chaise et s'assit près du lit pendant que le Duc retirait ses vêtements pour soigner son bras auprès de Nimaï. Il s'assit ensuite sur une chaise tandis que Nimaï sortait onguents et bandelettes de tissu sur la table.

— Ce fut impressionnant... déclara Sampa. Je ne m'attendais pas à ça et pourtant ce fut fugace.

— Peut-on en savoir plus sur cette histoire de Protectrice ? demanda Nimaï. Vous êtes partis très vite au Conseil. Et qui est Noctis ?

Callum souffla. Il devait les mettre au courant. Aélis avait visiblement préféré garder le silence sur leurs alter ego, sans doute souhaitant en apprendre plus avant, mais il savait que pour une meilleure protection de leur Duchesse, les deux chevaliers devaient connaître les grandes lignes de cette histoire vécue au Conseil Magique d'Avéna. Leur départ précipité pour Piléa dès leur retour d'Avéna avait écourté les explications. Il leur informa des différentes manifestations négatives de son côté depuis son plus jeune âge en lien avec son pouvoir particulier, l'apparition de Noctis au Conseil Magique et la révélation de la lignée d'Aélis abritant la Protectrice par le Grand Gardien et Noctis. Pendant une demi-heure, il énuméra certaines manifestations qui lui avaient semblé bizarres de la part d'Aélis, les enjeux entre la Protectrice face à Noctis, leurs incertitudes et leurs méconnaissances encore évidentes sur beaucoup de points concernant aussi bien le démon légendaire que sa pire ennemie. Nimaï et Sampa avaient écouté leur commandant avec surprise parfois, méfiance, inquiétude ou encore gravité.

— J'imagine déjà la puissance de la Protectrice si elle venait à s'imposer à la Duchesse plus longtemps... murmura alors Nimaï, comprenant bien que ce qui s'était passé ce soir n'était qu'un échantillon d'un pouvoir bien plus impressionnant de la Protectrice. Y a-t-il pareille force chez les chevaliers magiques ?

Callum observa le dos de Sampa surveillant sa maîtresse silencieusement, et tourna la tête vers un coin de la chambre. Cette apparition l'avait tout aussi surpris. Si auparavant ce qui sortait d'elle n'était qu'une boule de magie composée de son mana et de cette magie blanche, ce qui venait de se produire prenait un autre virage, plus inattendu.

— Son pouvoir se manifeste de plus en plus... déclara alors Callum. Je souhaitais rentrer à Althéa ce soir, mais Aélis s'est interposée sur ma route. Nous avons alors rencontré le troll, mais face à mon mana absent, je n'ai rien pu faire. Et tandis que le troll était sur le point de m'achever, elle a pris ma dague qui s'est transformée en une arme que je n'ai jamais vue et a réussi à trancher la chair du troll.

Sampa se tourna immédiatement vers le Duc, laissant quelques secondes son attention loin de la Duchesse.

— Elle a déjà eu une manifestation plus tôt dans la soirée ? s'enquit Sampa, étonné.

— Elle a réussi à trancher la peau du troll ? ajouta Nimaï, encore plus surpris de l'exploit alors que lui-même avait échoué.

Callum regarda le sol d'un air triste.

— Je n'arrive pas à comprendre comment cela est possible. Ma dague ne devrait réagir qu'à mon mana et à chaque fois, c'est bien mon mana qui sort d'elle...

— À chaque fois ? répéta Sampa. Vous avez bien dit que cela s'était aussi produit à Azorina, devant le Duc Éranthis transformé en démon, n'est-ce pas ?

— Oui... Une boule d'énergie blanche cerclée d'éclairs noirs et rouges. Si mon mana vient du démon en moi, comment est-il possible qu'il arrive à se connecter à l'énergie pure de la Protectrice qui devrait être la parfaite antithèse de Noctis ? Le pouvoir de la Protectrice devrait l'annihiler ! J'avoue, je n'arrive pas à comprendre ce qu'il se passe en elle...

— Peut-être qu'il est bon de questionner Dame Christa de Middenhall sur les origines de la Protectrice, ainsi que le Grand Gardien... suggéra Nimaï.

— Je ne voulais pas alarmer tout le monde sur Noctis et la Protectrice, et je crois que moi-même, je préférais minimiser les choses plutôt que d'y faire face. Je réalise que j'ai eu tort. Nous avons failli mourir tous les deux cette nuit. C'est Noctis qui a tué le troll, tout ça parce que je refusais inconsciemment qu'il fasse partie de moi. Je refusais sa présence et en faisant cela, j'ai occulté tout ce qui venait de lui...

— Vous voulez dire que votre pouvoir magique viendrait uniquement de lui ? demanda pour précision Nimaï.

Callum secoua la tête affirmativement.

— Il semblerait. J'ai réussi à entrer en contact avec lui et je lui ai demandé de sauver Aélis du troll.

Il serra ses mains sur ses genoux.

— Je n'ai même pas pu sauver ma femme par moi-même. Il a fallu que je ruse pour qu'on lui vienne en aide.

Nimaï tira sur la bande entourant son biceps.

— Ne culpabilisez pas ! Ce démon en vous a agi en votre nom. N'est-ce pas une preuve que cette intrusion peut être bénéfique ?! déclara alors Nimaï. Si vous arrivez à en faire un allié, alors cela sera bénéfique pour tout le monde.

Callum s'attrapa le front de ses deux mains.

— Ce soir, il a senti que la Protectrice était là. J'ai pu repousser sa volonté de sortir, mais j'ignore si je pourrais le retenir longtemps si la Protectrice venait à apparaître plus longtemps.

— Elle semble si paisible...

Callum relâcha sa tête et observa Sampa admirer à nouveau le repos de sa maîtresse.

— Il n'y avait pas d'expression de douleur sur son visage quand elle s'est manifestée. Juste une colère à exulter. Colère d'Aélis, mais peut-être aussi de la Protectrice elle-même. Je constate surtout que ses apparitions sont liées à votre présence, Duc Callistar. J'ai été en danger, mais elle n'est pas apparue pour me sauver lors de l'attaque du mariage. Vous l'êtes, et son pouvoir se manifeste. Azorina, Taïkan ou le troll, vous êtes le point commun des trois cas. Devrions-nous y voir un lien avec cette magie blanche chargée de votre mana ?

Callum posa son regard sur la Duchesse d'un air étonné. La remarque de Sampa semblait pertinente. Il était à chaque fois en danger lorsque les pouvoirs de la Protectrice apparaissaient.

— Elle apparaîtrait donc pour... me protéger ou protéger le démon en moi ?

12

Craindre, c'est croire en sa fin.

Un doux parfum vint chatouiller les narines d'Aélis, la poussant à ouvrir les yeux. Un parfum familier, assez enivrant, très masculin... Ses yeux la renvoyèrent face au corps de quelqu'un. D'un geste surpris, elle recula légèrement sa tête et réalisa que c'était celui du Duc, endormi à côté d'elle. Dans un état de stupéfaction évident, elle découvrit un lit dans lequel ils se trouvaient, sa chambre et le silence autour. Elle tenta de se rappeler comment elle avait atterri ici, mais la fin de soirée était floue. Son soulagement demeurait cependant dans le fait que son mari avait échappé à une mort par duel.

Le Duc semblait avoir le sommeil perturbé. Lentement, elle leva sa main pour lui caresser sa joue entaillée par l'épée de Taïkan et grimaça. Callum gémit dans son rêve et ses paupières bougèrent dans une expression douloureuse...

— Nous revoilà face à face Protectrice !

Callum vit alors à travers les yeux de Noctis la Protectrice en tenue de guerrière : une armure en métal gris avec des tissus noirs, une longue épée à double lames et une capuche noire contrastant avec ses cheveux blancs.

— Noctis... Voilà bien un siècle que je n'ai pas croisé ta route et cela me convenait jusqu'à présent.

— Allons ! Ne pense pas que je vais rester sagement dans mon coin à attendre que le temps passe pendant que tu t'amuses avec les autres démons légendaires !

— Je vois que tu as eu vent de mes autres combats.

— Et tu es toujours vivante... Fascinant !

— Tes congénères le sont toujours également, hélas...

Noctis perçut alors une forme de lassitude dans son regard.

— Ne crois pas que tu peux nous achever aussi facilement. Tu as bien été créée pour nous combattre parce que les mages seuls ne le pouvaient pas, après tout !

— Je sais très bien que ma vie est dédiée à cela... Inutile de me le rappeler !

Noctis remarqua alors la main de la Protectrice serrant son épée avec une certaine colère.

Noctis fit alors quelques pas. Callum vit à travers les yeux du démon ses pieds démoniaques écraser des têtes humaines. Il foulait un charnier humain.

— Pourquoi suis-tu les ordres des humains ? Tu pourrais leur tourner le dos, vivre une autre vie et les laisser se débrouiller seuls. Tu ne leur dois rien. Ce sont des êtres malhonnêtes qui te planteront une épée dans le dos dès que tu leur paraîtras inutile. Alors pourquoi ne t'émancipes-tu pas d'eux... au lieu de te sacrifier pour une cause à propos de laquelle on ne t'a pas demandé ton avis ?

— Je suis la Protectrice. Je n'ai pas d'avis, juste des ordres à suivre. Je n'ai d'autres buts que d'en finir avec vous une bonne fois pour toutes, peu importe si j'ai aussi des ennemis parmi les humains ou les mages ! Je n'existe que pour cela ! Maintenant, bats-toi, Démon !

Callum vit alors la Protectrice lui foncer dessus, l'épée au-dessus de son épaule et une pensée de Noctis vint percuter son esprit avant qu'il ne se réveille...

« Finalement, elle est aussi seule que moi... »

Le simple contact de la main d'Aélis sur sa joue le fit se réveiller en sursaut. La respiration haletante, il lui fallut plusieurs secondes pour reprendre pied avec sa propre réalité. Il comprit alors que ce rêve était une réminiscence que Noctis avait laissé entrevoir de sa relation avec la Protectrice. Révélation volontaire ou non de la part du démon, elle en restait pour le moins perturbante de réalisme et le laissait avec des interrogations.

— Désolée... Je ne voulais pas vous réveiller.

À cette voix familière, Callum tourna la tête à côté de lui et fixa un instant sa femme. Il se souvint alors des événements de la veille. Reprenant un souffle plus régulier, il soupira et lui sourit, ne voulant l'effrayer avec ses drôles de rêves.

— Ma belle Duchesse se réveille enfin ! Le sommeil semble avoir été réparateur !

— Il est surtout assez troublant, car il m'a retiré tout souvenir de ce qu'il s'est passé jusqu'à maintenant...

Callum se rallongea à ses côtés.

— Humm ! Je vois ! Vous avez vraiment tout oublié de nous ? Je suis Callum Callistar, gentil Duc totalement innocent de tout combat. Un baiser peut sans doute vous rafraîchir la mémoire ?

Il l'approcha alors un peu plus contre lui pour la serrer dans ses bras. Cette étreinte surprit Aélis qui ne sut comment accueillir cet élan tendre et le repoussa fermement.

— Je parle de mes souvenirs de la veille, pas depuis le début ! s'écria-t-elle, le rose aux joues..

Le regard doux de Callum ne lui fit pas diminuer les palpitations de son cœur.

— Je suis soulagé de voir que tu vas bien, Aélis, même si tes souvenirs te font défaut pour le moment.

Il souffla malgré tout.

— La Protectrice s'est manifestée en toi pendant le duel. Elle a fait une très brève apparition. Tes cheveux sont devenus blancs ainsi que tes yeux. Tu dégageais une énergie à la fois douce et impressionnante. Ta voix a changé également, signe qu'une autre entité a pris le dessus sur ta conscience. Tu as tapé du pied en criant « ça suffit ! » et le sol s'est craquelé sur plusieurs mètres, nous séparant Taïkan et moi.

Aélis tenta de se dégager de lui, à la suite de cette révélation, mais il plaqua sa tête contre lui et la serra si fort que ses objectifs s'effacèrent rapidement devant la volonté de son mari à vouloir la garder près de lui et la rassurer.

— Tu n'as blessé personne. Tu as surtout surpris tout le monde au point de mettre immédiatement fin à ce duel ! Mais rassure-toi, tout va bien. L'apparition a été brève, mais suffisamment évidente à présent pour confirmer qu'elle est bien en toi. À la suite de cette intervention remarquée, tu t'es évanouie, la quantité d'énergie qu'elle a dépensée pour apparaître étant trop subite pour toi d'après les mots de ta mère.

— Combien de temps suis-je restée inconsciente ? demanda-t-elle alors, la tête pressée contre son torse par les mains fermes de son mari.

— Mmmh ! Je dirai que nous sommes le matin, vu les rayons du soleil qui traversent les volets... Donc tu as fait ta nuit dans mes bras, comme c'était prévu initialement.

— Je vois, notre cher Duc n'a pas perdu de vue certaines choses.

Devant le ton réprobateur de son épouse, Callum se mit à rire et relâcha son emprise.

— J'aurais juste espéré un baiser avant de dormir, mais bon... les câlins du matin, c'est bien aussi !

Il se dandina alors sous les draps pour se lover contre le corps de sa belle et poser sa tête dans le cou d'Aélis qui restait pensive.

— Si la Protectrice est apparue, alors Noctis...
— Il est resté couché au panier !
— Quoi ?!
— Ma femme a voulu changer d'identité, puis s'est évanouie ! Son mari se devait d'être à son chevet ! Pas de place pour les amusements démoniaques ! Je ne l'ai pas laissé prendre le dessus.

Aélis se mit à rire de son ton badin et se sentit touchée par ses mots.

— Vraiment ?
— Vraiment !
— Il n'a pas dû apprécier !
— Il est hors de question qu'il soit celui qui jouisse des premières fois de ma femme !

Aélis sourit et accepta finalement de l'étreindre à son tour. Callum écarquilla les yeux, conscient du geste rare de tendresse dont il avait droit en cet instant. Il déposa un léger baiser dans son cou.

— Ce n'est pas gentil de me faire des peurs pareilles, ma Duchesse ! C'était... impressionnant !

— Pardon ! Je suis sincèrement désolée... ce n'était pas mon intention, bien que votre chamaillerie avec Taïkan m'ait quelque peu agacée !

— Vous avez intérêt à vous faire pardonner rapidement ! dit alors Callum sur le ton de la réprimande gentille. Je veux un baiser... Non ! Trois baisers sur la bouche en compensation !

Aélis gloussa contre sa tête.

— Cette manie à vouloir toujours négocier !

— Je n'ai pas le choix, ma femme est compliquée à convaincre !

Aélis déposa alors un baiser sur son front, amusée. Une nouvelle fois surpris, Callum redressa sa tête pour vérifier qu'Aélis allait réellement bien. Elle lui sourit timidement et ce fut une invitation suffisante aux yeux de Callum pour lui rendre son baiser avec plus d'affection encore. Ses lèvres touchèrent celles d'Aélis avec hâte avant de se détacher pour voir si tout semblait la satisfaire, puis de recommencer une fois, puis deux fois.

— Personne pour nous interrompre cette fois...

La voix plus rauque de Callum fit rougir Aélis qui comprit qu'il ne souhaitait pas se satisfaire d'uniquement trois baisers. Il embrassa son cou, puis sa clavicule, avant de revenir sur ses lèvres. C'était tendre et suave, enivrant. Callum releva les draps au-dessus d'eux pour cacher au monde ce secret délicieux que leurs lèvres partageaient. Ses mains parcoururent le corps d'Aélis qui oscilla entre désir et réticences face à l'inconnu de deux corps qui se rencontrent. Callum sentit son trouble et la laissa reprendre de l'air. Il lui caressa la joue tendrement, déposa un nouveau petit baiser sur ses lèvres, puis se redressa sur le lit.

— Je suis effectivement l'homme le plus heureux et le plus chanceux du royaume ! Je ne laisserai aucun homme prendre ma place dans le rôle de l'époux ! Si certains aspects de notre destin ne sont pas des plus reluisants, je suis content de t'avoir rencontrée, Aélis. Je commence à comprendre les intentions du Roi en voulant absolument me marier.

Aélis le fixa sans comprendre. Callum se montra un peu gêné de devoir s'expliquer, mais se lança.

— Si je reconnais qu'être entouré de chevaliers de valeur, de serviteurs honnêtes et fidèles m'est d'une grande aide au quotidien, je me rends compte que cela n'était effectivement pas suffisant à mon bien-être. Ta présence... a changé beaucoup de choses dans ma vie, mais aussi dans celle d'Althéa. Je ne peux que reconnaître que le Roi avait raison sur le fait qu'une épouse est un soutien différent de celui que les autres peuvent m'apporter. Il y a la confidence, l'intimité, la complicité particulière entre nous qui jouent un rôle déterminant dans ce qui nous arrive et je suis content des bienfaits de notre relation. Si j'ai eu des doutes sur les propos du Roi quand il m'a soumis l'idée du mariage, aujourd'hui, je suis réellement heureux de t'avoir épousée.

Aélis ne sut quoi répondre à son regard repentant. Elle-même avait beaucoup douté de ce mariage et de leur entente, mais elle pouvait admettre qu'aujourd'hui, beaucoup de choses entre eux avaient évolué dans le bon sens et qu'elle-même trouvait de plus en plus de plaisir à être à ses côtés, malgré les difficultés qui se dressaient sur leur chemin.

— Je crois que... j'ai hâte que notre relation maritale évolue encore, qu'elle s'approfondisse encore, Aélis !

Il déposa un nouveau baiser sur sa joue avant de s'asseoir sur le bord du lit.

— Ta mère a vu ta transformation hier et semblait particulièrement paniquée. Je lui ai dit que je lui demanderai des explications à ton réveil. Nous ne pouvons pas nous contenter de rester passifs sur ce qu'il nous arrive, que ce soit Noctis ou la Protectrice. Nier ou repousser à plus tard une éventuelle nouvelle apparition n'est en rien une solution. Il faut qu'on en sache plus sur eux afin de mieux nous préparer à leurs manifestations. Les témoignages de ceux qui les ont croisés vont nous être primordiaux dans un premier temps. Je pars devant. J'ai quelqu'un à voir avant. Habille-toi et fais ta toilette. On se retrouve tout à l'heure devant tes parents.

Il se leva, lui fit un clin d'œil et quitta la chambre. Aélis regarda la porte se refermer et son cœur put recommencer à battre normalement, même si une extrême chaleur ne quittait pas son corps. Jamais elle n'avait ressenti cela auparavant. Elle remonta ses draps jusque sous ses yeux pour se cacher de l'émoi dans lequel le Duc Callistar l'avait plongée. Elle n'avait pas souvenir d'avoir ressenti un tel émoi avec Taïkan. Il y avait de l'excitation, de l'attirance, un respect évident, mais cette fois-ci, elle ressentait quelque chose de plus profond, ancré dans sa chair. Quelque chose qu'elle ne saurait expliquer, mais qui ébranlait son cœur de manière plus franche...

— Duc Taversil, nous avons une... visite imprévue...
Le Duc de Piléa était en train de savourer son petit déjeuner dans son château lorsque son chambellan vint à lui pour lui parler dans l'oreille. Le noble lui jeta un regard torve et fit un geste du bras pour accepter de recevoir son invité-surprise. Il replongea la tête dans son morceau de brioche quand un grand boum se fit entendre, suivi de la tête d'un troll qui roula le long de sa grande table pour arriver juste devant lui, renversant au passage tout ce qui s'y trouvait.
— Le troll n'embêtera plus les habitants de Piléa !
Jacob Taversil fit une tête dégoûtée en voyant la tête saignante du troll lui faire face et détourna instinctivement le regard pour ne pas rendre son petit déjeuner. Il se boucha le nez de l'odeur pestilentiel et ordonna d'un geste de main qu'on lui retire de suite ce corps immonde de sa table. Les serviteurs, ne sachant comment attraper cette immondice, s'y prirent à plusieurs fois pour s'en saisir, ce qui agaça davantage le Duc de Piléa qui poussa un grognement avant d'envoyer valser la tête du troll hors de la table de ses mains. Il fusilla ensuite du regard son invité-surprise.
Une main sur la hanche et le regard vif et jubilatoire, Callum se tint devant lui.
— Mon cadeau ne vous plaît-il donc pas ? Je me suis pourtant appliqué à vous offrir quelque chose à la hauteur de votre suffisance.
— Comment osez-vous ? grinça des dents le Duc de Piléa.

Callum s'approcha et se pencha au-dessus de lui.

— Vous avez eu votre chevalier magique. Il n'est pas venu pour vous, mais pour les gens de Piléa. Regardez bien mon visage.

Les iris de Callum virèrent au rouge sang. Impressionné soudainement par cette manifestation magique, le Duc Taversil s'écarta de Callum et manqua de tomber de sa chaise. Callum sortit sa dague qui, sous l'injection de son mana par la poignée, se transforma en épée. Il pointa ensuite son arme vers le Duc de Piléa.

— Qui... qui es-tu ? demanda Jacob Taversil, réalisant combien cet homme était dangereux et puissant.

— Tu aurais dû commencer par là ! Ne pas aller trop vite en suppositions...

Le Duc Taversil lança un regard vers ses soldats et serviteurs pour qu'on lui vienne en aide, mais l'aura magique de Callum augmenta encore, insufflant une atmosphère ténébreuse qui n'engagea personne dans la salle à intervenir. C'était comme si la mort s'invitait au château et qu'elle jouait avec chacun d'entre eux pour trouver qui elle emmènerait avec elle. Il semblait de plus en plus évident que le Duc de Piléa devenait l'élu.

— Regarde-toi ! continua Callum, d'une voix de plus en plus grave. Tu fais moins le malin maintenant que tu découvres que je suis un chevalier magique. Je suis Callum Callistar, Duc d'Althéa. Retiens bien mon nom..., car moi, je n'oublierai certainement pas le tien.

Il fit alors une entaille sur sa joue. Le sang coula lentement, le Duc Taversil n'ayant pas l'audace de réagir.

— Callistar ? Tu es... le Chevalier... de Sang ?

Callum plissa les yeux. Son énergie magique sombre, chargée d'électricité noire et rouge, envahit la pièce. Le Duc se laissa tomber au sol, paralysé par la puissance lugubre du chevalier.

— Pitié ! Pardon ! Je ne savais pas ! Ne me tuez pas !

Le Duc Taversil ferma les yeux, prêt à recevoir le coup d'épée signant sa fin.

— Je ne salirai pas ma lame de ton sang impropre ! Je m'engage néanmoins à parler au Roi de ton attitude présomptueuse et négligente. Tu te complais dans ta situation noble sans être réellement au service de ton fief. Tu aurais pu trouver de l'aide. Tu aurais pu solliciter mon aide à Althéa. Tu aurais pu te rendre en personne à Avéna et tout faire pour convaincre de sauver les habitants de Piléa. Tu es resté simplement là, à attendre. Tu ne mérites pas ton statut de Duc de Piléa. Piléa n'a pas besoin d'une personne comme toi dans son château. Prépare-toi, car ton avenir risque d'être sombre et tu vas regretter que ma lame ne se soit pas enfoncée dans ta poitrine ! Je vais m'en assurer...

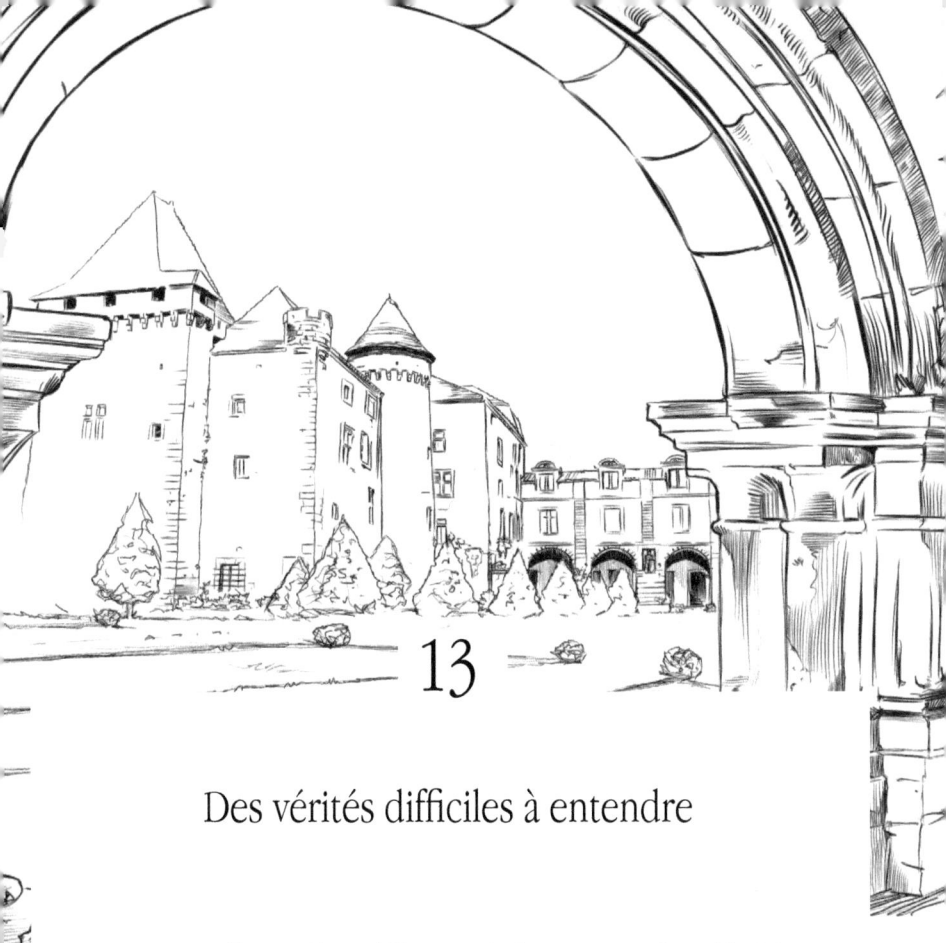

13

Des vérités difficiles à entendre

— Dame Aélis, quelle coiffure souhaitez-vous aujourd'hui ?
— Contentez-vous d'une tresse, Rose. Cela suffira.
— Très bien. Veuillez accepter de vous asseoir devant la coiffeuse, Dame Aélis, pour que je puisse commencer le coiffage.

Aélis regarda sa robe bleu foncé avec des broderies dorées et sourit. Elle s'assit devant le miroir et, tout à coup, ses yeux se posèrent sur son cou. Son sourire s'effaça pour laisser place à la stupéfaction. Interrompant subitement le coiffage de Rose, elle s'approcha du miroir pour examiner de plus près la tache bleuâtre qui lui faisait offense. Elle la toucha du bout des doigts et une pointe de colère apparut sur son visage.

— Souhaitez-vous un fouloir pour cacher cela ? demanda poliment Rose.
— Pourquoi ne m'as-tu rien dit avant ?
— Cela me semblait déplacé...

— Cela le serait plus à la vue de tous !
— Veuillez me pardonner, Dame Aélis.

La servante se pencha pour s'excuser, mais Aélis s'agaça tout en frottant ce suçon malvenu.

— Je suis certaine qu'il l'a fait pour énerver Taïkan... marmonna-t-elle, rageuse.
— Le Duc Callistar semble tenir à vous !
— C'est son honneur qui parle ici, ne vous méprenez pas !
— L'honneur se définit par ce qui nous tient à cœur de vouloir faire respecter. Il n'y a rien de mal à vouloir faire respecter l'amour que l'on porte à son épouse devant un rival.

Rose lui sourit de façon entendue à travers le miroir.

— Entre amour et propriété, il n'y a qu'un pas ! grommela Aélis, peu convaincue par les propos de Rose.

Rose lui tressa les cheveux et lui proposa un foulard léger bleu clair, qui entoura son cou.

— Allons-y ! Tout le monde m'attend.

Elle quitta la chambre en compagnie de Rose et traversa les couloirs du domaine. Elle tomba alors à sa grande surprise sur Taïkan, qui s'inclina.

— Bonjour, Duchesse.
— Bonjour, Taïkan...
— Je suis soulagé de vous voir réveillée et en bonne santé ! continua-t-il, toujours incliné.
— Je vais bien. Merci.

Sa mauvaise humeur augmenta d'un cran. S'il y avait bien une personne qu'elle ne souhaitait pas croiser de si bon matin, c'était Taïkan. Et son attitude trop respectueuse devenait presque outrageante à ses yeux, au regard de son comportement de la veille.

— Rose, veuillez nous laisser s'il vous plaît.
— Bien, Madame.

Rose se retira de la discussion. Taïkan se redressa et la fixa.

— Que s'est-il passé hier ? J'étais très inquiet pour vous. Le Duc vous a éloigné de vos parents et de moi. Je n'ai pas pu...
— Taïkan, j'aimerais que ce qu'il s'est passé hier ne se reproduise plus ! le coupa la jeune femme, de façon sévère.

Le chef de la garde du baron Fergus De Middenhall se trouva

alors perdu.

— Je comprends bien que votre « transformation » soudaine soit déplaisante...

— Je parle de votre duel avec le Duc Callistar.

Taïkan fronça les sourcils.

— Je recommencerai autant de fois qu'il le faudra si je peux assurer votre bonheur.

— Mon bonheur est avec lui ! trancha Aélis, énervée. Callum Callistar est mon mari et je suis heureuse avec lui. Je comprends que cette idée puisse vous paraître incongrue ou complètement prématurée lorsque l'on parle de mariage arrangé et de quelques mois de relation, mais c'est le cas ! Nous faisons au mieux pour que ce mariage aille dans le bon sens et votre intervention me met mal à l'aise. Vous m'infligez à moi aussi une déconvenue navrante !

— Je... je suis désolé... Je ne voulais pas...

— Ce qui a pu se passer entre nous appartient pour ma part au passé. J'ai tiré un trait sur notre relation dès lors que j'ai franchi les remparts d'Althéa. Il vous faut en faire de même, Taïkan.

Taïkan serra le poing et baissa les yeux.

— Je ne peux pas. Je vous aime, Aélis.

Aélis soupira et se vit contrainte d'être plus ferme.

— Moi plus.

Un silence gêné s'installa entre eux, où la déception se mélangeait à l'intransigeance des sentiments.

— Taïkan, je suis désolée de vous blesser de la sorte. J'avoue que j'étais encore partagée entre mes devoirs de nouvelle épouse et la fin de notre relation quand je suis arrivée à Althéa, mais aujourd'hui, toutes mes pensées vont vers le Duc. Pas vers vous. C'est une réalité. Nous nous sommes rapprochés considérablement dernièrement et...

Elle soupira.

— Vous l'aimez ? lui demanda alors Taïkan, inquiet.

Aélis se trouva décontenancée par cette question, mais joua la sincérité toutefois avec lui.

— Je ne sais pas si je peux appeler cela de l'amour, mais oui, je tiens à lui..., comme il tient à moi d'une certaine manière. Nous nous apprivoisons progressivement et nous nous rapprochons plus intimement. Nous apprenons à nous connaître chaque jour et nous développons... une affection certaine pour l'autre.

— Je vois...

— Je ne souhaite pas que vous gâchiez cela, s'il vous plaît. J'y tiens ! J'aurais dû être plus explicite avec vous depuis mon arrivée à Piléa. Je vous ai montré de faux signaux qui vous ont laissé croire que j'avais un mari abominable, mais... ce n'est pas le cas. Vous vous êtes mépris sur lui et sur nous.

Elle baissa la tête, consciente que ses paroles s'avéraient douloureuses à entendre et à accepter. Taïkan lui offrit une mine défaite.

— J'ai toujours eu l'intime espoir que vous reviendriez un jour à moi. Je voulais que vous soyez mienne pour toujours...

— Je sais... mais je vous rappelle que j'ai refusé votre demande en mariage. Je vous ai repoussé ! Parce que je devais épouser le Duc, mais aussi, pour être honnête avec vous, parce que je n'étais pas sûre de vouloir m'engager avec vous.

— Pourquoi ? demanda d'une voix blessée Taïkan. J'aurais tout fait pour vous !

— Parce que je me rendais compte que quelque chose n'allait pas entre nous ! Au départ, je n'y trouvais pas de raisons particulières. C'était de l'instinct. Mais en vivant à Althéa, j'ai commencé à comprendre pourquoi ! Je ne me sentais pas éprise de vous au point de croire que vous soyez le seul qui comptait dans ma vie ! J'ai développé ce sentiment pour le Duc… Vous comptiez pour moi, mais je crois que ce que j'ai ressenti pour vous n'était pas de l'amour ou du moins, un tel niveau d'affection. Je vous connais depuis longtemps. Vous m'êtes cher... Vous m'avez toujours protégée et considérée pour que je ne me sente jamais triste à vos côtés. Dès que j'avais un problème ou que mon mental ne suivait pas, vous étiez là ! Et c'est sans doute ce qui m'a induise en erreur. Ce que je pensais être de l'amour n'était seulement qu'une sécurité recherchée, une confiance sans faille sur laquelle je pouvais me reposer. Vous étiez une protection fiable, permanente, dont j'avais besoin à ce moment-là. C'était un confort indéniable, mais... ce n'était pas de l'amour.

— Et c'est quelque chose que vous retrouvez avec lui ?

— Il y a quelque chose qui me touche et me lie plus profondément à lui et que je ne saurais définir, oui. Une affection différente de celle

que j'éprouve pour vous en tout cas.
— Au point d'accepter le fait de partager votre vie entière avec lui sans regret ?
Aélis réfléchit un instant, avant de lui répondre.
— Je n'imagine plus un avenir triste avec lui depuis quelque temps. Je crois même que je me projette avec lui avec de plus en plus de sérénité. Je prends mes marques en tant que Duchesse, et Althéa est un fief qui me plait beaucoup. Je sais que mes mots vous attristent, mais ce que j'éprouve pour le Duc, je ne l'éprouve pas pour vous.
— Très bien. Je me vois donc contraint d'accéder à votre requête et de me retirer…

Sans lui laisser le temps d'en dire plus, il la salua et la quitta. Aélis ferma les yeux et soupira. Elle pouvait comprendre sans hésiter un instant son amertume et son envie de fuir la douleur qu'elle venait de lui infliger. Elle n'avait cependant pas le choix. Il devait comprendre sa situation, même si elle était dure à encaisser.

Elle serra le poing. Elle devait garder le cap sur ses objectifs et ce qui pour l'instant l'inquiétait le plus : la Protectrice. Elle reprit le pas vers la chambre de sa mère, lieu de rendez-vous convenu avec le Duc, mais sursauta aussitôt en le découvrant, caché derrière le mur du couloir perpendiculaire au sien. Elle le fixa alors, tandis qu'il avait les bras croisés, le mur portant son dos.

— Vous avez... écouté ma discussion avec lui ?
Il décroisa ses bras et se tourna vers elle.
— En partie...
Aélis se trouva gênée. Le Duc sourit et lui tendit la main.
— Content que vous ayez pris vos responsabilités le concernant. Pour le reste..., j'aime bien votre foulard bleu autour du cou !
Aélis écarquilla les yeux, se souvenant bien de sa surprise matinale et se toucha le foulard par réflexe !
— C'est à votre cou que je vais le mettre et serrer suffisant fort pour vous laisser DES MARQUES !
Callum esquissa un large sourire.
— Tout ça pour confirmer le lien qui nous unit... C'est le début de l'amour, ça, vous savez !

Il lui fit un clin d'œil auquel elle répondit par une grimace.

— Allons faire face à notre avenir ! lui proposa-t-il tout en lui offrant sa main.

Il avait entendu ses propos concernant ses espoirs sur leur mariage, mais il semblait préférer en rester là, comme une satisfaction suffisante pour le moment. Elle posa sa main dans la sienne et ils se rendirent au chevet de Christa de Middenhall.

Lorsqu'ils arrivèrent à sa chambre, Christa était alitée et Fergus à ses côtés. En voyant sa fille en forme, il se leva de sa chaise et la prit dans ses bras.

— Tu sembles aller bien, Dieu merci !

— Pardon de vous avoir fait peur.

Fergus lui caressa la joue.

— Ne t'inquiète pas ! Nous nous doutions que ce jour arriverait tôt ou tard. Nous espérions juste que tu ne sois pas l'élue de la Protectrice.

— Vous semblez savoir beaucoup de choses sur elle alors que nous n'avons rien mentionné jusque-là à son sujet ! les interrompit sèchement Callum.

Christa baissa les yeux et serra les draps recouvrant ses jambes.

— Depuis quand avez-vous eu connaissance de son existence ? demanda alors la baronne.

— C'est le Grand Gardien qui nous en a parlé...

— Je vois...

Devant la petite voix de son épouse, Fergus retourna auprès d'elle et lui serra la main. Aélis s'avança vers eux.

— Mère, je dois en savoir plus sur elle. C'est important. Beaucoup d'éléments sont en jeu et je me sens perdue. Pourquoi m'avoir caché l'existence d'un tel être en moi alors que c'est une affaire familiale ?

— Nous ne voulions pas expressément te le cacher ! répondit Fergus. Nous espérions juste ne pas avoir à en parler.

— Pourquoi ? intervint le Duc. Pourquoi montrez-vous une telle réticence ?

— Elle a apporté beaucoup de malheur à Christa...

Fergus jeta un regard triste vers Christa qui semblait très affectée par cette histoire.

— Je dois en apprendre plus... déclara alors Aélis. Il ne s'agit pas que de moi, mais aussi du Duc et d'Althéa...

Christa releva la tête et considéra les deux jeunes mariés. Elle repensa alors à ses propres choix de vie et à son union avec Fergus. Son mari avait été une épaule toujours présente sur laquelle elle pouvait poser sa tête. Callum Callistar était l'épaule dont sa fille avait besoin pour supporter les conséquences d'une telle nouvelle dans leur vie. C'était un poids lourd à porter et des vies étaient en jeu. Elle soupira et se décida à raconter ce qu'elle savait.
— La Protectrice a été créée par les huit Grands Mages du monde magique durant les temps anciens. La magie restait l'affaire d'une poignée à cette époque et face aux démons, ils ne faisaient pas le poids. On raconte qu'il y eut un jour un massacre et que nombre d'entre eux périrent face aux démons. Battre des démons de niveaux inférieurs n'était pas un problème. Ce qui annihilait tous leurs efforts était que certains étaient commandés par des démons de niveaux supérieurs, par des démons qu'on nommait légendaires, tant leur puissance traversait les âges. Les démons légendaires avaient un tel pouvoir qu'il était difficile de trouver une issue favorable pour la magie blanche. Vous pouvez couper les branches d'un arbre démoniaque, mais si la racine demeure intacte, les branches repoussent. Ils devaient faire disparaître les démons légendaires. Or, ils ne pouvaient pas battre ces êtres de niveau supérieur en l'état. Les survivants décidèrent donc de tenter le tout pour le tout et se mirent d'accord pour réaliser une expérience qu'ils projetaient d'effectuer depuis un certain temps. C'était le fruit d'une étude poussée selon laquelle l'énergie des différents types de pierres pouvait octroyer un pouvoir immense si les conditions le permettaient.

Callum et Aélis se regardèrent. L'addition magique des pierres avait donc déjà été envisagée.
— Ils avaient réussi à trouver un lien entre le mana, l'énergie magique des mages, et l'énergie des pierres semi-précieuses et précieuses. Et ils avaient cette fenêtre de tir pour que les conditions soient réunies. L'un d'entre eux, une femme aux pouvoirs magiques indéniables périt lors de ce massacre. Huit mages furent alors choisis

parmi les survivants pour leur pouvoir reconnu de tous et ils tentèrent l'expérience. Ils encerclèrent le corps de cette femme défunte de chaque type de pierres connues et utilisèrent leur magie combinée à celle des pierres pour « réveiller » le corps de leur camarade et lui redonner vie. La procédure n'a jamais été réellement précisée, mais ce qui se réveilla fut la Protectrice.

— Cela expliquerait donc pourquoi elle est considérée comme une force du Bien... nota alors le Duc. Elle a en elle une magie combinée.

Christa acquiesça, puis continua son récit.

— Contre toute attente, ils retrouvèrent aussi leur camarade vivante avec la naissance de la Protectrice. La Protectrice doit avoir des périodes de repos. Elle se replie donc dans le plan astral de l'hôte. Il faut une symbiose entre l'hôte et l'hébergée pour que la Protectrice gagne encore en puissance. La jeune mage ressuscita donc avec la Protectrice, mais cela réussit à un détail près : sa chevelure était devenue grise. La vie passa et elle eut des enfants et des petits-enfants, seulement son âge joua sur l'habilité de la Protectrice à combattre et cette dernière trouva alors le moyen d'exister à travers le sang de ses héritiers. La lignée garda donc la caractéristique des cheveux gris pour les filles. Génération après génération, la Protectrice offrit donc son existence, avec celle de ses hôtes, à lutter contre les démons de tous niveaux et en particulier les démons légendaires. L'équilibre des forces revint avec ses actions à un état de neutralité entre le Bien et le Mal. Cela dura des siècles jusqu'à notre présent...

Aélis examina son corps. Elle avait effectivement en elle la mémoire de tous ses ancêtres, ancrée dans celle de la Protectrice qu'elle cachait. Noctis avait raison sur le fait qu'elle avait su trouver des parades avec ses hôtes pour continuer sa mission tout en s'améliorant.

— Les huit Grands Mages fondèrent le Conseil Magique afin de pouvoir créer d'abord un sanctuaire pour recueillir toutes les données que la Protectrice leur apporterait sur leurs ennemis, mais aussi pour perpétuer des générations de mages, les repérer et les instruire correctement à la magie afin de retrouver un bataillon suffisant pour gagner du terrain. Les découvertes furent compilées siècle après siècle, bien après la disparition des huit Grands Mages. Son existence fut considérée comme une bénédiction, aussi bien pour les mages que pour une partie de la branche catholique qui la considéra comme un salut face aux actions démoniaques... Malgré cela, si elle avait ses partisans, elle avait aussi ses détracteurs.

— La branche conservatrice de l'Église... devina Aélis.

Christa confirma à nouveau d'un signe de tête.

— Son pouvoir faisait peur autant que celui des démons légendaires. Cela se confirma lorsqu'elle tua l'un d'entre eux. Si elle mit un grand coup de pied dans le monde démoniaque avec cette victoire, elle accentua aussi la crainte que rien ne pouvait la battre. Or, si un pouvoir ne peut être destitué, il devient dangereux et l'inquiétude gagna du terrain au-delà des croyants conservateurs. Que se passerait-il si la Protectrice n'obéissait plus au Conseil Magique ? Que ferions-nous si elle se retournait contre nous ? La suspicion gagna du terrain, insidieuse, silencieuse, à travers les siècles. Pour calmer les ardeurs, les mages décidèrent de moins faire appel à ses services et d'utiliser davantage leurs chevaliers magiques qu'ils avaient instruits au bon usage de la magie par le biais de l'école du Conseil Magique. Ainsi, la Protectrice n'intervint plus que lorsqu'un démon légendaire leur faisait face...

Callum plissa des yeux. Il commençait à comprendre le lien qui unissait Noctis à la Protectrice. Finalement, il était devenu la seule excuse à son existence et à son utilité. Elle était devenue sa seule rivale, de ce fait.

—... jusqu'à il y a cinquante ans.

— Que s'est-il passé ? demanda Callum.

— Tandis qu'elle combattait le démon légendaire, Flagellis, démon du fléau, elle ne réussit pas à protéger les troupes en soutien. Ce fut un carnage et elle fut tenue pour responsable par certains de ce désastre. N'étant ni capable de protéger les siens ni d'éliminer le démon légendaire, son utilité fut reconsidérée au cours des deux dizaines d'années qui suivirent par une partie des gens. En tête le parti conservateur de l'Église, qui poussa le fils aîné du Roi Angus Mildegarde, Gésar, héritier du trône, à prendre plus rapidement le pouvoir contre son père. Angus Mildegarde n'était pas un très bon roi et beaucoup s'en plaignaient, mais c'était un fervent défenseur de la Protectrice. Afin de mettre fin aux actions de la Protectrice,

Gésar, accompagné de soldats rebelles, exécuta dans l'ombre chaque membre de ma lignée. Les potentiels futurs hôtes furent éliminés les uns après les autres, jusqu'à ce que cela remonte aux oreilles du Roi Angus Mildegarde.

— Vous êtes en train de me dire que c'est le frère du Roi Hélix Mildegarde qui a ordonné un génocide entrainant la disparition de la Protectrice ? demanda pour confirmation Callum.

— Oui... répondit brièvement Fergus. Elle fut trahie par le royaume qu'elle protégeait depuis des millénaires.

— Le Roi Angus Mildegarde, à l'époque, a été pris de court. Il n'a compris que trop tard qui commanditait le massacre. L'oppression fut tellement rapide et chirurgicale que chaque personne avec des cheveux gris fut exécutée pour ne laisser aucune chance à la Protectrice de trouver un descendant pour réapparaître. Après enquête, le Roi demanda alors des comptes à son fils et, déçu de ses revendications et actions, décida alors que ce ne serait plus lui son successeur au trône, mais Hélix, le cadet, plus sage, plus réfléchi. Gésar n'a pas supporté ce qu'il a considéré comme une trahison de la part de son père, mais aussi de son frère, bien obligé de suivre son père. Au moment du passage du trône à Hélix, Gésar organisa un coup d'État. Il tua son père, mais Hélix se douta que Gésar n'en resterait pas là et réussit à le neutraliser avec ses hommes. Il fut emprisonné et Hélix récupéra le trône.

Le visage de Christa se crispa.

— Cependant, le mal était fait. Notre lignée a été sacrifiée au nom du danger qu'occasionnait la Protectrice. J'ai vu les miens mourir sous mes yeux. Tes grands-parents, mes oncles et tantes, mes cousins.

Callum serra le poing, imaginant bien le massacre.

— Qui portait la Protectrice en elle à l'époque ? l'interrogea Callum.

— C'était ma sœur, Sophia. Elle fut tuée sous mes yeux d'une épée dans le dos afin d'optimiser les chances de ne pas éveiller la défense de la Protectrice en elle. À l'époque, j'étais amie avec Ilina Averhill. Sentant le danger se rapprocher de moi, elle supplia Hélix Mildegarde de me cacher pour me sauver tout en sauvant la lignée. Il n'hésita pas un instant et me fit quitter Avéna, conscient de l'importance de la Protectrice dans l'équilibre des forces contre le

Mal et du danger que devenait Gésar.

— Quelle horrible histoire... commenta Aélis, abasourdie.

— La folie, l'ambition de Gésar, le conduisit à son emprisonnement. Je pus trouver un certain soulagement, car l'Église conservatrice avait perdu son pion principal pour renverser la royauté à son avantage, mais ma vie fut à jamais changée. J'ai tout perdu. Même mon amie Ilina qui mourut en couches. Hélix Mildegarde me garda éloignée de la capitale dans une montagne pendant quelques années et venait me rendre visite chaque mois en gardant bien en tête que mon existence ne soit apprise de personne. Nous partagions cette terrible tragédie comme un boulet à la cheville. Il avait perdu un père, un frère. Moi, ma lignée. Puis, nous avons perdu Ilina. Nous n'étions plus que nous, avec nos cœurs blessés. Un jour, il constata que ma cabane de fortune dans les bois tombait en ruine et il fit venir son meilleur architecte, un homme de confiance.

Elle tourna son regard vers Fergus et lui sourit tendrement.

— Fergus prenait son travail à cœur et nous nous sommes liés d'amitié. Fergus apaisa mon âme et me redonna espoir en la vie.

— Puis un jour le Roi m'a demandé ce que je pensais de ta mère..., continua Fergus. Il m'a alors demandé de l'épouser. J'ai été pris au dépourvu, j'étais mal à l'aise, mais en vérité, j'aimais Christa alors..., j'ai fait de cette suggestion une réalité. Le Roi m'offrit le titre de baron pour subvenir à nos besoins sans être inquiétés et un domaine à Piléa afin de nous assurer une sécurité, puis nous nous marièrent loin des regards et du protocole. Le Roi comptait sur ma discrétion pour garder Christa à l'abri des curieux et des souvenirs difficiles d'une époque. Le temps passa et puis tu es née...

14

De révélations en théories

Aélis quitta la chambre de sa mère dans un état second. Beaucoup d'informations lui étaient venues aux oreilles, beaucoup d'éléments à prendre en considération. Callum la suivit et referma la porte de la chambre de Christa De Middenhall doucement.

— Est-ce que ça va ? lui demanda-t-il alors.

— Je ne sais pas. Je ne sais pas quoi penser de tout ça...

Il soupira alors et lui attrapa la main. Il la guida jusqu'au jardin pour marcher un peu.

— C'est une histoire triste, je trouve... déclara alors Callum. La Protectrice n'a été qu'un pion au milieu d'un jeu d'échecs entre les démons, le Conseil Magique et la royauté. Elle a servi toute sa vie des personnes et n'a finalement pas eu le remerciement mérité.

— C'est ce qui me vient également à l'esprit. Même ma mère redoutait sa réapparition, alors qu'elle est censée la chérir comme un membre de la famille. Comment peut-on passer du statut de sauveuse à celui d'une malédiction ? En fait, je crois que mon cœur saigne pour elle. Je n'arrive pas à me l'expliquer, mais le récit de ma mère a réveillé en moi une infinie tristesse qui écrase ma poitrine.

Callum regarda alors ses mains contre sa poitrine et la prit tout à coup dans ses bras. Aélis se trouva surprise par cette attention tendre de la part de son époux.

— Sans doute, il y a une résonance en toi, Aélis, mais ne te laisse pas submerger par ce qu'a vécu la Protectrice. N'oublie jamais que si vous partagez un même corps, elle n'est pas toi et tu n'es pas elle.

— Que vais-je faire si elle réapparaît vraiment alors que beaucoup de personnes préféreraient ne pas la revoir ?

— Elle trouvera toujours un refuge auprès du Roi et auprès de moi. Je ne laisserai personne vous faire du mal. Nous prouverons qu'elle n'est en rien un danger.

Aélis se laissa bercer par les paroles bienveillantes de Callum et encercla sa taille de ses bras pour accompagner son étreinte. Callum sourit alors.

— Ceci est valable uniquement si Noctis ne prend pas le contrôle de votre conscience ! lui fit toutefois remarquer Aélis.

— C'est vrai ! répondit Callum en riant légèrement.

Il lui frotta le dessus du crâne cependant pour continuer de la rassurer.

— Je vais rentrer à Althéa.

Aélis releva aussitôt la tête vers son visage.

— Je n'ai plus rien à faire ici.

— Et si elle venait à réapparaître.

— Sampa a soumis l'hypothèse que ses manifestations sont conditionnées par un facteur déclenchant.

Aélis le fixa de façon incertaine.

— Moi ! En y réfléchissant, je pense qu'il n'a pas tort. Les pouvoirs de la Protectrice ne sont apparus que lorsque j'étais en danger sous tes yeux. Comme si ta peur de... me perdre... forçait la Protectrice à agir en ton nom.

Aélis se mit à réfléchir aux moments où son pouvoir s'était manifesté.

— C'est plausible, effectivement. Vous étiez à chaque fois en danger de mort imminente.

Il lui caressa alors les cheveux.

— Si cette théorie est juste, alors il n'y a pas de danger imminent si je suis à Althéa.
— Et si elle est fausse ?
— Sampa et Nimaï resteront ici pour te surveiller, quoiqu'il arrive. De toute façon, elle n'a jamais agi dans l'intention de faire le mal autour d'elle, donc si elle réapparaît, ce sera forcément pour protéger. Ce ne sera pas si grave.
Il lui fit un clin d'œil complice.
— Ils me préviendront s'il y a un problème. Je ne gagne rien à rester ici. Je dois informer tout le monde de ce que nous avons appris à Piléa et continuer les investigations concernant Noctis et la Protectrice.
Aélis acquiesça son choix, mais Callum remarqua cependant un voile de tristesse dans son regard. Il souleva alors son menton de son index.
— Tout ira bien. Rejoins-moi à Althéa dès que ta mère ira mieux. Rassure-la tous les jours et retrouve-moi.
Il déposa alors un baiser sur ses lèvres.
— Je t'attendrai sous le kiosque !

— Le Duc est de retour !
— Le Duc est rentré !
— Il n'y a pas la Duchesse avec lui...
Tandis que Kharis foulait la poussière des allées le conduisant au château, les habitants d'Althéa cessèrent leurs activités pour saluer le Duc et cancaner. Callum ne savait vraiment s'il devait apprécier cet accueil teinté d'interrogations ou pas. Les gens alimentaient vite des rumeurs dès que quelque chose sortait de l'ordinaire. Ici, l'absence surprenante de la duchesse à ses côtés pouvait attiser les suspicions. Il donna un coup de talon pour que Kharis accélère le pas jusqu'aux écuries. Il confia alors son cheval à un palefrenier et entra au château. Très rapidement, le Duc trouva Mills qui le salua.
— Bonjour Duc ! Heureux de vous revoir parmi nous.
— Bonjour Mills.

— Dois-je faire préparer un repas ou le grand bassin pour vous reposer de ce voyage ?

— Juste le bain pour l'instant.

— Bien.

Callum se montra tout à coup perplexe de la réaction trop normale de son chambellan.

— Vous ne m'interrogez pas sur l'absence de la Duchesse ?

— Je vous laisse le temps d'arriver pour que vous veniez m'en parler à tête reposée.

Callum grimaça de sa prévenance plutôt surprenante.

— Rien de grave en mon absence ? lui demanda-t-il malgré tout.

— Non, rien de grave... Juste une affaire qui mérite votre attention.

Le sourcil de Callum se redressa à cette mention. Mills lui sourit.

— Cléry vous expliquera tout cela.

— J'ai aussi des choses à vous raconter...

Cette fois-ci, ce fut Mills qui fut piqué au vif.

— Votre démon est réapparu ?

— Oui, mais pas que lui...

Mills écarquilla les yeux et comprit que son sous-entendu ne pouvait signifier qu'une chose.

— La Protectrice...

— Oui, Aélis en est bien l'hôte. Organisez-moi une réunion avec Cléry, Fin' et Edern. Disons... dans deux heures.

— Dois-je inclure le Grand Gardien ou le Roi dans cette réunion ?

— Non, pour l'instant, je préférerais que cela reste à Althéa. Inutile de prévoir les miroirs de communication.

— Entendu.

— Rhaaa ! J'ai hâte que cette réunion commence ! Mills nous a mis l'eau à la bouche avec ses phrases évasives sur les propos de Callum !

— Calme-toi, Finley, cela ne le fera pas arriver plus vite...

Finley observa alors Cléry appuyé contre un mur, puis Edern

lorgnant sur les dossiers concernant les affaires d'Althéa. Chacun attendait le Duc dans son bureau.

— Oui, eh bien j'espère qu'il ne va pas se prélasser trop longtemps au grand bassin ! s'agaça Edern. J'ai des remparts à surveiller !

— Ta projection astrale t'alertera ! marmonna alors Finley.

La porte du bureau s'ouvrit enfin, et Callum entra. Des effluves de savon et de parfum envahirent l'air sur son passage. Il alla directement s'asseoir derrière son bureau.

— Bonjour tout le monde ! Ne perdons pas de temps. Mills m'a dit qu'une affaire méritait mon attention.

— Effectivement... déclara Cléry.

— Je vous écoute.

— Le gardien du cimetière m'a informé d'un fait qui mérite ton attention.

Callum constata alors le visage grave du prêtre, et ceux plutôt sérieux de ses camarades.

— La tombe de l'ancienne Duchesse d'Althéa a été violée.

Un long silence suivit cette annonce, mais Callum les dévisagea, cherchant à comprendre où était la gravité pouvant nécessiter une urgence. Un mort reste mort après tout et la généalogie des suzerains d'Althéa l'indifférait. Mills prit la parole.

— Le caveau a été visité deux fois et la première fois fut lors de votre mariage.

Callum fronça finalement les sourcils.

— Nous ignorons s'il y a un lien avec l'attaque, continua Finley, cependant, nous avons enquêté parmi les habitants âgés d'Althéa pour connaître l'identité possible des profanateurs.

— Et ?

Cléry intervint.

— L'ancienne Duchesse était particulièrement aimée dans Althéa, donc elle n'avait pas d'ennemis désirant une vengeance post-mortem. Nous avons donc pensé à un admirateur secret, voulant l'immortaliser après sa mort, mais nous n'avons trouvé aucune piste dans ce sens et cela semble bizarre qu'un tel admirateur se manifeste vingt-cinq ans après sa mort. Il ne nous restait par conséquent plus que la famille. Nous avons consulté la généalogie des Averhill. Il y avait peu de famille directe, cependant un détail a attiré notre attention : Ilina

Averhill est morte en couches et le nom du père de son enfant n'était pas mentionné...

Callum se leva subitement de son fauteuil.

— Vous avez dit Ilina Averhill ?! les coupa soudainement Callum. Ilina ?

Les chevaliers magiques et Mills se regardèrent, cherchant où était la surprise dans la mention de son nom. Cléry prit la parole.

— Oui, c'est la fille du Duc Averhill, l'ancien suzerain d'Althéa avant le général Fritz que vous avez relevé de ses fonctions par l'intervention du Roi. Pourquoi ?

Callum ferma les yeux un instant et soupira.

— Je n'avais pas fait attention jusque-là à la coïncidence, mais j'ai entendu son nom à Piléa. Elle a sauvé, avec le Roi Hélix Mildegarde, la mère d'Aélis d'un génocide.

Tous écarquillèrent les yeux et restèrent sans voix. Callum se rassit et se frotta la tête, avant de l'inviter d'un geste de la main à continuer.

— Continue, Cléry, le père de l'enfant ?

— Il n'apparaissait pas dans les registres d'Althéa. Pas une note à son propos. Pas le moindre indice. Il a été volontairement renié par la famille Averhill visiblement. Pourquoi cacher son identité si ce n'est par honte ? Finley et moi avons enquêté et nous avons une piste sur l'identité du père : Gésar Mildegarde, le frère du Roi.

Callum se leva d'un nouveau bond sur sa chaise, à la stupeur de tous.

— Tu as dit Gésar ?

— Oui, Gésar Mildegarde, le frère aîné de notre Roi actuel.

— Incroyable ! marmonna-t-il alors tout en faisant les cent pas entre son bureau et la fenêtre donnant sur le jardin et le kiosque. Ce ne peut être une coïncidence.

Il posa ses doigts sur ses tempes pour pousser sa réflexion plus loin.

— Y a-t-il des éléments que vous avez appris et que nous ignorions ? demanda alors Mills.

— Oui ! Il y a vingt-cinq ans, le frère du Roi, Gésar, a orchestré avec l'aide de l'Église conservatrice un soulèvement contre son père, le Roi Angus Mildegarde. L'objet principal de ce soulèvement étant l'existence de la Protectrice, jugée aussi dangereuse que les démons à leurs yeux. Il a donc décidé de mettre fin à ses agissements en tuant tous les hôtes susceptibles de l'accueillir. La mère de Christa fut la seule survivante. Le Roi Angus s'opposa à lui quand il l'apprit et son fils le tua. Ce fut Hélix qui mit fin à ses agissements apparemment avec de l'aide – je n'ai pas les détails – et qui fit emprisonner son frère. Hélix Mildegarde a donc par la suite récupéré le trône.

— La version officielle de la mort d'Angus Mildegarde fut la maladie ! intervint Mills. La vérité aurait donc été cachée ?

— Visiblement, Christa De Middenhall m'a donné une toute autre version de sa mort.

— Cacher la vérité sur la mort de l'ancien Roi, c'est ensevelir avec une contestation possible du peuple. Après tout, le coup d'État venait de son fils aîné... fit remarquer Edern. Un assassinat aurait provoqué encore plus de panique si on compte l'assaut direct sur les porteurs possibles de la Protectrice.

— Effectivement, Hélix a dû gérer au mieux ! fit Finley. À croire qu'il a toujours eu l'âme d'un Roi pour prévoir d'étouffer l'origine de ce génocide.

— Je n'ai pas les détails, mais Hélix Mildegarde a caché la mère d'Aélis pour tenter de perpétuer la lignée à l'abri de tous..., continua Callum. Aélis est l'ultime descendante. Ce qui explique pourquoi la Protectrice avait complètement disparu et que nous n'en avions pas vraiment entendu parler depuis vingt-cinq ans.

— Et pour le grand frère ? l'interrogea Finley. Quelle est la version officielle de la destitution au trône du prince héritier ?

— Trahison envers le royaume et emprisonnement, il me semble ! répondit Mills. Il faudrait que je confirme cela, mais rien ne dit que la trahison soit justifiée par le renversement du trône. Mais on serait plutôt proche de la vérité, cette fois-ci.

— Incroyable... fit Finley, abasourdi.

— Donc, reprit Cléry, tu es en train de nous dire que l'ancienne Duchesse, supposée être l'amante de Gésar Mildegarde avec qui elle aurait vraisemblablement eu un enfant mort-né, se serait opposée à lui concernant le destin de la Protectrice et l'aurait protégée, avec la participation d'Hélix Mildegarde, en participant à son sauvetage ?

— J'ignorais qu'ils étaient amants, mais cela semble être ce qu'il s'est passé si nous rassemblons nos éléments de réponse. Du moins, si c'est bien lui le père de l'enfant...

— Effectivement, courtiser ne veut pas signifier forcément un aboutissement de leur relation jusqu'à la naissance d'un enfant... fit remarquer Mills. Qui sait le nombre d'amants potentiels de Dame Averhill !

— Je n'ai pas tous les détails, mais les éléments semblent se regrouper dans ce sens en tout cas…, confirma Callum.

— Mills, vous n'avez pas des informations à nous donner durant cette période sombre d'Avéna ? l'interrogea Edern.

Mills regarda un point du sol, défaitiste.

— Ce fut une époque compliquée. Je n'étais effectivement pas à Avéna. J'étais encore un farouche ennemi du Roi Angus et du Conseil Magique et pas toujours présent dans le Royaume. Les conflits internes étaient le cadet de mes soucis. Mon alliance avec Avéna a été plus tardive.

— Cela n'est pas grave. Nous commençons à y voir un peu plus clair sur l'identité de notre ennemi ! déclara Callum. Il est fort possible d'après ce que nous savons maintenant que ce soit Gésar qui nous ait attaqués le jour du mariage et qu'il soit à l'origine de la disparition de la dépouille de l'ancienne duchesse et du silence du Roi Mildegarde concernant sa défaite lors du mariage.

— La question reste de savoir pourquoi il aurait récupéré la dépouille d'Ilina Averhill et pourquoi vole-t-il des chargements de pierres dans tout le royaume ? signala Cléry. Que cherche-t-il à faire ?

— Il a perdu la femme qu'il aimait ! observa Finley. Peut-être souhaite-t-il simplement lui affecter une tombe proche de lui sur laquelle il pourrait se recueillir ?

— Malgré la trahison de sa femme ? lança Edern, sceptique.

— Cela pourrait se tenir ; nous n'avons pas tous les détails de cette opposition..., objecta Callum, la main se tenant le menton. Mais s'il est un fugitif, il ne peut se poser dans un endroit bien longtemps et bouger un cercueil ne passe pas inaperçu... Nous devons savoir avant tout les circonstances de son emprisonnement. S'il a été relâché après avoir purgé sa peine ou s'il s'est évadé. Ses choix stratégiques pour opérer peuvent être complètement différents !

— Il est clair en tout cas qu'il doit avoir une dent contre son frère ! analysa alors Edern. Le mobile de la vengeance semble tout à fait plausible !

Tous hochèrent la tête.

— Donc, si je résume bien, fit Finley, celui qui sait tout et s'est bien abstenu de nous dire quoi que ce soit est le Roi Hélix Mildegarde !

Cléry souffla.

— Effectivement ! Mais je doute qu'il accepte de tout nous raconter comme ça ! Cela reste le Roi d'Avéna et nous nous immisçons malgré tout dans une affaire privée.

Callum acquiesça silencieusement.

— Demandons au Grand Gardien ! Il doit obligatoirement savoir la vérité ! conseilla Edern.

— Pour l'instant, gardons ce que nous savons pour nous ! somma Callum. Il y a autre chose que je dois vous révéler et qui mérite que l'on reste discret pour le moment et qu'on n'attise pas davantage l'attention du Roi et du Conseil tant que je n'en sais pas plus moi-même...

Tous fixèrent Callum avec inquiétude.

— Il y a eu du nouveau à Piléa concernant la Protectrice et le démon que je loge...

— Comment ça ? lança Finley.

Callum déposa une pierre jaune sur son bureau à la vue de tous.

— Mills, je souhaiterais faire analyser cette pierre par le Conseil Magique. Elle était incrustée dans la paume de la main d'un troll et semblait contrôler son comportement, le rendant agressif et le faisant attaquer les villageois.

— Tu l'as combattu ? se renseigna alors Edern.

— À deux reprises ! La première fois, je n'ai rien pu faire... Je n'ai pas pu me battre et il a fallu que je ruse avec Nimaï pour éloigner le troll vers la forêt à défaut de le battre.

L'air légèrement agacé de Callum ne passa pas inaperçu aux yeux de ses amis.

— Il était donc si dur à battre ? s'étonna Edern, connaissant la faible dangerosité des trolls face à un chevalier aussi aguerri que Callum.

— Il m'est arrivé un pépin... Je ne pouvais plus utiliser mon mana. Pas de mana, pas d'armure, pas de pouvoir et une dague qui ne devient pas épée... La seconde fois, j'étais avec Aélis. Même topo, sauf que j'étais à deux doigts de mourir et c'est Aélis qui m'a sauvé. Elle s'est saisie de ma dague et l'a transformée en une espèce de sabre en forme de S. au tranchant large et dentelé. Je n'avais jamais vu cette forme auparavant et elle a saigné le troll. Elle ne l'a pas tué, mais elle m'a sauvé.

— Comment est-ce possible ?! rétorqua Finley. Elle n'a pas de mana !

— La Protectrice... lança comme une évidence Cléry, le visage sévère.

Callum opina du chef.

— ¬Son aura l'a entourée un bref instant et elle s'est emparée d'Aélis. Cela nous a sauvés, mais son pouvoir n'a pas duré. Je me vidais de mon sang et c'est en perdant lentement connaissance que j'ai réussi à entrer en contact avec Noctis dans mon plan astral. La discussion fut... étrange. J'ignore si l'un de nous a gagné sur l'autre, mais... il a pris le contrôle de mon corps et j'ai su pourquoi je n'avais plus de mana.

Callum resta pensif un instant.

— Et ? fit Edern, impatiente de connaître la suite.

— Il a un pouvoir de régénération. Mes blessures ont disparu avec son apparition. Il a tué le troll et nous a sauvés définitivement.

— C'est plutôt une bonne nouvelle ! s'exclama Mills, tout sourire. Il semble plutôt de votre côté finalement.

— Si je meurs, il meurt ! trancha Callum durement. Il n'avait pas le choix !

— Quelque part, il t'assure de ne jamais mourir s'il apparaît à chaque fois que tu craches ton dernier souffle et qu'il te régénère ! fit remarquer Finley.

— Il a essayé de prendre toutefois le contrôle de ma conscience pour me faire disparaître définitivement. Il joue sur la peur des gens, leurs doutes, et les ensevelit dans une couche de noirceur pour les faire disparaître. J'ai failli me laisser prendre dans la tourmente dans laquelle il voulait que je plonge. Même si je dois le considérer comme un allié, Noctis reste une personne difficile à cerner.

— Tu as réussi à trouver un arrangement, c'est l'essentiel pour le moment ! tempéra Cléry.

— Pas sûr que ça dure ! Je lui ai... fermé la porte au nez au moment où la Protectrice est apparue complètement quelque temps après.

Tous écarquillèrent les yeux.

— Il... voulait prendre le contrôle, mais moi-même, je ne voulais pas lui laisser cette opportunité, la vie de la duchesse étant importante... à mes yeux. Je voulais m'enquérir de sa santé... Je n'allais pas lui laisser l'occasion de prendre sa revanche et l'achever !

Callum se montra embarrassé.

— Comment est la Protectrice ?! demanda aussitôt Finley.

— Ce fut très bref ! Je n'ai pas pu lui parler, mais... elle dégageait une énergie et une force incroyable, avant de tout perdre et disparaître.

— Je n'ai rien dit pour l'instant, intervint Cléry, mais lors de notre visite à l'école de magie, j'ai cru voir la Duchesse faire illuminer toutes les pierres du présentoir.

— C'est impossible ! s'indigna Edern.

— Cela expliquerait qu'elle ait pu utiliser la dague du Duc et la modeler à son image si la Protectrice a un lien avec elles ! commenta Mills.

— Elle en a un ! révéla alors Callum. D'après Christa De Middenhall, la Protectrice serait née du pouvoir combiné de toutes les pierres et des grands mages des temps anciens. Cela laisse donc supposer de son immense pouvoir et de la peur justifiée de certains à vouloir l'éliminer...

— Cela en dit long aussi du pouvoir du démon en toi si elle ne l'a jamais battu ! fit remarquer Finley, en grand combattant.

Callum baissa la tête et serra le poing.

— Effectivement...

Un long silence régna le temps que chacun remette tout en place dans sa tête. Le Duc reprit.

— Pour l'instant, je ne souhaite pas qu'elle s'inquiète trop tant que son état de transformation est instable. Sampa pense que je suis le déclencheur de sa conversion en Protectrice et il est clair que le retour de l'alter ego d'Aélis progresse au regard des manifestations dont j'ai été témoin. Nous ne savons rien, que ce soit du côté de Noctis ou du côté de la Protectrice. Mettre un tiers dans nos affaires augmenterait nos incertitudes sur la gestion du problème s'ils venaient à vouloir en prendre le contrôle. Plus nous maîtriserons l'environnement proche d'Aélis, mieux nous serons aptes à réagir intelligemment. Qui sait ce que le Conseil Magique ou le Roi pourraient faire s'ils apprenaient que la Protectrice s'est réveillée.

— Ça marche ! fit Finley. On garde ça pour nous...

15

Chercher la vérité peut devenir un jeu dangereux.

— Surtout ne prends aucun risque, tu m'entends ! Reste un maximum en retrait ! Il va être d'emblée méfiant, donc ne le provoque pas ! avertit Callum, intransigeant.

— Callum, je ne suis pas idiote ! J'ai bien senti la première fois que je n'étais pas la bienvenue. Es-tu sûr de vouloir engager une nouvelle confrontation avec lui ?

Edern observa Callum avec inquiétude.

— Il faut que je travaille cette relation avec lui. J'ai beaucoup de questions auxquelles je souhaiterais qu'il réponde, mais pour cela, je dois établir un climat de neutralité entre nous, à défaut d'une mise en confiance. Si vraiment tu te sens attaquée dangereusement, annule tout !

Edern acquiesça de la tête et inspira un grand coup.

— Tu es prêt ?

Callum hocha la tête positivement. Assis en tailleur l'un en face de l'autre dans le jardin, au calme, chacun ferma les yeux. La main sur la tête de Callum, Edern usa de son mana pour pénétrer son esprit afin d'atteindre avec lui son plan astral. Étonnamment, elle ne vit pas les yeux rouges hostiles de la première fois lui barrer le chemin, ce qui augmenta sa vigilance. Ils atterrirent ainsi sans difficulté dans l'antre du démon. Sombre, avec peu de lumière, Edern put ressentir la froideur des lieux et une hostilité prégnante dans l'atmosphère. Callum chercha des yeux Noctis.

— Montre-toi, Noctis ! Il faut qu'on parle !

Un silence régna en réponse avant qu'un grand souffle les balaie tous les deux plusieurs mètres en arrière. Callum se redressa immédiatement.

— Edern, tout va bien !

— Oui, ça va !

— Comment oses-tu te présenter devant moi après ce que tu as fait, et en plus, venir ici accompagné, comme si ma présence n'était qu'un détail. Humain arrogant !

Les deux chevaliers cherchèrent du regard le démon.

— Je comprends que tu m'en veuilles de t'avoir enfermé dans une cage, mais la santé d'Aélis a plus d'importance pour moi que tes retrouvailles avec la Protectrice.

Edern se releva, aux aguets. Un mauvais pressentiment la gagnait, quand soudain, elle sentit que le démon venait de la démasquer.

— Tu crois qu'un tel subterfuge peut marcher avec moi, humaine ?

Edern grinça des dents, comprenant vite que le démon l'avait devancée.

— Tu peux te cloner un nombre incalculable de fois, je trouverai toujours ton vrai toi.

Il dévia son regard de sa projection astrale et se déplaça tout à coup vers la vraie Edern, tapie dans l'ombre. Il l'agrippa alors par-derrière, sa griffe contre la gorge.

— Maintenant, négocions, Callum Callistar, si tu tiens à sa vie !

— C'est la première fois que nous voyons ce genre de chose !

clama Kizo à travers le miroir de communication. Les résidus sur cette pierre jaune indiquent qu'elle a effectivement été modifiée dans sa structure magique.

Mills, Finley et Cléry se regardèrent, l'air grave.

— Qu'avez-vous trouvé ? demanda Mills. Ce n'est pas de la magie noire et une pierre ne fonctionne pas sans un porteur de mana.

— Effectivement. Le mana a été déposé dans la pierre en grande quantité pour que cela influe sur le porteur. Un troll n'est pas de nature belliqueuse, mais la pierre semble en avoir changé son comportement d'après vos dires. Nous avons donc fait des tests avec ces résidus pour comprendre ce que cette pierre contient et ce qui nous est apparu est que la pierre a reçu en elle le pouvoir réuni de plusieurs autres pierres.

— Quoi ? fit Finley.

Kizo étaya son explication.

— Nous savons que chaque pierre a ses caractéristiques, ses propres vertus. Elle réagit ainsi à un porteur de mana ayant le même profil que les caractéristiques qu'elle porte. Finley, ton héliodore est un prolongement de ton caractère, tu es d'accord ? Tu es solaire, comme elle.

— Où veux-tu en venir ? demanda Cléry.

— La pierre a récupéré les caractéristiques des autres pierres et les a absorbées pour devenir une sorte de super pierre aux pouvoirs plus grands.

— Comment est-ce possible ?! déclara le prêtre, abasourdi par cette théorie.

— Il y a certainement un catalyseur qui permet cette fusion et bien évidemment du mana pour consolider l'ensemble dans cette pierre. Ainsi, la réactivité de la pierre est plus grande et peut se défaire de l'obligation d'un possesseur porteur de mana. Le problème, c'est que nous n'avons pas de catalogue avec la signature spécifique de chaque possesseur de mana pour identifier celui qui a prêté son mana dans cette expérience et nous ignorons quel catalyseur a servi à faire cela. Ce qui est sûr, c'est que l'expérience est incomplète. La pierre est instable, n'arrivant pas à réguler en elle les vertus des autres pierres, ce qui explique le comportement anarchique du troll en écho.

Mills fronça les sourcils.

— Quelqu'un joue donc avec les pierres pour en créer de nouvelles sortes ?

— Cela semble plausible, oui...

— Quelle quantité de pierres faudrait-il pour arriver à un tel résultat ? demanda Mills.

Cléry observa Mills un instant.

— À quoi pensez-vous exactement ?

— D'après nos calculs, beaucoup ! reprit Kizo. On parle d'expérience. Avant d'arriver à ce résultat, des essais ont dû échouer d'une part, et si on considère la taille de la pierre et la puissance insufflée au troll, la quantité magique extraite des pierres, ensuite reversée vers la pierre du troll, est sans doute cent fois plus importante. Il faut donc beaucoup de pierres magiques.

Cléry observa à nouveau Mills.

— Obtenir autant de pierres magiques par les voies classiques semble compromis, donc...

— Oui, Cléry, nous connaissons des personnes qui attaquent des cargaisons...

Finley comprit à son tour. Un nouvel élément du puzzle venait de s'ajouter.

— On peut donc penser que ce test augure une expérience encore plus poussée avec des pierres différentes et plus nombreuses, et sur un possesseur pouvant devenir encore plus dangereux si le test est stabilisé... analysa alors Mills.

Kizo ferma un instant les yeux pour confirmer avant de les rouvrir, le visage plus alarmiste.

— Ce qui est impressionnant, c'est tout de même la réussite de cette stabilisation entre ces différentes énergies et la dureté de la pierre qui a résisté à cette force exercée sur elle. Si ces personnes ont réussi une stabilisation à ce niveau entre les différentes énergies magiques des pierres et une pierre réceptacle, puis la stabilisation avec le possesseur, on peut craindre pire, oui.

— D'après Callum, le troll avait complètement perdu la raison. Son irascibilité semblait inaliénable. Si ce troll peut servir de machine à destruction, il n'en a pas été pour autant contrôlable par ceux qui l'ont créé ! nota Finley. Donc la stabilisation entre la pierre modifiée et son possesseur reste encore à travailler.

— Vous avez raison, Finley ! commenta Mills. Un pouvoir incontrôlable reste un pouvoir dangereux pour quiconque. Si l'objectif est de gagner du pouvoir au-delà de ce qui existe déjà, alors pour l'instant, leur expérience est en demi-teinte s'ils ne peuvent le contrôler.

— C'est toutefois inquiétant ! ajouta Kizo. Je dois prévenir le Grand Gardien de cette découverte. Nous devons à tout prix creuser ce sujet un peu plus aussi de notre côté. On reste à disposition.

Mills et Cléry concédèrent son propos et le miroir de communication redevint un simple objet circulaire en cuivre. Finley se gratta la tête.

— Il semble que nous ayons trouvé la raison des vols de pierres opérés par Gésar Mildegarde.

— Oui... fit Mills. Restons vigilants sur ce que nous savons et à qui nous le communiquons pour l'instant. Le Duc a raison d'être méfiant. Moins cette découverte s'ébruite, moins cela attirera l'intérêt d'autres personnes malintentionnées.

— En tout cas, fit Cléry, cela n'augure rien de bon pour la suite s'il monte une armée de super combattants...

Edern ne bougea pas d'un poil. Si elle n'ignorait pas la détermination du démon, elle restait plus indécise sur l'objet de la négociation entamée par le démon. L'image astrale à côté de Callum disparut. Callum regarda alors en direction de la vraie Edern, le regard dur.

— Tu n'aurais pas pu lui parler, même si tu avais pris le contrôle de mon corps ! Son apparition fut trop brève.

— Et cela justifie que tu me traites comme un chien.

— J'ai relâché mon contrôle sur toi rapidement, à partir du moment où je me suis assuré qu'Aélis était en bonne santé.

— Les hôtes de la Protectrice n'ont jamais souffert à cause de ses apparitions.

— Elle a perdu connaissance. C'est déjà trop alarmant pour dire que tout va bien.

— C'est juste une question d'équilibre entre l'énergie dépensée de la Protectrice et son réceptacle peu habitué.

— C'est ton analyse. Pas la mienne. Tant que je n'ai pas la garantie qu'Aélis va bien, pour moi elle va mal.

— Tsss ! Ces humains et leurs sentiments ! Votre perte !

— Que tu le veuilles ou non, tu as aussi des sentiments. Le premier est celui de la colère d'être en partie à ma merci, le second l'excitation de retrouver la Protectrice, le troisième la frustration que tout n'aille pas dans ton sens.

— Ne confonds pas sentiments et émotions ! Ce que vous appelez amour est bien une voie regrettable vers votre propre perte.

— J'y vois une force... qui a su te maîtriser !

Le démon resserra sa prise sur le cou d'Edern et grogna.

— Ne me provoque pas, humain ! Aurais-tu oublié que tu n'es pas en position de force ici.

— Non, toi, tu as oublié où tu te trouves ! Tu es chez moi, ici ! JE suis le maître des lieux et TU es le parasite.

Les yeux rouges de Noctis brillèrent davantage à sa provocation.

— Il me suffit d'un geste pour que je te rappelle les grabuges que je peux infliger à ton amie et à ton corps.

— Fais ! On mourra ensemble !

— Quel aplomb ! Je pourrais être presque impressionné !

Edern écouta leur échange avec plus ou moins d'inquiétude. Elle ressentait quelque chose d'étrange dans cette rivalité.

Ils se jaugent... mais Noctis n'a pas un comportement si effrayant que ça. Il pourrait me tuer pour l'exemple. Pourtant, il ne le fait pas. Pourquoi un tel démon n'agit-il pas de façon implacable comme cela serait attendu ?

— Noctis ! J'ai beaucoup de questions pour lesquelles je sais que tu as les réponses et j'ai bien compris que tu le sais et c'est la raison pour laquelle tu utilises Edern comme outil de négociation. Qu'attends-tu de moi ? Je reste persuadé que tu aurais pu faire disparaître les barreaux que je t'ai imposés pour ne pas te déclarer, tout comme je suis certain que tu peux prendre temporairement le contrôle sur moi si vraiment tu le souhaites, pas vrai ? Tu l'as bien fait la première fois ! Alors, que veux-tu négocier ?

— N'inverse pas les rôles ! C'est toi qui veux des réponses !

— Et donc, tu te sens suffisamment en danger, toi le Démon de la Mort, pour utiliser un otage malgré tout ? Pourquoi ne te comportes-tu pas en démon impitoyable ? Pourquoi ne la tues-tu pas sur-le-champ pour m'imposer ta supériorité ? Tu l'as insinué toi-même : j'ai invité une intruse dans notre monde.

Noctis plissa les yeux. Callum fit quelques pas pour détendre l'atmosphère.

— Avant de venir ici, j'ai fait quelques recherches sur la possession. Car il s'agit bien de ça, n'est-ce pas ? Comment un démon de ton rang pourrait-il se retrouver en moi sinon ? J'ai écumé pas mal de livres sur le sujet et un point semble ressortir régulièrement : la possession est à double tranchant. Si elle peut décupler les capacités de l'être possédé en combinant les forces de chacune des deux parties, elle affaiblit aussi chacune des deux parties. Autrement dit, tu affaiblis mon pouvoir et j'affaiblis les tiens, mais la combinaison des deux reste supérieure, de loin.

Un grand sourire se dessina alors sur le visage de Callum. Edern écarquilla les yeux devant cette révélation et tourna immédiatement son regard derrière son épaule.

— Tu as perdu de ton pouvoir en investissant mon corps, pas vrai ? C'est aussi pour ça que tu t'économises et négocies. Tu ne veux pas dévoiler à quel point tu es moins fort !

Les deux chevaliers restèrent alors pendus aux lèvres du démon, à l'affut de sa réponse. Tout à coup, Noctis poussa Edern en avant pour s'en débarrasser et se frotta les mains. À son tour, il fit quelques pas, entamant une ronde inverse à celle que Callum avait empruntée.

— Je constate que tu n'es pas si idiot, pour un humain. Je t'ai bien sous-estimé. Tu deviens très intéressant.

— Si je n'ai pas toutes les réponses, alors autant user de la logique, Démon. Tu devines donc mes questions ?

Callum le fixa sévèrement.

— Pourquoi as-tu pris le risque de perdre de ta puissance en prenant possession de moi ? Quel intérêt avais-tu à le faire ? J'en viens à penser qu'on t'a peut-être incité de force à me posséder. Pourtant, tu es un démon légendaire. Personne n'a une force équivalente à la tienne pour arriver à ce tour de force... hormis peut-être la Protectrice ! C'est pour cela que tu veux la combattre ? Pour te venger ? C'est elle qui t'a enfermé en moi ? Elle a bloqué ton pouvoir en un être plus faible ! Tu veux qu'elle te libère !

Noctis se mit à sourire, puis commença à applaudir.

— Il est rare quand quelqu'un arrive à me faire sourire. Peu de choses aujourd'hui arrivent à m'amuser. Mais là, je dois dire que ta logique est assez impressionnante au point d'en sourire. Effectivement, ta théorie est plausible à un détail près : la Protectrice ne maîtrise pas les sorts. Elle tire sa force des pierres et de son énergie propre. Elle n'a jamais jeté un sort sur qui que ce soit. Elle n'est en rien responsable de ma situation actuelle.

Pris au dépourvu, Callum ne trouva pas les mots pour répondre quoi que ce soit. Edern observa Noctis, puis Callum en silence.

— C'est vous qui avez volontairement décidé de prendre possession du corps de Callum ?!

Noctis posa son regard rouge vers Edern.

— Tu n'es pas invitée dans la discussion, Femme !

Edern se releva pour lui faire face.

— Quel intérêt aviez-vous à prendre possession du corps d'un enfant ?

— Un enfant ? J'étais déjà en lui bien avant sa naissance !

— Quoi ?! fit Callum, complètement assommé par la révélation du démon.

— Vous l'avez possédé alors qu'il était encore dans le ventre de sa mère ?! en déduit fébrilement Edern, avant de poser un regard triste sur Callum.

Callum serra le poing. Cette discussion prenait une tournure dont il était loin d'en soupçonner toute la finalité.

— Vous avez donc connu ma mère ?

Noctis remarqua le trouble dans la voix soudainement chevrotante de son hôte.

— Qui est-ce ? Parle-moi d'elle ! le somma Callum, pris d'une rage soudaine.

Noctis sonda Callum.

— Je n'ai aucune raison de parler d'elle.

La mâchoire de Callum se crispa, alimentée par une frustration et une colère immense.

— Tu lui as imposé ta présence dans son ventre ! cria-t-il tout à coup. Pourquoi ?!

— Tu penses m'impressionner avec ton ton autoritaire, Humain ? Ne sois pas ridicule ! J'ai peut-être perdu de ma force, mais ce qu'il me reste est très largement suffisant pour tous vous écraser. Je peux détruire Althéa d'un battement d'ailes. Ne sous-estime pas mes capacités sous prétexte que tu as découvert que j'étais devenu moins fort.

— Réponds à ma question ! s'agaça Callum.

— Je te l'ai déjà dit : je n'ai aucune obligation à te répondre !

La rage gagna définitivement Callum qui, le poing armé pour frapper, fonça sur Noctis. Edern s'interposa alors pour stopper son assaut.

— Arrête Callum. C'est inutile !

— Tiens donc ! C'est à croire finalement que les femmes sont douées d'intelligence !

Edern tourna sa tête vers lui et lui lança un regard noir.

— Je sais ce que tu cherches à faire, Démon. Tu veux l'affaiblir psychologiquement pour prendre de l'ascendance.

Elle attrapa alors le visage de Callum entre ses mains pour qu'il ne regarde qu'elle.

— Callum, n'oublie pas ce que tu m'as dit : il se sert des ténèbres pour ensevelir ta conscience. Ne le laisse pas te manipuler ! Les ténèbres ne doivent pas gagner du terrain sur le désespoir qu'il instille en toi.

Noctis sourit dans son dos.

— Regardez-moi ça ! Elles brûlent autour de lui ! Si noires ! Si funestes !

Edern prit alors conscience de l'enveloppe de ténèbres qui flottaient autour d'eux et qui commençaient à coller à leur peau.

— Callum ! L'important n'est pas le passé, mais le présent ! Ne te laisse pas ronger par la tristesse d'un passé inconnu ! Regarde-moi ! Ton présent est plus lumineux ! Pense à Aélis ! Pense à ce qu'elle t'a apporté que tu n'avais pas jusque-là !

Callum se perdit un instant dans les yeux d'Edern. Cette dernière pinça ses lèvres en constatant que Callum commençait déjà à partir loin dans les méandres des ténèbres à cause de sa tristesse et de sa rage.

— Très bien ! On part d'ici ! Je te ramène à la réalité.

— C'est trop tard ! ponctua Noctis, d'un ton satisfait. Le travail a commencé ; la graine est semée ! Je me demande quel aspect de la mort va se développer le plus vite en lui. Le désespoir ? Le vide ? La colère peut-être ? À moins que ce soit tout simplement la folie ! J'avoue que j'ai hâte de voir ce qui va le dévorer en premier.

Edern le défia alors du regard.

— Tu oublies un détail : moi !

— Toi ? s'en amusa Noctis.

— Oui, moi ! Même dans un plan astral autre que le mien, mon pouvoir fonctionne.

Elle prit alors une clé accrochée à son cou. Sous l'impulsion du mana, la clé se changea en sceptre. Elle porta immédiatement la tête du sceptre sur la tête de Callum.

— Bouclier cosmique.

Un bouclier se matérialisa autour d'eux deux. Elle tourna sa tête vers Noctis.

— Tes ténèbres ne l'atteindront pas !

Noctis remarqua effectivement le travail efficace du bouclier qui repoussait les ténèbres tentant de les envahir.

— Captivant !... déclara Noctis.

16

Une quiétude de courte durée

Le mana d'Edern brillait autour d'elle, telles des étoiles dans un fond de voie lactée. Sa détermination à protéger Callum restait sans faille.

— Une des caractéristiques de la galaxite est de former un bouclier protecteur face aux énergies négatives. Elle est aussi appelée « pierre d'aura », parce qu'elle a la capacité de nettoyer et rééquilibrer les auras.

— Autrement dit, tu effaces ses ténèbres ? en conclut le démon.

— Autrement dit, j'insuffle en lui des images positives pour contrebalancer tes bassesses sournoises d'avilissement. Comment crois-tu que Callum ait pu tenir ces dernières années sans que tu puisses apparaître ?

Noctis se mit alors à rire, ce qui surprit Edern.

— Il n'y a pas à dire, vous faites ma distraction, tous les deux ! Moi qui pensais avoir tout vu de ce monde, vous arrivez encore à m'en amuser ! Les humains sont vraiment des idiots !

Edern recula légèrement un pied, en garde devant la décontraction de Noctis.

— Finalement, tu n'es pas aussi perspicace, Femme ! Je me suis trompé !

— Quoi ?!

— Tu ne t'es jamais dit que si tu arrivais à réduire les ténèbres qui envahissaient ton ami et à me contenir, de mon côté, je n'avais rien ressenti de ta présence ?

Edern s'inquiéta tout à coup devant la fourberie du démon qui lui répondit volontiers.

— Tu ne t'es pas dit que j'avais aussi pris le temps de tester dans l'ombre tes pouvoirs, ta puissance et tes limites pendant ces dernières années. Je t'ai volontairement fermé les portes de la conscience de Callum où je me trouvais, tout comme je me suis volontairement affirmé à toi quand j'ai voulu que tu me découvres ! Ta naïveté est affligeante !

Les yeux de Noctis virèrent au rouge braise. Edern comprit que le démon n'était pas simplement puissant. Il était doté d'une intelligence et d'une ruse sans pareil. Il était dangereux à tous les niveaux. Elle jeta un œil vers Callum qui ne semblait pas réagir. Il avait suffit de quelques phrases pour plonger cet homme dans une sorte de tourment hypnotique auquel il était difficile de se défaire. Elle grimaça. Il ne lui restait que l'option de lui faire quitter le plan astral, mais elle doutait à présent de la pertinence de ce procédé, au regard du machiavélisme de Noctis en face.

— Ça suffit ! déclama le démon. Assez joué !

Dans un geste rapide, il fonça vers elle et lui donna un coup de pied retourné en pleine tête. Edern eut juste le temps de voir la queue et les ailes du démon passer devant ses yeux avant d'être projetée à plusieurs mètres de Callum.

— Remets-toi sur mon chemin et ce sera vers toi que je dirigerai les ténèbres. On verra si tu seras capable de faire le ménage en toi, Humaine !

Le bouclier cosmique vacilla avant de disparaître, laissant Callum à nouveau sous l'emprise totale de Noctis. Noctis s'avança au plus près de son alter ego.

— Le lien à la maternité m'a toujours fasciné. Il est même plus fascinant que celui porté à ce que vous appelez un amoureux. Tu m'as facilité la tâche en me menant vers ce sujet de conversation. Il n'y a rien de pire pour un humain que d'apprendre la souffrance d'une mère. Mais si ça peut te rassurer, elle n'a pas eu besoin de moi pour souffrir ! C'est même cette souffrance née d'un désespoir sans fin qui l'a menée à sa mort. C'était beau à voir. Un tel chagrin. Une telle désolation. Un tel tourment. Une telle brisure en elle. Elle m'a repu...

Noctis fixa Callum, inerte, d'un sourire sadiquement satisfait, et s'approcha de lui quand soudain, la main de Callum vint serrer la gorge du démon. Le regard à l'instant vide de Callum devint immédiatement rouge sang. Son mana explosa autour de lui, balayant les ténèbres qui s'agglutinaient sur son corps.

— Belle tentative ! rétorqua Callum, la voix assurée. Mais tu sais, j'en viens à me demander si tu dis la vérité, si justement tu ne fabules pas pour me déstabiliser une nouvelle fois.

Noctis posa un regard vers les doigts qui serraient sa gorge.

— Vraiment ? Pourtant, cette vérité était bien douce, même si j'admets qu'elle ne m'a pas suffi. Tu es encore combatif !

— Raconte ce que tu veux ! répondit Callum. Edern a dit une chose très juste : l'essentiel est dans mon présent. Et mon présent, c'est Aélis ! Je me passerai dorénavant de tes réponses !

— Tu tiens donc tant que ça à cette femme ? Quelle jubilation j'aurai lorsqu'elle mourra avec la Protectrice. J'ai hâte de voir la destruction lente de ton âme avec sa fin !

Alors que le Démon attendait un nouveau signe de colère, Callum se mit à sourire.

— Merci, mon ami, pour cette entrevue ! Même si la discussion est toujours difficile, nous progressons !

Il relâcha sa gorge et s'éloigna du démon complètement désorienté par ce revirement de comportement, et se rendit auprès d'Edern, à moitié sonnée.

— Edern, ça va ? Désolé ! J'ai mis du temps à revenir.

— Callum ? Tu vas bien.

Callum lui sourit et l'aida à se relever.

— Merci ! Cela a été efficace ! Quelles belles images d'Aélis tu as insufflées en moi ! Je suis curieux de savoir à quel moment tu les as emmagasinées.

Edern fit une moue contrariée.

— On n'est jamais trop prudent ! J'ai stocké des images de tout le monde, au cas où.

Callum s'étira, presque trop serein à présent.

— Ça me donne envie d'en créer plein d'autres avec elle, tout ça ! Partons ! Ça broie trop du noir ici !

Noctis observa Callum en silence. Les traits de son visage lui rappelèrent d'une certaine manière celui de cette femme, capable de faire d'un moment grave quelque chose de bénéfique. Il se remémora ce souvenir...

« — Tu vas mourir en sacrifiant ton enfant ! En es-tu consciente ?

La femme devant lui se caressa le ventre avec un sourire triste.

— Un lourd tribut contre un lourd tribut. Je suis plus sereine ainsi. Faites ce que vous avez à faire.

Noctis se souvint de la posture de cette femme. À genoux, devant lui, tout à coup plus apaisée. Il n'appréciait pas cet égoïsme qui semblait la guider dans son objectif. Comme chez tous les humains qu'il avait croisés, le sacrifice était plus égoïste qu'altruiste. Elle ne dérogeait pas à cette règle. Répondre à un propre désir en se sacrifiant tout en le justifiant au titre du bien du royaume. Il détestait ce sentiment. Il avait toutefois accédé à sa requête. Elle ne méritait pas de vivre à ses yeux. Pourtant, une phrase le tourmentait encore aujourd'hui, au point de douter des sentiments qui animaient cette femme.

— Démon de la Mort, prenez soin de mon enfant, s'il vous plait ! Ne lui faites pas trop de mal... »

— Échec !

L'Archevêque d'Avéna esquissa un léger sourire, fier de son annonce. Hélix Mildegarde contempla le plateau d'échecs, absent.

— Cela ne vous ressemble pas de perdre. Vous êtes vraiment en petite forme, Roi Mildegarde.

— Il y a des jours avec et des jours sans...

La justification du Roi laissa l'homme d'Église perplexe. Il soupira.

— Je sais que c'est une nouvelle qui porte beaucoup d'interrogations. L'annonce de l'assassinat du Prélat Sarafi entraîne dans son sillage des changements notoires dans l'Église conservatrice, mais cela ne doit pas vous affecter outre mesure, Hélix.

— Même si le Prélat était un ennemi à la couronne, il n'en était pas moins une personne très respectée. Qui pourrait vouloir sa mort si ce ne sont ses opposants, autrement dit nous, L'Église progressiste et la royauté ?! Nous sommes les premières cibles de l'enquête.

L'Archevêque souffla, concédant sa remarque.

— S'il était le représentant de la branche conservatrice du catholicisme et donc le farouche opposant à la branche progressiste que je représente, je n'ai rien à me reprocher et vous non plus.

— Je le sais bien. La personne qui a commis cet acte n'avait d'autres intentions que de nous faire porter le chapeau, en ne revendiquant pas cet acte de mort sur lui.

— Est-ce vraiment cela qui vous chagrine, cher Hélix ?

L'Archevêque le fixa avec attention et sourit. Hélix souffla à son tour.

— Nous savons, vous comme moi, qui a commandité cet assassinat. Le coquelicot retrouvé à côté de sa dépouille ne laisse que peu de doutes à mes yeux sur le meurtrier. Cette fleur était destinée à mon intention, tel un message, un avertissement aussi. Il savait qu'avec cette signature, je devinerais qui l'a tué. Malgré tout, je ne comprends pas les intentions de mon frère. Pourquoi tuer le Prélat Sarafi, son allié de l'époque ?

L'Archevêque attrapa la carafe et versa du vin dans le verre du Roi.

— Il y a sans doute des tractations que nous ignorons. Peut-être même est-ce une vengeance également ?!

— Le Prélat l'a toujours soutenu.

— Allez savoir ce qu'il lui a proposé lorsqu'il a su qu'il s'était échappé de prison. Mon ami, Gésar a visiblement décidé de ne plus s'embarrasser de lui. Quel que soit son objectif, mettre à distance l'Église conservatrice de ses plans est plutôt une bonne nouvelle. Nous savons le pouvoir de soulèvement dont elle est capable et sans un de ses représentants, il ne pourra pas l'utiliser pour la réalisation de ses objectifs.

— C'est ce qui m'inquiète, Archevêque. La première fois, il avait rassemblé du monde autour de lui. On pouvait enquêter sur ses agissements et comprendre l'intérêt du Prélat Sarafi à le pousser à la rébellion. Aujourd'hui, son approche est plus discrète ; cela nous oblige à une plus grande vigilance. Nous savons qu'il mettra sa vengeance contre vous et moi à exécution tôt ou tard.

— Vous êtes un fin stratège. Bien plus que ne l'est votre frère. C'est d'ailleurs pour ces raisons que le Roi Angus Mildegarde a toujours douté des capacités de Gésar à prendre sa relève. S'il est un valeureux guerrier, il lui manque du discernement et de l'humanité pour devenir un bon roi.

— Il ne faut pas sous-estimer la vengeance d'un homme.

Hélix observa à nouveau la partie d'échecs et se mit à réfléchir au prochain coup à jouer, quand un valet vint lui apporter une lettre sur un plateau. Le Roi observa le cachet collé à la cire au dos de l'enveloppe et inclina sa tête de surprise. Il l'ouvrit et en lut son contenu avant de sourire.

— Une bonne nouvelle ? s'enquit l'Archevêque, curieux.
— Une excellente nouvelle !
Il lui tendit la lettre. L'Archevêque l'a lu, avant d'écarquiller les yeux et de fixer le Roi. Il posa ensuite son regard sur le sceau.
— Ce sont les armoiries de votre architecte...
— Effectivement ! lui confirma le Roi. Les initiales sont celles de sa femme… Christa de Middenhall !
— Christa ? Vous parlez bien de cette Christa d'il y a vingt-cinq ans, la sœur de… ? Elle fait donc référence à la Pro...

Le Roi fronça les sourcils et mit son index devant sa bouche pour lui faire comprendre qu'il ne devait pas l'ébruiter. L'Archevêque se pinça les lèvres.

— Oui, reprit le Roi, elle parle bien d'elle. Elle est de retour parmi nous !

— J'ai prié tellement de fois pour qu'elle nous revienne !

L'Archevêque s'esclaffa de surprise à cette annonce avant de poser ses mains sur son front, abasourdi par cet espoir enfin concrétisé.

— Comment est-ce possible ? lui demanda-t-il alors, tout en se redressant, toujours incrédule.

— Elle a eu une fille. C'est elle qui l'a ramenée à nous.

— Une fille ? Et vous m'aviez caché la survie d'un membre de la lignée et une descendance !

— Pardonnez-moi ! Mais leurs existences à toutes deux devaient rester discrètes... Les rumeurs s'ébruitent vite. Les espions sont partout. Aujourd'hui, vous comprenez que mes espoirs étaient fondés.

— Il y a tant à faire ! Vingt-cinq ans que nous avons dû tenir sans...

— Il va falloir faire très attention, mon ami. Nous ne devons pas la mentionner. Son pire ennemi est en liberté. S'il apprend son existence, il tentera à nouveau d'y mettre fin en s'en prenant à sa lignée !

L'Archevêque baissa les yeux.

— Dites-moi comment nous pouvons vous venir en aide et nous ferons le nécessaire.

Hélix sourit et se pencha au-dessus du plateau d'échecs. Il attrapa son fou et le déplaça jusqu'au Roi blanc de l'Archevêque.

— Échec et mat ! Le vrai jeu commence !

Une certaine excitation teintée d'appréhension gagna Aélis en voyant au loin les remparts d'Althéa. Elle quittait sa famille et un cocon de sécurité, mais le sourire revenait rapidement sur son visage lorsqu'elle songea au chemin parcouru depuis. Aujourd'hui, elle pouvait admettre qu'Althéa était devenue son autre maison. Aujourd'hui, elle se trouvait heureuse de franchir ces remparts et de retrouver des personnes qui lui étaient devenues chères au fil des mois.

La calèche s'arrêta aux portes des remparts et très vite, elle vit Edern venir à elle.

— Bonjour Duchesse ! Bon retour parmi nous !

Heureuse de cet accueil, Aélis lui offrit un grand sourire.

— Bonjour Edern ! Je suis ravie de vous revoir, vous m'avez manquée !

Edern se montra tout à coup gênée et rougit malgré elle.

— J'espère pouvoir apprendre un peu plus de vous prochainement !

La calèche redémarra et passa les remparts. Edern l'observa s'éloigner dans les rues d'Althéa.

— J'espère que tout ira bien...

— Il s'est passé quelque chose ? lui demanda alors Nimaï, à cheval derrière la calèche.

Edern considéra Nimaï et Sampa, constituant la garde personnelle de la Duchesse, à la suite de la calèche.

— Il se passe toujours des choses à Althéa !

Elle leur sourit et les invita de son bras à entrer dans la ville. Nimaï s'esclaffa devant sa réponse.

— C'est vrai ! Le Duc nous pond toujours des surprises !

Il ordonna à son cheval d'avancer pour suivre la calèche. Sampa fit un geste de tête à Edern en guise de bonjour.

Très vite, les habitants remarquèrent le passage de la calèche suivie de Sampa et Nimaï. La curiosité fit vite place au soulagement de voir la Duchesse vivante, bien que les avis sur son statut restaient discrets. Aélis fit toutefois des sourires à ceux qui la saluèrent. La calèche s'arrêta devant le grand escalier du château. Sampa offrit son aide à Aélis pour descendre de la calèche et tous trois entrèrent au château. Mills les accueillit.

— Bienvenue chez vous, Duchesse ! lui déclara-t-il tout en s'inclinant. Bon retour à Althéa, Messires Nimaï et Sampa.

Les deux hommes le saluèrent.

— Bonjour Mills ! Merci ! déclara Aélis, heureuse.

Mills se redressa et lui sourit, comme à son habitude.

— Vous devez être fatiguée et avoir faim. Souhaitez-vous que je

prépare une collation à emmener dans votre chambre ?
— Plus tard, Mills ! Où est le Duc ?
Mills sourit davantage à sa question.
— À cette heure-ci, il doit profiter de votre cadeau !

Aélis comprit immédiatement et quitta Mills, Sampa et Nimaï, pour se rendre au jardin. Ses pas s'accélérèrent au fur et à mesure des mètres qui les séparaient. Sa hâte effaçait une frustration et un manque qui avaient trop duré. Aélis réalisait en cet instant combien ses sentiments pour le Duc avaient évolué. Elle foula l'herbe du jardin en direction du kiosque. Elle ne le vit pas immédiatement. Callum était allongé, sur la banquette sous le kiosque, un livre ouvert sur son torse, en train de dormir.

Aélis s'approcha lentement, monta les quelques marches du kiosque et se pencha au-dessus de Callum. Elle tenta de retenir son souffle pour ne pas être repérée et sourit en voyant ses longs cils effleurer sa peau et sa respiration calme. Elle se trouva heureuse de constater son sommeil peu perturbé. Elle décida de s'accroupir à son chevet lorsque tout à coup, la main de Callum attrapa son poignet. D'un geste inattendu, il la ramena à lui. Le livre tomba au sol et Aélis bascula le long du corps de Callum. D'un bras autour de sa taille, il l'emprisonna contre lui et ouvrit les yeux.

— Vous ne dormiez pas ! s'étonna Aélis.
— Un chevalier ne dort que d'un œil ! Mais je suis sûr que je vais pouvoir dormir de mes deux yeux à présent que vous êtes dans mes bras !

Aélis se mit à rougir, tandis que leurs deux visages se trouvaient à quelques centimètres l'un de l'autre. Finalement, elle sourit.

— Me voilà de retour !
— En pleine forme, visiblement !

Il dévia ses mains vers les fesses d'Aélis qu'il serra fermement. Aélis se trouva surprise par ce geste déplacé. Sans crier gare, elle écrasa sa main sur le visage du chevalier et se redressa pour se défaire de ses intentions disgracieuses.

— Comment osez-vous ? Pervers !

Callum se mit à rire.

— Pas de doute, toujours en pleine forme !

Aélis s'offusqua davantage, les joues cramoisies.

— Évidemment que je suis en bonne santé ! s'écria-t-elle, affreusement gênée. Juste un peu épuisée du voyage, mais je vais bien !

Callum la contempla davantage, reluquant sa tenue pour en deviner ses formes généreuses. Aussitôt, Aélis posa cette fois-ci ses deux mains en opposition sur son visage pour qu'il cesse ce regard inquisiteur.

— Mais vous avez fini ?! Vous n'êtes pas croyable !

Callum se mit à rire contre ses mains.

— Ce n'est pas de ma faute si vous êtes belle et que vous m'avez manqué !

Malgré les mains d'Aélis en geste défensif, le Duc saisit la taille de sa femme et la ramena près de lui.

— Bonjour, belle Aélis Callistar !

— Bon... Bonjour..., Duc...

— Est-ce trop pervers pour vous si je me lance dans l'idée de vous embrasser ?

Une vague de chaleur parcourut le corps d'Aélis qui se trouva encore plus confuse devant le ton enjôleur de son mari.

— Depuis quand vous vous intriguez de mes réactions ?

— Ooooh, mais c'est que ma femme peut me menacer d'une épée si je fais quelque chose qui ne lui plaît pas ! On n'est jamais trop prudent !

La boutade de Callum fit pouffer malgré elle Aélis, qui retrouva un peu de malice.

— Dommage que ce ne soit plus la saison des primevères...

Aélis soupira, faussement déçue de cette déconvenue. Callum sourit à cette évocation.

— Nous avons des roses magnifiques qui sont sorties depuis peu dans le jardin si cela peut vous consoler.

— Quelle chance vous avez de pouvoir envisager une dégustation par les narines chaque saison !

Cette fois-ci, ce fut Callum qui pouffa avant de lui envoyer un regard carnassier et de foncer sur ses lèvres.

— Voici celle que je préfère parmi toutes...

17

Partageons tous les moments ensemble...

Les retrouvailles furent douces. Après une arrivée un peu trop hâtive sur ses lèvres, Callum tempéra son audace et prolongea le baiser avec plus de délicatesse. Aélis le laissa faire et savoura cet instant sans émettre la moindre déconvenue. Callum la serra un peu plus dans ses bras et sourit entre leurs lèvres. L'hésitation gênée d'Aélis était mignonne.

— Êtes-vous sûre d'avoir déjà embrassé un homme ? lui demanda-t-il, amusé.

Aélis le fixa sans réellement comprendre.

— Souhaitez-vous en avoir la confirmation auprès de Taïkan ?

— Souhaitez-vous que je lève à nouveau mon épée pour vous ?

— Pour moi... ou pour votre honneur ?

Callum s'éloigna d'elle et soupira.

— Je souhaiterais simplement... Non, en fait, j'espérais vous voir plus...

— Plus ?

— Entreprenante avec moi, après cette longue absence !

Aélis se mit à rougir et dévia le regard.

— Vous ne pouvez pas me demander d'être audacieuse sur ce terrain alors que j'arrive à peine ! Pour qui me prenez-vous ?

Callum sourit.

— Pour une épouse follement amoureuse de son mari !

Aélis se montra plus déconcertée encore, suite à cette réponse. Comment réagir à cette demande ? Était-elle donc si peu amoureuse pour ne pas le satisfaire ? Était-elle sinon trop amoureuse, au point de se sentir gênée de le dévoiler de la sorte ?

— Je ne sais pas lequel des deux mots entre « follement » et « amoureuse » me paraît le plus exagéré ! grommela-t-elle dans sa barbe.

Callum la fixa tendrement, heureux.

— D'accord... C'est sans doute prématuré de ma part ! Néanmoins, nous pouvons nous accorder toutefois sur le fait que chacun a manqué à l'autre ?

— Althéa m'a manqué, les gens qui y vivent aussi... Je peux donc admettre que vous aussi !

Aélis sourit timidement.

— Je suis contente d'être rentrée... à la maison !

Callum lui caressa alors les cheveux avec attention.

— Ça tombe bien ! Ma Duchesse doit me cuisiner de bons petits plats, me frotter le dos et s'assurer que je vais passer une bonne nuit de noces !

Les yeux d'Aélis se levèrent vers le ciel, désabusée.

— Vous êtes encore sur ce sujet ?!

Callum rapprocha son nez du sien pour bien lui faire face.

— Vous avez promis cela à un homme contre le mariage ! Je suis marié à vous, donc je veux que cette promesse soit effective !

— Ce que vous êtes têtu !

— Belle Aélis, je ne lâcherai jamais rien si cela vous concerne !

Les yeux plantés dans ceux de l'autre, chacun chercha à lire les pensées qui traversaient l'autre. Contre toute attente, Aélis caressa la joue de Callum qui se montra tout à coup surpris de cette intention.

— Je ne doute pas que vous ferez toujours votre maximum me concernant. Si j'ai pu en douter au début, je sais qu'aujourd'hui, je peux compter sur vous... N'importe où, n'importe quand.

Le nez de Callum vint frotter celui d'Aélis tandis qu'il pencha sa joue contre la main de son épouse qui le caressait.
— Voilà un joli moment à graver dans ma mémoire. J'aime vraiment ce kiosque. Je crois aujourd'hui que je préférerai mille fois perdre le château que ce kiosque dans une guerre !

Leurs regards se croisèrent et les lèvres de Callum s'approchèrent à nouveau de celles d'Aélis. Leur baiser fut une nouvelle fois délicat. Beaucoup plus tendre que celui des retrouvailles l'instant d'avant. Callum retrouva sa place initiale contre Aélis. Leurs langues se mêlèrent et le monde autour n'eut plus d'importance. Chacun, les yeux fermés, savourait cette étreinte magique, tel un soulagement teinté d'une folie douce à se laisser prendre dans les filets d'un sentiment de plénitude. Callum voulait profiter de ce moment. Leur cachette, à l'abri des regards, lui laissait enfin cette opportunité de découvrir Aélis plus intimement. Aélis se détacha de sa bouche pour reprendre son souffle et fixa les yeux fiévreux de son mari qui lui sourit, ravi.

— Ça aussi, ça me plaît bien comme souvenir... Il faudrait juste approfondir un peu le sujet !

Il fonça à nouveau sur ses lèvres et écrasa Aélis contre le dossier de la banquette. Sa main passa par sa joue, puis descendit le long de son cou avant d'effleurer sa clavicule et y dénuder une partie de son épaule en poussant le haut de sa robe. Sans attendre, il embrassa son cou tout en la ramenant encore un peu plus contre lui. Aélis se trouva bouleversée par cette décharge de sensualité qui se déversait sur elle. Si elle avait connu les baisers de Taïkan, l'adrénaline des premiers émois avec lui, ce qu'elle vivait avec le Duc Callistar était d'un tout autre niveau. Était-ce parce qu'ils étaient unis malgré eux par un destin qui les obligeait à se faire confiance ? Ou bien parce que ce qu'elle avait vécu jusqu'à présent à ses côtés l'avait rassurée au point de se dire que les sentiments qu'elle avait développés pour lui se transformaient en amour ? Un véritable amour ?

Aélis réalisa le chemin qu'elle avait parcouru depuis le début le concernant. Elle était passée de la méfiance à une confiance absolue. Bien plus grande que celle qu'elle avait pour Taïkan. Elle ne ressentait pas ses doutes sur sa façon de considérer sa relation avec le Duc comme elle avait pu les avoir avec Taïkan. Taïkan était la facilité à ses yeux. Il incarnait la protection qu'elle cherchait depuis l'enfance, la dévotion pour sa personne, la proximité du choix...

Aujourd'hui, elle se rendait compte combien elle s'était illusionnée dans ce qu'elle croyait être de l'amour. Taïkan n'était juste qu'un confort et une assurance. Callum Callistar l'envoyait dans un autre monde. La peur de ses propres sentiments venait percuter la tendresse de Callum pour disparaître et faire place au lâcher-prise. Elle ferma les yeux afin de ressentir chaque baiser laissé dans son cou, puis à l'aube de sa clavicule. Elle voulait renier cette idée d'aimer ce qu'il lui faisait, mais la vérité la rattrapait : comme lui, elle en voulait encore. Callum quitta son épaule dans un grognement et vint retrouver ses lèvres. Et cette fois-ci, Aélis l'accueillit comme il l'avait espéré quelques minutes plus tôt, audacieuse, volontaire. Elle caressa ses cheveux, montra plus d'ambition dans ses baisers. La fièvre les atteignit alors tous les deux, happés par le délice de cette étreinte langoureuse. Callum découvrit enfin un peu plus intimement la femme plus câline que pouvait être Aélis et, comme dans ses espoirs les plus fous, elle relevait le défi haut la main. En cet instant, il était l'homme le plus heureux du monde. Toutes ces années à douter de l'existence de cette fillette se soldaient par la plus merveilleuse des conclusions. Aélis était celle qui le faisait vibrer, celle pour qui son cœur ne cessait de battre, celle pour qui il pouvait donner sa vie sans la moindre hésitation. Aélis glissa sa main derrière sa nuque et sentit un cordon autour du cou de son époux qu'elle tira. Immédiatement, Callum réagit et stoppa la découverte de son pendentif. Un moment de flottement s'installa entre eux.

— Qu'est-ce donc ? l'interrogea-t-elle soudain.

— Ce n'est rien... Une vieille babiole sans importance !

Il tenta de remettre en place le cordon maintenant sa pierre sous ses vêtements sans qu'elle puisse voir le pendentif. Face à sa circonspection, Callum tenta de redonner de l'élan à leurs petites affaires.

— Occupe-toi de mes lèvres, Aélis ! Elles sont déjà en manque de toi !

Aélis le fixa et plissa les yeux.

— Beau parleur ! Est-ce donc ainsi que vous séduisiez toutes les femmes avant moi avec vos belles paroles ?

— Aucune ne t'arrive à la cheville !

— Cela aussi, je parie que c'est une phrase toute faite que vous avez dû ressortir à vos ex-compagnes !

— Aucune n'a les cheveux gris et n'a été mariée avec moi ! Et là, je suis sûr de moi ! Donc vous avez bien toutes mes faveurs et plus encore, très chère épouse.

Il décocha un sourire charmeur avant d'oser s'aventurer une nouvelle fois contre la bouche pleine de promesses de sa belle. Aélis sentit sa poitrine battre à nouveau.

— Aélis, je te veux tout à moi.

Callum reprit sa migration de baisers vers son épaule dénudée. Ses mains glissèrent à nouveau vers les fesses d'Aélis. Il jeta malgré tout un regard vers son visage pour faire une estimation de sa réceptivité à cette seconde tentative. Aélis lui jeta un regard méfiant.

— S'il vous plait, belle épouse, laissez-moi satisfaire ma perversion juste un peu et réveiller votre impudeur !

Il se mit à rire alors légèrement, en voyant la mine déstabilisée d'Aélis.

— Quel mot vous gêne cette fois-ci ? Ma perversion ou votre impudeur ?

— Vous êtes...

— Indocile ? Impertinent ? Culotté ? Irrévérencieux ?

Callum soupira.

— Aaah ! Je le sais ! Mon arrogance ! J'ai pris de sacrées roustes de la part de Hakim à cause de mon arrogance.

— Qui est Hakim ? lui demanda alors Aélis, intriguée par ce nouveau nom sorti de nulle part.

Callum laissa dériver son regard vers un point dans le vide, d'un air nostalgique.

— C'est mon... précepteur, mon mentor. C'est lui qui m'a tout appris et m'a élevé.

Aélis écarquilla les yeux devant cet aveu.

— Il... vous a tout appris ? répéta-t-elle, tout en réalisant combien cet homme avait dû compter pour lui.

— Oui ! Le Roi Mildegarde lui a confié la mission de s'occuper de moi...

— Cela m'aurait étonnée que le Roi ne soit pas impliqué dedans, tiens ! maugréa Aélis tout en croisant les bras.

Callum sourit.

— C'est lui qui m'a appris à lire, écrire, comment me tenir en société..., à me battre.

— Où... est-il à présent ?

Callum étira ses bras le long du dossier de la banquette.

— Bonne question ! Je l'ignore ! Sans doute chargé d'une nouvelle mission par le Roi Mildegarde !

— Pourquoi ne l'ai-je pas rencontré pendant le mariage ?

— Parce qu'il ne l'a sans doute pas su ? Je n'avais aucun moyen de le contacter.

— Et le Roi ?

— Tu crois franchement que le Roi changera ses plans pour le mariage d'un sous-fifre ?

Aélis grimaça. Le Duc n'avait pas totalement tort.

— Enfin, tout cela n'a pas d'importance ! Le plus intéressant se trouve ici !

Callum lorgna au-dessus du buste de la robe de son épouse, espérant y trouver deux formes généreuses à reluquer. Aélis repoussa une nouvelle fois son visage de sa main.

— Est-ce lui qui vous a appris cette navrante perversité ? Il aurait pu s'abstenir !

Callum se mit à rire.

— Il est d'un ennui à ce sujet !

— J'espère pouvoir le rencontrer un jour...

Aélis baissa les yeux timidement.

— Le rencontrer, c'est en apprendre plus sur vous...

Callum contempla Aélis un instant.

— Si tu as des questions, demande-moi directement. Ce sera plus simple.

— Ce n'est pas pareil. Rencontrer des personnes qui ont partagé des moments avec vous, c'est comme vivre par procuration ce qu'ils ont vécu en votre compagnie.

Callum posa sa main derrière la tête d'Aélis.

— Tu n'es donc pas assez rassasiée de ce que je te donne pour vouloir en plus découvrir ces moments où tu n'étais pas là ?

Le visage d'Aélis passa au rouge écarlate tandis qu'un immense sourire se dessinait sur celui de Callum. Il ramena la tête d'Aélis de sa main vers lui et l'embrassa une nouvelle fois.

— Moi aussi, je veux connaître tous tes secrets, Aélis !

Il l'embrassa encore pour sceller ce nouveau pacte entre eux. Ses mains glissèrent à nouveau vers son épaule dénudée. Du bout du doigt, il effleura sa peau, laissant sur Aélis un frisson qui traversa son échine. Leurs langues se retrouvèrent et l'ambiance revint rapidement au partage de tendresse. Leurs joues se frôlèrent, leurs nez se caressèrent, leurs souffles se mélangèrent. Lentement, la bouche de Callum s'approcha de l'oreille d'Aélis qui frissonna à nouveau.

— Et si nous rentrions au château... dans ma chambre... ou la vôtre ! Nous avons une nuit de noces qui nous attend, il me semble.

Aélis se raidit.

— Il ne fait pas nuit, il me semble !

Callum s'esclaffa.

— Est-ce si important ?

Il plongea alors son regard à quelques centimètres de celui d'Aélis pour sonder son envie d'accepter sa proposition. Il y vit bien des doutes.

— Vous l'avez fait avec Taïkan, peut-être même avec d'autres hommes avant moi... Pourquoi hésitez-vous autant lorsque c'est avec moi ?

Aélis le dévisagea, mal à l'aise.

— Cessez de comparer ma relation avec Taïkan avec la nôtre !

— Pardon ! Cela m'agace juste qu'il ait eu plus que moi de votre part.

— Cessez aussi de supposer ce qui vous échappe ! Quoi qu'il en soit, je reviens d'un long trajet, je souhaiterais plutôt prendre un bain et manger que d'aller dans votre couche !

Callum se leva subitement et lui attrapa le poignet pour la relever également.

— Partant pour le grand bassin ! Je vous frotterai le dos avec toute ma délicatesse ! Promis !

— Quoi ?!

Il la tira alors hors du kiosque en direction du château. Paniquée, Aélis ne trouva pas comment canaliser sa soudaine impatience.

— Vous n'allez pas prendre le bain avec moi ? Vous êtes sérieux ?!

— Très ! La nuit de noces peut attendre si j'ai en compensation la possibilité de vous voir nue et de m'attarder sur vos courbes en les frottant.

Aélis enfonça ses talons dans la pelouse pour freiner ses ardeurs. Callum cessa sa progression et constata la rougeur des joues de son épouse.

— Je... Je peux me laver sans votre participation !

— Vous pouvez aussi vous laver avec ma participation ! lui répondit-il tout sourire.

Il la ramena dans ses bras et la fixa intensément.

— Nous venons de nous mettre d'accord pour partager un maximum de notre vie avec l'autre. N'est-ce pas cela, un couple marié ? Je veux prendre aussi ce temps-là avec toi, Aélis.

Aélis observa les lèvres du Duc qui bougeait en même temps qu'il tentait de se justifier. Callum remarqua vite sur quoi porter son attention. Il l'embrassa alors avec tact. Aélis releva son regard vers celui de Callum qui l'embrassait, avant qu'il ne pose son front contre le sien.

— Ça te dit aussi que je te lave les cheveux ?

Il se saisit alors d'une pointe d'une de ses mèches grises entre son pouce et son index et la fit glisser entre ses doigts.

— Ils resteront gris, je vous assure !

Callum se mit à rire.

— Il ne manquerait plus qu'Aélis de Middenhall nous ait tous menti sur la marchandise !

Aélis se figea tout à coup, mal à l'aise.

— Je ne suis pas pour autant une femme parfaite...

Callum s'étonna de cette réponse.

— Nous verrons bien ! Je suis le seul à en juger !

Il la tira à nouveau vers le château sans plus de cérémonie. Aélis ne sut comment stopper la détermination de son mari, lorsque soudain, un bruit bizarre gronda dans le ciel. Aélis et Callum s'arrêtèrent et levèrent les yeux au ciel. Un dôme vert apparut dans le ciel, enveloppant au fur et à mesure toute la ville d'Althéa. Callum fronça les sourcils.

— Qu'est-ce que c'est ? s'inquiéta Aélis.
— C'est le bouclier d'Edern. Nous sommes attaqués !

18

Aux portes d'Althéa

— Très impressionnant ! Une telle illusion requiert une grande puissance !

Edern garda son visage fermé face à son ennemi et resserra dans sa main son sceptre.

— Ce n'est pas une illusion.

Le chevalier dressa un sourcil de surprise.

— Serais-tu en train de me dire que tu as réellement fait disparaître Althéa ? Ou bien que tu l'as déplacée ?

— Techniquement, Althéa est toujours là. Seulement, je l'ai mise hors d'atteinte de son ennemi.

— Je vois... Un tour de passe-passe jouant avec nos sens...

Tout à coup, l'épée se leva sur Edern et la trancha. L'épée traversa le corps d'Edern sans que celle-ci ne bouge.

— Effet que tu as prolongé avec toi-même...

Edern se mit à sourire.

— Ne crois pas que je ne peux pas me défendre. Je t'ai simplement laissé comprendre que tes attaques sont inutiles sur moi.

— Qu'est-ce donc si ce n'est pas une illusion.

— Si Althéa a bien disparu de vos yeux, moi je suis bien une illusion. Et ça n'a rien à voir avec tes sens !

Tout à coup, elle dirigea le haut de son sceptre muni d'une boule et lança une attaque. Un faisceau vert lumineux en sortit. Le chevalier riposta en contrant de son épée l'attaque du sceptre à deux doigts de lui couper la cuisse. Dans un mouvement de recul défensif, il arma son épée en cas de récidive et observa avec plus de perplexité son ennemi.

— Qui es-tu ? Une femme chevalier, ce n'est pas courant !

— Je suis Edern Minerva Wallisia, chevalier magique d'Althéa aux ordres de mon Commandant Callum Callistar, Duc d'Althéa, et à ceux du Roi Hélix Mildegarde pour l'ordre du royaume d'Avéna.

— Tu as bien appris ta leçon, jusqu'à citer que tous les chevaliers sont corvéables au Roi.

— Tu n'échappes pas à cette règle, il me semble.

— Effectivement. Tout comme mon frère l'eut été et a péri pour Avéna.

— C'est le propre de chaque chevalier.

— Tout comme l'honneur fait aussi un chevalier. Je dois laver son honneur ! Le Duc Callistar doit mourir !...

Les yeux d'Aélis et de Callum restèrent rivés vers le ciel, et en particulier vers le bouclier vert parsemé d'étoiles scintillantes.

— Le bouclier d'Edern ? répéta Aélis.

— Ce bouclier n'est pas un dôme de protection comme celui de Cléry. C'est plutôt une bulle. Edern a le pouvoir de jouer avec l'espace-temps. C'est un pouvoir incroyable, mais gourmand en énergie.

— Une bulle ? L'espace-temps ?

Il regarda alors Aélis et lui sourit.

— Elle a mis Althéa sous cloche et l'a propulsée dans une autre réalité. Autrement dit, Althéa est toujours au même emplacement, mais dans une autre réalité à celle que l'on connaît. Nous sommes

dans un autre plan cosmique.
— Quoi ?!
Aélis le dévisagea, incrédule.
— Oui, c'est un peu compliqué.
Il lui prit la main et l'invita à le suivre.
— Allons voir ce qu'il en retourne.
Main dans la main, Aélis le suivit docilement, quittant le château pour traverser les rues d'Althéa et se rendre vers la grande entrée des remparts de la ville. Aélis s'étonna de la décontraction de son mari qui semblait plus se balader que presser le pas.
— Nous devrions nous dépêcher ! lança-t-elle, inquiète. Edern a sans doute besoin de nous rapidement.
— As-tu donc si peu confiance en son rôle de chevalier d'Althéa ?
— Ce n'est pas ce que je voulais dire ! C'est juste que si elle active un tel pouvoir pour tous nous protéger, alors Althéa doit vraiment être en danger.
— C'est le cas ! Cependant, tu es la Duchesse d'Althéa. Tu dois avoir confiance en tes soldats et chevaliers. Ne doute jamais de leurs compétences. Pas toi. Tu les déshonores si tu viens à douter de leur capacité à gérer la protection d'Althéa.
— Mais...
Il lâcha sa main pour lui caresser la nuque.
— Finley a dû la rejoindre rapidement. Il est le chef des armées d'Althéa. Il est plus avisé à intervenir que nous en premier lieu. Respire. Nous avons une excellente première ligne de défense. Et au pire, il y a Cléry jamais loin.
Aélis acquiesça malgré son inquiétude. Elle observa autour d'elle. Les habitants jasaient, fabulaient, se demandant ce qu'il se passait à l'extérieur des remparts. Certaines mères fermèrent les volets et rentraient les enfants dans leur maison. D'autres, plus précautionneux, commencèrent à se regrouper pour se préparer à une éventuelle invasion et prendre les armes. En voyant le Duc d'Althéa et son épouse se rendre aux remparts, certains virent leur inquiétude légèrement atténuée ; leur présence au contact du problème leur indiquait qu'ils étaient à l'affût également.

Une fois devant les remparts, visibles de l'intérieur de la ville,

Callum gravit les marches, suivi d'Aélis, et se rendit dans la petite tour au-dessus de l'entrée. Edern se trouvait de dos, accompagnée de Finley, comme l'avait pensé Callum plus tôt. Le regard porté vers l'extérieur, tous deux semblaient concentrés.

— Faites-moi le point ?

Finley se tourna alors vers eux tandis qu'Edern gardait sa position.

— Nous sommes assiégés.

— Combien ? demanda rapidement Callum.

— Un bon millier.

Callum s'avança vers la fenêtre ouverte de la tour et se posta à côté d'Edern pour analyser la situation. Il vit un millier de soldats attendant devant les remparts, et la projection d'Edern face à deux chevaliers, dont l'un en grande discussion avec elle et l'autre plus en retrait avec ses troupes. Aélis se glissa dans le dos de Callum pour tenter d'apercevoir ce qu'ils observaient.

— Il en veut après toi... déclara Edern.

Callum observa attentivement le chevalier.

— Je l'ai déjà croisé. C'est le Duc de Mirjesta. Il se nomme Ribald.

— Mirjesta ? répéta Aélis. C'est une très grande cité d'Avéna. Elle est presque aussi importante que l'est la capitale !

— Effectivement ! confirma Finley. C'est pourquoi l'armée du Duc de Mirjesta est si importante.

— Mais pourquoi en a-t-il après Althéa ? Qu'avons-nous fait de mal pour qu'il mobilise autant de soldats ?

Edern tourna la tête vers Callum.

— Il veut venger son frère, tué par le démon qui possède le Duc d'Althéa.

Callum écarquilla les yeux, déconcerté par la cause de tout ce remue-ménage.

— Noctis n'a tué personne ! contesta alors Aélis.

— Il veut te provoquer en duel, Callum... conclut Edern. Il veut laver le déshonneur de son frère, Gobald, en tuant le démon qui l'a fait périr. Que souhaites-tu que je fasse ?

Callum souffla, dépité.

— Non seulement je rate l'occasion de prendre un bain avec ma femme, mais en plus je me coltine les frasques de l'autre lugubre en moi !

Aélis rougit de honte, ne sachant où se mettre devant ses propos inconvenants devant tout le monde. Finley en perdit ses mots. Seule Edern ne réagit pas.

— Souhaites-tu parler à Noctis avant ? lui demanda-t-elle gravement.

— Je doute qu'il soit très loquace vu notre dernière incursion dans mon plan astral il y a quelques jours. Il pourrait te blesser plus sérieusement cette fois-ci.

— Vous avez rencontré Noctis ? s'étonna Aélis en apprenant la nouvelle.

Edern se tourna vers la Duchesse.

— C'est un démon d'une intelligence hors du commun. Il s'avère très difficile de se fier à lui.

Aélis considéra sa conclusion avec perplexité. De son côté, elle avait toujours eu cette intuition qu'il pouvait être fiable avec elle, malgré sa rivalité avec la Protectrice.

— Je perdrais trop de temps à jouer sur le fil de la vérité avec lui et tu gaspillerais ton énergie pour rien. Il faut que tu en gardes sous le capot. Tu gères déjà la bulle au-dessus d'Althéa, ta projection astrale et nous en même temps ! On ne sait pas comment cela va évoluer.

Edern acquiesça de la tête.

— Je descends le voir ! déclara Callum, décidé.

— Tu vas le combattre ? s'étonne Finley.

— Je vais essayer de tempérer sa venue belliqueuse. Edern, ouvre-moi les portes.

— Bien !

Callum prit le chemin de la sortie et Aélis lui fit barrage un instant. Il lui caressa la joue, rassurant.

— Reste ici. Tout ira bien.

— Je t'accompagne ! déclara Finley.

Callum fit un geste de tête et tous deux descendirent les escaliers des remparts pour se diriger vers les grandes portes d'Althéa.

Le chevalier de Mirjesta vit les grandes portes de l'entrée d'Althéa apparaître derrière la projection d'Edern. Callum et Finley apparurent et vinrent rejoindre le double d'Edern.

— Voilà enfin celui que j'attendais !

— Désolé pour cet accueil ! Je vous aurais bien tous fait rentrer pour boire un thé, mais je doute qu'il y ait assez de place pour tout le monde dans le jardin du château !

— Ne t'inquiète pas ! Nous boirons jusqu'à plus soif à notre retour, une fois que j'aurai tranché ta tête, Chevalier de Sang !

Aussitôt, il pointa son épée vers Callum qui resta impassible devant la menace. Finley ne bougea pas, mais restait inquiet.

— Es-tu sûr de vouloir en arriver là, cher ami ? Nous nous sommes déjà croisés, nous œuvrons tous les deux pour le bien d'Avéna, tu connais ma réputation de chevalier...

Callum fronça alors les sourcils, moins jovial.

— L'affrontement sera terrible si je brandis mon épée.

— Ne m'en veux pas, Callum Callistar ! Ce n'est pas contre toi personnellement que j'en ai, mais après ton démon. Réveille-le et j'abrègerai tes souffrances avec sa fin !

Callum se frotta le nez de l'index et soupira.

— Comment sais-tu que j'ai un démon en moi ?

— J'ai étudié le rapport du palais sur la destruction du quartier d'Arcos ! J'ai vite compris que tout n'était pas dit. J'ai donc mené ma propre enquête.

— Ah.

— Gobald était un chevalier valeureux au service de Mirjesta. Je l'avais envoyé à Avéna pour s'entretenir avec le Roi Mildegarde au sujet de Mirjesta. Et puis, il y a eu ce fameux soir où ce démon est apparu. Il était en train de se repaître de bonnes victuailles avec ses hommes lorsqu'une femme a crié à l'aide, accompagné d'un homme. La faction en position dans le quartier étant insuffisante pour s'occuper d'un démon, mon frère et son groupe se sont portés volontaires pour soutenir les soldats et combattre ce démon. Seulement voilà, le démon sur place n'avait rien à voir avec un démon baveux, aux dents crochues, couvert d'écailles. C'était un autre type de démon... MON FRÈRE A PÉRI À CAUSE DE TOI ! Quand j'ai reçu l'information du décès de mon frère et que j'ai demandé les causes de sa mort, j'ai tout de suite compris qu'il y avait quelque chose de suspect. Mon enquête m'a mené à toi, Callum Callistar, et à ton démon ! En garde, Démon ! Prépare-toi à mourir ! Je te provoque en duel ! Et si je viens à mourir, alors mes soldats feront le travail !

Du haut de la tour, Aélis s'indigna, connaissant parfaitement l'histoire.

— Edern, Noctis n'a rien fait ce jour-là ! Gobald a mis fin à ses jours de lui-même.

Edern écouta la Duchesse, mais demeura sceptique.

— Pourquoi un chevalier magique mettrait-il fin à ses jours ? Je me suis confrontée à ce démon. S'il est puissant par sa force physique et magique, j'ai pu constater combien il avait une force mentale écrasante. Êtes-vous sûre qu'il ne l'a pas poussé à bout au point d'en venir à cet ultime geste ? Dans ce cas, ce n'est plus un suicide, mais bien un assassinat.

Aélis baissa la tête, se remémorant cet épisode avec précision, puis serra le poing.

— Il ne l'a pas tué...

Cléry et Mills arrivèrent sur ces entrefaites.

— C'est grave ? demanda Cléry.

— Plutôt. Notre Duc est provoqué en duel par le Duc de Mirjesta.

— Il compte accepter ? demanda Mills, la mine plus sérieuse qu'à son accoutumée.

— Je crains qu'il n'ait le choix. Son rival semble déterminé à vouloir la tête du démon en lui.

— C'est de la folie ! s'exclama Cléry. Comment compte-t-il battre un démon légendaire alors que nous en sommes tous incapables ?!

— C'est effectivement du suicide... fit remarquer Mills. Sait-il seulement quel type de démon le Duc a en lui ?

— Il faut empêcher ce duel ! s'exclama la Duchesse.

Sans attendre, Aélis bouscula tout le monde et courut à travers les remparts pour descendre les escaliers et se rendre vers la grande porte.

— Merde ! grogna Cléry qui partit à sa suite pour la couvrir d'un danger.

Mills s'avança vers la fenêtre et constata les milliers de soldats au pied d'Avéna.

— Je vais descendre aussi. Si notre ennemi se rend compte de son impossibilité à gagner ce duel, ce sont ses hommes qui prendront le relai. Il va falloir contenir tout ce beau monde pour les empêcher de détruire Althéa.

Edern fixa Mills un instant, une lueur d'inquiétude dans le regard.

— Edern, ordonnez que tous les soldats soient à la garde du château et tous nos chevaliers aux pieds des portes pour défendre la ville. Nimaï guidera nos chevaliers. Ce sera un bon test pour lui. Envoyez quelques soldats chercher nos althéaïens les plus vaillants pour défendre nos remparts. Sortez les armes. Sampa devra protéger le personnel du château avec les soldats. La Duchesse est avec Cléry, Finley et moi, elle sera protégée par nous trois.

— Entendu.

Mills donna une petite tape dans l'épaule d'Edern.

— Tant que le duel est en cours, relâchez le bouclier et économisez-vous pour l'après.

— Je suis plus inquiète pour vous que pour moi ! déclara la femme chevalier.

— Allons, vous n'allez pas vous inquiéter pour une vieille carcasse comme la mienne alors que la jeunesse a tant à offrir !

Il lui offrit son petit sourire bienveillant habituel et, les mains dans le dos, prit le chemin de la sortie. Edern regarda Mills et sourit.

— Toujours aussi pragmatique, cher Mills ! Savent-ils seulement qui ils ont en face d'eux ?

Aélis arriva à hauteur de Finley, suivi de Cléry, puis quelques minutes après, de Mills. Callum avait déjà pris ses distances et le duel était entamé. Elle remarqua alors que Callum avait déployé son armure et son épée pour le combat. Le Duc de Mirjesta était un chevalier magique aguerri et très impressionnant. Son armure était vert clair. Elle remarqua immédiatement que la lame de son épée était de la même couleur que son armure : translucide à opaque, à l'éclat vitreux, ce qui l'intrigua.

— Finley, quelle est la pierre utilisée par notre ennemi ? demanda immédiatement Aélis.

Finley plissa les yeux un instant.

— L'aventurine, je dirai. Il faut une pierre d'une dureté assez élevée pour qu'elle encaisse les chocs si on la déploie jusqu'à ce qu'elle devienne la lame de son épée.

— Comment est-ce possible ? s'étonna Aélis.

— C'est une pratique complexe…, lui expliqua alors Finley. La pierre sous la puissance du mana transforme la lame au point d'en donner ses propres propriétés. C'est comme si la pierre s'agrandissait… Ici, la pierre est à la pointe du pommeau. Elle luit !

— C'est la première fois que je vois une pierre devenir le prolongement d'une arme... déclara Cléry.

— Et ce n'est pas le seul problème... ajouta Finley, le visage fermé.

Tous se concentrèrent alors sur le combat. Callum gardait son épée levée face à celle du Duc de Mirjesta. Leurs épées se frottèrent une nouvelle fois, mais quelque chose semblait troubler l'assurance de Callum et, tout comme Finley, Cléry le remarqua à son tour.

— Tu as défini son pouvoir, Fin' ? L'aventurine calme les colères, réduit les angoisses et détend le corps. Il semblerait que sa pierre se retourne contre son possesseur. Sa propre colère le dévore et la pierre devient son amplificateur.

— Il n'y a pas que ça...

Tout à coup, Callum trébucha en arrière. Un gros caillou coinça son talon et il tomba. Sa surprise entraîna un large sourire à son adversaire.

— Commencerais-tu à comprendre ? lui déclara le Duc de Mirjesta, tout en tapant une nouvelle fois sa lame contre celle de Callum.

Callum se redressa rapidement et attaqua une nouvelle fois. Le Duc para son coup avec facilité, comme s'il lisait dans ses pensées. Essoufflé, Callum observa son adversaire avec intérêt.

— Tu vas perdre, Chevalier de Sang. Ne perdons pas de temps et montre-moi ton démon.

— Désolé, mais je crains de ne pouvoir te satisfaire ! lui rétorqua Callum qui tenta une nouvelle attaque. Le Duc de Mirjesta para une nouvelle fois son coup. Callum insista et avança sur lui tout en le criblant de coups d'épée, mais l'assurance de son ennemi le fit douter, quand soudain, son pied s'accrocha dans une racine. Il cessa net son attaque et visa le bout de racine coinçant la pointe de son pied. Il observa autour. Pas d'arbres. Que de l'herbe verte plutôt grasse. Pas de chiendent invasif pouvant coincer son pied dans ce type de racine. Immédiatement, il sonda son rival qui se mit à rire.

— Le caillou ? La racine maintenant ? C'est toi, n'est-ce pas ? Comment fais-tu ?

Il analysa sa lame. L'aventurine. Il chercha le lien entre ses vertus et les pouvoirs pouvant y être associés.

— Comment un gros caillou peut-il se trouver pile-poil derrière ton talon ? Comment se fait-il que ton pied se prenne dans cette racine ? Quelle drôle de coïncidence ?... Enfin je dirai plutôt... quel hasard !

Son visage se pourfendit d'un large sourire et Callum comprit enfin.

— Tu manipules la chance !

— Tu comprends pourquoi tu n'as aucune chance ?!

Il se mit à rire à gorge déployée de son jeu de mots. Callum serra davantage son épée. Trancher la lame de l'épée du Duc semble être une idée compromis, puisque sa pierre avait une dureté supérieure à la sienne et qu'elle protégeait sa lame à travers une prolongation de son armure. Les pouvoirs de l'obsidienne n'aidaient en rien pour contrer sa chance.

— Plus tu frappes ma lame, plus tu attires la malchance sur toi et plus la mienne augmente. Et tu veux que je te dise autre chose ? L'aventurine est aussi un stimulateur d'imagination. Il me suffit de me dire : « tiens, et s'il y avait une grosse racine qui venait lui bloquer son pied ? » et la chance me sourit ! N'est-ce pas merveilleux ?!

— Ce n'est que de la triche ! grommela Finley à quelques mètres du duel. Ce n'est pas loyal !

— La loyauté est vite oubliée quand la vengeance s'en mêle ! déclara Cléry. Tu devrais savoir que dans un combat, tous les coups sont permis !

Aélis écouta alternativement ses deux chevaliers, puis jeta à nouveau un regard vers le duel.

— Il faut cesser ce duel ! Noctis n'a pas tué son frère !

Voyant que les deux chevaliers restèrent campés sur l'idée qu'un duel ne s'interrompait pas, elle se tourna vers Mills.

— Je vous en prie, Mills ! Faites quelque chose ! Le Duc m'a dit qu'il n'y avait pas mieux que vous pour me protéger ! Je vous en conjure, protégez-le à ma place !

Mills observa au loin le duel qui avait repris. Malgré les conditions plutôt inéquitables du combat, le Duc de Mirjesta accentua le duel en sa faveur et frappa à plusieurs reprises l'épée avec laquelle Callum Callistar se défendait tant bien que mal, augmentant donc sa chance face au Duc d'Althéa.

— Pour l'instant, il n'y a rien à faire… se désola Mills.

— Je vais dans ce cas moi-même interrompre ce duel !

Sans attendre, Aélis se dirigea vers les deux hommes, à la surprise de tous. Très rapidement, Finley la rattrapa et l'encercla de ses bras pour la ramener vers eux.

— Désolée, ma Duchesse, mais une femme n'a rien à faire sur un champ de bataille.

— Lâchez-moi ! Il faut cesser ce combat !

— Soyez raisonnable !

— Je vous ordonne de me lâcher ! cria Aélis, tout en gesticulant pour se défaire de ses bras.

Cléry intervint alors.

— Duchesse, vous mettez la réputation de votre époux à mal en vous comportant ainsi !

— Non ! Je ne remets pas en cause leurs puissances, juste le bien-fondé de ce duel ! Le Duc de Mirjesta se méprend !

L'épée du Duc de Mirjesta trancha alors la cuisse de Callum qui perdit l'équilibre et posa un genou à terre. Il sourit en le surplombant.

— Tu sembles démuni, Chevalier de Sang. Aujourd'hui, il semble que ce soit ton sang qui coule au sol.

Callum lança un regard rapide vers sa cuisse dont le sang s'échappait et se déversait sur l'herbe verte.

— Je le redis une dernière fois ! Fais venir ton démon !

— Ribald, si ce démon apparaît, c'est toi qui es mort ! Et je ne dis pas ça parce que je doute de ta puissance, mais bien parce que la sienne va t'écraser comme un moucheron ! Ce n'est pas n'importe quel démon qui est en moi ! Si tes recherches ont été efficaces, tu dois savoir que c'est un démon légendaire !

— Je dois venger mon frère. Tu sais très bien que je n'ai pas le choix. Je joue ma chance face à la puissance. Est-ce si déraisonnable ?

Il pointa alors la pointe de son épée verte sous la gorge de Callum.

— Fais-le venir !

— Tu crois franchement qu'un démon de cet acabit va obéir sagement à tes ordres ou aux miens ?

— Dans ce cas, il ne me reste plus qu'à le faire sortir de son trou.

Il enfonça alors la pointe de son épée dans l'épaule de Callum qui hurla. Tous contemplèrent l'issue de ce duel sans en croire leurs yeux. Aélis se repassa dans sa tête l'épée s'enfonçant dans la chair de son époux. Image qui resta collée à sa rétine et qui vint traverser son cœur pour réveiller en elle la peur, la colère, l'impuissance. Les battements de son cœur résonnèrent alors dans sa poitrine et quelque chose en elle se libéra. Ses iris devinrent blancs et tandis que Finley tentait de la maintenir, un souffle sortant d'Aélis libéra une énergie incroyable et repoussa Finley, Cléry, la projection astrale d'Edern et Mills, avant de rapidement disparaître de leur champ de vision. Finley fixa ses acolytes.

— Ne me dites pas que c'est...

19

Et puis il y a ce à quoi on ne s'attend pas !

Tandis que le Duc de Mirjesta retirait l'épée de l'épaule de Callum et s'apprêtait à recommencer, une ombre vint s'interposer entre eux. Il vit alors deux iris blancs lui faire face et se sentit soudain propulsé en arrière.

Callum écarquilla les yeux. Cette aura, cette énergie lumineuse, ces cheveux blancs virevoltant dans l'air devant lui, cette silhouette féminine lui tournant le dos... Il dévia légèrement la tête vers ses chevaliers au loin et put lire une stupéfaction identique à la sienne. Aélis n'était plus à leurs côtés. Enfin, disons qu'elle était là, mais d'une autre manière et devant lui.

— La Protectrice... murmura-t-il.

Elle se tourna alors vers lui et examina d'un bref regard son état. Elle remarqua alors la pierre autour de son cou, sortie hors de son armure le temps du combat.

— Cette pierre... prononça-t-elle doucement.

Elle s'approcha de lui et s'agenouilla à son niveau. Du bout des doigts, elle la toucha et sourit avant de contempler Callum.

— Tu as bien grandi, jeune homme, depuis la dernière fois !

— Qu... quoi ?! balbutia Callum tout en essayant de comprendre le lien entre sa pierre et elle.

— Tu semblais envahi par les ténèbres, alors j'y ai déposé mon pouvoir protecteur à l'intérieur au moment où Aélis te l'a donnée. T'a-t-elle apaisée ?

— Alors c'était vous !?

Elle lui sourit une nouvelle fois et se releva. Callum ne quitta pas la Protectrice du regard, subjugué à la fois par sa présence, mais aussi par sa discussion à la fois douce et déroutante. Elle lui tourna à nouveau le dos et fit face au Duc de Mirjesta.

— Qui es-tu ? lui demanda-t-il poliment tout en se relevant de son attaque, malgré son air menaçant.

— Pose ton épée, chevalier ! Je ne peux te laisser le blesser davantage.

— Pourquoi cela ?!

— Parce que cela blesse mon hôte !

— Ton hôte ?

— Exactement ! Ses blessures deviennent miennes si elles deviennent trop profondes. Elles m'ont réveillée. Elles m'ont demandé de les guérir et de prévenir l'arrivée de nouvelles. Je suis donc là pour capter l'origine de ces blessures afin que la douleur de mon hôte ne réapparaisse plus. Et il semble que la source de son inquiétude provoquant sa douleur soit cet homme !

Elle montra alors Callum de son index.

— La douleur s'apaise dès qu'il est hors de danger. Je dois donc le protéger.

La Protectrice garda son doigt pointé vers Callum, comme un objet perturbateur à l'équilibre psychologique d'Aélis.

— Je dois te stopper pour ne plus que mon hôte souffre par l'intermédiaire de celui que tu combats !

Callum comprit alors que l'avis de Sampa était avéré. L'apparition de la Protectrice était conditionnée avec les sentiments de danger que ressentait Aélis pour lui.

— Elle est drôlement pragmatique ! chuchota Finley à Mills, Cléry et à la projection astrale d'Edern. Mais qu'est-ce qu'elle est classe !

— Effectivement, c'est assez surprenant ! continua Cléry. Je la pensais plus portée sur le sentimentalisme. Or ici, elle est dans la causalité. Si Callum souffre, alors le corps d'Aélis souffre, donc par extension, la Protectrice souffre également. Si Callum ne souffre plus, tout le monde va mieux.

— C'est très intéressant ! observa Mills. Finalement, elle agit tel un soldat dénué de sensibilité et qui ne se fie qu'au factuel. Elle va au concret. Logique, si on tient compte du fait qu'elle est le pur produit d'une magie ancienne et non réellement une humaine.

Le Duc de Mirjesta la contempla attentivement, puis observa Callum derrière elle.

— Tu n'es donc pas son démon...

— Son démon ? répéta la Protectrice, surprise. Quel démon ?

Perplexe, elle se tourna alors vers Callum que le Duc semblait désigner du regard, puis revint à la discussion.

— Je suis la Protectrice. J'ai été créée... pour protéger Avéna...

Sa voix s'éteignit alors dans un souffle chargé de tristesse.

— Donc, tu protèges ses chevaliers.

— C'est mon rôle, oui ! se reprit-elle alors.

— Et si deux chevaliers d'Avéna se battent ?

— Je protègerai le plus faible du plus fort jusqu'à ce que cesse le combat.

— Très bien ! Je me débarrasserai alors de toi, tout comme de Callum Callistar et de son démon.

Il dressa son épée contre elle et l'attaqua aussitôt. La lame verte de Ribald effleura son visage une fois, deux fois. Chaque coup qu'il portait était esquivé par la Protectrice, ayant une aisance et une souplesse incroyable. Ses mouvements étaient paramétrés au centimètre près. Le plus petit geste était calculé pour provoquer un effort moindre et garder son énergie.

— Chevalier, il est encore temps de cesser ce combat ! l'avertit-elle alors.

— Je me débarrasserai de toute personne protégeant ce démon ! répondit avec rage Ribald à la sommation de la Protectrice.

La Protectrice jeta alors un regard vers Callum, toujours le genou à terre, cherchant la raison de cette évocation démoniaque. Si elle sentait les ténèbres en lui, elle ne voyait pas son âme perdue pour autant. Durant ce moment d'inadvertance, le Duc de Mirjesta entailla sa joue. Elle n'eut d'autre choix que de réagir plus vivement à son offensive. Elle libéra de sa puissance et sa robe disparut pour laisser la place à un plastron, des cuissardes et des épaulettes de protection. Une arme se matérialisa ensuite dans ses mains. Tous purent voir alors une épée à deux lames faite d'énergie au bout de sa main. Une énergie blanche aux reflets bleu clair.

— Incroyable ! déclara Finley, complètement abasourdi par le personnage qui se dévoilait sous ses yeux. Elle est impressionnante !

Callum contempla la femme devant lui avec autant d'effarement que Finley. Une réelle combattante se découvrait à eux et il était certain qu'elle était d'un tout autre niveau de puissance qu'eux tous autour. Seul le Duc de Mirjesta ne réalisait pas la gravité de sa situation. Face à l'inéluctable, Callum voulut le prévenir de sa folie qui risquait de le mener à sa perte, lorsque soudain sa poitrine se comprima. Il porta sa main à son plastron pour tenter de calmer la douleur et très vite, il comprit.

« — Je la sens ! Elle est là ! Son pouvoir se déploie enfin ! Tu es à moi, Protectrice ! »

Il serra les dents.

« — Non, ne fais pas ça, Noctis ! Pas maintenant ! »

« — Essaie de m'arrêter pour voir ! Tu l'as dit toi-même, ce ne sont pas des barreaux qui peuvent me freiner ! Il est enfin temps de la retrouver ! »

Il entendit le ricanement provocateur de Noctis, sentit ensuite une vague de ténèbres le submerger, puis plus rien. Edern tapa tout à coup le torse de Cléry de sa main et lui indiqua de la tête le comportement subitement bizarre de Callum, qui disparaissait dans un tourbillon.

— Merde ! Il manquait plus que ça !

Le Duc de Mirjesta sourit et attaqua la Protectrice qui contra son épée de la sienne sans difficulté. Très vite, il se rendit compte de la différence de puissance entre le Chevalier de Sang et elle. Son agilité, sa vélocité, son anticipation étaient d'un autre acabit. Il n'avait pas souvenir d'avoir combattu contre quelqu'un d'aussi majestueux et efficace dans ses coups et ses esquives.

— Tu vas finir comme celui que tu protèges. La malchance va te toucher, guerrière !

— La malchance ?

Elle visa la pierre qui agissait sur son arme et son armure.

— Une aventurine ? Je vois... Tu utilises le hasard comme vecteur de chance à ton avantage.

Ribald frotta la pointe de son épée au sol.

— Ne t'inquiète pas ! Cela ira vite ! Je ferai en sorte que tu ne souffres pas, Guerrière !

La Protectrice sourit.

— Essaie toujours...

La Protectrice contre-attaqua de son épée, jouant des deux lames, pour déstabiliser son adversaire. Elle le frappa encore et encore, d'une lame puis du revers de l'autre, ne semblant pas être affectée par le pouvoir de l'aventurine de Ribald qui comprit que quelque chose clochait avec son pouvoir. Ce dernier para ses coups lorsque tout à coup, la Protectrice s'arrêta net, avant de poser un genou à terre, à la stupeur de tous. Sa puissance et sa détermination inébranlable disparurent au profit d'un signe d'une immense fatigue. Sa respiration fut soudainement plus difficile, haletante. Ribald vit alors l'occasion d'en finir. Il arma son épée pour la trancher. La Protectrice aperçut le vert de sa lame luire un instant au soleil avant de s'abattre sur elle. Elle se prépara alors à recevoir le coup et ferma les yeux.

Le coup ne vint jamais. Elle rouvrit les yeux et vit une main au-dessus de sa tête, stoppant l'avancée de la lame du Duc de Mirjesta. Elle entendit alors une voix familière dans son dos.

— Il n'y a que moi qui ai droit de vie ou de mort sur elle, misérable humain !

Les yeux rouge sang, Noctis grogna doucement de colère. Le Duc de Mirjesta écarquilla les yeux avant de lui offrir un sourire carnassier.

— Te voilà enfin, démon ! Tu en as mis du temps à apparaître !

La Protectrice tourna la tête et découvrit l'identité de son sauveur dont elle redoutait d'avoir identifié la voix.

— Noctis ?! Comment est-ce possible ?!
Noctis baissa les yeux vers sa protégée.
— Comment as-tu pu tomber si bas, Protectrice ? Tu es pitoyable ! Comment peux-tu te laisser dominer par un humain ?!
Elle baissa les yeux alors, concédant ses propos.

Finley, du côté du groupe d'Althéa, s'inquiéta.
— C'est la merde ! C'est la merde ! S'ils s'affrontent tous les deux, on fait quoi !
— Je crains qu'on ne puisse faire grand-chose... lui répondit le double d'Edern, attentive au combat.
— Même en tentant de les séparer, nous ne ferions pas le poids ! se résigna Cléry. Il a son objectif sous les yeux, il ne laissera personne s'interposer entre eux.
— Son objectif, mmh ? répéta Mills, circonspect devant l'attitude protectrice du démon pour le moment.

Du haut des remparts, les althéaïens arrivés en masse pour le combat découvrirent l'existence double de leur Duc et de leur Duchesse.
— Le Duc est un démon ?! cria l'un.
— La Protectrice ! C'est la Protectrice ! La Duchesse est donc bien une descendante de la lignée de la Protectrice ! Je la reconnais ! J'étais petit, mais je n'oublierai jamais le visage de la Protectrice.
— C'est quoi ce monstre ? s'interrogea un troisième.
— Tu parles du démon ou de la femme qui a pris le corps de la Duchesse ? répondit un quatrième.
— La Protectrice est plus faible que le démon ! Il va tous nous tuer ! hurla un autre, prêt à fuir.
Edern, du haut de sa tour, écouta d'une oreille les réactions paniquées des habitants d'Althéa, plus inquiets pour leur avenir à présent à cause de la découverte de Noctis et de la Protectrice, plutôt que du millier de soldats hostiles en attente face aux remparts.
— Restez en place ! leur ordonna-t-elle. N'oubliez pas qui nous devons protéger avant tout, peu importe notre ennemi ! Vos familles comptent sur vous !
Les hommes d'Althéa observèrent Edern, impassible du haut de

sa tour de guet, puis la situation en contre-bas.
— Le plus important est Althéa ! ajouta fermement Edern, bien qu'incertaine de ce qui allait suivre. Nous devons garder la tête froide devant l'inconnu.
Les althéaïens obtempérèrent en silence, en accord avec la seule certitude qui demeurait en cet instant.
— Relève-toi, Protectrice ! ordonna Noctis. Tu me fais honte !
Elle esquissa un léger sourire vaincu.
— Désolée... J'ignorais avoir un tel impact sur ton honneur, Noctis. Que fais-tu ici ? S'il y a bien une personne que je ne m'attendais pas à voir en ces lieux, c'est bien toi !
— Tu ne m'as donc pas senti depuis tout ce temps ?
La Protectrice tiqua à cette remarque non dénuée de pertinence.
— Votre discussion ne m'intéresse pas ! les coupa Ribald.
Noctis leva les yeux vers leur adversaire.
— C'est toi le démon qui a tué mon frère. Il est temps de mourir maintenant !
Noctis souffla d'un air las, sans masquer un profond ennui à se retrouver face à ce chevalier.
— Je vois... Encore un humain qui crie vengeance...
— Il est temps de mettre fin à tes exactions, Démon ! lança le Duc de Mirjesta, sans vraiment écouter le démon.
— J'ai entendu un millier de fois cette menace... et cela a toujours fini de la même façon ! Tu ne m'intéresses pas. Retourne chez toi, insecte !

Noctis tira de sa main la lame de l'épée de Ribald pour l'attirer à lui et dans un saut retourné, il lui donna un coup de pied en pleine face. Le chevalier dévala les mètres loin de lui et alla s'écraser aux pieds de ses soldats. La Protectrice dévisagea Noctis, incrédule. Elle se remémora les propos du chevalier ennemi, cherchant en Callum un démon. Elle s'efforça alors de trouver l'homme qu'elle devait protéger et ne le vit plus.
— C'est toi le démon qu'il cherchait en ce garçon ?! s'étonna-t-elle tout à coup. C'est impossible !
Noctis la fixa en silence.

— Tu as pris possession d'un humain ? Pourquoi ferais-tu cela ?! Tu n'as aucun intérêt à le faire ! Que s'est-il passé ?

Tout à coup, la fatigue de la Protectrice se fit ressentir à travers une nouvelle faiblesse de son corps qui la fit flancher. Noctis plissa les yeux, perplexe de constater une telle faiblesse chez sa rivale depuis toujours, puis observa les environs. Il nota les milliers de soldats d'un côté, puis trois chevaliers et un homme du côté des remparts. Il repéra Cléry et en déduit qu'ils étaient du côté de Callum et Aélis. Il fixa plus attentivement Mills et plissa des yeux. Immédiatement, les trois chevaliers tournèrent la tête vers le serviteur du Duc qui ne détournait pas le duel du regard. Mills semblait même confiant.

— Vous croyez qu'il les a senties en vous, Mills ? demanda rapidement Edern.

— C'est une évidence ! répondit calmement Mills. Les ténèbres appellent les ténèbres ! Reste à savoir s'il va me considérer comme un ennemi ou un allié...

Du côté des troupes ennemies, on s'empressa de relever le Duc de Mirjesta.

— Commandant ? Est-ce que ça va ? s'enquit de savoir son chevalier magique subalterne, Daké.

Ribald se releva de l'attaque de Noctis sans lui répondre et grogna de déconvenue. Il se détacha des bras l'aidant à se relever et repartit à l'assaut.

— Êtes-vous sûr que ce soit une bonne idée ? lui cria, inquiet, Daké. Ce démon semble puissant. Vous n'en arriverez pas à bout tout seul !

Ribald ignora les avertissements et, épée en main, revint à la charge contre Noctis. Le Démon et la Protectrice remarquèrent l'intention de Ribald. Sans qu'elle n'ait le temps de réagir, Noctis attrapa le bras de la Protectrice et la tira derrière lui, l'obligeant à se lever, et évita le coup d'épée de Ribald. Il dégagea aussitôt un souffle de ténèbres autour de lui qui fit faner instantanément toute la végétation plusieurs mètres autour, sauf aux pieds de la Protectrice. Ses yeux se mirent à luire avant de réellement s'énerver.

—La vengeance t'aveugle, misérable ! La folie te ronge lentement.

Vas-y ! Essaie de me tuer ! Cela augmentera davantage ta frustration et la folie de ton entreprise infructueuse.

Ribald tenta une nouvelle attaque, mais ne le toucha pas. D'un geste rapide, Noctis passa son bras autour de la taille de la Protectrice. Il esquiva ensuite les attaques de Ribald, la Protectrice sous son bras, avant de le repousser d'un coup de pied dans son plastron. La colère gagna Ribald, qui perdait en précision et en efficacité.

— C'est ça... se satisfit Noctis doucement, tel un doux arôme venant envahir mes narines. Laisse-toi envahir par les ténèbres !

— Gobald n'est pas mort pour rien ! cria Ribald. C'est toi que je vais envoyer brûler en enfer !

Noctis plissa les yeux.

— Quelle arrogance !

— Noctis, lâche-moi ! ordonna tout à coup la Protectrice sous son bras.

— N'es-tu donc pas capable de te défaire de mon emprise ? lui répondit-il avec provocation. Vraiment affligeant ! Je suis tellement déçu de ces retrouvailles. Tu es pathétique.

— Noctiiiss... gronda la Protectrice.

Les chevaliers d'Althéa notèrent alors un léger sourire se dessiner sur le visage de Noctis, comme si ses provocations l'amusaient.

— Pourquoi ma malchance ne te touche-t-elle pas, démon ?! l'interrogea Ribald, à bout de souffle.

Noctis jeta un œil vers la Protectrice.

— C'est donc ça ton pouvoir, chevalier ?

Il serra un peu plus la taille de la Protectrice sous son bras, tel un vulgaire sac à patates.

— Ton pouvoir n'a aucun effet sur elle ! lui révéla immédiatement le démon. Donc si je la tiens contre moi, il n'a aucun effet sur moi non plus.

La Protectrice soupira, désabusée de servir de bouclier. Ribald la fixa, incrédule.

— Aucun effet ? Comment est-ce possible ?

— Elle contrôle les pierres... déclara Noctis, telle une évidence que tout le monde devrait connaître.

Ribald faillit s'étrangler avec sa salive en apprenant le pouvoir annihilant de la Protectrice.

— Noctis..., ça suffit ! s'agaça la Protectrice.

— Vas-y, défends-toi, Protectrice ! Je n'attends que ça ! Pourquoi ne te bats-tu pas et acceptes-tu de me laisser te trimballer sous mon bras ?

Tout à coup, elle lui asséna un coup dans les côtes tellement fort, qu'il la laissa tomber aussitôt. Le démon se tint immédiatement les côtes avant de grogner contre elle. La Protectrice se releva difficilement.

— Chevalier ! Fuis ! cria-t-elle alors à Ribald.

Ce dernier ne bougea pas, étonné de cet ordre teinté d'urgence, alors qu'elle était l'objet des attentions menaçantes du démon.

— Il joue avec toi ! Fuis ! répéta-t-elle avant de tenter une attaque contre le démon.

Une boule d'énergie blanche entourée d'éclairs rouges et noirs se matérialisa dans une de ses mains et elle l'envoya directement sur Noctis pour gagner du temps, avant de tomber, les deux genoux à terre. Ribald observa passivement l'attaque, sans réellement comprendre l'enjeu entre ses deux adversaires. Noctis absorba sa boule d'énergie sans problème.

— Vraiment décevant. C'est ridicule ! siffla le démon. Tu crois me blesser en utilisant une partie de mes pouvoirs ?

20

Il faut choisir ses combats

— Vous avez vu ça ?! s'écria Edern. On aurait dit...

Noctis s'approcha de la Protectrice, le regard dur.

— Comment as-tu pu croire que cela aurait une efficacité sur moi ?

— Je n'ai rien espéré. J'ai juste tenté de gagner du temps pour qu'il se sauve.

Elle jeta un œil vers Ribald, désabusée.

— Mais oui, c'est peine perdue. C'est donc un fragment de ton pouvoir que j'ai absorbé ? J'aurais pu reconnaître ta signature énergétique, c'est vrai. J'aurais dû te sentir depuis longtemps, si tu loges à l'intérieur du mari de mon hôte. Quelle ironie ! Deux ennemis dans le corps de deux amants ! Et il a fallu que ce soit ton pouvoir qui vienne éveiller mon instinct de survie et qui m'oblige à l'absorber pour nous sauver, mon hôte et moi ! C'est mon pire ennemi qui m'a donné assez de puissance pour me relever.

Noctis la fixa, sans comprendre.

— À aucun moment, je n'ai touché ton hôte.

— C'est pourtant bien ton pouvoir que j'ai en moi.

— Serait-ce mon hôte qui aurait utilisé mon pouvoir indirectement sur l'humaine ?

Noctis fixa la Protectrice, un instant.

— Comment as-tu fait ? Depuis quand es-tu capable d'absorber l'énergie d'un démon ?

La Protectrice baissa les yeux, incapable de trouver une logique à cette improbabilité. Elle ne sentait pas en elle de conflits la poussant à rejeter le pouvoir de Noctis. Quelque chose clochait, mais elle ne savait pas quoi ? Son corps avait accepté l'énergie démoniaque comme une alliée et non un pouvoir ennemi. Elle fixa Noctis gravement. Parmi tous les démons légendaires qu'elle avait pu combattre, Noctis s'était toujours détaché du lot. Insondable, il n'en restait pas moins très intelligent et elle savait qu'il pouvait ajuster son jugement en fonction de ses intérêts personnels.

— Je peux te retourner la question ! Pourquoi tes pouvoirs n'agissent-ils pas hostilement contre moi tout à coup ?

Noctis plissa les yeux.

— Qu'essaies-tu d'insinuer ?

— Aurais-tu volontairement changé ta signature énergétique pour que je ne te sente pas et que je l'assimile afin de reprendre des forces et que je revienne devant toi ? À moins que tu veuilles me tuer de l'intérieur ?

Noctis afficha tout à coup un énorme sourire machiavélique, qui surprit tout le monde, lui d'ordinaire si taciturne.

— C'est une hypothèse qui mériterait attention ! Ton esprit s'avère aussi tordu que le mien, je vois ! Je déteins sur toi, Protectrice ?

— Cesse de jouer les énigmatiques.

— Je n'ai rien fait de tout cela ! Je peux te retourner ton hypothèse ! Tu as senti ma signature énergétique, mais tu l'as acceptée comme alliée parce que finalement, tu ne me considères plus comme un ennemi... Aurais-tu sombré dans la folie, toi aussi ?

Ses yeux se mirent à luire d'une lueur sadique à l'idée de voir son ennemie plonger dans un des aspects de la mort qu'il représentait. Une forme de fierté teintée d'excitation le gagna.

— Tomber dans la folie à te soumettre à moi ! N'est-ce pas la plus belle victoire ?

— Ne t'emballe pas, Noctis ! La seule folie qui soit, c'est que tu sois toujours en vie !

Ribald observa les deux combattants devant lui. S'il était intrigué par leur passé commun, la colère demeura d'être ignoré à ce point. Il déversa alors davantage de mana dans son épée qui se mit tout à coup à trembler. Un tremblement qui provoqua des ondes, par vagues successives, faisant trembler chaque chose qu'elles traversaient. Noctis et la Protectrice sentirent le danger venir à eux. Les vibrations creusèrent alors un cratère autour de Ribald. Tous les petits cailloux autour se pulvérisèrent.

— L'aventurine absorbe les ondes négatives, mais aussi celles des objets et des personnes. Pour établir l'équilibre de la pierre, je peux donc renvoyer ces ondes.

Finley observa attentivement le chevalier et plissa des yeux.

— Si je me sers des ondes électromagnétiques du soleil, son arme semble plutôt agir sur les ondes mécaniques. En bougeant son épée de façon très rapide, il provoque une onde sonore et c'est le bruit qui vient heurter et pulvériser ce qu'il rencontre.

L'épée de Ribald trembla dans un va-et-vient tellement rapide que bientôt chacun ne put voir qu'un éventail de lumière verte sous les yeux, provoquant un vent détruisant tout à quelques mètres de lui.

— Comment fait-il ça ? s'interrogea Edern, fascinée par ce pouvoir assez particulier.

— On peut faire beaucoup de choses avec son mana, pour peu qu'on en ait en quantité suffisante pour obtenir l'effet voulu ! commenta Mills. Le chevalier Ribald n'a pas été promu Duc de la cité de Mirjesta pour rien. C'est un guerrier réputé émérite et en cela, il est facile de deviner qu'il a un pouvoir exceptionnel lui ayant permis de remporter de nombreuses batailles. S'il associe sa chance à ces ondes, il est aisé de comprendre que l'ennemi risque d'avoir de gros soucis pour y répondre.

Edern observa instantanément Noctis et la Protectrice. Noctis semblait plus concentré devant l'apparition de ce nouveau pouvoir.

— Si tu remarques combien mes ondes sortant de cette épée fracassent un vulgaire caillou, devine à son contact l'effet que cela peut avoir sur un corps si je le touche, Démon ?!

Ribald se montra alors plus combatif.

— Il est temps d'en finir, Démon.

Ribald s'élança vers Noctis, l'épée tremblante provoquant un souffle sur son passage. La Protectrice tenta de s'interposer, mais Noctis la poussa au loin.

— Ne t'en mêle pas ! Il a raison, il est temps d'en finir !

La guerrière se retrouva à terre, serrant les dents devant sa faiblesse à ne pas pouvoir se battre comme elle le souhaiterait pour sauver ce chevalier.

— Non, Noctis, ne fais pas ça ! Ne le tue pas !

L'épée de Ribald généra un tel périmètre d'action que même si Noctis tentait d'esquiver, les ondes arrivaient à le blesser. Très vite, ce dernier comprit que le combat rapproché ne serait pas une bonne idée. Pourtant, Ribald réussit à le toucher et ce qu'il eut annoncé plus tôt se démontra. Il suffit d'un coup d'épée au milieu du bras de Noctis pour que tout son bras gauche vole en éclats, pulvérisé par la force vibratoire de l'épée verte de Ribald.

— Merde ! s'écria Finley. Il va vraiment le battre ?!

Cléry serra les dents. S'il n'était pas du côté de Noctis, il n'était pas non plus ravi de le voir en mauvaise posture ; Callum le serait tout autant.

— On ne peut pas rester sans réagir, si ? s'inquiéta le chevalier solaire.

— À ce stade, nous ne pouvons qu'observer la suite..., tempéra Mills. La Protectrice est toujours là, Noctis semble évaluer son ennemi et l'équilibre des forces est toujours présent.

— Callum est en danger ! s'inquiéta à son tour, Cléry.

— C'est une évidence ! Cependant, je reste surpris de voir que la Protectrice ne s'allie pas au chevalier Ribald pour en finir une bonne fois pour toutes avec son éternel rival.

Finley, Edern et Cléry fixèrent soudain Mills, devant la pertinence de son propos.

— Il y a quelque chose entre ce démon et elle que nous ignorons, à commencer par l'acceptation de ce partage de pouvoirs que chacun des deux semble vouloir nier en être à l'origine. J'en viens à m'associer à l'intuition du Grand Gardien sur le fait de donner sa chance à Noctis. Il ne révèle pas tout de ses manigances et bizarrement, pour quelqu'un qui souhaitait tuer la Protectrice coûte que coûte, il n'a pas encore levé la main dessus une seule fois en l'espace de quinze minutes.

Les trois chevaliers à ses côtés concédèrent cette analyse avec minutie. Ils observèrent alors plus attentivement le spectacle qui se déroulait sous leurs yeux.

— Vous avez raison, Mills ! Il y a quelque chose de bizarre...

Noctis souffla un coup en constatant la destruction de son bras dans l'attaque de Ribald. Ce dernier ricana de satisfaction.

— Souhaites-tu qu'on fasse membre après membre ? s'enthousiasma le chevalier, avec arrogance.

La Protectrice baissa les yeux, le visage marqué par une infinie tristesse.

— Chevalier, je t'en prie ! Si tu veux rester en vie, fuis !

Noctis contempla un instant la Protectrice à terre, comme résignée face à son impuissance à intervenir.

— Comment peux-tu vouloir encore les protéger alors qu'ils t'ont menée à un tel état ? Tu n'es même plus capable de te lever ! Tu devrais haïr les humains ! Tu devrais m'encourager à le tuer, à te venger de tous ceux qui sont morts dans ta lignée dans le but de t'anéantir !

Une certaine colère transparaissait dans la voix de Noctis.

— Tu as raison, Noctis ! Je sais bien que le Mal est inné chez les humains. Mais c'est valable aussi pour la bonté. Il y a toujours aussi de l'amour chez eux. Si tu ne retiens que les ténèbres en chacun d'entre eux, je préfère m'attarder sur la recherche du bon en chacun de nous. Tous les humains n'étaient pas contre mon existence. Tous les humains n'ont pas voulu ma fin. Tu le dis toi-même ; cet homme est rongé par une vengeance qui l'aveugle. Les ténèbres obscurcissent son jugement, mais sinon il y a du bon en lui. Je peux trouver le moyen de le faire revenir à la lumière.

— Combien de fois as-tu voulu apporter une paix qui n'a jamais véritablement existé ? Ne comprends-tu donc toujours pas ?

À sa grande surprise, la Protectrice lui sourit avec bienveillance.

— Ce qu'il y a d'étonnant avec toi, cher Démon de la Mort, c'est que je pourrais presque croire que tu compatis à mon sort !

Aussitôt, Noctis eut un geste de recul de la tête, accompagné d'un air de dégoût.

— Je ne fais que constater !

Il maugréa dans son coin un instant avant de se reconcentrer sur son ennemi du moment. Il jeta un œil vers son bras et souffla à nouveau. Ribald fixa Noctis avec hargne.

— Pourquoi fuir alors que clairement, je domine la situation ?

Cléry pesta dans son coin.

— La Protectrice a des années de pratique contre ce démon. Elle doit connaître un grand panel de ses capacités et si elle lui dit de fuir, c'est que ce n'est pas un bras en moins qui lui posera problème pour vaincre.

— Je suis d'accord ! analysa Edern. Ce démon a toujours plusieurs coups d'avance. Il ne semble ni en colère ni contrarié d'avoir perdu son bras !

Finley écarquilla les yeux.

— Vous pensez que...?

— En des millénaires, comment aurait-il pu survivre sans perdre une partie de son corps, et notamment face à la Protectrice ? réfléchit Cléry.

Mills acquiesça sa thèse.

— Qui sait quel pouvoir a-t-il gagné à travers les siècles ?

Noctis observa le moignon à son épaule.

— Tout cela commence à m'ennuyer fermement, larve humaine ! Ton arrogance aveugle ta clairvoyance. Je suis un démon millénaire ! J'ai combattu bon nombre de chevaliers et monstres à travers tous les royaumes. Et tu penses qu'un moucheron comme toi arrivera à ses fins ? Allons !

Il secoua la tête.

— Tu domines la situation ? Vraiment ?

Tout à coup, la Protectrice ferma les yeux, comme si l'heure du châtiment avait sonné. Noctis s'élança à une vitesse dépassant celle des vibrations de l'épée de Ribald et contra ainsi son attaque. Sans comprendre le tour de passe-passe du démon, le chevalier se retrouva subitement nez à nez avec Noctis qui, d'une lueur rouge dans les yeux, lui affirma que la domination n'était pas l'affaire de la chevalerie, mais d'êtres supérieurs à eux. Il se figea alors et sentit un coup brutal dans sa poitrine. Il baissa lentement les yeux vers son cœur et vit le bras disparu la minute d'avant traversant sa poitrine.

— Tu n'es pas assez rapide pour moi, humain ! Il est temps de détruire ce qui fait ton existence.

Le cœur de Ribald finit en purée de sang dans la main de Noctis qui avait transpercé son armure et son corps. Noctis retira son bras du corps du chevalier qui tomba à terre.

Un frisson parcourut l'échine de Finley. Aucun d'eux n'avait pu voir son déplacement. En un instant, il s'était retrouvé devant le chevalier, un nouveau bras perforant son corps. Cléry resta sans voix. Edern, du haut de sa tour, trouva difficilement le moyen de faire parvenir l'air dans ses poumons, tant elle réalisait l'importance de la menace de Noctis. Elle put voir alors les pupilles des althéaïens trembler de terreur, comme si la mort était à présent inéluctable et qu'elle allait tous les cueillir. Mills fronça les sourcils. En une seule seconde, il avait montré sa supériorité jusqu'ici plutôt discrète en termes de puissance. Cela laissait augurer toute l'étendue de ses capacités au combat et un avenir très sombre s'il s'avérait être un véritable ennemi. Il savait à présent que le combat direct ne serait jamais la solution pour garder le royaume en état et que seule la négociation pourrait permettre de conserver l'équilibre des forces. Il posa son regard vers la Protectrice, plus affaiblie que jamais, devant l'imposant charisme du démon, et ferma les yeux. Que pouvaient-ils faire si la Protectrice ne servait plus de rempart ?

Daké fixa le corps de son commandant, bouche bée. Il avait beau essayer de se remémorer la dernière action, des séquences avaient échappé clairement à sa vue humaine. Il observa Noctis et comprit que même mille hommes ne pourraient sans doute pas en venir à bout face à sa vitesse d'exécution.

Il déglutit. Maintenant que le Duc était mort, il prenait sa succession au commandement. Il tourna la tête vers ses troupes et put lire l'effroi sur chaque visage. Pouvait-il envisager de renchérir cet affront par une énième vengeance pour l'honneur ? Il en doutait en voyant le résultat sur le Duc de Mirjesta. Il en doutait parce que ce démon avait atteint le moral des troupes au point de se considérer comme perdants, quoiqu'il advienne, et il savait que ses soldats avaient raison. Il regarda sa main qui tremblait toujours. C'était donc ça la peur viscérale ? Il pensait déjà l'avoir ressentie au détour des champs de bataille, mais aujourd'hui, la véritable peur l'envahissait et s'emparait de lui. Elle dévorait son corps comme son esprit, tout comme elle dévorait chacune des personnes humaines présentes autour.

Noctis leva la tête vers le ciel et inspira un grand bol d'air.
— Protectrice, sens-tu ce vent de peur qui fouette nos visages ? Si vivifiant ! Cela faisait longtemps que je n'avais pas ressenti une telle charge émotionnelle d'un coup !
Ses yeux rouges brulèrent alors d'une douce excitation.
— Tout cela me grise !
Il observa alors tout ce petit monde autour de lui d'un regard machiavélique. Tous comprirent que le démon ne souhaitait pas en rester là, maintenant que la peur le nourrissait à grosse gorgée, telle l'eau pour faire vivre une plante.
— Regarde tous ces tremblements, toute cette terreur qu'ils tentent tous de réprimer. Regarde combien ils sont faibles devant moi !
La Protectrice tenta de se lever, même si ses jambes restaient fébriles.
— Noctis, je sais que tu cherches à me pousser à bout pour que je les sauve tous, à défaut de refuser d'en sauver un. Mais toi, regarde-moi ! Le combat que tu espères...
Elle regarda la paume de ses mains pâles.
—... Je ne peux te le donner. Donc, je te propose un marché !
Elle se redressa au mieux et le fixa sérieusement.
— Je te donne ma vie contre leur survie !
Noctis considéra son deal avant de râler.
— Je peux tous vous tuer ! Pourquoi ferais-je un marché ?
La Protectrice lui sourit amicalement, à sa grande surprise.
— Au nom des souvenirs de nos merveilleux combats ? S'il te

plait, accorde-moi cette faveur !

— Qu'est-ce que... quoi ? Tu plaisantes ? Tu... tu m'as vu, là ?

Elle tendit ses bras de chaque côté, prête pour le sacrifice, mais le sourire toujours aux lèvres.

— Pour nous aussi, Noctis, il est temps d'en finir ! Finalement, tu auras encore le mot de la fin pour cette dernière entrevue !

Elle pencha légèrement la tête, avec cette attitude plus amicale que rivale. Décontenancé par ce revirement de situation, Noctis la contempla de façon incrédule.

— C'est ainsi que tu vois les choses ?

Il fit un nouveau tour panoramique de ses yeux de tous les humains qu'elle souhaitait sauver par son sacrifice. Il s'esclaffa alors de l'ironie.

— Je savais que toute ta vie était portée par le sacrifice de les protéger, mais là, ça dépasse l'entendement !

— N'es-tu pas heureux ? Je m'incline devant toi sans peur, mais en entrant dans un des aspects de la mort ! Finalement, ce ne sera pas la folie, mais le sacrifice !

Noctis serra les dents. Cette fin avait tout pour le satisfaire, mais elle était trop facile à son goût. Ce n'était pas de cette façon qu'il imaginait les choses. Sa déception se mêla à la colère et les ténèbres sortirent de son corps. Bientôt, chaque combattant vit les ténèbres s'enfoncer sous les pieds du démon. L'herbe fana partout, devant les remparts.

— Il est hors de question que tu aies le dernier mot, Protectrice !

Il tapa alors du pied. Un coup sec, comme si la terre était devenue creuse. Elle trembla alors sous les pieds de chaque soldat.

— Levez-vous ! somma Noctis d'une voix grave.

La terre trembla davantage et un peu partout quelque chose sortit du sol abandonné par la vie. Les gémissements de peur des soldats du Duc de Mirjesta vinrent bientôt faire écho à ceux d'êtres sortant de terre. Mills écarquilla les yeux et comprit.

— Il maitrise la nécromancie !

— Quoi ?! fit Cléry, stupéfait.

— C'est le Démon de la mort ! Il a le pouvoir de réveiller les morts !

Finley montra bientôt du doigt ce qui ressemblait à des squelettes vivants.

— C'est ce que je pense ?

— Préparez-vous au combat ! s'écria Edern, du haut des remparts et son double aux côtés de ses camarades chevaliers. Cette fois, c'est pour nous !

— C'est une blague ! fit Finley, complètement abasourdi sur ce qui s'élevait de terre par centaines. Comment tue-t-on des morts ?!

Devant ce spectacle, la Protectrice s'inquiéta et analysa l'urgence. Noctis sourit.

— Je suis un démon légendaire. Je ne marchande pas ce qui ne trouve pas d'intérêts réels à mes yeux. Ton marché n'a pas d'intérêt à mon bien-être. J'exècre les humains. Pourquoi les épargnerais-je ? Je reste cependant ouvert à ta requête, je leur laisse une chance de vivre, même si elle est infime !

La Protectrice le fixa d'un air désolé.

— Que veux-tu que je fasse pour les épargner dans ce cas ?

Tandis que les squelettes partaient à l'assaut des chevaliers et autres soldats et que ces derniers se préparaient au combat, le visage du démon resta impassible.

— Je n'aime pas les trouble-fêtes. Cela se passe entre toi et moi, Protectrice !

Tout à coup, il fonça sur elle, se saisit de sa taille, et déploya ses grandes ailes.

— Allons ailleurs ! annonça le Démon d'un battement d'ailes.

— Il part avec la Protectrice ! s'écria Cléry, encore plus inquiet. Il faut l'en empêcher !

— Non ! gronda Mills. Le plus important est de sauver Althéa de cette horde malfaisante ! Des milliers de vies sont en jeu. Nous devons continuer de croire en la Protectrice..., mais surtout en la Duchesse et en Callum.

Cléry regarda Noctis et la Protectrice disparaître dans les airs avec inquiétude, avant de déployer son arme devant l'armée squelettique prête à les tuer.

21

Trouver la bonne fin à tout cela

80 ans plus tôt - Dernier combat entre Noctis et la Protectrice

Des habitations détruites par le feu. La nuit. La poussière. Un cadavre au milieu ressemblant à un démon.

La Protectrice relâcha sa défense et souffla un coup pour évacuer la tension suite à son combat, lorsque soudain, elle entendit des pas et vit une silhouette sortir de derrière un mur.

— Je ne pensais pas te revoir, Noctis ! déclara alors la Protectrice de nouveau sur ses gardes. C'est donc toi qui es derrière ce mage noir transformé en démon de niveau 2 ?

Noctis baissa les yeux vers le corps inerte.

— Oooh, il n'a pas eu grand besoin de moi pour sombrer. La frontière avant de perdre son âme est mince chez les mages noirs. Maîtriser les ténèbres tout en maîtrisant son âme, sa conscience, demande beaucoup d'énergie et une grande force d'esprit. Cet homme s'est laissé envahir par ses émotions et c'est ce qui l'a conduit à cet état. Sa volonté a faibli et la transformation a opéré. Un mage noir de cette puissance ne pouvait que devenir un démon de ce niveau... Belle conversion, tu ne trouves pas ?

Ils regardèrent le démon, à terre, la langue pendante.

— Et tu vas me dire que ce n'est pas toi qui as fait faiblir sa volonté pour arriver à ce stade... Je te connais, Démon de la Mort. Tu es un manipulateur d'esprits. Tu manipules aussi bien la force physique que les méandres du mental. Tu cernes vite les profils des gens et en joues à ton avantage.

Noctis se pencha au-dessus du cadavre du démon tué par sa rivale.

— C'est à croire que je ne t'ai pas encore assez bien cerné... ou que ta force d'esprit est puissante, Protectrice, pour que je n'arrive pas à te faire flancher... J'avoue que je suis simplement venu te féliciter. Non pas pour lui, mais pour Flagellis. Tuer le Démon du Fléau n'a pas dû être une mince affaire !

Il toucha la dépouille du bout du doigt pour vérifier si son sbire était bien refroidi.

— Tu m'auras bien diverti, mage noir ! Dommage !

— Es-tu venu venger ton camarade légendaire ? lui demanda la Protectrice. Je me doute que tu n'en as que faire de la mort de ce mage !

Noctis se releva et soupira.

— Honnêtement, Flagellis est mieux mort que vivant. Je te l'accorde. Il m'agaçait. Il n'avait en tête que sa volonté de vouloir rivaliser avec moi et de me faire de l'ombre. Entre une catastrophe qui s'abat sur un peuple et la mort elle-même, il n'y a qu'un pas pour arriver au même résultat ! Cela dit, Morbus n'est pas mieux...

— Le démon de la maladie ?

— Que ce soit le fléau ou la maladie, les deux démons peuvent réduire à néant... Or, ça, c'est mon rôle !

Les yeux de Noctis devinrent rouges de rage à l'idée que l'on tente de le devancer. Cependant, il retrouva rapidement une quiétude et se mit à marcher autour du cadavre avant d'écraser sa tête du pied.

— Quoiqu'il en soit, cela m'arrange ! Sa jalousie l'a conduit à la folie. Si la mort par destruction n'avait aucun effet sur sa propre déchéance puisqu'il était la destruction à l'état pur, sa folie était

palpable et l'a envahie jusqu'à causer sa perte !
 Une aura sadique émana alors de son visage.
 — Il l'a payé cher ensuite face à toi... mais il semble que, toi aussi, tu le paies cher.
 Noctis plissa les yeux et la fixa de façon entendue.
 — Je n'ai aucun intérêt à te combattre maintenant. Tu as gaspillé de l'énergie pour ce mage noir ; je te veux face à moi avec ton plein potentiel. Enfin, si tu peux vraiment encore l'avoir… Les Humains commencent à rejeter ton utilité sous prétexte des dégâts que les combats contre nous occasionnent. Leur peur de ta puissance les oblige à trouver une autre solution plutôt que de te solliciter. Ils vont même jusqu'à trouver des arguments t'accablant. Ton pouvoir va-t-il y survivre ?
 La Protectrice décocha un petit sourire déconcerté.
 — Je vois que les rumeurs se propagent vite... Tes sous-fifres travaillent bien.
 — J'ai des oreilles partout effectivement. Savoir ce que font ses rivaux est une précaution nécessaire pour mieux garantir la réussite de ses objectifs. Entendre que la Protectrice ne se bat plus que pour des démons de niveaux 2 ou légendaires est à la fois gratifiant et navrant. Gratifiant pour nous les démons de hauts rangs, mais navrants de nous retirer de quoi nous amuser un peu ! Quelle désaffection de leur part ! Ces humains, les pires créatures en ce monde ! Quel outrage après tant de siècles à leur service que de limiter tes agissements aux tâches les plus compliquées pour eux ! Quand ils auront une solution pour nous, les légendaires, ils te répudieront ! Les lâches !...
 — Cela me va ! tenta-t-elle de dédramatiser. J'aurai plus de temps pour me reposer !
 Noctis la fixa alors, gravement.
 — Ne me fais pas croire que cela ne te touche pas un minimum ! gronda-t-il. Dois-je m'estimer heureux d'être un démon de premier niveau pour avoir le luxe de pouvoir te combattre ? Si tu venais à détruire toute la ville en tentant de m'empêcher de faire pire, auront-ils la délicatesse de t'exclure définitivement des combats et l'outrance donc de m'obliger à me retrouver face à de vulgaires mages ?
 La Protectrice baissa les yeux, une lueur fugace dans ses pupilles.
 — Je me sens flattée, Noctis. Merci pour l'estime que tu me portes.

— Tellement navrant ! pesta Noctis. J'ai beau être ton ennemi, je n'apprécie guère la façon dont ils peuvent rabaisser une guerrière de ton rang. Pour qui te prennent-ils ?! Je comprends encore moins pourquoi tu ne te retournes pas contre eux et pourquoi tu acceptes leurs ordres encore et encore. Attends-tu qu'ils te tuent ?

La Protectrice souffla tout à coup, puis lui sourit de façon trop amicale pour que le démon ne soit pas interloqué.

— Tout a une fin, Noctis ! C'est ce que je t'ai dit la première fois que nous nous sommes rencontrés. Toi ou moi... Un jour, tout cela se terminera. Si je dois mourir de leurs mains, alors c'est que c'est peut-être le mieux...

Aujourd'hui...

Noctis déposa la Protectrice dans une clairière. Cette dernière tituba avant de s'appuyer contre un arbre. Constater le faible état de santé de sa rivale fit grincer des dents le démon.

— Redresse-toi, guerrière ! Aie au moins la décence de te tenir droite devant moi ! As-tu donc aussi peu de dignité devant ton plus grand rival ?!

La Protectrice se redressa et se mit à rire.

— Mon plus grand rival ? En es-tu sûr ?

Piqué au vif, Noctis s'agaça.

— Il n'y a pas plus fort que moi ! Tu le sais parfaitement ! Je suis le plus puissant des démons légendaires ! C'est bien pour ça que les autres démons de haut niveau veulent me surpasser en passant par des stratagèmes tordus plutôt que de m'affronter directement et que je suis le pire danger aux yeux des Humains ! Tout le monde me craint !

— Et ta puissance fait de toi une exception à mes yeux au point d'être surévaluée par rapport aux autres ?

Elle marcha alors non sans mal vers lui et le jaugea un instant.

— Noctis, regarde qui a presque réussi à mettre fin à mon existence ! Ce n'est pas l'être le plus puissant qui soit...

Noctis serra le poing et examina de plus près la Protectrice. Elle n'était plus que l'ombre d'elle-même. Il n'y avait plus cette lueur combattive dans les yeux. Il n'y avait plus cette lumière aveuglante autour d'elle. Elle s'était ternie.

— C'est bien ce qui m'agace ! Je vais tous les tuer, ces Humains ! Le seul qui doit t'ôter la vie, c'est moi !

La Protectrice le fixa alors. La détermination de son adversaire n'avait pas changé ; le challenge qu'elle représentait était devenu une ambition chez Noctis. Elle sourit alors.

— Alors, fais-le ! Noctis, je ne suis peut-être pas encore morte, mais peut-être que mon heure est venue. Si tu es là devant moi aujourd'hui, est-ce peut-être pour que ce soit toi qui mettes fin à tout ça justement, que tu me donnes le coup final ! Dans un sens, je préférerais que ce soit toi, plus qu'un autre... Parce que je sais que tu m'auras respectée jusqu'au bout.

Elle leva alors les bras en croix, un sourire fatigué sur son visage.

— Noctis, tout a une fin... et elle est là pour moi !

L'épée de Cléry trancha un squelette sur sa longueur. Un amas d'os tomba au sol aussitôt. Non loin, Finley détruisit un groupe de guerriers d'outre-tombe d'un coup de fouet.

— Il en arrive par centaines ! s'écria-t-il. On ne va pas s'en sortir. Même si notre magie en détruit, il continue d'en pousser de terre comme du chiendent ! C'est sans fin ! Tu n'as pas un sort pour inverser la tendance ?

— Tu crois que je ne suis pas en train de réfléchir à comment inverser les ténèbres par la force de Dieu ?! Pour l'instant, je n'ai pas de solution. Comme toi, mon pouvoir n'agit qu'en surface, pas sous terre !

Du côté des remparts, chaque althéaïen tenta de repousser les squelettes mouvants montant les remparts de la cité. Edern se vit dans l'obligation de faire disparaître son double en contrebas pour garder de l'énergie et protéger la première défense d'Althéa aux remparts. Mais très vite, elle constata que chacun s'épuisait en vain.

Il en arrivait toujours plus !

Elle jeta un coup d'œil vers les troupes ennemies en contrebas. L'armée de Mirjesta n'avait eu d'autres choix que d'unir ses forces aux chevaliers d'Althéa pour se défendre. Bientôt, Daké, le commandant en second du Duc de Mirjesta, se trouva dos à dos avec Cléry. La masse squelettique continuait de les acculer.

— On va se faire ensevelir, bordel ! s'écria Daké.

Cléry chercha alors des yeux Mills. Les squelettes le contournaient sans chercher à le tuer. Ils le contournaient sans le toucher. C'était comme s'il n'existait pas aux yeux du bataillon de Noctis.

— Les ténèbres ne s'inquiètent pas du noir... marmonna le prêtre.

Une ombre noire particulière entourait les pieds de Mills. Une ombre qui semblait le protéger sans qu'il bouge le petit doigt.

— Miiiills ! hurla alors Cléry. On a vraiment besoin de ton aide, là !

Mills tourna la tête vers son camarade et lui offrit son petit sourire bienveillant habituel.

— Encore un instant, cher ami ! lui répondit alors le chambellan calmement. J'analyse la situation ! Noctis n'est pas un ennemi facile à contrer. J'ignore si je vais le pouvoir, d'ailleurs.

Il se baissa alors et toucha la terre recouverte de l'ombre noire. Son regard se concentra dessus comme s'il entamait une longue réflexion sur ce qui se cachait en dessous. Il marmonna alors quelques mots et un sceau magique noir apparut autour de lui. Composé de figures démoniaques, le sceau s'illumina.

— Je vois... Vous êtes fidèles au Roi, soldats ! murmura-t-il avec un petit sourire. Vous ne voulez pas m'obéir. Cela ne me surprend guère de votre part, chers petits squelettes loyaux. Votre maître est bien plus puissant que moi pour me craindre et être à mes ordres.

Il leva alors les yeux autour de lui et renifla.

— Dans ce cas, face aux pouvoirs d'un démon légendaire, seuls les pouvoirs d'un autre démon légendaire peuvent peut-être vous arrêter…

— Miiills ! hurla Finley, n'ayant plus la force d'agiter son fouet. Ça urge !

Soudain, l'ombre grimpa sur ses doigts et remonta le long de son bras pour arriver jusqu'à son visage, qui se para d'un tatouage noir sur son versant gauche, telles des flammes noires qui marquaient sa peau. Ses yeux devinrent noirs et ses cheveux se détachèrent pour virevolter dans les airs. Sa voix gronda alors.

— Venez à moi, êtres de destruction ! Développez-vous ! Contaminez-les ! Rongez leur substance. Altérez leur coordination. Que la putréfaction dégrade leur état et les décompose jusqu'à la poussière !

Au bout de quelques secondes, la terre trembla et une sorte de poudre verte et violette sortit de terre. Dans un nuage de fumée, la poudre alla se déposer sur les squelettes, les envelopper jusqu'à les étouffer et les consumer telle une maladie qui les désagrégea sur son passage. Leurs os se mirent à trembler, avant de partir en poussière. En quelques minutes, le nuage vert et violet balaya le champ de bataille et les remparts, ne s'attaquant pas aux êtres humains, et fit disparaître toute trace de squelettes.

Devant l'évidence flagrante de la réussite de Mills, Finley se laissa tomber au sol, exténué.

— C'était moins une ! déclara-t-il tout en riant jaune.

Daké, aux côtés de Cléry, laissa tomber son épée, tremblant.

— Ils sont vraiment partis ? Ce n'est pas une blague ?

Après quelques secondes de flottement, des cris de victoires se firent entendre un peu partout. Cléry s'approcha alors de Mills, toujours agenouillé.

— Mills, est-ce que ça va ?

Lentement, les tatouages se retirèrent de son visage et Mills retrouva son souffle, mais ses yeux restèrent noirs.

— Ce n'est plus de mon âge, tout ça ! Accordez-moi quelques instants...

— Donnez-moi la main ! lui proposa alors Cléry. Revenez vers la lumière. Je vais vous aider, même si c'est peu en comparaison des pouvoirs que vous avez sollicités. Appuyez-vous sur moi.

Mills fixa la main devant lui et la saisit. Cléry l'aida à se relever. Il entoura alors son chapelet de leurs deux mains unies. Les perles composées des trois pierres de Cléry se mirent à briller, le prêtre y injectant son mana. Lentement, le pouvoir du prêtre glissa sur la main, puis sur le bras de Mills dont les yeux revinrent à la normale.

— Bien joué ! lui dit finalement Cléry, tout sourire. On vous en doit une ! Comment avez-vous fait ?

— Contrer les ordres du Démon de la Mort m'a été impossible. Mes ténèbres sont très sombres, mais celles de Noctis le sont bien plus. Alors, j'ai pensé à utiliser un pouvoir d'un de ses adversaires. Je n'ai pas ceux lumineux d'une Protectrice, alors il m'était évident qu'il faille chercher du côté des autres démons légendaires, même si je doute d'avoir leur puissance également. Néanmoins, la piste était non négligeable ! Fort heureusement que nos recherches sur Noctis m'ont conduit à amplifier celles des autres démons légendaires. J'ai donc utilisé un sort de maladie de type putréfaction pour contrecarrer celui de notre ennemi.

— C'est très intelligent ! s'exclama alors Daké qui vint à eux, accompagné de Finley. Nous vous devons la vie ! Merci !

Daké lui tendit la main. Mills lui sourit gentiment.

— Je vous en prie ! Ne m'en veuillez pas si je ne touche pas votre main pour le moment ! Vous pourriez finir comme ces os !

Daké retira vite sa main, tout à coup peu rassuré.

— Cléry, c'est différent ! continua Mills tout en regardant le prêtre. Son mana est d'une substance spéciale, disons... sainte ! Il repousse d'emblée les ténèbres.

— Je me désole de toute cette histoire ! conclut Daké tout en faisant un panoramique du champ de bataille. Tout ça a commencé par notre faute. J'aurais dû être plus insistant auprès du Duc de Mirjesta afin qu'il renonce à sa vengeance. Nous n'aurions pas eu toutes ces pertes.

— Vous ne pouviez pas savoir ce qu'il se produirait ! le rassura Finley. Nous-même l'ignorions, bien que nous ayons eu connaissance de la présence d'un démon légendaire en Callum. Les événements se sont enchaînés de façon rapide et incontrôlable.

— Nous vous sommes redevables. Nous vous aiderons pour les réparations. Il va nous falloir aussi statuer sur la succession du Duc. En attendant, je servirai de relais.

Tous regardèrent alors le cadavre du Duc de Mirjesta au loin.

— Nous allons récupérer son corps pour lui offrir une sépulture digne de son rang malgré tout.

— Si vous repassez par là, prenez un jour le temps de prendre un repas en notre compagnie ! l'invita alors Mills d'un ton guilleret avant de partir vers les remparts. Nous avons un nectar qui fait pâlir la capitale !

Les chevaliers se regardèrent de façon complice et sourirent.

— Le pouvoir qu'il a utilisé... C'est un mage noir, c'est ça ? demanda Daké.

— Un drôle de mage noir, oui..., mais le plus puissant qui existe ! répondit Cléry. On ne dirait pas à première vue, n'est-ce pas ?

Daké observa la silhouette de Mills au loin.

— Bien souvent, le pire ennemi est celui que l'on ne soupçonne pas...

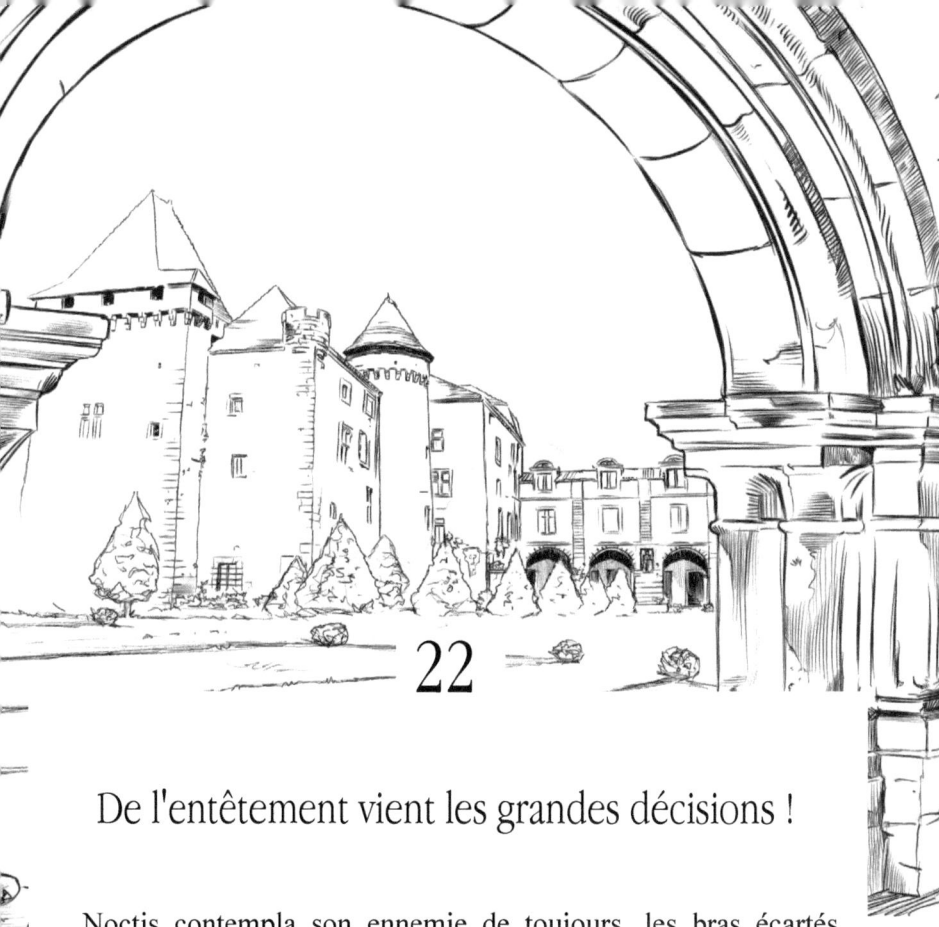

22

De l'entêtement vient les grandes décisions !

Noctis contempla son ennemie de toujours, les bras écartés, attendant sa sentence. Son visage paraissait serein, comme si finalement, elle espérait cette libération depuis toujours. Même si physiquement, ses bras étaient levés devant lui, elle baissait les bras sur son existence. Elle renonçait. Elle capitulait.

Le démon serra les poings de colère. Ce n'était plus l'être lumineux, plein de combativité, qu'il aimait défier pour entamer un combat. Son sourire apaisé attendant sa mort était sans doute ce qui l'énervait le plus. Il y préférait une expression de colère, d'inquiétude, de détermination ou encore d'effroi, plutôt que cette façade trop polie.

— Qu'attends-tu, Noctis ? Tu vas pouvoir enfin me tuer ! N'est-ce donc pas ce que tu as toujours souhaité ?

— Je ne prendrais plaisir que si tu te bats ! Pas en te tuant de la sorte ! Bats-toi, Protectrice ! Tu ne me feras pas croire que tu n'as plus du tout de force !

Il lui donna alors un coup suffisamment fort, la paume de sa main contre le plexus de sa rivale, espérant qu'elle le contre, mais la Protectrice encaissa l'attaque et alla s'écraser plusieurs mètres en arrière.

— Bats-toi ! répéta-t-il, énervé par sa passivité. Tu ne vas pas me laisser semer la terreur à travers les royaumes ! Je vais détruire Althéa et tout ce à quoi tient ton hôte. Ensuite, je ferai le ménage dans tout le royaume d'Avéna ! Vas-tu me laisser faire ? Où est passé mon adversaire prêt à en découdre systématiquement ?! Debout !

La tonalité dans la voix de démon ne cachait pas une certaine colère et une grande déception. La Protectrice se releva avec peine et écarta à nouveau les bras.

— Tu peux faire beaucoup mieux, Noctis ! Ne retiens pas tes coups !

Les paroles de la guerrière agacèrent davantage le démon. Il savait que cette provocation n'avait qu'un seul but : qu'elle arrive à ses fins.

— Je ne me rabaisserai pas à te tuer de cette manière. Bats-toi ! Et là, je te combattrai !

La Protectrice baissa les bras, surprise. Elle soupira, réalisant combien la dignité de Noctis n'avait d'égale que l'estime qu'il éprouvait pour leurs batailles.

— Je ne récupèrerai pas ma puissance, Noctis. C'est fini ! J'ai tout perdu avec ma lignée. Je n'ai plus envie de me battre. Ni contre toi ni contre qui que ce soit. Ce temps est révolu.

— Bats-toi ! lui ordonna alors Noctis, ignorant volontairement ses baliverne. Dois-je être excité de ramasser les restes alors que je connais ta réelle puissance ? Tu crois sincèrement que je vais me rabaisser à t'achever dans cet état déplorable ?

Il leva son poing et s'élança pour la frapper. La Protectrice ne bougea pas et ferma les yeux, prête à recevoir son nouveau coup. La main du démon s'arrêta à un centimètre de son nez. Les yeux de Noctis devinrent rouges de rage.

— Défends-toi ! siffla-t-il entre ses dents.

Finalement, il la frappa au visage. La tête de la combattante tourna. Il lui donna un autre coup de poing dans le ventre, qu'elle n'esquiva pas davantage. Elle se plia légèrement tout en portant ses mains sur la douleur engendrée.

— TU VAS TE BATTRE, BORDEL ! JE N'AI PAS FAIT TOUT ÇA POUR CE RÉSULTAT !

Après une pluie de coups, la Protectrice tomba à genoux et toussa. Du sang coula du bord de ses lèvres. Légèrement essoufflé, mais toujours aussi tendu, Noctis la fixa plein de rage.

— BOUGE-TOI ! lui hurla-t-il, bientôt à court d'arguments. DEBOUT !

Cette dernière ne répondit rien et se contenta d'écarter à nouveau les bras, même à moitié à terre. Tel un poids mort, Noctis la souleva alors par son armure et la plaqua contre un tronc d'arbre. Yeux dans les yeux, chacun campait sur ses objectifs.

— Tu dois le faire, Noctis..., lui pria-t-elle, les mots sortant difficilement de sa bouche. Finissons-en ! C'est ta seule chance. Si ce n'est pas toi, ce sera un autre une prochaine fois. Laisserais-tu vraiment filer cette occasion ? Je ne me défendrai plus. Je n'ai plus aucune raison de le faire. Je n'ai plus la conviction de vaincre ou de défendre. Plus personne ne souhaite me voir revenir. Ils ont vécu sans moi pendant vingt-cinq ans. Crois-tu vraiment qu'ils ont regretté ce qu'il s'est passé ? La vie a simplement continué... et elle continuera sans moi !

— Tu es donc prête à laisser tous les démons prendre le dessus ? Tu souhaites vraiment que je règne sur ce monde et que je les écrase tous après des millénaires de lutte ?

— Le Bien ou le Mal, la paix ou la guerre, la prospérité ou la décadence... tout n'est que cyclique. Un jour, tu trouveras un adversaire aussi puissant que moi qui te tiendra tête et peut-être te battra.

La Protectrice lui sourit alors, presque affectueusement. Cette lucidité agaçait réellement Noctis. Il savait qu'elle avait raison. Tout change. Mais il avait toujours pensé qu'une chose ne changerait jamais : leurs combats. Il avait tout fait pour qu'ils se reproduisent et que rien ne vienne contrarier cela, quitte à freiner les autres démons légendaires ou à épargner sa lignée. Il avait même créé des événements obligeant sa rivale à s'opposer à lui. Il quittait ensuite délibérément le combat pour attendre qu'elle gagne plus en puissance jusqu'à leur prochaine confrontation. Il la testait continuellement, se demandant jusqu'où chacun pourrait aller, quelle force chacun pouvait réellement atteindre, qui serait finalement supérieur à l'autre au bout du compte. C'était devenu un jeu.

Constater cette résignation dans les yeux de la Protectrice annonçait la fin de ce jeu. Il frappa du poing le tronc d'arbre juste au-dessus de la tête de la guerrière et une fissure dans le bois apparut. C'était ce qu'il restait de tout ça : une fêlure, une brèche, quelque chose de cassé qui ne pourrait sans doute plus être réparé. Plus il observait ces yeux gris clair devant lui qui ne brillaient plus, et plus il avait la conviction qu'il n'avait pourtant pas tout tenté pour la faire sortir de ses gonds et revenir sur sa décision. Il savait que sa seule arme était désormais la psychologie. Il se mit à réfléchir sur ce qui avait pu l'énerver, lui, autant que l'affoler et soudain, il serra le poing.

Un nouveau sourire machiavélique se dessina sur son visage. Il avait sa réponse sous ses yeux. Et cette solution, c'était l'hôte de la Protectrice qui lui avait donné : Aélis. Ce sentiment intrusif, horrible, aussi dégoutant qu'insensé... Il en éprouvait encore la désagréable sensation et il ne doutait pas qu'il en serait de même pour la Protectrice.

— Vraiment ? On va voir si tu renonces à ta personne, Protectrice ! Je déteste ça, mais je suis certain que tu vas me maudire encore plus !

— C'est le dernier...

Daké et Finley se frottèrent les mains après avoir mis dans une charrette le dernier cadavre de soldat qui avait péri sur le champ de bataille. Daké observa les charrettes un peu partout et souffla.

— Nos pertes sont considérables. Il va falloir du temps pour panser nos plaies. Quelle tristesse ! Tout ça à cause de la rancœur d'un seul homme... Cela va être dur d'expliquer cela aux familles des victimes...

— Dites-leur simplement qu'ils ont combattu en agissant pour l'honneur ! intervint le prêtre après avoir béni un soldat décédé.

Cléry s'approcha d'eux et observa le corps du Duc de Mirjesta, placé dans une charrette, à part.

— Le Duc s'est battu pour une cause qui lui semblait juste : l'honneur de son frère ! reprit-il. Cela est suffisant de dire aux familles qu'il est mort pour honorer la mémoire de l'un des siens, comme n'importe qui le ferait. Face aux sentiments, la raison parfois nous échappe.

Daké acquiesça et se pencha pour le remercier de ce précieux conseil.

— Je vous ferai revenir dans les plus brefs délais les charrettes que les habitants d'Althéa ont bien voulu nous prêter. Nous n'avions pas besoin de ce coup dur. Notre gisement d'améthystes a été dernièrement attaqué par des brigands, ce qui a ralenti considérablement nos livraisons de pierres pour le commerce et mis à mal l'économie des miniers de la cité. Cela, ajouté à la mort du Duc à présent, il nous faudra un peu de temps pour nous relever et...

— Attendez ! le coupa Finley. On vous a volé des pierres ?!

Finley observa immédiatement la réaction de Cléry pour vérifier s'il pensait à la même chose que lui. Ce dernier hocha la tête.

— Oui, il y a deux semaines ! clarifia Daké. Ce groupe était dirigé par deux chevaliers magiques très puissants. Malgré nos précautions magiques aux portes du gisement pour défendre nos extractions d'améthystes, ils ont réussi à prendre en otage les mineurs et à repartir avec une cargaison importante.

— L'améthyste est une pierre aux vertus très importantes... commenta Cléry. C'est un chargeur d'énergie pour les autres pierres, comme le quartz.

— Effectivement, elle est très utilisée dans le royaume d'Avéna pour l'apaisement, la méditation et le développement de l'intuition. C'est une pierre purificatrice et un excellent catalyseur.

Cléry fronça les sourcils.

— Un catalyseur…

Il repensa aux suppositions de Kizo à propos du troll.

— Combien de kilos vous ont-ils dérobé ?

— Kilos ? répéta Daké, sarcastique. Parlons plutôt de tonnes !

— Quoi ?! s'étonna Finley. Pourquoi en dérober autant ?!

— C'est une pierre qui se revend très bien sur le marché noir. Elle est très demandée...

— Si c'était pour de la revente, nous aurions retrouvé des traces de ces transactions illégales... analysa Cléry. Ces brigands n'en sont pas à leurs coups d'essai. Nous avons déjà eu affaire à eux et nous avons déjà infiltré le réseau du marché noir. Aucune trace d'eux n'est pour l'instant apparue. Ils les gardent pour autre chose..., mais quoi ?

Daké se montra surpris.

— Que feraient-ils d'une telle quantité d'améthystes ?

— Nous l'ignorons, répond le prêtre, mais j'avoue que cela me laisse perplexe.

— Savez-vous quelle direction ont-ils prise après cette attaque ? demanda aussitôt Finley, en capitaine d'armée pragmatique. Un tel chargement de pierres a dû les ralentir et ils n'ont pas dû passer inaperçus...

— C'est bien là que le bât blesse. Nous avons vite perdu leur trace au niveau du Lac Antasia.

— Ils auraient traversé en bateau le lac pour rejoindre le royaume d'Elaspen ? s'étonna Cléry.

— Pas en bateau ! rectifia Daké. Leurs charrettes flottaient sur l'eau ! L'un des deux chevaliers magiques maîtrisait l'élément eau.

— Ce doit être Khan ! s'exclama Finley tout en regardant l'avis de Cléry, qui acquiesça.

— Callum nous a dit que sa pierre et son mana lui permettaient de manipuler l'eau. Ce serait donc plausible.

Finley approuva la théorie de son camarade.

— Dans ce cas, le second chevalier magique serait...

— Gésar ! termina Cléry, faisant la même déduction que Finley.

— Vous les connaissez ? les interrogea Daké, surpris.

— Nous ne faisons que des suppositions ! répondit Cléry. Nous avons des pistes sur leurs identités, mais rien de formel. Ce qui est en revanche troublant, c'est qu'ils traversent la frontière pour se rendre dans un autre royaume. Auraient-ils des aides du Roi d'Elaspen ?

Finley croisa les bras et poussa un peu plus sa réflexion.

— On sait que le Roi d'Elaspen rêve de conquérir Avéna et que Hélix Mildegarde reste vigilant à cet égard. La frontière entre les deux royaumes est souvent le théâtre d'affrontements. Nous avons été sollicités en renfort encore dernièrement sur les frontières nord du royaume, par le Roi. Gésar pourrait vouloir se venger de notre Roi à cause de son emprisonnement et pour la récupération du trône.

Cela pourrait alors le conduire à chercher un soutien auprès de quelqu'un ayant un intérêt commun à voir notre Roi chuter.

— Qui est Gésar ? demanda alors Daké.

— Le frère aîné du Roi Mildegarde ! répondit Finley. Nous n'avons pas encore assez d'éléments pour confirmer tout ça, mais cette nouvelle nous permet de creuser une nouvelle piste : celle d'Elaspen !

— J'ignorais que le Roi avait un frère.

— Notre Roi semble avoir tout fait pour occulter une période sombre de l'histoire royale, oui ! observa Cléry. À tort ou à raison... Pour l'instant, abstenons-nous de tout jugement à son égard et continuons d'enquêter discrètement. Daké, si vous apprenez autre chose à propos du vol de pierres, je vous saurais gré de bien vouloir nous prévenir afin d'étayer nos thèses par des preuves plus tangibles.

Daké y consentit volontiers.

— C'est le moindre que je puisse faire après toute cette histoire...

Le geste de Noctis fut inattendu. L'innommable venait de se produire. Jamais la Protectrice n'aurait pensé que Noctis fût capable d'un tel acte. Elle le savait fourbe, calculateur, mais sa sournoiserie venait de monter encore d'un cran en cet instant. Il était donc prêt à toutes les bassesses contre elle, y compris la plus insidieuse et gênante pour lui comme pour elle, afin qu'elle réponde de façon belliqueuse à ses menaces. Son effroi était tel qu'il la laissa sous le choc. Ses yeux fixaient Noctis sans réellement y trouver une réponse logique hormis l'ambition du démon à la faire réagir de n'importe quelle manière. Et parmi tous les coups qu'il avait pu lui porter, parmi toutes les douleurs qu'il avait pu lui infliger, jamais elle n'aurait cru que ce soit cela qui la perturbe autant.

Noctis venait de poser ses lèvres sur les siennes. Volontairement. Sans permission. Avec fougue. De façon appuyée afin qu'elle perçoive bien ce nouvel affront comme réel.

Contre toute attente, son cœur se mit à battre plus fort qu'à l'accoutumée. Pour une raison qu'elle ignorait, Noctis avait effleuré en elle quelque chose qu'elle ne soupçonnait pas et qui s'était tout à coup réveillé. Une douce chaleur enrobée de peur face à l'inconnu de cette sensation. Elle se demanda l'espace d'une seconde pourquoi son corps réagissait ainsi avant que le démon ne se mette à sourire entre leurs lèvres qui se touchaient encore. Un sourire machiavélique, sadique et surtout victorieux, rien que par la réaction de stupéfaction qu'il avait instillée en elle.

C'était la première fois que les lèvres de la combattante touchaient celles de quelqu'un d'autre. Jamais elle n'avait songé que sa propre personne était en droit de prétendre à une telle intention, que ce soit en tant qu'instigateur ou destinataire de ce geste. Pour elle, c'était un truc d'humains, une situation inconcevable avec sa vie de Protectrice. Qui pourrait songer à vouloir l'embrasser, après tout ? Si elle avait connu des adorateurs de son pouvoir à travers les siècles, cela avait été toujours avec une forme de respect teintée de prudence. Considérée comme un être suprême, chacun la vénérait de façon distante. Aussi, c'était la première fois que quelqu'un se permettait une telle proximité avec elle et comme l'espérait Noctis, son instinct fut alors de repousser l'envahisseur qui tentait de s'accaparer quelque chose qu'elle identifiait comme précieux en elle.

Une boule d'énergie blanche sortit de sa main qu'elle porta immédiatement sur le thorax du démon avant que celle-ci ne grandisse et ne le propulse plusieurs mètres en arrière. La déflagration fut telle que le corps de Noctis coupa plusieurs arbres en deux sur son passage et finit sa course contre un rocher. Le bras toujours levé et les yeux écarquillés, la Protectrice fixa, de manière ahurie, le point au bout de la tranchée que sa boule avait creusée à ras de terre. La respiration erratique, elle entendit alors un rire rompre le silence du crépuscule. Noctis se mit à rire à gorge déployée.

— Oui ! C'est ça ! Insurge-toi devant l'inacceptable !

Le regard encore plus cruel, le démon se releva et revint à la charge, profitant de son moment de rébellion. Il la frappa à nouveau, satisfait de pouvoir enfin assouvir son envie de duel. Pourtant, la Protectrice se contenta de mettre ses bras en croix devant elle pour amortir le choc. L'agacement rattrapa Noctis qui l'accula à nouveau.

— Bats-toi ! J'ai sali ton amour-propre ! Venge-toi !

Son ennemie baissa les bras et le dernier coup de poing toucha son visage avant de l'envoyer plusieurs mètres en arrière. À terre, la Protectrice toussa. Noctis l'enjamba avant de se pencher sur elle.

— Tu as donc si peu d'estime pour toi ? Souhaites-tu que je m'énerve et recommence ?

Le dos au sol, la guerrière observa tristement le démon au-dessus d'elle.

— Je n'ai plus de force, Noctis ! Quand vas-tu le réaliser ?

— Tu en as encore ! La boule d'énergie que tu viens de m'envoyer en est la preuve.

— Ce sont mes dernières forces. Bientôt, Aélis reviendra prendre ma place.

Il l'attrapa alors par l'armure.

— Je t'interdis de prendre la fuite !

La Protectrice esquissa un léger rire.

— Tue-moi, Noctis, tant que tu le peux !

— Et tu laisserais ton hôte mourir, par la même occasion ?

— Elle était vouée à mourir à partir du jour où elle est née !

— Ne sois pas si pragmatique !

— Je n'ai jamais cherché à la sauver jusqu'à présent. Vois la vérité en face.

— Tu l'as sauvée une fois : en absorbant mon énergie démoniaque. Et tu as sauvé mon hôte, pour votre bien-être !

Des larmes se mirent à couler du bord des yeux de la jeune femme.

— J'espérais que cela me tue de l'intérieur, Noctis. Pas que cela nous sauve ! Il me faut juste un ennemi pour mourir !

Noctis écarquilla les yeux, face à ce triste aveu. Sa rage se transformait en incompréhension. Mourir coûte que coûte. Elle en était donc arrivée à ce stade. Peu importait la manière. Peu importait comment son corps et son âme seraient dégradés à l'issue. Tout ce qu'elle souhaitait, c'était arriver à ses fins. Le grand démon légendaire qu'il était éprouvait à nouveau une forme d'abattement. La première fois fut lorsqu'il apprit que la lignée de la Protectrice avait été décimée et qu'elle-même n'était plus de ce monde. Aujourd'hui fut la seconde, en réalisant qu'elle-même ne souhaitait plus vivre non plus. Il la lâcha et prit du recul. Il se sentait sonné par la nouvelle. Son adversaire de toujours était dans un tel état de déprime. Il jeta un œil vers elle. Il réalisa qu'elle était atteinte par presque tous les aspects de la mort qu'il représentait. La solitude d'être une personne hors-norme, le désespoir d'être rejetée, la vieillesse qui lui montrait combien avec le temps rien ne va dans son sens, le vide d'une vie faite que de combats et rien d'autre, la folie déclarée par le fait d'être enlisée dans un postulat d'être supérieur répondant aux ordres de ceux qui l'ont créée sans pouvoir s'en libérer, la rage de ne pas pouvoir mourir comme elle le souhaitait, la destruction de son être comme ultime recours pour mettre fin à ses souffrances, l'avidité de ne rêver que d'une chose : être libérée de cette vie monotone. Il ne restait que l'ivresse et le sacrifice. Bien que pour ces deux derniers, il était aisé de dire qu'elle pouvait aller dans la démesure pour disparaître, quitte à trouver l'excuse d'un sacrifice.

Il serra le poing. Il l'avait côtoyée durant des millénaires et avait toujours espéré qu'un des aspects de la mort l'emporte, comme pour chaque être l'ayant défié. La Protectrice avait cependant toujours eu cette force d'esprit de résister. Elle était la preuve que l'on pouvait défier la mort. Toujours. Aujourd'hui, il regrettait de constater que son armure se soit fissurée au point qu'elle ne résiste plus à rien. Finalement, rien ne pouvait le vaincre, lui...

La Protectrice se releva et essuya ses larmes. Elle regarda Noctis et tendit ses bras à nouveau de chaque côté de son corps.

— Tu n'as jamais mis toute ta puissance, n'est-ce pas ? lui demande-t-elle alors. Tu as toujours freiné ton ardeur, quitte à repousser volontairement le combat. Cette fois-ci, fais-moi l'honneur de tout montrer de ton pouvoir !

23

De la haine à l'amour, il n'y a qu'un pas !

Noctis considéra la demande de son ennemie un instant. Il détestait ce qu'il voyait. Son double bienfaisant se reflétait devant lui. Qu'allait-il faire si elle disparaissait définitivement ? Quel intérêt pouvait-il trouver à exister s'il n'y avait plus d'opposants de son niveau ? Il pensait déjà que la solution d'investir le corps d'un humain était une façon de disparaître à son tour lorsqu'il avait appris l'extermination de la lignée de la Protectrice. Pourtant, face à la stupeur de percevoir une énergie blanche qu'il connaissait bien en Aélis, il avait repris espoir.

— Quand tu seras remise sur pieds, tu verras ma toute-puissance !

La Protectrice ferma les yeux, attristée par son entêtement.

— Noctis...

Il la fixa encore, gravement, en silence, avant de déclarer l'impensable aux yeux de la Protectrice.

— Je vais te protéger jusqu'à ce que tu retrouves, toi aussi, tes pleins pouvoirs ! l'informa-t-il, de façon ferme et déterminée.

Aussitôt, elle rouvrit les yeux et fixa avec effarement le démon.
— Quoi ?!
— Tu as bien entendu. Non seulement je ne te tuerai pas, mais je ne laisserai personne te tuer ! Ça tombe bien ! Mon hôte et ton hôte vivent ensemble ! J'aurai d'autant plus de facilité à te garder à l'œil !
— Noctiiis ! protesta la Protectrice. Ce n'est pas le moment de faire de l'humour !
— Je suis très sérieux ! De plus, le Grand Gardien m'a confié la mission de protéger ton hôte !
— Quoi ?! Depuis quand tu suis les ordres du Grand Gardien ?! C'est ridicule ! C'est quoi cette histoire ?!
— Tu n'as qu'à en parler à ton hôte ! Elle m'a dit que tu ne lui parlais pas. C'est l'occasion !
— J'ai de bonnes raisons de ne pas le faire !
— Voilà une bonne raison pour que tu le fasses !
— Tout cela est absurde, Noctis ! s'agaça-t-elle.
— La colère te gagne au point que tu souhaites finalement te battre et mourir dignement ? la toisa Noctis, l'air perfide.
La guerrière ne trouva rien à répondre, prise au piège.
— Je ferai tout pour que tu ne meures pas si ce n'est pas dans un combat loyal contre moi ! Sois-en sûre !
— Comment un démon peut-il passer de la volonté de vouloir tuer son ennemie à celui de la garder en vie ? C'est d'une stupidité incroyable !
Noctis ne put s'empêcher de sourire.
— Crois-moi, je vais tout mettre en œuvre pour que tu veuilles vivre jusqu'à ce que nos deux pouvoirs puissent se confronter à nouveau !
— C'est bon ! J'ai compris ! Tu existes pour me pourrir l'existence ! Ce n'est pas nouveau ! cria-t-elle, folle de rage.
Dotée par une énergie nouvelle grâce à sa colère, elle fit les cent pas, cherchant un autre moyen de disparaître.
— Veux-tu un baiser pour t'aider à évacuer ta colère ? la défia Noctis, avec satisfaction. L'échantillon de tout à l'heure que tu m'as offert en réaction était très intéressant !
— La mort serait trop douce pour toi, Démon de la Mort !
— Tu me connais si bien, Protectrice ! répondit Noctis tout en se

léchant les lèvres.

— Très bien ! Protège mon hôte, si cela t'amuse. En attendant, je préfère disparaître pour l'instant et réfléchir à comment mourir sans t'avoir sur le dos ! Tu peux aussi partir loin de moi, tu ne me sers à rien de toute façon !

Elle se coucha alors au sol et laissa apparaître Aélis à sa place, inconsciente. Noctis fixa le corps de la jeune femme.

— Est-ce un signe de confiance que tu me montres ou une vraie volonté de mourir en me laissant seul avec ton hôte ?

Il plissa les yeux, puis esquissa un sourire du coin des lèvres.

— Avec toi, je ne suis jamais déçu, Protectrice !

Mills contempla sa montre à gousset, plus ou moins inquiet. Il était 21 h. Cela faisait maintenant plusieurs heures que Noctis avait emmené la Protectrice au loin. Il soupira avant de sentir une aura ténébreuse familière. Il sortit du château et observa le ciel.

— Il est encore loin et pourtant, sa puissance est telle qu'on dirait qu'il est proche...

Il traversa la ville tranquillement et franchit la Grande Porte. Immédiatement, la projection astrale d'Edern vint à son encontre.

— Que faites-vous ici ? lui demanda-t-elle.

— Laissez-nous. N'intervenez pas, s'il vous plaît.

Edern contempla Mills, mué d'une détermination tranquille.

— Il arrive..., ponctua-t-il cette annonce d'un sourire à la commissure de ses lèvres.

Elle observa le ciel et comprit.

— Très bien. Je vous observerai des remparts.

Noctis se posa à quelques mètres du chambellan plusieurs minutes plus tard, avec Aélis inanimée dans les bras. Le démon observa le champ de bataille désert.

— Bon retour parmi nous, Démon de la Mort ! l'accueillit Mills.

Mills se pencha en avant pour le saluer. Noctis fixa Mills avec dédain, n'aimant guère sa subordination soudaine. Ce dernier contempla alors l'état de santé d'Aélis avec inquiétude.

— Elle est vivante ! coupa le démon, évitant toutes mauvaises interprétations de la situation.

Le visage tout à coup plus radieux, Mills lui sourit.

— Auriez-vous gagné cette bataille, à défaut de la guerre contre elle ?

Noctis resta silencieux et observa le champ de bataille une nouvelle fois. Il ne sentait plus de traces de son passage.

— Est-ce toi qui as éradiqué mon armée ?

Mills garda sa bonhomie habituelle.

— N'est-ce pas pour cela que vous l'aviez invoquée ? répondit-il avec cynisme. Pour me tester ?

Noctis jaugea Mills avec méfiance.

— Rassurez-vous ! ajouta Mills. Ils n'ont pas souffert !

Il gloussa alors à son propre trait d'humour, considérant qu'un squelette n'était de toute façon pas en mesure d'éprouver une quelconque douleur et encore moins d'en avoir eu le temps après son sort. Noctis ne sembla pas réceptif à sa touche d'humour. Il semblait même intrigué par la force magique de son adversaire.

— Souhaiteriez-vous que je vous décharge de votre paquet ? lui proposa le serviteur.

Noctis jeta un regard vers Aélis.

— Tu es qui pour elle ? tonna-t-il de sa voix grave.

Mills s'étonna de cette question, chargée de méfiance et d'une forme de protectionnisme soudainement exacerbée envers Aélis.

— Oh ! Je vois que la mémoire de Callum Callistar ne se partage pas entièrement avec la vôtre. Je suis le premier serviteur du château d'Althéa. Callum Callistar est mon maître. Si vous êtes du côté de mon maître, alors j'obéirai également à vos ordres. Dans tous les cas, notre duchesse n'a rien à craindre en ma présence !

Noctis fixa le mage noir devant lui. Il sentait la fourberie en lui. Mais c'était subtilement dosé d'un soupçon d'intelligence. Un maître de la manipulation et des mots, comme lui... À la différence qu'il usait de son visage sympathique pour radoucir la méfiance des gens.

— Tu es comme moi..., être du Mal. Pourquoi un mage noir de ton rang se soumet-il à un humain comme mon hôte ? Quel est ton intérêt ? C'est également toi qui bloquais mon apparition en renforçant le sceau, n'est-ce pas ?!

Mills baissa les yeux et attrapa ses mains dans son dos.

— Vous m'en voyez navré. Effectivement, j'ai soutenu le Grand Gardien dans la démarche de vous sceller. À tort sans nul doute, au regard des bienfaits sur mon jeune maître depuis que vous avez été libéré. Les ténèbres ne le dévorent plus autant qu'avant ! Il semble que vos apparitions apportent un équilibre à son mana. Vous libérez de la négativité en lui dès que vous prenez sa place.

— Tu ne réponds pas à ma question, Mage : que gagnes-tu à suivre les ordres d'un Grand Gardien ou d'un humain ? Le Conseil Magique est ton ennemi et tu es bien trop puissant pour avoir à obéir à qui que ce soit !

Mills se vit dans l'obligation de répondre pour atténuer sa méfiance. Il savait combien le démon avait fait preuve d'intelligence par le passé.

— Je ne suis pas leurs ordres, mais ceux du Roi Mildegarde en premier lieu. Mais cela ne répondra pas à votre curiosité, n'est-ce pas ? Disons dans ce cas que c'est sans doute parce que je porte le même intérêt que vous, vous portez à votre ennemie !

Mills fixa Aélis dans les bras du démon.

— L'amusement ! Le défi ! La surprise !

Noctis observa à son tour l'hôte de la Protectrice.

— Vous êtes-vous bien amusé avec la Protectrice ? osa alors deviner Mills, toujours plus aimable.

Noctis se renfrogna. Mills gloussa.

— Notre duchesse a du caractère. Je devine qu'il en est de même pour la Protectrice, en connaissant sa longévité.

Le regard de Noctis s'attarda sur Aélis. Mills crut y percevoir un voile de déception dans ses yeux.

— Toi qui es un humain, réponds-moi ! Qu'est-ce qui te donne envie de rester vivant ?

Mills se trouva pris au dépourvu à la suite de cette question.

— Eh bien, pour revenir à mes intérêts, je dirai que l'inconnu éveille en moi une curiosité à vouloir profiter davantage de ce que la vie nous offre. C'est aussi ce qui fait qu'un mage noir arrive à ne pas sombrer dans ses ténèbres et devenir un démon. Il contrebalance avec des découvertes de la vie. Pour le cas d'une personne qui a tout vu et pense avoir tout testé...

Mills émit une pause nostalgique avant de reprendre.

—... la réponse se trouve sans doute auprès de personnes que l'on ne fréquenterait pas d'ordinaire, mais qui peuvent nous apporter un nouvel élan.

Le visage d'Aélis semblait paisible.

— Je vois... déclara Noctis, pensif.

— C'est en tout cas ainsi que le Roi Mildegarde m'a présenté son projet me concernant ! conclut Mills avec un petit sourire.

— Mildegarde ? répéta Noctis tout en grognant. Cela fait deux fois que tu mentionnes ce nom. Est-ce que tu es en train de me dire que cette ordure a réussi à s'approprier le pouvoir de gérance des humains et que tu es sous ses ordres ?

Les yeux de Noctis devinrent rouges à cette idée et il serra un peu plus Aélis dans ses bras. Mills se montra surpris par ses propos et son attitude une nouvelle fois sur la défensive concernant la vie d'Aélis.

— Vous connaissez Hélix Mildegarde ? lui demanda-t-il aussitôt.

— Hélix ? Non, je parle de Gésar Mildegarde !

— Vous l'avez donc rencontré ! s'étonna davantage Mills.

— Non ! Je sais juste qu'il est la cause de...

Il jeta un regard navré vers Aélis et se tut.

— Comment l'avez-vous su dans ce cas ? continua Mills.

Noctis jaugea une nouvelle fois Mills. Il n'avait pas pour habitude de répondre aux questions. D'ordinaire, c'était lui qui dirigeait les interrogatoires. Son silence fit comprendre au chambellan qu'il ne devait pas montrer une ascendance sur lui, tant qu'il était ouvert à la discussion. Il devait aussi partager des informations.

— Hélix est son frère cadet. C'est lui qui a fait emprisonner Gésar à la suite du génocide sur la lignée de la Protectrice et d'une tentative de coup d'État sur leur père Angus Mildegarde. Il a ensuite hérité du trône d'Avéna.

Des fragments de souvenirs revinrent en mémoire dans la tête de Noctis. Sa frustration à ne pas pouvoir tuer Gésar Mildegarde. Sa soif de vengeance. Cette femme implorante devant lui.

Ses doigts entrèrent dans la chair d'Aélis.

— Étiez-vous à Avéna il y a vingt-cinq ans ? osa lui demander

Mills.

— Non ! répondit Noctis, sèchement, comme si cette réponse était en soi un regret impardonnable.

Mills se mit à réfléchir et repensa à l'âge du Duc Callistar.

— C'est peu de temps après que vous avez possédé le corps de Callum Callistar, n'est-ce pas ?

Noctis plissa les yeux. À travers toutes ses questions, Mills tentait de le faire parler encore. Ce dernier sentit sa méfiance revenir à travers son regard plus menaçant à son égard. Il opta pour la prudence. Il ne fallait pas braquer le démon et encore moins le provoquer dans un duel qu'il savait perdu d'avance.

— Vous aviez sans doute beaucoup à faire à ce moment-là !

Il lui sourit avec bienveillance et tenta de minimiser la gravité de la discussion.

— Puisque vous préférez la porter, puis-je vous conduire jusqu'à sa chambre afin qu'elle puisse se reposer ?

Noctis analysa la pertinence de son offre et obtempéra. Mills se baissa aussitôt pour activer un sceau noir lui permettant de voler. Il mit ses deux pieds dedans et le sceau le souleva dans les airs. Le démon déploya à nouveau ses ailes et le suivit à travers le ciel. Edern, qui avait assisté au loin à l'échange, les vit entrer tous les trois dans la cité, par-dessus les remparts.

— Bordel ! À quoi il joue ?

— Dame Edern, devons-nous les faire suivre ? demanda un de ses soldats.

Edern se rappela les mots du serviteur et soupira.

— Non, nous ne devons pas intervenir et faire confiance à Mills.

— Bien, Dame Edern.

Mills, Noctis et Aélis, toujours inconsciente, arrivèrent au balcon de la chambre de la Duchesse. D'un tour de magie, Mills ouvrit la fenêtre et invita le démon à entrer.

— Puisque vous logez dans le corps de mon maître, je ne doute pas qu'un jour vous soyez dans la possibilité de vous retrouver ici, leurs destins étant liés.

Mills fixa avec intensité Noctis.

— Tout comme votre destin est celui de vous retrouver

irrémédiablement face à la Protectrice tôt ou tard.

— Ils ne sont pas ennemis, comme nous le sommes.

— Ah, ça, c'est vous qui le dites ! gloussa Mills. Ils sont constamment en train de se disputer ! Entre la haine et l'amour, il n'y a qu'un pas !

Noctis grogna à cette allusion.

— Qu'essaies-tu d'insinuer, Mage ?

— Oh ! Rien du tout ! répondit Mills. Je suis heureux simplement de constater que ma Duchesse est vivante. Souhaitez-vous que je vous fasse amener une collation ? J'ai entendu dire que les démons pouvaient se nourrir de vers de terre !

Le Démon de la Mort grogna plus fortement, laissant échapper son aura ténébreuse.

— Au temps pour moi ! s'en amusa presque Mills, avant de s'incliner et sortir par la porte d'entrée, laissant seul le démon avec la Duchesse.

Une fois la porte refermée, Mills laissa sortir un long soupir de soulagement à être encore vivant et ferma les yeux. Noctis n'était pas un démon facile à gérer, mais par cette discussion, il avait acquis une certitude : si Noctis se considérait comme le pire ennemi de la Protectrice, il restait cependant très attentif à son devenir au point de protéger le lien particulier qu'il avait avec elle si nécessaire. C'était comme s'il avait conscience de l'importance de l'équilibre des forces...

— C'est bon signe pour l'avenir du Duc et de la Duchesse !

Il se mit à sourire. Ne pas l'attaquer ni l'acculer était la meilleure méthode pour ouvrir des négociations avec lui. Plus il se sentirait en confiance, plus Noctis parlerait de son passé avec la Protectrice, mais aussi de la raison pour laquelle il s'est invité en Callum Callistar.

Noctis attendit de sentir l'aura du mage noir s'éloigner avant de bouger. Il déposa Aélis sur le lit et l'observa un instant. Il repensa à son altercation avec la Protectrice. Il n'arrivait pas à comprendre comment il en était arrivé à cet instant, à veiller sur son hôte dans ce château. Il pensait maîtriser son existence, son avenir et avoir pour certitudes ses convictions, mais la Protectrice avait tout fait éclater en morceaux. Il ricana d'amertume, mais aussi de satisfaction à constater qu'elle était toujours là où on ne l'attendait pas ! Le chambellan avait raison sur un point : l'inattendu a ce goût inestimable de plaisir.

Mais la volonté de la guerrière à désirer mourir le gênait cependant atrocement. Il se frotta la poitrine pour tenter d'effacer ce poids qui écrasait sa poitrine. Il n'aurait jamais pensé que cet aveu de vouloir tout arrêter l'affecterait d'une quelconque manière. Pourtant, c'était la deuxième fois qu'il se sentait troublé à cause d'elle.

La première fois, à l'annonce de l'extermination de sa lignée, il avait cru à une plaisanterie. Pourtant, très vite, le vide l'avait lentement gagné avec sa disparition. S'il pensait que le vide de sa propre existence était un fardeau, il avait découvert que ce n'était rien comparé à l'absence tangible d'une personne. L'absence, le manque, était bien pire que sa propre vacuité. Son existence avait pris un tournant irrémédiable le jour où cette femme était venue le trouver. La résolution de cette humaine avait trouvé un écho en lui. Une vengeance aux airs de malédiction qui lui plaisait à différents niveaux.

« — Je veux que tu prennes mon corps en sacrifice, Démon de la Mort ! Je veux que tu effaces sur moi la souillure de la honte que mon fiancé a étalée sur ma peau ! Comment pourrais-je accepter d'être en vie alors que tant de personnes ont perdu la vie à cause de lui ? J'étais censée être son soutien, sa raison de vivre... J'ai fini par apporter la mort de la Protectrice au nom de son amour ! Je déteste cela ! Cela me détruit de l'intérieur ! La folie prend possession de moi. Je refuse d'avoir le droit de vieillir alors que d'autres sont morts. »

Noctis serra les dents. À cette époque, cette femme avait un avenir. Cet humain qui avait tué la Protectrice avait encore une personne qui comptait dans sa vie pendant que lui, avait perdu la seule personne qui lui apportait un intérêt à exister. La proposition de cette femme était un juste marché à ses yeux.

— À défaut de pouvoir prendre ta vie, Gésar Mildegarde, je t'ai pris ce qui t'était le plus cher ! Et pourtant, aujourd'hui, je ne suis toujours pas rassasié...

Il observa Aélis, endormie sur le lit. Elle était sa seule chance de retrouver un passé qui lui plaisait plus que ce présent sans goût ni odeur. Il s'allongea à côté d'elle et chercha en ses traits ceux de la Protectrice. Ses yeux s'arrêtèrent sur ces lèvres qui ont touché les siennes à deux reprises.

— Pourquoi étais-je si dégouté d'avoir touché celles de cette humaine alors que je n'ai pas ressenti cette répugnance avec les tiennes, Protectrice ?

Il grimaça d'agacement.

— N'importe quoi ! J'exècre tout ce qui vient de toi, moi aussi !

24

*Il faut savoir gérer
les conséquences d'une incertitude.*

Au château royal d'Avéna...

Un serviteur du Roi Mildegarde s'inclina devant lui.

— Votre Majesté, il est arrivé !
Ce dernier opina du chef et son invité entra dans ses appartements.
— Veuillez pardonner ma venue si tardive, en plein milieu de la nuit.
Un homme posa son genou à terre pour le saluer, puis se releva.
— Te voilà enfin !
— Je suis venu dès que j'ai appris votre ordonnance.
— Je sais que je t'interromps en pleine mission d'infiltration, mais j'ai besoin de toi pour une urgence.
— Je reste à vos ordres, peu importe l'objet de la mission.

Le Roi sourit à cette satisfaisante réponse.

— Hakim, Callum a besoin de toi. Il y a eu du nouveau depuis. Je reste méfiant concernant les informations que Mills donne au Conseil Magique et au palais. Je veux un autre retour sur ce qu'il se passe à Althéa.

Le soldat se montra perdu.

— Pourquoi doutez-vous de Mills ?

— Mills reste un mage noir. Qui sait pour qui Mills obéira en premier. Même si je reste le Roi, il n'en reste pas moins un mage noir capricieux qui ira où sont ses intérêts et son amusement.

Hakim ne démentit pas les propos de son Roi.

— C'est bien pour ça que je compte sur toi pour me transmettre chaque événement au sein d'Althéa !

— Votre Majesté, Callum a un problème ?

— Nous avons tous un problème ! Et il est d'une gravité majeure pour le royaume !

— S'est-il fait dévoré par ses ténèbres et transformé en démon ?

— Pas tout à fait... Tu dois avoir faim après un tel voyage. Je vais te faire parvenir quelques victuailles. Installe-toi !

Aélis se réveilla avec une sensation de brouillard dans la tête. Elle grogna un instant, avant de repérer où elle se trouvait. Le plafond lui sembla immédiatement familier et très vite, elle reconnut sa chambre. Une forme de soulagement la gagna avant de tenter de se remémorer comment elle s'était couchée dans son lit la veille.

Dans un sursaut, elle se redressa en se rappelant le duel de son mari contre le Duc de Mirjesta avant qu'un trou noir prenne place dans son esprit. C'est là qu'elle sentit quelque chose la serrer au niveau du bassin et vit un bras, puis le corps de Callum à côté d'elle. Elle souffla alors, un sentiment de délivrance gonflant dans son cœur face à l'angoisse d'avoir pu perdre son mari. Il semblait paisible, dormant à poings fermés. Elle se rallongea à ses côtés et l'observa en silence. Le duel semblait s'être bien terminé pour lui, mais cela n'expliquait pas pourquoi elle n'avait aucun souvenir de la fin du combat. Elle devina donc que la Protectrice était apparue malgré elle, comme après le duel du Duc face à Taïkan.

Callum ouvrit alors les yeux et vit le visage de sa femme juste devant le sien. Un petit sourire apparut sur ses lèvres et son premier réflexe fut de la blottir contre lui, ramenant la tête de son épouse dans son cou.

— Je ne sais pas comment j'ai atterri là, mais cela ne peut qu'être parfait !

— Comment ça ? rétorqua Aélis, perplexe. Vous ne vous souvenez pas, vous non plus ?!

Callum fixa un instant les yeux perdus de son épouse et fronça les sourcils.

— La Protectrice a pris possession de ton corps au moment où je me suis trouvé en difficulté face au Duc de Mirjesta ; elle est venue me secourir. Seulement...

— Seulement ?

— Noctis a senti la puissance de la Protectrice se déployer et je n'ai pu que me plier à sa volonté. Je n'ai pas pu le retenir. Il a pris le contrôle de mon corps. Ensuite, j'ignore ce qu'il s'est passé...

Aélis observa leur situation un instant.

— Comment a-t-on pu arriver dans ce lit, dans ma chambre, si Noctis s'est confronté à la Protectrice ? Comment pouvons-nous être encore tous les deux vivants, l'un face à l'autre, alors qu'il voulait la combattre ?

— C'est une bonne question ! Mais ce réveil me convient parfaitement ! se mit-il à ronronner contre elle, tout en se frottant contre son corps pour réclamer plus d'attention.

— Je suis sérieuse ! protesta la jeune femme. Ce n'est pas le moment de se câliner !

— Je vous rappelle que nous avons été interrompus alors que nous devions soit prendre un bain ensemble, soit entamer enfin notre nuit de noces ! Entre l'armée de Mirjesta, la Protectrice et Noctis, nous avons eu notre lot de dérangements !

— Comment pouvez-vous être si frivole alors que nous avons tous deux une absence de plusieurs heures dans nos mémoires et une grande question sans réponses sur l'affrontement de nos alter ego ?

Callum grimaça.

— Nous sommes tous deux seuls et vivants, ce qui me fait dire qu'il faut profiter de cette chance. C'est tout !

Il l'attrapa un peu plus par la taille et déposa ses lèvres contre les siennes quand soudain, Aélis eut un flashback qui fit réagir son corps. Une boule blanche chargée d'éclairs rouges et noirs vint s'interposer entre eux et l'onde magique repoussa Callum plusieurs mètres hors du lit. Abasourdi, ce dernier se secoua la tête et fixa Aélis de façon incrédule.

— C'était quoi, ça ?! s'écria-t-il, choqué d'être rejeté de la sorte. C'était de la magie !

Aélis tremblait malgré elle.

— Qu'est-ce qu'il se passe ? lui demanda plus calmement Callum, inquiet de sa vive réaction et de son attitude soudainement apeurée.

Aélis se mit à analyser les images qui lui étaient apparues à l'esprit et se montra intriguée.

— Noctis... Il...

— Il quoi ?

— Je viens d'avoir une vision de Noctis en train de m'embrasser.

— Quoi ?! objecta Callum, peu ravi d'entendre cet aveu. C'est une blague ?

— Non, il m'avait déjà embrassée une fois, mais là...

— Comment ça, il t'a déjà embrassée ? gronda son mari, un poil jaloux.

— Oui, répondit Aélis d'un geste nonchalant de la main, comme si ce n'était pas si important à ses yeux. C'est parce qu'il ressentait vos sentiments pour moi tandis que je déprimais devant lui et...

— C'est quoi cette histoire ?!

— Vous ne vous souvenez pas ? s'étonna alors la jeune femme. Vous ne vous souvenez de rien ? Vraiment ?

— Me souvenir de quoi ?

Aélis le fixa et se mit à réfléchir.

— Donc la première fois, ce n'était pas vous qui étiez derrière cette initiative ?... À moins toutefois qu'il ait exprimé malgré lui vos émotions à force de vivre en vous et qu'il me les ait transmises par procuration... Humm ! Cela semble plausible, pourtant...

Callum observa sa femme parler et émettre des suppositions toute seule, telle une personne folle discutant avec son double imaginaire. Aélis plissa les yeux.

— Ce n'était pas pareil cette fois ! tempéra-t-elle. Il... Mon angle de vue...

Elle fronça à nouveau les sourcils et fixa Callum de façon assurée.

— Je suis certaine que ce n'était pas moi qu'il embrassait dans ma vision ! Je m'en souviendrais forcément si j'étais en pleine possession de mon corps. Il y avait du défi dans ses yeux et mes sentiments pour ce baiser sont différents. C'est un souvenir qui ne m'appartient pas ! Il a donc dû embrasser la Protectrice...

Aélis en eut de nouveaux frissons, comme si cette simple idée était inacceptable au plus profond de son âme.

— Tu plaisantes ? s'étonna Callum. Pourquoi aurait-il fait cela ?

— Je l'ignore, mais je ressens une peur viscérale et un profond dégoût, simplement en voyant des lèvres se rapprocher des miennes.

— Il l'aurait donc fait contre sa volonté ? Ce n'était donc pas consenti ?

Callum se mit à réfléchir à son tour.

— Tu suggères donc que cette défense magique que tu as lancée contre moi à l'instant, ce serait un réflexe instinctif de la Protectrice au souvenir d'avoir été embrassée par Noctis ?

Aélis haussa les épaules. Callum accentua son analyse.

— C'est cohérent. Tu n'as pas de pouvoir magique et tu ne les contrôles pas. De plus, c'était caractéristique de la manifestation de son pouvoir.

— Je ne vois pas pourquoi je vous repousserais personnellement ! argumenta Aélis. Vous m'avez déjà embrassée et j'ai toujours...

Aélis se tut soudain et rougit à l'évocation de leurs échanges de baisers.

— Enfin, bref ! coupa court la jeune femme.

Callum revint vers le lit, tel un félin, et esquissa un petit sourire flatté.

— Vous êtes en train de me dire que vous avez toujours aimé mes baisers ?

Son sourire s'élargit davantage, renforcé par son attitude séductrice. Aélis se montra un peu plus troublée.

— Je parlais surtout d'une habitude qu'il y a dorénavant entre nous. Ce n'est pas comme une première fois ! Et surtout, nous sommes en bons termes. Pourquoi vous repousserais-je ?

— Puisque c'est devenu une habitude à vos yeux, alors je peux recommencer ?

Il ricana légèrement, le ton toujours taquin et enjôleur. Aélis rougit davantage à sa proposition, mais ne la rejeta pas. Il s'avança alors doucement vers elle et approcha ses lèvres. Aélis fixa ses lèvres réduisant peu à peu la distance avec les siennes et l'image de celles de Noctis s'interposa à nouveau à son esprit et elle cria « Nooon ! » avant de l'éconduire à nouveau de ses deux mains. Callum manqua de tomber une nouvelle fois du lit. Il la dévisagea tandis qu'elle se tenait les bras, tremblante.

— Je crois qu'on a un gros problème ! s'exclama Callum, très inquiet, avant de froncer les sourcils. Ils commencent à vraiment m'agacer, les deux locataires ! JE VEUX POUVOIR EMBRASSER MA FEMME !

Aélis ne sut comment réagir. Elle ressentait une grande panique en elle, quelque chose d'incontrôlable. Son cœur battait à tout rompre. Elle manquait d'air.

Callum se leva du lit et se dirigea vers la porte.

— Où allez-vous ? lui demanda-t-elle alors, inquiète de voir son énervement.

— Voir Edern ! Je dois parler à Noctis !

Elle se leva à son tour du lit pour lui faire barrage.

— Cela ne résoudra rien ! Il pourrait même recommencer, juste pour vous provoquer davantage en apprenant les conséquences de son acte ! N'oubliez pas que le moindre détail peut se retourner contre nous. Même si nous arrivons à nous arranger avec lui pour l'instant, il n'en est pas moins un démon ! Il ne doit pas savoir l'effet que son baiser a sur la Protectrice et sur moi pour le moment. Nous ignorons dans quelle circonstance ce baiser s'est produit. La peur que je ressens est bizarre. J'ai l'impression qu'il y a autre chose derrière. C'est plutôt moi qui dois trouver le moyen d'entrer en contact avec la Protectrice pour comprendre cette réaction excessive. Noctis m'a assuré qu'elle communiquait avec ses précédentes hôtes. Je dois donc pouvoir trouver un moyen de lui parler ! C'est à moi d'aller trouver Edern ! Il n'y a qu'elle qui l'a sentie lorsqu'elle a exploré mon esprit.

Callum souffla.

— Elle a aussi senti une grande hostilité, je te rappelle ! C'est dangereux !

— Je dois le tenter malgré tout ! Je dois savoir ce qu'il se passe ! Si on y réfléchit bien, ce baiser est peut-être la raison pour laquelle nous sommes pour l'instant tous les deux en vie !

— Tu penses que ces deux-là seraient... amoureux ? suggéra Callum d'une grimace sceptique et presque dégoûtée.

— Elle ne l'a pas tué pour ce geste offensant, invasif. Pourquoi ? Soit c'est qu'elle l'accepte, ce qui m'étonnerait vu les frissons d'effroi et de dégoût que je ressens dès que j'ai cette image qui apparait à mon esprit, soit elle l'a repoussé et ça donne une excuse à Noctis pour qu'elle combatte. En ce sens, Noctis a très bien pu l'embrasser dans cet objectif. Seulement, elle ne l'a pas tué. Si elle est trop faible, alors cela signifie que Noctis a le dessus sur elle. Or, il ne l'a pas tuée non plus. Pourquoi ?

Callum croisa les bras et compléta son analyse par sa propre réflexion sur le sujet.

— Il aurait donc bien des sentiments pour elle !

Aélis ne réfuta pas cette hypothèse.

— Il lui porte en tout cas un intérêt certain, je pense, oui, pour ne pas en profiter pour la tuer. Si ce n'est pas une question de sentiments, pourquoi la garderait-il en vie ?

— J'ai toujours eu l'impression qu'il souhaitait la combattre sans la tuer... commenta alors Callum, tout en décroisant ses bras et relâchant un peu son agacement. Depuis que j'ai appris son existence, depuis que j'ai su qu'il acceptait le marché conclu avec le Grand Gardien, je me suis toujours demandé quel intérêt il avait à te protéger, toi, son hôte. Pourquoi ne t'a-t-il pas tuée ?

Aélis se remémora ses différentes discussions avec lui.

— Noctis aime se battre avec elle. J'ai l'impression que c'est plus un jeu pour lui. Il porte sur lui l'image d'un ennui profond de toute chose. Quand il parle, quand il doit agir... Tout semble vide d'intérêt à ses yeux. Pourtant, dès qu'il s'agit de combattre la Protectrice, il devient plus... hargneux ! Il aurait pu exterminer ma lignée pour se débarrasser d'elle, mais il ne l'a pas fait. Il m'a dit avoir ses raisons, et j'en viens à penser qu'il aime se battre contre elle particulièrement parce qu'elle lui apporte une distraction.

Callum écouta les hypothèses de sa femme avec intérêt. En combinant ce qu'il a pu retenir de leur altercation, son idée lui paraissait plausible. Noctis était un être aimant le défi.

— Ou bien il la teste ! Il teste sa force !

— Depuis des millénaires ?

Callum souffla.

— Va savoir... Ta mère nous a dit qu'elle avait gagné de la puissance, siècle après siècle. Il l'a peut-être également remarqué et cela justifierait sa volonté de la préserver pour que ses prochaines rencontres soient encore plus musclées !

Aélis acquiesça. Callum continua sa réflexion.

— Mais je suis assez d'accord avec cette idée qu'il ne la déteste pas autant que ça. Un autre démon légendaire aurait sans doute saisi l'occasion en la constatant plus faible, non ? Pourquoi, eux-mêmes, n'ont-ils pas décimé ta lignée ?

Aélis baissa la tête.

— Je l'ignore... Mais c'est une bonne raison pour enfin parler en tête à tête toutes les deux !

Elle releva la tête et lui sourit. Callum soupira.

— Sois prudente !

— Elle ne va pas tuer son hôte !

Callum grimaça. Noctis voulait bien se débarrasser de lui pour prendre entièrement le contrôle de son corps. Même s'il avait senti une part de bluff chez Noctis, connaître les desseins de ces deux personnes semblait utopique à ses yeux pour l'instant.

— Très bien. Dans ce cas, je vais faire le point de mon côté avec les autres pour savoir ce qu'il s'est passé avec le Duc de Mirjesta.

Tous deux hochèrent la tête et sortirent de la chambre d'Aélis d'un pas déterminé.

Très vite, l'ambiance dans le château les mit dans une position gênante. Leurs serviteurs les saluaient en s'inclinant, mais Callum et Aélis purent entendre des petits rires et des messes basses dans leur dos. Ils trouvèrent alors Mills au détour d'un couloir.

— Bien le bonjour, ma Duchesse ! Duc Callistar ! La nuit a été bonne ? Vous vous levez tard.

Le petit sourire filou de Mills et ses propos furent la réponse aux commérages qu'ils avaient pu entendre juste avant. Le couple ducal échangea un regard blasé.

— Je vois... fit Callum, dépité.

Il jeta un regard à Aélis et entra dans son jeu.

— La nuit fut douce, mais le réveil fut agité.

Aélis fronça des yeux, n'aimant pas que ses paroles portent encore plus à confusion. Elle lui donna un petit coup au bras. Callum haussa les épaules, lui indiquant qu'il ne disait que la vérité.

— Vous semblez en tout cas tous deux en pleine forme et heureux. J'en suis ravi !

Aélis ne cacha pas son air blasé devant tous ces sous-entendus se révélant faux.

— Mills, sans vouloir être offensante, s'il vous plaît, ne supposez pas...

Callum la coupa en mettant son bras en barrage devant elle. Il secoua la tête à sa destination, lui signifiant de laisser tomber.

— Mills, je pense qu'une réunion s'impose dans mon bureau avec Fin' et Cléry. La Duchesse doit aller voir Edern. Inutile donc de la convoquer à notre réunion.

— Très bien ! répondit Mills en s'inclinant. Je vais de ce pas m'en occuper.

Mills s'éloigna et Callum attendit un moment avant de se tourner vers Aélis.

— Laissons-les croire que nous avons eu notre nuit de noces ! lui chuchota-t-il alors. Pour l'instant, évitons de répandre des rumeurs inverses à travers Althéa. Si quelqu'un venait à apprendre que je ne peux pas vous toucher, alors ce sera votre capacité à me donner un héritier ainsi que votre position de duchesse qui risque d'être remise en cause.

Devant la stupéfaction de sa femme, Callum approfondit son explication.

— Je sais que rendre pérenne ma lignée ainsi que la vôtre n'est pas d'actualité entre nous pour l'instant, mais une partie d'Althéa a dû voir votre transformation en Protectrice hier, lors de mon duel contre le Duc de Mirjesta, puis la mienne en démon. Autrement dit, ce matin, tout Althéa est au courant que leur Duc et leur Duchesse sont deux « monstres » dont ils ignorent tout.

Aélis baissa les yeux.

— Vous avez raison. Nous devons faire profil bas et montrer que nous restons unis.

— Certains ont dû reconnaître la Protectrice, ce qui peut être un levier bénéfique pour rassurer la population face au démon que je suis devenu à leurs yeux. Rester soudés les confortera sur le fait que vous avez à l'œil ma partie démoniaque, même s'ils ignorent réellement la puissance de ce démon pour l'instant et l'instabilité de celle de la Protectrice. Tant que nous ignorons ce qu'il s'est réellement passé hier, restons prudents. Ils vont vouloir des explications rapidement et il nous faut un maximum de certitudes pour y répondre avant tout. Rends-toi donc aux remparts de façon discrète. Couvre ta tête. Prends Nimaï avec toi.

— Si je prends un de mes gardes avec moi, je serai repérée. Les Althéaïens savent maintenant que j'ai une garde personnelle. Je dois y aller seule.

— C'est trop dangereux ! s'opposa Callum. S'ils te reconnaissent...

Aélis posa aussitôt sa main sur le cœur de Callum.

— Ça ira. Je vais me déguiser !

Elle lui fit un clin d'œil auquel Callum grimaça.

— Je reviens vous voir dès que j'ai fini ma petite entrevue avec la Protectrice. Promis !

25

Du désespoir naît une lueur d'espoir

    Affublée d'un pantalon en cuir marron et d'une cape à capuche, Aélis arpentait les rues animées d'Althéa, sur le qui-vive, à la suite des recommandations de son mari. Les conversations sur toutes les lèvres des habitants portaient sur un seul sujet : la bataille de la veille. Elle savait que ralentir le pas et écouter les bavardages de chacun n'était pas une bonne idée. Chacun irait de son avis pas forcément positif sur la question.
    — C'était effrayant ! Il y a eu des squelettes qui sont sortis de terre ! Des squelettes ! Ce démon a ouvert les enfers ! Nous sommes tous finis ! Même si nos chevaliers ont pu arrêter leur invasion, c'était un avertissement ! Dieu ne nous sauvera pas !
    — La Protectrice était là ! Elle est vivante ! Je l'ai déjà vue quand j'étais petit ! Je l'ai reconnue ! C'était bien elle ! Elle nous sauvera, comme elle l'a toujours fait !
    — Il l'a emportée ! Ce démon l'a sans doute tuée depuis !

Aélis s'arrêta malgré elle. Tout ce qui sortait des commérages de ces gens la déboussolait. Était-ce possible que tout cela se soit produit ?

— Ta Protectrice était à genoux ! Elle n'a même pas pu se battre contre le Duc de Mirjesta ni contre ce démon ! Ce monstre est incroyablement fort ! Il a transpercé la poitrine du Duc !

— Paix à son âme ! Mourir de cette manière...

Aélis fronça les sourcils. Elle devait se hâter. Edern lui apporterait des réponses à ce qu'elle venait d'entendre et il était maintenant urgent qu'elle s'entretienne avec la Protectrice.

Elle monta les marches des remparts pour aller jusqu'à la tour de guet. Edern se tourna instinctivement à son arrivée et écarquilla les yeux.

— Vous êtes donc vivante !

Elle posa immédiatement un genou à terre pour la saluer. Faisant fi de ses salutations, Aélis se précipita sur elle et se baissa à son niveau.

— Edern, j'ai absolument besoin de votre aide.

— Mon aide vous est acquise..., mais que se passe-t-il ?

— Il va falloir m'expliquer ce qu'il s'est passé hier après ma transformation, mais avant ça, il faut que vous m'aidiez à entrer en contact avec la Protectrice !

— Quoi ?! Ne restez pas au sol, relevez-vous !

Elle invita sa duchesse à se redresser.

— Edern, envoyez-moi dans mon plan astral comme vous le faites avec le Duc.

— Duchesse, calmez-vous ! Ce n'est pas un exercice à la portée de tout le monde ! Un chevalier pratique la méditation. Il s'habitue au fur et à mesure à voyager à travers les plans subtils. Pour votre cas, mon introspection de la dernière fois n'était pas de la même portée que celle que je fais avec le Duc ou tout autre chevalier. La dernière fois, c'est moi qui suis entrée seule en vous pour y lire votre essence. Là, c'est votre propre esprit qui voyage avec moi en vous ; ce que vous me demandez est plus fastidieux à réaliser.

Aélis fixa Edern avec gravité.

— Je suis l'hôte de la Protectrice. En cela, je dois avoir des capacités de résistance égale aux chevaliers, si ce n'est plus, de par mon sang, ma lignée. Je sais que la Protectrice arrivait à communiquer avec ses hôtes. Comment pouvait-elle le faire si ce n'est à travers un des plans subtils ?

Edern réfléchit à son propos et acquiesça à cette hypothèse.

— Si elle vous accepte dans votre plan astral dans lequel elle se terre, j'ignore si elle acceptera de m'y accueillir également. Elle s'était montrée hostile à mon incursion la dernière fois, ce qui peut se comprendre au regard de ce qu'elle a vécu durant ces dernières années.

— Je ne vous demande pas de me suivre, juste de m'ouvrir la voie vers mon plan astral, de me guider, jusqu'à ce que je la trouve ou qu'elle me trouve. Est-ce possible ?

— Eh bien, oui.

— Dès qu'elle apparaît, laissez-moi avec elle.

— Duchesse !

Aélis lut sur le visage d'Edern sa réticence, poussée par l'inquiétude.

— Elle ne me fera pas de mal. Elle ne l'a jamais fait jusque-là. J'ai besoin de réponses ! Althéa est en ébullition à la suite de ce qu'ils ont vu du couple ducal hier, Callum ne peut plus... me toucher à cause de la Protectrice...

Aélis rougit à cet aveu gênant.

— Et Noctis reste insondable... Même s'il ne m'a pas tuée en même temps qu'elle hier, cela ne veut pas dire qu'il ne le projette pas prochainement. Je dois en savoir plus sur la teneur de leur relation.

— Je comprends... Allons nous asseoir. Il faut commencer par vous détendre. Vous êtes trop anxieuse. Il faut faire le vide dans votre esprit pour commencer une introspection, sinon cela ne marchera pas. Ne pensez à rien, pas même à l'urgence de cette initiative. Toute pensée parasite peut faire avorter le processus.

En bonne élève, Aélis acquiesça et obéit aux conseils de la femme chevalier. Elle prit place sur une chaise et tenta de se détendre.

— Fermez les yeux et respirez profondément.

Edern posa sa main sur le haut du crâne de la duchesse et ferma les yeux à son tour. Du mana s'échappa de sa main et Aélis sentit progressivement que l'obscurité dans laquelle elle plongeait la conduisait vers une porte qu'elle emprunta. Elle voyagea alors à travers ses souvenirs récents dans un premier temps, puis plus anciens, lorsqu'elle était jeune. Des souvenirs heureux, des expériences douloureuses également et au bout du chemin, deux grands yeux blancs. Des yeux hostiles et une pression qui tentait d'écraser sa volonté. Immédiatement, Aélis fit le rapprochement avec la description de ce qu'avait vu Edern la première fois.

— Protectrice ! C'est moi, Aélis ! Je suis votre hôte ! Laissez-moi vous parler !

La sévérité dans les yeux qui s'opposaient à elle s'atténua alors pour un examen minutieux de sa personne avant que la jeune femme soit projetée ailleurs.

Des herbes hautes qu'elle pouvait caresser de la main. Une rivière non loin. Un cadre bucolique où les fleurs se mêlaient aux papillons apparut sous ses yeux. Une sensation d'apaisement l'envahit. Elle devina que l'hostilité de la Protectrice avait disparu avec ce changement de cadre plus accueillant.

« — Que viens-tu faire ici ?! »

Immédiatement, Aélis se retourna et vit la Protectrice dans une longue robe blanche. Elle était lumineuse. Tellement belle. Angélique. Le cadre était en adéquation avec le sentiment que la Protectrice renvoyait : une sorte de sérénité.

« — Bonjour ! lui dit alors Aélis, heureuse, même si impressionnée de la rencontrer enfin. Je suis Aélis ! »

« — Tu es mon hôte, je sais. Que me veux-tu ? »

Le ton directif et plutôt froid de la Protectrice surprit la duchesse. Cependant, elle ne perdait pas de vue l'objectif de sa venue.

« — Je suis désolée de venir jusqu'ici vous importuner, mais je n'avais pas vraiment le choix. Je devais vous parler. »

« — Je n'ai rien à te dire. Repars ! »

« — Noctis m'a dit que vous communiquiez avec vos précédentes hôtes. Pourquoi refusez-vous de le faire avec moi ? »

À l'évocation du nom de Noctis, la Protectrice écarquilla les yeux.

« — Tu lui as parlé ? C'est lui qui t'a dit de me trouver ? »

« — Non, ce n'est pas lui ! répondit Aélis avec un petit sourire.

Mais c'est bien lui qui semble nous désorienter ! »

La Protectrice tourna la tête, confirmant le trouble que Noctis avait pu jeter sur son esprit.

« — Je suis au courant pour le baiser ! » ajouta Aélis.

La Protectrice revint vite à leur conversation.

« — Quoi ?! Comment est-ce possible ? J'ai verrouillé toute connexion avec toi ! »

« — J'ai eu un flashback de votre baiser quand Callum Callistar, mon mari et hôte de Noctis, a voulu m'embrasser. Une vive réaction magique de rejet s'est manifestée en même temps que cette vision... Vos pouvoirs sont sortis de moi comme un réflexe défensif. »

La Protectrice baissa les yeux. Aélis nota la manifestation d'une certaine pudeur sur ses joues et sourit.

« — Je ne peux plus embrasser mon mari sans qu'au plus profond de moi, j'ai cette panique qui me pousse à l'éconduire. Vos craintes ressortent à travers moi. »

« — Je suis désolée... Je ne m'attendais pas à tout ça. »

Aélis se mit alors à rire légèrement.

« — Moi non plus ! Depuis ce mariage, ma vie a complètement basculé et je vais de surprises en surprises ! Me marier à un inconnu, devenir Duchesse d'un fief, découvrir l'univers des chevaliers magiques, apprendre que mon mari habite un démon légendaire et que moi, j'abrite également un être suprême, et c'est sans parler de mon devoir d'épouse que je dois accomplir au nom de la sauvegarde de ma lignée ! »

Surprise par sa légèreté dans son énonciation malgré la gravité du contenu, la Protectrice la fixa un instant.

« — Je ne m'attendais pas à voir Noctis dans le corps de cet homme non plus. Ce fut également une surprise pour moi. »

Aélis s'approcha de quelques pas pour favoriser une ambiance de confidence.

« — Nous ignorons comment il a atterri dans son corps. Cependant, nous pensons qu'il y est depuis l'enfance, voire la naissance du Duc Callistar. A-t-il déjà possédé le corps d'un humain auparavant ? »

« — Pas que je sache. C'est aussi pour cette raison que cela m'a surprise. Son rang de démon légendaire ne lui donne aucune raison de se rabaisser à vivre dans le corps d'un humain. À ses yeux, les humains sont une offense, une sous-espèce. »

« — Je l'avais bien compris. Il semble assez désabusé de toute existence... mais il tient toutefois un discours plus intéressé dès qu'il s'agit de vous et des combats passés et à venir. »

À ces mots, la Protectrice se referma à nouveau sur elle-même et demeura silencieuse, comme si quelque chose la tracassait. Aélis souffla. Noctis semblait être un sujet épineux. Néanmoins, elle devait trouver le moyen de la rassurer.

« — Pourquoi vous a-t-il embrassée ? »

« — Tu ne peux pas rester ici. Il faut que tu repartes ! »

« — Non ! s'il vous plait ! s'alarma alors Aélis. Ne me renvoyez pas ! Je comprends que ce baiser ait pu vous choquer, peu importent les raisons. Je comprends combien c'est intrusif et très déstabilisant, surtout lorsque ce n'est pas consenti ! Je l'ai vécu ! C'était aussi de cet ordre-là avec mon époux au début ! Je peux en parler avec vous ! Je ne savais pas si je devais apprécier ou rejeter cela fermement. Ma raison vacillait avec les battements irréguliers de mon cœur. J'étais un coup en colère, puis la fois d'après, complètement pensive en repensant à ses lèvres touchant les miennes. Et plus je partais dans l'idée d'apprécier cela, plus je me sentais mal à l'aise ! »

Le visage de la Protectrice se crispa devant son propos assez convaincant. Aélis remarqua la lutte intérieure qui régnait en elle. Elle serrait le poing, mais son regard et ses joues rosies affirmaient que cela avait touché ses sentiments d'une manière équivoque.

« — Vous vous connaissez depuis des millénaires. Il est évident que votre rivalité renouvelée à travers le temps a pu nourrir une forme de... sympathie l'un à l'égard de l'autre ! »

Aélis marchait sur des œufs avec elle pour ne pas la braquer, mais elle sentait qu'elle ne faisait pas fausse route.

« — Ce baiser..., même s'il était dans une ambiance antagoniste reste un geste affectueux. Il est normal que vous ne sachiez plus comment interpréter votre relation avec Noctis. »

La Protectrice la regarda et, tout à coup, son visage crispé se transforma en honte. La Protectrice se mit en boule et disparut sous les herbes hautes. Complètement décontenancée par son attitude soudaine, Aélis la chercha des yeux et tenta de s'approcher encore.

Elle la trouva recroquevillée, les bras tentant de cacher sa tête. Elle sourit alors et souffla. Aussi puissante et impressionnante que fût la Protectrice, elle gardait les traits humains de son hôte d'origine et avec, les sentiments et émotions plus ou moins agréables. Aélis poussa les herbes hautes et se baissa à côté d'elle.

« — C'était la première fois qu'on vous embrassait, je parie. »

« — Ma poitrine n'arrête pas de taper. Je n'aime pas cette sensation ! lui avoua la guerrière, toujours cachée dans ses bras. »

« — Je sais ! C'est très désagréable quand on ne comprend pas. »

Aélis s'assit alors dans l'herbe. Les herbes hautes leur assuraient une intimité, à l'abri d'éventuels regards, bien qu'ici, dans son plan astral, il y eut peu de chances d'y voir une intrusion.

« — Mon cœur ne cesse de battre quand Callum Callistar manifeste son envie de m'embrasser, quand il m'embrasse, quand il ne m'embrasse plus ! C'est un véritable enfer ! Et je ne parle pas de ses gestes pervers qu'il tente sur mon corps ! »

Elle ramena ses genoux contre elle comme pour se réconforter de ce trouble permanent en présence de son mari. La Protectrice sortit de son cocon de fortune, constatant que le trouble qui l'accablait, son hôte le comprenait également.

« — Je refuse que cela se reproduise ! objecta la guerrière. »

« — C'est évident ! Néanmoins, rien ne garantit que Noctis ne recommencera pas ! »

Le visage de la Protectrice s'empourpra davantage.

« — Après tout, un démon n'a aucune décence et se fiche bien des convenances ! continua Aélis. »

« — Je n'ai pas assez de force pour le contrer ! paniqua la Protectrice. Mes pouvoirs... J'ai beaucoup perdu avec la mort de mes hôtes ! Plus la lignée est grande, plus cela augmente mon pouvoir... Aujourd'hui, nous sommes en voie d'extinction. »

Aélis comprit d'où venait la peur panique de la Protectrice. La peur de l'impuissance face à quelque chose d'inconnu.

« — Je ne pourrai pas repousser ses intentions longtemps ! Il m'attaque sous un angle par lequel j'ignore comment me défendre ! J'ai essayé de rester forte devant lui, mais... »

Aélis posa sa main sur son dos pour la rassurer.

« — S'il vous embrasse juste par provocation, alors ignorez ce geste ! Au pire, rendez-lui pour qu'il comprenne que cela ne vous affecte pas et qu'il ne vous déstabilisera pas par cette voie. Prenez ses baisers comme un vulgaire coup de poing dans les côtes. Ne laissez pas ce geste vous atteindre par le biais de l'affectif. »

La Protectrice prit le temps de la réflexion et retrouva progressivement une contenance plus déterminée avant de pâlir à nouveau et retomber dans une déprime qui déconcerta une nouvelle fois Aélis qui ne la pensait pas aussi expressive.

« — Il a dit que puisque j'étais trop faible pour l'instant, il me protègerait jusqu'à ce que j'ai suffisamment de force pour le combattre ! »

Le ton monotone de la Protectrice et son explication fit pouffer Aélis malgré elle. La Protectrice la fusilla du regard.

« — Pardon ! C'est juste que Noctis est presque mignon dans son côté imprévisible ! »

« — Mignon ? répéta la guerrière, peu convaincue par ce qu'elle voyait de sympa dans le fait de le voir coller à ses basques. »

Aélis regarda ce ciel bleu de son plan astral aux couleurs voulues par la Protectrice et fit semblant de bronzer à travers les herbes hautes.

« — Oui, il m'a dit exactement la même chose. Même si c'est pour vous combattre, je pense qu'il éprouve toutefois une forme d'affection pour vous. Il vous estime au point de se sacrifier à sa manière afin de prolonger la possibilité de vos rencontres belliqueuses. Il estime votre rivalité. C'est certain ! »

La Protectrice baissa les yeux.

« — Je sais... répondit-elle d'une petite voix. C'est un ennemi de taille, mais que j'estime aussi d'une certaine manière. Il... n'a pas du tout le comportement que j'ai pu rencontrer chez les autres démons, même légendaires. Il est... attentif. »

Aélis se remémora ses brèves rencontres avec le démon et sourit.

« — C'est vrai ! Il m'appelle Aélis ! »

« — Vraiment ? s'étonna la Protectrice. »

Aélis hocha la tête.

« — Je me bats pour qu'il le fasse systématiquement, en tout cas ! Je lui tiens tête régulièrement à ce sujet pour qu'il me nomme par mon prénom et il a fini par capituler une fois, à un moment où j'avais besoin qu'on m'estime. »

Le regard de la duchesse se perdit un instant, à l'évocation de ce souvenir précieux.

« — Même si c'est un démon puissant et effrayant, je crois que je l'estime malgré tout ! avoua Aélis, avec un petit sourire gêné. Il peut avoir un côté rassurant que j'ai du mal à expliquer. »

La Protectrice dévisagea Aélis, puis repartit dans ses pensées.

« — Un côté rassurant ? répéta-t-elle doucement. Peut-on être rassuré par les actions de son ennemi de toujours ? »

Aélis prit le temps d'analyser cette question.

« — On nous conditionne à juger les gens par ce qu'il se dit d'eux. En l'occurrence, c'est un démon, c'est forcément le Mal à l'état pur. Mais peut-être parfois est-il bon de partir sur une base neutre et de se faire sa propre idée sur la question ? »

« — J'ai été créée pour anéantir les démons... C'est un démon. »

Aélis lui sourit.

« — Peut-être est-il temps de vous affranchir de tout cela, maintenant que vos créateurs vous ont tourné le dos ?! »

« — M'affranchir ? »

« — Oui, suivre votre propre instinct et trouver ce qui vous semble bon ou pas par vous-même plutôt que par ce qu'on vous dicte ! »

La Protectrice s'esclaffa.

« — Tu as le même discours que lui ! Un discours de rébellion plutôt que de respect de l'ordre établi. Tu veux que je fasse vraiment confiance à Noctis ? »

Aélis haussa les épaules.

« — Je ne parlerai pas de confiance. Juste d'envisager plus de possibilités... »

« — C'est ce que tu as fait avec ton époux ? »

Aélis se frotta l'arrière du crâne en riant de façon gênée.

« — Il l'a bien fallu quand j'ai été en danger de mort ! »

« — Je n'ai plus envie de me battre et de vivre... »

Aélis dévisagea alors la Protectrice devant cet aveu.

« — Je suis désolée, parce que cela t'implique directement. Si je meurs, tu meurs avec moi, mais le monde n'a plus besoin de moi. Pourquoi exister si on m'estime inutile et que l'on s'en sort bien aussi sans moi ? »

« — Tout le monde ne souhaite pas votre fin et compte sur votre retour ! »

« — Avec le temps, ils oublieront et se feront une raison ! Aélis, crois-tu que ce sera la fin du monde si tu disparais avec ta lignée ? Non ! Les humains trouveront un autre moyen pour avancer. Je l'ai compris avec le temps. Ils ont énormément de ressources lorsqu'il s'agit de survie. Ils se réadaptent. Ils testent d'autres méthodes. Rien n'est figé dans le temps. Il y a des choses qui se créent et d'autres qui disparaissent par leur obsolescence. Des races, des espèces entières ont déjà disparu. Ce n'est qu'une question de temps pour nous deux... »

Aélis dévisagea son alter ego avec stupéfaction, mais la seule émotion qu'elle lisait à travers son discours et les expressions de son visage était de la tristesse et de la résignation. La guerrière n'était plus combative. Elle attendait juste son heure, comme si le temps avait usé sa raison d'être, à défaut d'user son corps figé dans l'éternité. Elle baissa les yeux. Les arguments pour la convaincre de garder espoir étaient minces face à son expérience et les faits. Avait-elle eu le même discours face à Noctis ? Était-ce la raison pour laquelle il l'avait épargnée la veille ? Son baiser, sa promesse de protection... Noctis semblait vouloir lui donner un second souffle pour qu'elle retrouve ses esprits. Peut-être était-il effectivement le seul à pouvoir renverser ses convictions en cherchant à devenir un allié temporaire et en lui offrant un autre angle de vue ? Aussi inattendu que cela puisse paraître, son pire ennemi tenait dans sa main l'avenir de tout un royaume en souhaitant tout faire pour la garder en vie. Bien plus que le Roi Mildegarde, Noctis abordait ses états d'âme sous un autre angle. Elle sourit.

« — Moi, je crois à l'improbable ! déclara-t-elle alors. Il suffit d'un grain de sable pour faire sauter un rouage. Il suffit d'une personne pour que son destin change. Si le Roi Mildegarde a changé mon destin en m'obligeant à épouser Callum Callistar, il est tout à fait possible que le tournant de votre destin soit déclenché par l'intervention de Noctis ! »

Aélis se releva alors, pleine d'assurance.

« — Protectrice, rien n'est fini tant qu'on n'a pas exploré toutes les possibilités ! Nous sommes les deux survivantes de la volonté meurtrière d'un groupe, mais nous nous relèverons et nous résisterons ! Parce que nous pouvons encore participer au destin de nombreuses personnes ! »

26

Vivre ou mourir

Aélis se réveilla en sursaut. Edern, à ses côtés, se précipita sur elle pour se quérir de sa santé.

— Pardonnez-moi, Duchesse, mais je me suis sentie obligée de vous ramener à nous. Vous avez été plongée dans votre plan astral pendant deux heures. Même les plus aguerris des chevaliers ne partent pas aussi longtemps loin de la réalité.

— Deux heures ?! Pourtant, je n'ai pas eu cette impression d'avoir été si longue...

— Le temps et l'espace sont différents selon les mondes dans lesquels on voyage. Avez-vous pu parler à la Protectrice ?

— Oui ! lui répondit avec ravissement Aélis. Ce fut une première rencontre très agréable. C'était comme si je la connaissais depuis toujours et que je la retrouvais enfin, comme une vieille amie qui m'avait manquée. Pourtant, c'est la première fois que je la rencontrais !

— Votre mémoire empirique laissée par vos aïeux doit en être la cause.

— Très certainement ! Mais dans un sens, je me sens plus apaisée maintenant que j'ai pu établir un premier contact avec elle. J'espère qu'elle viendra à moi plus facilement à présent.

— Avez-vous pu obtenir des réponses à vos interrogations ?

— Oui, en quelque sorte ! répondit Aélis avec un petit sourire énigmatique. Je dois retourner au château et parler au Duc !

— Ne souhaitiez-vous pas savoir ce qu'il s'est passé lors du duel contre le Duc de Mirjesta ?

— Plus vraiment maintenant. J'ai des réponses plus intéressantes à retenir !

Elle se leva alors de sa chaise et se dirigea vers la sortie avant de se retourner vers Edern.

— Merci pour votre aide précieuse, Edern. J'espère sincèrement avoir un jour le temps de passer un moment avec vous sans que cela soit dans un cadre d'urgence absolue.

Elle lui fit un clin d'œil et quitta la tour de guet. Edern vit la Duchesse disparaître de son champ de vision, puis sourit.

— Je ne bouge pas, Duchesse !

Aélis se pressa de revenir vers le château et traversa la grande avenue comme elle était venue : de façon discrète, sous sa capuche. Pourtant, il lui fallut peu de temps avant qu'un brouhaha vienne à ses oreilles et attire son attention.

— Il faut tuer le Duc Callistar, tant qu'il garde sa forme humaine ! Après, ce sera trop tard ! Allons au château !

— Ouais ! cria un groupe d'hommes autour du premier.

Un autre s'interposa sur leur cheminement.

— Le Duc nous a tous sauvés plus ou moins la vie ! Est-ce ainsi que vous le remerciez pour ce qu'il a fait pour Althéa ?

— Ne te laisse pas envahir par l'affect ! répondit un de ses opposants. Le Duc n'est plus celui que tu as connu ! Un démon l'habite !

Le groupe tenta de le contourner, mais l'althéaïen se montra plus résistant.

— Je ne vous laisserai pas lui faire du mal !

— Si ce n'est que toi, dans ce cas...

Leur leader fit signe à ses acolytes de la tête d'agir et bientôt, quatre hommes s'en prirent à l'homme faisant barrage et le rouèrent de coups. Aélis serra les dents avant de se sentir dans l'obligation d'intervenir.

— Ça suffit ! cria-t-elle. Je vous prierai de laisser cet homme tranquille !

Tous les regards dévièrent vers elle. Elle retira sa capuche et dévoila sa chevelure pour asseoir son identité.

— C'est un ordre de votre Duchesse !

Des murmures envahirent la rue, tous plus ou moins étonnés et méfiants devant Aélis.

— C'est la Protectrice ! put-elle entendre parmi la foule.

Elle réalisa combien l'avertissement du Duc était pertinent en cet instant. Elle était seule, au milieu d'une population méfiante, pour ne pas dire hostile à son existence et à celle du Duc.

— Je ne vous veux aucun mal, et le Duc non plus ! déclara-t-elle alors, tout en levant ses mains pour apaiser les esprits. Et je ne suis pas la Protectrice. Je suis Aélis, Duchesse d'Althéa, votre suzeraine ! Je ne suis pas elle, même si elle est en moi !

— Qu'est-ce qui nous prouve que la Protectrice ne va pas vouloir se venger d'il y a vingt-cinq ans et vouloir tous nous tuer ? cria une femme dans la foule.

— Ce n'est pas dans ses intentions, je vous assure. Elle a toujours tout fait pour protéger les humains.

— Elle n'a pourtant rien fait face à ce démon hier ! railla l'homme prêt à en découdre avec le Duc.

Aélis analysa les comportements devant elle et soupira.

— Écoutez, je comprends vos inquiétudes et quelque part, je les partage. La Protectrice a perdu de sa puissance et revenir vers nous lui demande sans doute beaucoup d'énergie.

— Elle ne sert donc à rien devant un démon ! Il faut tuer le Duc !

— Oui, tuons le Duc ! put-elle entendre dans la foule.

— Oui, tuons le Duc tant qu'il en est encore temps !

— Le Duc ne vous fera pas de mal ! les coupa la Duchesse.

Un homme s'approcha d'elle, le regard dur.

— Vous ne pouvez pas nous garantir cela, tout comme vous n'avez aucune certitude concernant la Protectrice. Si vous êtes ici devant nous aujourd'hui, c'est que le démon l'a épargnée. Qui nous dit qu'il ne lui a pas retourné le cerveau contre nous ?!

Aélis réalisa que la situation lui échappait. Trop de doutes venaient alimenter les esprits et elle ne pouvait leur apporter aucune garantie concernant Noctis. Le groupe d'hommes bientôt accompagnés de femmes reprit le chemin du château, bien plus déterminé encore.

Aélis tenta de s'interposer à nouveau, devinant les risques en voyant l'homme roué de coups, toujours à terre. Elle leva ses bras de part et d'autre de son corps pour faire rempart à leur avancée.

— Je vous en conjure ! Abandonnez ! Rien de bon ne sortira de cette campagne contre le Duc d'Althéa.

La colère de certains ne s'éteignit pas et augmenta même devant son obstination. L'un des rebelles la poussa à terre et Aélis vit des pieds s'abattre sur elle avant qu'un cri ne retentisse.

— Ne la touchez paaaas !

Aélis entendit un bruit de fracas et des habitants tombèrent à leur tour à côté d'elle. Elle releva alors la tête et vit Nimaï, prêt à en découdre.

— Comment osez-vous vous en prendre à votre Duchesse ? Quels sont ceux qui veulent perdre leur tête après cette offense ?!

Après avoir chargé sur des althéaïens, Nimaï sortit son épée, le regard menaçant. Tout en restant aux aguets, le chevalier jeta un regard vers Aélis.

— Duchesse, pouvez-vous vous relever ?

Aélis examina son état et sourit. Il lui tendit sa main pour qu'elle s'en serve comme appui, avant de se cacher derrière lui.

— Ne te dresse pas devant nous, chevalier ! déclara le chef de la rébellion. Tu ne fais que retarder l'inévitable. Tu ne peux rien, seul contre nous tous ! Laisse-nous passer !

Aélis fronça les sourcils et repassa devant Nimaï.

— Je ne vous laisserai pas tuer mon mari ! s'exclama-t-elle alors. Si l'un de vos proches avait en lui un démon, que feriez-vous ? Ne lui donneriez-vous pas le bénéfice du doute ?

— Un démon reste un démon ! cria une des femmes de la révolte.

— C'est en le provoquant que vous allez attiser son envie d'en finir avec vous !

— Il l'a déjà fait hier ! déclara calmement l'un d'entre eux. Nous n'avions rien demandé et il nous a envoyé des squelettes en guise d'armée.

Aélis soupira, fatiguée des humeurs de Noctis.

— Je sais que cela peut prêter à confusion, mais s'il vous plaît, faites-nous confiance ! Je n'ai aucune certitude à vous apporter sur la suite, mais le Duc Callistar et moi faisons notre possible pour maîtriser la situation avec l'aide de nos chevaliers magiques. Nous savons que ce démon reste insaisissable, mais plus nous en découvrons sur lui et plus il s'avère que son but pour le moment n'est pas de nous détruire. Il a dit qu'il protègerait la Protectrice...

Des brouhahas se firent alors entendre, exprimant de l'étonnement ou de la perplexité devant cette annonce.

— Ils s'unissent donc pour faire le mal ! objecta un vieil homme.

— Non ! La Protectrice n'est pas une personne mauvaise, vous le savez bien !

— Dans ses anciens combats contre les démons, elle a détruit des villages entiers !

Nimaï approcha ses lèvres de son oreille.

— Duchesse, les avis sont trop controversés pour espérer convaincre ! lui murmura-t-il. Il faut se replier !

Aélis se mit à réfléchir. Que dire ? Que faire pour calmer leurs ardeurs contre le Duc et elle-même ? Nimaï avait raison. Même l'intervention de la Protectrice ou de Noctis n'aiderait pas à rassurer la population d'Althéa.

— Nous avons au sein d'Althéa parmi les plus grands chevaliers magiques du royaume d'Avéna. Ne croyez-vous pas qu'ils agiront en conséquence s'ils voient que l'un de nous perd le contrôle et met en danger la vie d'Althéa ? S'ils dédient leur vie au Duc et à la Duchesse, ils dédient aussi leur vie à Althéa et surtout obéissent au Roi Mildegarde ! Pourquoi les squelettes ne sont-ils pas en train de ravager notre cité actuellement ? Parce que nos soldats sont là pour vous protéger, même contre nos alter ego. Althéaïens, je comprends vos craintes. Je les entends. Mais vous n'êtes pas seuls. Vous n'êtes plus seuls. Nous avons une armée à Althéa, prête à vous protéger, peu importe qui attaque les murs de la cité ! Mais nous avons surtout le soutien du Roi et la protection de tout le royaume face à ce démon ! Si nos chevaliers magiques doivent s'unir pour tuer le Duc et moi-même parce que nos alter ego vous nuisent, alors soit ! Je prends Nimaï, chevalier de ma garde personnelle, comme témoin.

Elle montra alors son chevalier pour que chacun retienne son visage et la promesse qu'elle s'apprêtait à sceller avec les habitants d'Althéa.

— Si la Protectrice en moi ou le démon habitant le corps de Callum Callistar vient à nuire à l'intégrité de la cité, alors l'ordre sera de tout faire pour nous arrêter et le cas échéant nous tuer !

De nouveaux murmures résonnèrent dans la foule. Nimaï acquiesça et observa la Duchesse devant lui avec admiration. Son ton solennel et la maîtrise de la situation pourtant bien compliquée semblèrent apaiser les consciences.

— Je suis également témoin ! cria alors une voix derrière eux, perchée sur un muret. Aélis se retourna et vit Sampa lui sourire.

— Moi, Sampa, soldat de la garde personnelle de la Duchesse, je jure de tout faire pour protéger Althéa si la Protectrice ou le démon en notre Duc venaient à se retourner contre vous !

Aélis porta ses mains sur son cœur, heureuse de la confiance absolue que lui portait Sampa. Son appui rassura davantage les althéaïens qui, pour certains, préférèrent renoncer à se révolter et quittèrent la foule pour retourner à leurs occupations. Face au revirement de situation, les plus rebelles perdirent en crédibilité et leurs revendications s'éteignirent pour laisser place à une attente méfiante.

— Très bien. Espérons que cela n'arrive pas pour que vous n'ayez pas du sang sur votre conscience ! vociféra le chef rebelle, avant de quitter l'attroupement, en colère.

La foule se dispersa et Aélis souffla de soulagement. Sampa descendit de son muret.

— Duchesse, vous allez bien ?

— Oui, ça va ? Mais que faites-vous là ?

— Le Duc nous a demandé de vous surveiller de loin..., avoua Nimaï.

— Sa requête semblait pertinente, nous l'avons acceptée ! compléta Sampa.

Aélis grimaça, mais elle reconnaissait que leur intervention fut finalement bienvenue.

— Vous avez été incroyable ! s'exclama Nimaï. Vous avez réussi un coup de maître en renversant la situation à l'avantage du château.

— J'ai réussi à tempérer leurs craintes, mais pour combien de temps ? leur répondit-elle, navrée. Difficile que l'armée d'Althéa puisse tuer Noctis.

— Ne culpabilisez pas trop, Duchesse ! lui dit alors Sampa. Vous avez bien réagi en mettant en avant le devoir de protection du royaume d'Avéna avant ceux de leurs suzerains. Vous avez pointé du doigt un devoir fondamental de tout soldat s'enrôlant dans l'armée du souverain et de ses suzerains : celui de protéger les habitants avant toutes personnes de haut rang, quoi qu'il en coûte.

— Rentrons au château ! proposa Nimaï. Ne restons pas plus longtemps ici. Ne leur donnons pas davantage de quoi ruminer en vous voyant.

Aélis accepta alors l'escorte de sa garde personnelle jusqu'au château.

— Dites-moi, vous deux, comment les squelettes de Noctis ont été neutralisés s'ils ont franchi les remparts d'Althéa ? Tous les chevaliers magiques étaient devant l'entrée de la cité, hormis Edern. Est-ce Edern qui...

— C'est Mills ! intervint Nimaï.

— Mills ? répéta Aélis, incrédule. C... comment a-t-il pu ?

— Je l'ignore ! Il semble que le premier serviteur du Duc ait aussi des pouvoirs cachés ! Apparemment, il a activé une sorte de brouillard qui a neutralisé les squelettes.

Aélis fronça des sourcils. Le mystère autour des compétences de Mills semblait enfin désépaissir. Elle se rappela la phrase du Duc à son sujet : « Si tu dois trouver refuge auprès de quelqu'un, sois sûre que Mills sera indéniablement la personne la plus à même de te protéger. Contre n'importe qui. Même moi-même. »

— Il a donc lui aussi des pouvoirs... Est-ce un chevalier magique, Nimaï ?

— Pas que je sache. Ses pouvoirs sont d'un autre ordre, je pense.

Callum Callistar fermait les yeux pour se reposer un peu avant qu'on ne frappe à la porte de son bureau.

— C'est Nimaï et Sampa. Nous ramenons la Duchesse à vous !
— Entrez !

La porte s'ouvrit et immédiatement, Callum se rendit compte de la tenue poussiéreuse de son épouse. Il se leva aussitôt pour vérifier de plus près son état.

— Que s'est-il passé ? demanda-t-il d'un air grave.
— Eh bien, nous avons...
— Je ne veux pas ta version, Aélis, mais la leur ! gronda alors Callum.
— Héééé ! protesta la jeune femme, mais son mari n'en eut cure.

Il fixa alors les deux soldats.

— Je veux votre version, pas une version arrangée ! ordonna-t-il sévèrement.

Nimaï souffla.

— Il y a eu une rébellion et la Duchesse a été prise à partie. Certains habitants souhaitaient vous tuer tant que le démon ne vous contrôle pas entièrement et la Duchesse a pris votre défense. Ils l'ont bousculée et ont voulu la frapper. J'ai dû intervenir pour les repousser. Sampa est resté en retrait, à l'abri des regards, au cas où.
— La Duchesse a été admirable ! reprit Sampa. Elle a eu une attitude de suzeraine en leur parlant fermement, mais avec tact, malgré leur animosité évidente.
— Que leur as-tu dit ?
— Tiens ? Ma version vous intéresse maintenant ? se moqua son épouse.

Callum fronça les sourcils.

— Je n'ai pas envie de plaisanter lorsque le peuple tente de nous renverser ! Parle !

Aélis souffla et se mit à table.

— J'ai fait promettre à Nimaï qu'il avait pour ordre de protéger Althéa si nos alter ego venaient à devenir hostiles envers eux et donc ordre de nous tuer. Sampa a également accepté le pacte au nom de tous les soldats d'Althéa, comme leur devoir de soldats est de servir avant tout le peuple d'Avéna.

Callum souffla à son tour de soulagement.

— Bien joué !

Il attrapa alors la tête d'Aélis et la ramena contre son torse.

— Vous pouvez disposer ! leur ordonna-t-il.

Les deux soldats le saluèrent et se retirèrent, laissant le couple ducal seul.

— Attendez ! les arrêta soudain Callum.

Les deux soldats se retournèrent.

— Je veux la liste de ceux qui ont frappé la Duchesse !

— Duc ! Non ! Ce n'est pas la peine ! protesta Aélis.

— On ne lève pas la main sur la Duchesse sans en prendre la responsabilité ! répondit son mari, furieux.

— Ils sont inquiets pour leur famille et leurs amis ! protesta Aélis. Cela se comprend qu'ils veulent les protéger d'un grand danger !

— Je le suis tout autant ! s'énerva Callum. On ne touche pas à MA famille ! Je vais leur apprendre le respect !

Ses yeux prirent une lueur rouge ardent, signe que son mana s'emballait par la colère que cette histoire avait suscitée en lui.

— Allez-y ! ordonna alors leur commandant, sèchement.

Les deux soldats acquiescèrent. Aélis souffla de tristesse. Si elle comprenait sa position, elle n'aimait pas que des gens soient punis par sa faute. Une fois la porte refermée, Callum pencha sa tête vers Aélis.

— Je ne les tuerai pas ! Relâche ton angoisse. J'ai bien compris la leçon, ne t'inquiète pas !

Aélis releva les yeux vers lui, reconnaissante.

— Je ne peux pas cependant laisser passer cela. Comprends-le.

— Je sais. Il faut que notre autorité reste intacte pour éviter une rébellion. Je l'ai bien compris. Il faut garder un juste équilibre entre servir et commander. Seulement...

— Si cela n'avait été que moi, ils seraient morts, tu le sais bien. Sois heureuse qu'ils aient déjà leurs vies sauves, même si cette souplesse dans la gestion de mon fief peut se retourner contre nous sous forme de vengeance.

— Elle peut arriver aussi par leur mort. Il suffit d'un ami ou d'un membre de la famille, pour que la vengeance naisse au sein du fief.

Callum ne contesta pas.

— Je réalise combien il est compliqué de gérer un fief. Je n'ose imaginer le cas d'un royaume. Je crois que je n'aimerais pas la position du Roi Mildegarde.

— Le Roi Mildegarde est un bon roi dans l'ensemble. J'avoue que cela ne doit pas être facile tous les jours pour lui. Même si je suis sous ses ordres et que je le connais depuis longtemps, cela reste un homme que j'ai beaucoup de mal à cerner. Il est stratège. C'est ce qu'il faut pour régner sur Avéna. Cependant, cela le rend mystérieux et il est difficile de le comprendre. Malgré tout, je lui fais confiance, car sa politique est bien souvent justifiée et efficace. J'ai beaucoup appris à ses côtés sur comment régir un peuple. Il y a une notion de sacrifice de soi, de sa propre moralité pour le bénéfice du bon sens et de la majorité.

— Et vous pensez que notre mariage est dans le sens du sacrifice pour le bien-être du royaume.

— Aaaaah ! lâcha Callum dans un soupir. Je pense qu'il avait bien en tête que je protège au mieux l'unique héritière potentielle de la Protectrice, c'est certain !

— Je vous présente mes excuses... Ma simple existence a changé la vôtre. Je vous ai emprisonné à moi sans le vouloir !

Callum esquissa un sourire amusé.

— Quelle triste prison ! Je souffre tous les jours depuis ce mariage !

— Votre vie aurait pu prendre un autre tournant si je n'avais pas existé.

Callum lui caressa la joue.

— Je serai peut-être déjà mort, c'est certain !

— Cessez de vous moquer ! Je suis sérieuse !

— Moi aussi ! Te protéger ne me dérange pas. Vivre à tes côtés a donné un nouveau souffle à ma vie. Je n'ai jamais vu notre union comme un sacrifice pour le bonheur d'Avéna. Pour être honnête, je crois même que je pourrais sacrifier Avéna pour te sauver, Aélis...

Le regard plus doux de Callum fit rougir la jeune femme.

— Je refuse cette éventualité ! Ce serait donner raison à tous ceux qui craignent la Protectrice.

— Alors je mourrais aussi ! Ma vie est liée à la tienne, Aélis.

Elle passa ses bras autour de sa taille pour lui faire un câlin.

— Si vous mourez, je serais tout aussi malheureuse.
Callum la serra dans ses bras.
— Tu viendras te recueillir sur ma tombe tous les jours ?
— Je mourrais sur votre tombe !
— D'accord, mais vis quand même jusqu'à 80 ans avant !
Aélis se décolla alors de lui et le fixa plus gravement.
— Je ne peux vous faire une telle promesse. J'ai rencontré la Protectrice ; elle m'a dit vouloir ne plus exister...

27

Les souhaits peuvent être en demi-teinte…

Callum écarquilla les yeux devant l'annonce inquiétante de son épouse.
— Quoi ?
Aélis montra un visage navré.
— Elle ne trouve plus l'intérêt d'exister. Elle estime que le génocide de ses hôtes et son absence durant ses vingt-cinq dernières années sont une évidence à estimer que le monde peut continuer sans elle.
— C'est un vrai problème ! S'il n'y a plus de combativité en elle, alors ta propre existence est aussi en sursis !
Aélis acquiesça de la tête.
— Les hôtes existent pour la Protectrice. Ils sont déjà en soi sur l'autel du sacrifice pour la survie de la communauté.
Callum se recula et prit de la distance. Une plus grande inquiétude se manifesta par son attitude tout à coup plus agitée.
— Je ne la laisserai pas capituler ! s'énerva Callum. C'est hors de question que l'une de vous deux disparaisse et emporte l'autre avec

elle !

— Il n'y a rien que vous puissiez faire, malheureusement. Même moi, son hôte, ne semble pas faire poids. Si elle porte une certaine tendresse pour ses hôtes, je reste une hôte parmi tant d'autres qui l'ont logée. Je n'ai actuellement aucun lien véritablement amical avec elle et rien de tout ça ne changera son profond sentiment de vacuité. Je ne suis qu'un éternel recommencement à ses yeux.

Callum s'attrapa les cheveux et souffla.

— Et Noctis ?

Aélis lui offrit un sourire plus confiant.

— Allons nous promener dans le jardin du château.

Un sourcil de Callum se redressa à cette proposition soudaine.

— Pour aller au kiosque ? lui demanda-t-il avec un sourire plus coquin. Cela signifie donc que je peux à nouveau t'embrasser ?

Sans attendre, il fonça sur ses lèvres et aussi rapidement, des éclairs rouges et noirs se matérialisèrent entre eux avant qu'une onde de choc ne les sépare et propulse Callum en arrière, par-dessus son bureau. Prise par la stupéfaction, un silence s'installa dans la pièce avant que la duchesse ne se précipite sur son époux, au sol, se frottant la tête.

— Est-ce que ça va ?

— Ai-je l'air de bien aller et d'être heureux ? s'emporta Callum.

— Je suis désolée, mais vous aussi, quelle idée de me foncer dessus de la sorte !

— Désolé de vouloir embrasser ma femme ! s'énerva-t-il tout en se relevant. C'est sûr ! Quelle idée saugrenue !

— Je n'avais pas fini de parler de ma discussion avec la Protectrice. Vous avez payé votre impatience !

Callum fronça les sourcils, peu ravi de se faire réprimander sur ce qu'il estimait être légitime. Aélis comprit bien que cette suite de mauvaises nouvelles n'allait pas calmer l'inquiétude de son époux.

— Venez. Allons respirer un peu l'air extérieur... Cela nous fera du bien. Nous sommes tendus entre ce qu'il s'est passé avec les althéaïens et nos alter ego.

Elle lui tendit la main. Callum grimaça, puis accepta son offre.

Ils quittèrent le bureau et traversèrent main dans la main les couloirs du château. Callum apprécia petit à petit ce simple geste entre eux et retrouva une certaine quiétude. Un geste affectueux pouvant paraître banal pour un couple, mais pas tant que cela pour leur relation si cahotique depuis leur mariage. Callum vit une façon de se rassurer enfin sur leur couple. Il pouvait tenir la main de sa femme sans que cela paraisse gênant pour Aélis. Il pouvait enfin revendiquer cette forme de légitimité à le faire, sans être interrompus ou jugés. Il sourit et serra ses doigts dans ceux de la jeune femme qui tiqua et regarda leurs deux mains enlacées, puis le visage de son époux qui semblait fier. Elle tourna à nouveau la tête avec pour objectif de se rendre au jardin, le rose aux joues.

— Aélis, si je t'embrasse sur le front, tu crois que ça peut le faire ?
— Vous aimez prendre des risques !
— La récompense est tellement belle !
— Attendez que l'on soit sur l'herbe, l'atterrissage sera moins rude !

Callum se mit à rire.

— Ma femme est tellement prévenante !
— Je pense surtout au mobilier du château !

Callum ricana, heureux. Aélis se contenta d'esquisser un petit sourire.

Une fois arrivés dans le jardin, Aélis vérifia que personne ne s'y trouva et conduisit Callum derrière le kiosque. Un sourire plus large couvrit le visage du chevalier.

— On se cache maintenant ? Ça me plaît tout ça ! Je ne pensais pas que mon épouse si pudique puisse être si...
— Cessez d'imaginer des choses là où il n'y en a pas ! Je nous mets juste à l'écart pour être sûre que personne ne nous écoute !
— J'avais bien compris que se cacher derrière le kiosque nous offrait une possibilité de ne pas être épiés ! répondit Callum, mielleux, tout en la prenant dans ses bras.

Aélis retira immédiatement ses bras de sa taille, l'air sérieux.

— Soyez sérieux deux minutes !
— Je le suis toujours avec toi, Aélis !

Aélis souffla.

— La Protectrice et moi, nous avons parlé de Noctis.

Callum laissa tomber son attitude enjôleuse, pour écouter plus attentivement sa femme.

— Noctis l'a bel et bien embrassée... sur la bouche.

— C'était donc bien un souvenir d'elle que vous aviez vu... Pourquoi a-t-il fait une chose pareille ?

— Difficile à déterminer, mais plusieurs hypothèses sont possibles. Toujours est-il que cela trouble énormément la Protectrice au point qu'elle se soit comportée devant moi comme... une humaine découvrant son... premier baiser.

— Oh.

Aélis ferma un instant ses paupières pour lui dire oui.

— À ce point ?

— Elle était perdue sur comment réagir.

— Tu insinues que ce baiser l'a donc bouleversée au point d'éveiller des sentiments contradictoires pour Noctis ?

— Noctis est un démon qui aime provoquer. Il a très bien pu l'embrasser pour la provoquer. Si elle lui a annoncé qu'elle ne souhaitait plus se battre contre lui et qu'elle ne voulait plus vivre, elle lui a signifié en même temps la fin de leurs combats millénaires et de ce petit jeu dans lequel il aime se complaire. Ce baiser a pu être une manifestation de sa colère, de sa désapprobation, de sa révolte, pour la contraindre à changer d'avis. Une façon de la reconnecter à lui et à la dangerosité qu'il représente et de son intérêt à le combattre.

— Oui, genre, « regarde-moi, je suis prêt à tout, y compris aller sur le terrain de l'affect ! Donc, tue-moi ! » C'est plausible ! Et d'après tes dires, cela a suffisamment marché pour qu'elle en soit troublée ! Ce qui veut dire qu'il y aurait peut-être autre chose qu'une rivalité entre eux... Une forme de sympathie évidente. Une sorte d'affection malgré tout ?

— Vous avez toujours suspecté Noctis de ne pas être clair dans ses intentions... Et bien, il lui a dit qu'il la protègerait jusqu'à ce qu'elle retrouve ses forces.

Callum s'esclaffa.

— À quoi joue-t-il ? En d'autres termes, il s'est engagé à ne pas l'abandonner et ne pas la laisser mourir... Intéressant ! Aurait-il développé des sentiments pour elle à ce point ?

— Cela reste un démon ! Un démon n'use pas des sentiments dans ses actes, non ?

Callum posa sa main sur le menton pour réfléchir.

— Ce n'est pas qu'un simple démon. C'est un démon légendaire. Lorsqu'un humain se transforme en démon, il perd toute humanité. Autrement dit, il perd toute forme de moralité, de sensibilité, voire d'intelligence. Il retourne à l'état sauvage le plus brut. Les démons retrouvent en partie cela en évoluant au niveau supérieur. Sa particularité de démon légendaire est due au fait qu'il représente l'évolution la plus aboutie d'un démon aussi bien physiquement que mentalement. Noctis est pourvu d'une grande intelligence. Rien ne dit que des sentiments ne se soient pas développés malgré lui en usant de cette intelligence. Il a pu enrichir son jugement de telle sorte qu'il puisse comprendre que la fin de la Protectrice soit difficile à supporter pour lui également. Il sait où sont ses intérêts et au-delà d'un sentiment amoureux, il sait que sans elle, la vie aurait peut-être moins de goût... un peu comme nous !

Callum lui sourit et lui attrapa le bout des doigts, puis continua sa réflexion.

— Le Conseil Magique ignore encore par quel processus les démons évoluent au niveau supérieur. Cependant, il est possible qu'ils puissent retrouver une part d'humanité avec l'émergence de sentiments et d'intelligence.

— Il n'y a que vous qui puissiez voir en lui et déterminer ce qu'il ressent pour la Protectrice.

Callum sourit.

— Il te protège et aujourd'hui s'engage à protéger la Protectrice. Cela me suffit, peu importent ses raisons. Je préfère le savoir allié à nous, que contre nous. Il peut nous aider à motiver la Protectrice afin qu'elle retrouve sa volonté de se battre pour Avéna... Je pense même qu'il va tout faire pour rendre son existence riche d'intérêts, quitte à monopoliser son attention au maximum et remplir ce vide en elle. Ils ont plus de points communs que nous le soupçonnons. Je pense même qu'il la considère comme un alter ego également, tous deux face aux lois de la magie et des humains. Il peut trouver des mots ayant du sens à ses yeux. J'en suis même persuadé !

— Oui..., un peu comme nous face à une destinée non choisie.

— Oui, répéta Callum, comme nous. Nous comptons l'un sur l'autre pour trouver du bonheur dans la vie. Et d'ailleurs, je compte bien faire grandir cette possibilité d'attachement entre eux !

— Ne nous emballons pas ! Nous avons sans doute tout faux ! nuança Aélis.

— Moi, j'y crois ! Et je compte bien prouver à la Protectrice que les baisers sur les lèvres, ça peut être magnifique à recevoir !

Il se pencha sur ses lèvres, mais Aélis le retint de sa main sur son torse.

— Vous tenez vraiment à vous faire rejeter une nouvelle fois ?

— J'insisterai autant qu'il le faudra ! Aidez-moi à la convaincre. Montrez-lui avec moi que c'est plaisant !

Aélis lui lança un regard sceptique.

— Quoi ? s'étonna Callum de sa réticence. Mes baisers ne sont plus aussi plaisants ?

— Je m'inquiète pour vous !

— Tu fais bien, mon cœur s'assèche de ne pas pouvoir t'embrasser.

Aélis sourit malgré elle. Il l'attrapa par la taille et Callum l'embrassa. Comme les fois précédentes, il se retrouva en quelques secondes les fesses au sol, plusieurs mètres en arrière. Sans un mot, il se releva et revint vers elle avec la ferme intention de rester scotché à sa bouche. Une fois, deux fois, trois fois ! À chaque tentative, il se releva et insista. Aélis s'inquiéta davantage.

— On s'obstine pour rien !

— On recommence ! déclara Callum, déterminé comme jamais à gagner ce combat.

Il fonça une nouvelle fois sur ses lèvres et repartit aussitôt en arrière. Au bout de la dixième fois, l'endurance de Callum montra des faiblesses. Son corps avait de plus en plus de mal à trouver la force pour se remettre debout même si sa volonté restait intacte. Aélis préféra stopper cette folie.

— Cela suffit ! Nous devons arrêter !

— J'ai dit : « On continue ! »

— Vous vous mettez en danger !

— Effectivement, c'est bien ce que je cherche !

— Quoi ?!

Aélis le fixa un instant, perdue.

— Puisque votre lien est sensible au point qu'elle apparait dès que vous me sentez en danger, je compte bien la faire venir et avoir une discussion avec elle !

— Vous plaisantez ? déclara Aélis, stupéfaite. C'est ça, votre plan ?

— Je ne plaisante pas quand il s'agit de mon bonheur avec ma femme ! lui répondit-il en l'embrassant une nouvelle fois.

Il fut aussitôt rejeté en arrière, comme une boucle éternelle à laquelle il n'arrivait pas à s'extraire. Callum resta quelques secondes sans bouger, allongé dans l'herbe, à regarder le ciel. Aélis se précipita sur lui.

— Callum ? Ça va ?

Le Duc releva sa tête vers elle, surpris.

— Tu as dit Callum ? murmura-t-il, un petit sourire aux lèvres. Cette fois, ça valait vraiment le coup !

Aélis grimaça, prise au piège d'avoir craqué.

— Ça va ?

Il releva un peu plus la tête et effleura ses lèvres. Une nouvelle onde de choc l'écrasa contre terre, enfonçant son corps un peu plus dans l'herbe. Callum poussa un gémissement de douleur.

— Ça suffit ! s'agaça la jeune femme.

Les larmes d'Aélis coulèrent le long de ses joues et tombèrent sur le visage de Callum.

— Moi aussi, je veux pouvoir vous embrasser ! Ce ne devrait pas être une souffrance pour vous, mais un bonheur ! Tout comme pour moi !

Elle se laissa aller contre lui et pleura à chaudes larmes.

— Je veux sentir vos lèvres sur moi ! Chaudes ! Douces ! Tendres ! Comme avant !

Lentement, comme happée par ce besoin irrépressible, elle laissa glisser son visage contre celui de Callum. Elle éprouvait le besoin de contact avec lui. Front contre front, chacun se consola de la déception de l'autre, se caressant le visage de leur joue, se câlinant, jusqu'à ce qu'Aélis touche de ses lèvres celles de Callum. Les yeux fermés, Aélis ne remarqua pas l'absence d'éclairs entre eux, signe précurseur de l'onde de choc. La Protectrice aurait-elle compris ? Callum en fut le premier étonné et plus son contact bouche contre bouche durait, et plus sa surprise grandit jusqu'à ce qu'il prenne l'initiative d'appuyer leur baiser tout en la serrant contre lui. Aélis rouvrit les yeux et vit ceux de son époux, heureux. Lèvres contre lèvres, aucun ne bougea, de peur que cela n'enclenche un geste défensif de la Protectrice jusqu'à ce que Callum esquisse un petit sourire et ne la renverse contre l'herbe.

Aélis paniqua, se demandant à la fois ce qu'il avait en tête et si ce geste n'allait pas signer un nouveau rejet. Pourtant, sa bouche toujours collée contre la sienne, Callum approfondit le test par un baiser langoureux qu'Aélis accepta en passant les bras autour du cou de son époux. Aucune étincelle ne crépita, seul le soulagement les accueillit avant que le désir ne les rattrape. Callum ne se fit pas prier et en profita pour la serrer encore plus contre lui tandis qu'Aélis manquait de souffle. Les pleurs et la détresse d'Aélis semblaient avoir eu un effet sur les actions de la Protectrice. Il la laissa respirer un instant avant de repartir à l'assaut de ses tendres lèvres. La fièvre monta très vite entre eux, chacun réclamant plus d'attention de l'autre. Callum détacha légèrement son corps d'elle pour laisser balader sa main le long du flanc de son épouse, avant que sa bouche ne bifurque vers son cou. Enfin, il pouvait la toucher, enfin il pouvait l'embrasser, enfin il pouvait satisfaire ce désir ardent de l'avoir contre lui et d'exprimer tout ce qu'elle lui inspirait. Aélis observa un instant le ciel. Elle avait l'impression que son cœur avait doublé de volume dans sa poitrine, comme si ce regain de tendresse était en train de sauver son cœur décrépi par la solitude. Chaque baiser de Callum nourrissait son cœur à l'agonie. Cette sensation étrange de revivre grâce à l'expression de son affection la fit sourire. Elle réalisait combien l'attention de Callum commençait à réellement compter dans son quotidien. Elle voyait combien il avait pris une place dans ses sentiments et combien leur relation avait changé depuis quelque temps. Elle attrapa sa tête pour qu'il la regarde à nouveau et glissa ses mains en coupe autour de son visage pour qu'il vienne à nouveau l'embrasser. Callum ne résista pas à l'appel de sa femme et revint sur ses lèvres, comme on revient boire l'eau à la source. Leurs langues se mêlèrent à nouveau dans une frénésie qui finit par les dépasser tous les deux. Callum embrassa sa femme encore et encore, s'assurant qu'elle ne bouge pas afin de lui prodiguer le plus possible de baisers jusqu'à ce qu'il grogne de plaisir et qu'elle se mette à rire entre ses lèvres.

— Eh bien, je vois qu'on sait se donner du plaisir ! retentit soudain une voix au-dessus d'eux.

Aussitôt, le couple ducal cessa son activité indécente et leva la tête. Un homme assis sur le rebord du kiosque les surplombait avec un petit sourire moqueur. Pris dans un mouvement de gêne, Aélis repoussa Callum sans attendre, afin de retrouver vite sa prestance de duchesse et de femme indocile. Elle s'essuya la bouche et observa du coin des yeux son mari qui paraissait complètement ébahi par l'homme qui les interrompait.

— Hakim ?! lança alors Callum. C'est bien toi ?! Qu'est-ce que tu fais ici ?

28

Faire obstacle ou protéger

L'homme sauta de la balustrade du kiosque et vint vers eux. La cinquantaine, les yeux bleu-vert, vêtu d'un long manteau à capuche en cuir noir évasé sur le bas, mais cintré à la taille, il paraissait avoir une musculature importante au vu de sa carrure. Des protections en métal aux épaules, un ceinturon large autour de la taille auquel était accroché un harnais en cuir noir se croisant au niveau du torse, parfaisaient l'ensemble de sa tenue. Il contempla un instant Aélis qui se redressa.

— Vous devez être Aélis, la Duchesse d'Althéa. Enfin, je l'espère pour elle !

Il jeta un regard amusé à Callum qui objecta rapidement.

— Hééé ! Qu'est-ce que tu insinues ? Je suis fidèle !

Aélis jeta un regard vers son mari, de façon désabusée.

— Je te jure que je suis fidèle ! Ce qui est passé est passé ! insista-t-il alors auprès d'Aélis, pour qu'elle comprenne.

Hakim se mit à rire.

— Donc puisqu'il est fidèle, vous êtes bien son épouse. Enchanté ! Je suis Hakim.

Il s'approcha et lui baisa le dos de la main avec délicatesse. Aélis se laissa faire, assez subjuguée par le personnage qui dégageait une force tranquille, malgré l'attitude taquine qu'il adoptait avec son mari.

— Je suis sous les ordres du Roi Mildegarde, mais surtout, je suis ce qu'on peut appeler son précepteur, son mentor, son maître d'armes... Enfin, son modèle !

— Tu parles d'un modèle ! siffla Callum, entre ses dents.

Aélis écarquilla les yeux et regarda une nouvelle fois son mari qui avait croisé les bras et arborait une mine fâchée.

— C'est donc vous, Hakim ? Vous êtes vraiment comme un père alors ! se montra ravie Aélis.

— Quoi ?! crièrent en chœur les deux hommes.

— Moi ? se montra alors du doigt Hakim. Vous trouvez que j'ai une tête à être père ? Et puis, il serait le pire des garnements alors !

— Tu penses qu'un père laisserait végéter son fils affamé, attaché contre le tronc d'un arbre pendant de longues heures, pendant que Monsieur se remplit la panse ? Tu penses vraiment qu'un père laisserait son fils de cinq ans, la tête suspendue en bas, jusqu'à ce qu'il arrive à couper la corde qui le retient ?

— Héééé ! En attendant, je t'ai fait travailler tes abdominaux ! protesta l'homme, pour sa défense. Et puis, tu n'avais qu'à écouter !

Aélis se mit à rire en constatant leur complicité et le partage de leurs souvenirs communs.

— Pourquoi ris-tu ? s'agaça Callum. Il n'y a rien de drôle, crois-moi !

— Je suis contente de rencontrer quelqu'un qui va pouvoir me parler de vous lorsque vous étiez jeune.

Callum paniqua un instant. Si Hakim venait à trop en dire sur lui, pourrait-elle faire le rapprochement avec l'enfant qui l'a sauvée ? Il n'avait pas encore eu le temps de lui avouer quoi que ce soit et il savait qu'elle le prendrait mal si elle le découvrait par l'intervention d'une tierce personne. Et contre toute attente, Hakim pouvait être le pire danger pouvant éveiller un début de piste sur l'identité du petit garçon qui lui était venu en aide.

— Je peux vous raconter tout ce que vous voulez, Duchesse ! Ce sera ma façon de me faire pardonner de n'avoir pas pu venir à votre mariage.

Il passa son bras sur les épaules d'Aélis et la guida de l'autre côté du kiosque, vers l'escalier.

— Qu'aimeriez-vous savoir ?

Callum grinça des dents ; les ennuis commençaient...

C'est donc autour d'un petit goûter à l'ombre du kiosque que Callum, Aélis et Mills assurant le service vinrent aux nouvelles de leur invité.

— Voilà fort longtemps que je ne vous avais vu, Mills !

Avec sa bonhomie habituelle, Mills sourit à Hakim.

— Effectivement, le temps passe sur nous, mais semble vouloir nous laisser vivre ! commenta le chambellan, d'un ton philosophe.

Hakim plissa les yeux, peu dupe du personnage semblant si inoffensif.

— Je regrette un peu votre manteau noir, Mills ! Au moins, vous inspiriez de la méfiance. Là, c'est encore plus vicieux !

Mills gloussa.

— Alors je n'ai pas perdu complètement de ma superbe !

Hakim grimaça.

— Ni de votre mordant !

— Vous vous connaissez ?! demanda alors Aélis, sur les genoux de Callum qui avait refusé de la lâcher.

— Oui, répondit Hakim. Avant d'être au service de Callum, Mills a été au service du Roi. Nos chemins se sont donc croisés à plusieurs reprises.

Aélis fronça les sourcils.

— Mills, je ne voudrais pas être indiscrète, mais j'ai besoin de réponses vous concernant...

Elle s'agita tout à coup, tout en pestant.

—... lorsque mon mari DAIGNERA CESSER SA CONDUITE

INCONVENANTE DEVANT SES INVITÉS !

Aussitôt, elle retira les mains baladeuses de son mari autour de sa taille et repoussa son visage hors de son cou. Hakim ne put s'empêcher de rire.

— Voilà une femme de caractère que tu as épousée, le gamin !

— Je ne suis plus un gamin ! railla Callum, caché dans le dos d'Aélis. Dis plutôt que nous formons un très joli couple !

Aélis leva les yeux, désabusée.

— Tu as une très belle femme ! confirma-t-il, ravi de voir son apprenti ainsi.

— Et nous formons un très joli couple ! insista d'une voix grave Callum. Un couple solide, sans tromperie !

— Mais vous avez fini vos enfantillages ! s'agaça finalement la jeune femme contre son époux.

Aélis avait été prise en otage par les bras de Callum dès lors qu'ils furent assis sous le kiosque. Et depuis, ce dernier demeurait plus intéressé par la nuque à embrasser de sa femme que par la visite-surprise de son mentor, ce qui avait le don d'agacer la jeune femme. Elle avait tenté de s'extirper de ses bras, mais la force de son époux n'avait d'égale que son obstination à la garder pour lui. Elle ignorait si son comportement était en continuité de leur petit moment tendre ou vraiment en réponse à l'outrage qu'il avait ressenti devant les propos adultères de son maître d'armes.

— Il n'y a pas d'enfantillages lorsqu'il s'agit de montrer à quel point ma femme compte à mes yeux ! tonna Callum.

Il fusilla du regard Hakim, finalement toujours amer de l'avoir accusé d'époux volage. Mills se mit à rire à nouveau.

— Avec toute cette tendresse, nous allons donc avoir de petits héritiers bientôt ! C'est une bonne nouvelle, tout ça !

Aélis et Callum fixèrent Mills, dépités par sa façon de tirer des conclusions hâtives juste à partir d'une phrase.

— Je vous préviens, je ne chaperonnerai pas vos marmots ! s'empressa d'ajouter Hakim, mimant un refus catégorique des bras.

— Il n'y a pas d'héritiers en vue pour l'instant ! s'énerva Aélis.

— Ah bon ? s'étonna Hakim. Callum, qu'as-tu fait de ta masculinité ? Tu as pris un coup d'épée entre les jambes depuis ?

— Ne t'inquiète pas ! Elle est vaillante ! grinça le Duc d'Althéa.

Elle ne demande qu'à caresser la pudeur de mon épouse !

Aélis regarda alternativement son mari et son mentor, dubitative, tandis que Mills continuait de glousser lorsqu'un frisson effleura sa nuque au contact des lèvres de son époux qui prenait un vil plaisir à jouer avec sa décence. Elle se tourna vers lui et Callum en profita pour l'embrasser sur la bouche devant les deux hommes. Rouge de honte, elle trouva la force de se lever.

— Callum Callistar, vous êtes la perversion et l'irrévérence incarnées ! Il semblerait que votre mentor vous ait mal éduqué pour que le résultat soit si dépravé ! Cela me parait de plus en plus évident. Après tout, les chiens ne font pas des chats !

— Hééé ! s'offusqua Hakim, piqué au vif.

Callum sourit. Elle quitta aussitôt le kiosque, rouge de honte, ne supportant plus les frasques de son époux. Une fois loin d'eux, Callum prit un air plus sévère.

— Bon, maintenant, dis-moi ce qui t'amène à Althéa ! Que veut le Roi ?

Hakim sourit.

— Est-ce donc ainsi que tu traites la Duchesse ?

Callum s'apprêtait à répondre lorsqu'il vit sa femme revenir en traversant le jardin dans leur direction, les mains soulevant légèrement sa robe pour ne pas marcher dessus. Elle monta les marches du kiosque d'un pas décidé et tendit l'index vers son mari.

— Bien joué, Callum Callistar ! J'ai failli me faire avoir !

Elle s'assit sur la banquette, à côté de Hakim, et croisa les bras.

— Vous pouvez reprendre la conversation ! conclut-elle fermement.

Les trois hommes fixèrent Aélis, parfaitement consciente de leur stratégie. Hakim se frotta alors la tête.

— Je l'aime bien, cette petite !

— Duchesse, s'il vous plaît ! lui répondit-elle plus sévèrement.

Hakim la dévisagea, incrédule, puis se mit à rire.

— Pardon, ma Duchesse ! Je manque de tact.

Aélis fixa avec délectation son mari tout en écoutant les profondes excuses de son mentor. Les jambes croisées, Callum posa son coude sur le haut de la banquette et se tint la tête, tout en maintenant son regard sur elle. L'admiration le gagnait. Aélis prenait de plus en plus sa place dans son rôle de Duchesse, même contre son gré. Il en sourit.

— Je suis heureux de voir à quel point vous me cernez, ma belle épouse. Vous êtes d'une perspicacité à toute épreuve !

— Oui, j'ai eu de quoi m'entraîner avec vous, j'avoue.

— J'ai encore plus envie de vous faire l'amour...

Les tasses tremblèrent sous l'impact de la main d'Aélis frappant la table lorsqu'elle se leva à nouveau. Le visage encore plus rouge, elle ne cacha pas son malaise face à l'indécence de son mari, mais elle savait qu'il la testait encore. Elle devait faire face. Callum ne put s'empêcher de rire. Plus elle se montrait gênée et agacée, plus il la trouvait belle.

— Souhaitez-vous que Mills et moi, nous nous retirions pour que vous puissiez assurer la lignée Callistar ? s'en amusa Hakim.

La Duchesse le fusilla alors du regard et Hakim comprit que femme agacée n'était pas bonne à contrarier.

— Le mentor en perversion devrait garder ses phrases déplacées au fond de sa gorge ! siffla Aélis.

Hakim se leva lentement pour lui faire face, et sourit.

— Ne soyez pas vexée ! Vous voulez que je vous apprenne, à vous aussi, deux ou trois choses qui pourraient le mener à l'extase ?! lui murmura-t-il alors plus chaudement, tout en montrant Callum du doigt.

L'impudeur de son invité la désarçonna. Elle savait que tout n'était que provocation, mais sur ce terrain, elle n'avait pas beaucoup d'armes pour se défendre.

— Je pense que vous n'avez pas compris à qui vous parlez, Messire Hakim ! Souhaitez-vous réellement que je vous fasse enfermer dans les geôles du château pour vous rafraîchir la mémoire ?

Hakim la toisa un instant, mais Aélis ne flancha pas.

— Et votre petit gabarit va m'y contraindre..., Duchesse ?!

Aélis esquissa un sourire assuré.

— Ne sous-estimez pas mes valeureux chevaliers ! Ne me sous-estimez pas ! Ces deux hommes ici même sont aussi là pour me servir en tant que Duchesse, peu importe votre degré d'amitié ! Voulez-vous vraiment prendre le risque de me contrarier ?

Hakim jeta un coup d'œil vers Callum, qui semblait apprécier de la voir prendre le commandement des choses.

— Asseyez-vous, Messire Hakim ! continua-t-elle. C'est préférable pour vous !

Hakim plissa les yeux. Il n'aimait pas trop la façon dont elle tentait de le rabaisser. Devant son hésitation, Aélis porta le coup de grâce.

— Mills ! Quel sort punitif le plus adapté à notre cher invité pourriez-vous jeter sur lui ?

Mills écarquilla les yeux et observa Callum qui parut tout aussi surpris de sa demande.

— Eh bien...

Le cœur battant de colère, elle constata l'embarras de son premier serviteur, ce qui confirma ce qu'elle avait entendu sur lui. Elle observa un instant son époux, moins amusé tout à coup de découvrir ce qu'elle savait sur Mills.

— Mills, nous sommes entre nous, voyons ! continua-t-elle sévèrement. Vous avez fait disparaître l'armée de squelettes d'un démon légendaire ! Ce n'est plus un secret pour personne désormais ! Vous avez forcément quelque chose à proposer à notre invité ! Ne vous sentez pas contraint de cacher votre nature devant moi tout ça parce que mon mari vous l'a ordonné ! Je vous rappelle que vous avez promis de me protéger et de me servir, non ?

Confus, le chambellan jeta un regard vers le maître du château qui restait silencieux.

— Oui, donc comme tous les autres ici, hormis peut-être Sampa et Nimaï, ce sont les ordres du Duc qui prévalent sur les miens, c'est ça ? Vos paroles concernant ma sécurité sont du vent ?

Mills se leva et s'inclina devant sa maîtresse.

— Pardonnez mon indélicatesse, Duchesse. Pas du tout. Je ne souhaitais pas vous décevoir.

Aélis lorgna son dos courbé et souffla.

— Je me désole de constater que la confiance reste quelque chose de non acquis ici. Le soutien et le respect semblent l'être encore moins !

Elle contempla ensuite Callum avec tristesse avant de descendre les marches du kiosque.

— Complotez bien loin de moi !

Elle quitta une nouvelle fois le jardin. Mills et Hakim observèrent immédiatement la réaction de Callum qui regarda au loin dans le jardin.

— Ta femme est exquise ! déclara Hakim.

— Je n'arrive pas à sa cheville... Aucun n'y arrive ! Mills, faites préparer une chambre pour Hakim.

Il se leva alors et quitta le kiosque à son tour en silence.

Aélis se retint de pleurer. Elle s'empressa d'arriver rapidement dans sa chambre, tout en évitant de croiser les regards de ses servantes. Ce n'est qu'une fois la porte de sa chambre refermée qu'elle se laissa aller et pleura.

Elle savait qu'elle devait être plus forte et prendre moins à cœur la mise à l'écart que Callum imposait à ses amis et chevaliers la concernant, mais elle n'y arrivait pas. C'était dans ces moments-là qu'elle sentait un nouveau fossé se creuser entre son mari et elle.

On frappa alors à la porte. Aussitôt, elle se releva et sécha d'un revers de main ses larmes.

— Qui est-ce ?

— Aélis, c'est moi !

Elle reconnut immédiatement la voix de son époux.

— Je n'ai pas envie de vous parler. Allez comploter et laissez-moi tranquille !

Elle l'entendit alors souffler derrière la porte.

— Laisse-moi entrer, Aélis.

— Je ne suis pas d'humeur. Je n'ai pas envie d'entendre vos excuses ! Partez !

— Pas tant que nous n'aurons pas crevé l'abcès, Aélis !

— Il n'y a rien à dire ! Vous choisissez vos sujets de discussion avec moi ! Cela ne m'intéresse pas de discuter avec vous !

Callum posa ses mains contre la porte et souffla une nouvelle fois.

— Je te demande pardon. J'ai manqué de tact.

Aélis ouvrit la porte avec fracas, les yeux sévères et humides.

— Vous me trouvez faible, Callum ?

Le Duc laissa retomber ses mains le long de son corps et la dévisagea. Son cœur se serra.

— N... non ! Vous avez frappé un troll !
— Idiote ?
— Non !
— Dangereuse peut-être ?
— Bien sûr que non, Aélis !
— ALORS POURQUOI ME METTEZ-VOUS SYSTÉMATIQUEMENT À L'ÉCART ?!

Elle posa son index sur son torse et appuya dessus.

— Pourquoi vous ne me dites pas que Mills connaît la magie ?

Elle appuya une seconde fois dessus un peu plus fort.

— Et pourquoi...

Elle posa enfin son index sur son front tout en appuyant comme on tourne une vis dans son crâne.

—... vous ne voulez pas que je sache la raison de sa venue et les plans du Roi ?!

La respiration haletante et les larmes coulant malgré elle sur ses joues, Aélis fixa Callum avec colère. Elle retira son doigt et recula, désœuvrée. Elle avait besoin de prendre de la distance et de se calmer. Peiné de leur situation, Callum tenta de répondre posément.

— Je filtre les informations pour te protéger, Aélis.
— Je ne veux pas être protégée ! s'énerva-t-elle aussitôt.
— Tu as en toi la Protectrice ! Tu dois être protégée ! haussa-t-il le ton.
— Le Roi la protège, les chevaliers et soldats la protègent, le Conseil Magique la protège ! Même NOCTIS la protège ! N'est-ce donc pas assez ?! lui cria-t-elle alors.

Elle s'éloigna dans sa chambre pour respirer et observa le jardin à travers la fenêtre tout en croisant les bras.

— S'il te plaît, Callum... J'en ai assez de leurs complots à gérer pour avoir aussi à douter de toi.

Callum écarquilla les yeux. C'était la première fois qu'elle lui parlait aussi intimement, avec autant de sincérité et d'attente de sa part.

— Je ne veux pas être ton pantin comme je le suis avec eux tous ! J'ai déjà l'impression que ma vie m'échappe, j'aimerais avoir le luxe de croire que mon mari ne me manipule pas également. Si je ne peux pas avoir une entière confiance en toi, en qui puis-je l'avoir ?

Elle le regarda et fondit alors en larmes, blessée par le constat douloureux de se sentir seule contre toutes ces manigances. Callum s'approcha d'elle et la prit dans ses bras.

— Pardon. Tu as raison. J'ai été maladroit, négligent. Je ne voulais pas t'accabler par tout ce qui t'entoure. J'ai juste peur qu'en te mêlant à tout, cela se retourne contre toi et que je le regrette… Je manque de courage. Je n'ai pensé qu'à mon confort, en me disant que je m'épargnerais une souffrance si je te mettais à l'écart. J'ai eu tort.

Il lui frotta la tête pour la calmer.

— Mills est un mage noir. Son parcours est assez atypique, car il était un ennemi du royaume au début. Le Conseil Magique ne réussissant pas à le vaincre, c'est le Roi Mildegarde qui lui a proposé de mettre sa magie noire au service du royaume plutôt que contre lui. L'histoire est un peu longue, mais Hélix Mildegarde a éveillé sa curiosité avec cette proposition. Quel Roi œuvrant pour le bien de tous viendrait solliciter les compétences d'un serviteur du Mal si puissant ? Assez, surprenant, n'est-ce pas ? Mills est un homme de défis et il a donc accepté de travailler pour lui en tant qu'espion tout d'abord, puis pour me seconder il y a quelques années. Mes ténèbres étant un mystère, avoir Mills comme appui et référent était un plus indéniable. Cependant, avec l'âge, il a de plus en plus de mal à encaisser les effets de la magie noire sur son corps lorsqu'il la sollicite. C'est pourquoi nous lui demandons de s'en servir qu'en cas d'ultime recours. Les soldats d'Althéa et de Mirjesta étaient en train de perdre face à l'armée squelettique de Noctis, alors Mills a dû agir.

Aélis se détacha de lui, inquiète.

— Quels sont les effets néfastes sur lui ?

— Son corps n'accepte plus aussi facilement la magie noire qu'avant. Les ténèbres le rongent de l'intérieur et l'amènent à une extrême souffrance.

— Il peut donc devenir un démon s'il l'utilise trop ?

— Il peut ! acquiesça Callum. Mais elle peut aussi le dévorer littéralement au point de le faire disparaître physiquement !

Callum sécha ses larmes.

— Concernant Hakim, il est un des généraux du Roi. Je sais

que votre première rencontre t'a refroidie, mais c'est quelqu'un de fiable. Je reste toutefois inquiet parce que le Roi nous fait surveiller par son intermédiaire. Plus je t'éloigne de lui, moins le Roi aura d'informations sur toi.

— Vraiment ? Est-ce la seule raison ? Ne craindrais-tu pas qu'il me dise des choses indélicates sur toi ?

Callum se montra mal à l'aise, mais tenta de le feindre.

— Pas... pas du tout !

Aélis plongea son regard droit dans le sien pour y lire sa sincérité. Callum tenta de reprendre le fil de la conversation.

— Quoi qu'il en soit, Hakim est un redoutable combattant ! Il te protègera. Comment crois-tu que je sois devenu aussi fort ?

Il lui sourit avec fierté. Aélis grimaça.

— Je n'aime pas que tu exposes notre intimité ainsi, devant les autres.

— Je sais. Je n'avais que cette alternative pour t'agacer et t'éloigner. Pardon.

— Je veux savoir, Callum. Je ne veux pas qu'on me cache des choses qui sont en rapport avec moi ou même Althéa ! Je me fiche de ce qu'apprend le Roi ! Je veux juste que tu cesses de me mettre à l'écart. Je veux me battre à côté de toi !

Callum replaça une mèche de cheveux derrière son oreille et déposa un léger baiser sur ses lèvres.

— Tu deviens une vraie duchesse, Aélis ! Je suis tellement fier de toi ! Tu as dégagé une telle prestance devant Hakim, une telle autorité ! Tu étais époustouflante ! Tu nous as tous les trois remis à notre place avec une telle fermeté et une telle finesse d'esprit. Tu m'as épaté !

Aélis baissa la tête.

— J'étais énervée !

Callum se mit à rire.

— La colère te réussit ! À chaque fois, tu m'écrases ! Cela en est presque inquiétant !

— Vous êtes averti, Callum Callistar ! lui répondit-elle avec un petit sourire, avant de passer ses bras autour de la taille de son mari pour un câlin. Recommencez, et je vous fais enfermer dans les geôles du château !

— Quel dommage que Hakim nous ait interrompus tout à l'heure..., se désola Callum. J'étais sérieux quand je t'ai dit que j'avais envie de te faire l'amour !

Les joues d'Aélis rougirent à nouveau.

— Ne recommencez pas, s'il vous plaît.

— Tu ne me tutoies plus ? lui demanda-t-il, amusé.

Aélis ne répondit rien, toujours mal à l'aise. Il se pencha alors à son oreille.

— Aélis, je veux être encore plus proche de toi, alors tutoie-moi, n'embrasse que moi, et n'aime que moi !

— Puis-je en échange exiger la même chose ?

Callum sourit à son oreille.

— Tu as déjà tout cela d'acquis, Aélis. Nul besoin d'exiger quelque chose que l'on possède déjà. Je t'ai promis d'être fidèle, et je le resterai, peu importe ce qu'insinue Hakim.

Il déposa un baiser sur sa joue et recula.

— Allons retrouver Hakim. Allons découvrir ce que le Roi attend de nous...

29

Là où tu te caches...

Assise à côté de son époux autour d'une grande table, Aélis gardait en elle une certaine rancœur envers Hakim, ce qui n'échappa pas à Cléry, Finley et Edern, qui s'étaient joints à eux. Son regard sévère envers lui les surprit. Callum lui prit la main pour lui signifier qu'il était de son côté, mais elle avait la rancune solide contre son mentor. Il souffla et lança un regard à Hakim avec un signe de tête vers Aélis. Hakim fixa la demoiselle qui détournait la tête, puis sourit. Il se leva et finit par s'incliner.

— J'ai manqué de délicatesse et de modération dans mes propos, Duchesse. Je tiens à m'excuser de mon comportement outrancier à votre égard.

À l'écoute de son discours, Aélis daigna le regarder. Sa tête penchée devant elle eut raison de son agacement. Elle jeta un regard vers son époux qui lui fit comprendre qu'il faisait un pas vers elle et qu'elle devait faire l'autre. Elle soupira.

— Excuses acceptées... grommela-t-elle.

Il se rassit alors et Callum prit le relais.

— Bien, vous connaissez tous Hakim ! lança Callum. Il est venu à nous sur ordre du Roi... parce qu'il est évident qu'il ne viendrait pas par simple courtoisie alors que nous sommes le centre de l'attention du Roi, n'est-ce pas ?

Hakim sourit de la clairvoyance de son apprenti.

— Euuh... objecta soudain Finley. On peut savoir ce qu'il s'est passé entre Hakim et ma Duchesse.

— Non ! trancha net Callum. Hakim, pourquoi le Roi t'envoie-t-il nous voir ?

Hakim but dans sa coupe de vin avant de s'exprimer.

— Il m'a prévenu pour Gésar, pour le vol de pierres. Il veut que je vous aide.

— Donc Gésar est bien le frère du Roi ! demanda Finley pour confirmation.

Hakim attrapa une pomme dans la coupelle de fruits devant lui et la croqua.

— Oui, d'ailleurs je connais bien Gésar. J'étais sous ses ordres avant que tout ne bascule et qu'il perde sa légitimité à régner. J'étais un de ses soldats les plus gradés. C'était un guerrier voué à un grand avenir... Mais j'ai l'impression que vous en savez autant que moi, je me trompe ?

— Pourquoi pense-t-il que nous sommes ceux contre qui son frère va se battre ? demande Callum, l'air grave.

Hakim sourit.

— Parce qu'il vous a volé un trésor dans Althéa !

— Un trésor ? répéta Finley, perplexe.

— L'ancienne Duchesse, Ilina Averhill ! comprit Cléry. Donc, la sépulture a bien été ouverte deux fois ! Une première fois par Gésar, la seconde par l'armée royale pour vérification.

— Donc, vous êtes au courant pour la disparition de la dépouille de Dame Averhill... Impressionnant !

Hakim lorgna le cœur de sa pomme où deux pépins apparaissaient.

— Tu la connaissais ? demanda Callum. Si tu as partagé du temps avec Gésar, tu as sans doute dû la rencontrer. Quelle était leur relation pour qu'il en vienne à ouvrir sa tombe et l'emmène avec lui ?

Hakim prit le temps d'avaler avant de répondre.

— Ils étaient amants. Gésar était fou amoureux d'Ilina.

— Incroyable ! s'exclama Finley. Nos suppositions s'avéraient exactes !

— Pourquoi s'en prendre à sa dépouille ? lança Cléry, suspicieux.

— Ça, je l'ignore, et Hélix Mildegarde également. L'amour de Gésar pour Ilina Averhill n'avait... pas de limites.

Un voile de tristesse traversa le regard de Hakim avant qu'il ne se reprenne. Edern capta ce léger changement d'humeur, mais ne dit rien.

— Et donc, il pense que tes connaissances concernant son frère et l'ancienne duchesse d'Althéa pourraient nous aider à le coincer.

— Effectivement. Il sait que vous ferez votre maximum pour récupérer la dépouille d'une noble d'Althéa, chère aux habitants. Et si vous arrêtez son frère et ses activités illégales, cela l'arrange !

Callum plissa des yeux.

— Et c'est tout ? Il n'a rien d'autre en tête ?

Aélis observa son mari qui semblait peu convaincu.

— Effectivement.

— Je connais le Roi, moi aussi, et je sais que ce n'est pas tout. Il veut que tu nous surveilles, pas vrai ? Ne me dis pas qu'il ne t'a rien dit me concernant ou concernant Aélis ! Surtout à toi !

Hakim se mit à rire, puis posa son trognon de pomme devant lui.

— Sale gosse, tu nous l'as bien fait à l'envers avec ce démon légendaire !

— Je savais que tu étais au courant ! s'écria Callum tout en tapant la table de la paume de la main. Viens-en au fait ! Que t'a demandé le Roi nous concernant, hormis de lui faire un rapport ?

— Je te l'ai dit. Il veut que je vous épaule.

— Il ne t'a rien dit à propos du Démon ou de la Protectrice.

— Il y a des choses que je devrais savoir ?

— Tu vas me dire que tu ne sais rien, alors que nous savons tous qu'il est vite au fait de ce qu'il se passe autour d'Althéa. Ne me prends pas pour un idiot. Le Roi Mildegarde a toujours œuvré pour diligenter ma vie. Toi, Althéa, Mills, et même Aélis ! Il me surveille comme l'eau sur le feu prêt à déborder de la marmite ! Il a ses espions ici. Il n'y a pas que Gésar qui le préoccupe. Il pourrait aussi s'en occuper seul. Parle ! Il a su pour le Duc de Mirjesta, c'est ça ?

Hakim fixa gravement Callum.

— Il veut s'assurer que la Protectrice reste en vie. Pour le bien de tous, elle doit l'être !

Aélis baissa les yeux. Toujours cette impression d'être un pion dans un jeu d'échecs. La Protectrice ou elle, c'était la même chose aux yeux du Roi. Juste agir pour l'intérêt du Roi et du royaume d'Avéna. Quelque part, elle commençait à comprendre la lassitude de son alter ego à devoir œuvrer pour les autres et non pour elle seule.

— Et donc, cela signifie augmenter une chance de me tuer si mon démon venait à la tuer ?

— Je ne ferai pas cela avec plaisir, Callum. Mais oui, pour l'intérêt d'Avéna, je viendrai en aide aux chevaliers ici présents et à Mills.

Finley se trouva peiné par cette issue qu'il savait envisageable en tant que soldat au service du royaume. Aélis serra les poings contre le tissu de sa robe. Même elle, leur avait fait promettre d'agir en conséquence si la Protectrice ou Noctis venait à être un élément dangereux pour les habitants d'Althéa.

— Je ne laisserai personne s'en prendre à Callum à cause de Noctis. Tout comme Callum ne laissera personne s'en prendre à moi à cause de la Protectrice. Je sais que je l'ai fait promettre à ma garde personnelle d'agir en conséquence si cela venait à mal tourner, mais pour l'instant, c'est notre problème. Je sais que c'est un sujet d'inquiétudes, je sais que les enjeux sont importants, mais je ne souhaite voir mourir personne entre Noctis, la Protectrice, Callum et moi. Nous formons un quatuor. Nous sommes indissociables, même si la Protectrice et Noctis sont antagonistes et que l'équilibre entre eux est précaire. Je veux garder l'espoir et croire en Noctis. Je veux croire qu'il nous protègera comme il l'a promis à chacune de nous deux. La seule chose que je peux accepter de vous, c'est de nous aider à conserver cet équilibre.

Callum sourit et serra la main de sa femme une nouvelle fois. Hakim dévisagea la Duchesse et sourit à son tour.

— Toujours dans la confrontation ! Je n'en attendais pas moins de l'hôte de la Protectrice. Ta tante avait aussi cette flamme dans les yeux.

— Vous connaissiez ma tante ? s'étonna Aélis.

— Oui, elle était la précédente hôte. Elle avait l'admiration de tous et surtout d'Ilina et de ta mère. Je suis désolé que Gésar l'ait tuée.

— Comment l'a-t-il tuée ?! lui demanda-t-elle, presque suppliante.

— Nous ignorions ce que préparait Gésar ! Quand le génocide de ta lignée a commencé, nous étions à mille lieues de penser que Gésar était le commanditaire, c'est ce qui a tué ta tante. Elle ne s'attendait pas à ce que Gésar la tue. Elle avait confiance en lui ; elle n'a pas eu le temps de se défendre...

Un long silence s'installa où la tristesse d'Aélis faisait écho à la responsabilité de l'armée royale dans cette affaire.

— Le Roi Angus Mildegarde, ainsi que son fils Hélix, ont toujours cru en l'importance de l'existence de la Protectrice dans l'équilibre des forces. Sans la Protectrice, l'avenir risque d'être sombre.

Aélis ne répondit rien. Si dans les faits, l'existence de la Protectrice était un avantage indéniable dans la lutte contre les démons, elle s'interrogeait toutefois sur son usage et comprenait le positionnement de la Protectrice sur le fait que le monde continuerait de trouver des alternatives sans elle. Pourtant, l'implication de Noctis continuait de l'interroger sur cet équilibre des forces à faire perdurer. En était-il lui aussi conscient ?

— Quoiqu'il en soit, Gésar reste un problème à régler, aussi bien pour ce qui concerne la Protectrice en sursis avec cet homme en liberté, que pour la dépouille de l'ancienne Duchesse d'Althéa à retrouver ! analysa Edern. Il nous faut le stopper pour le bien de tous !

— Tu as raison ! confirma Finley. Nous ne pouvons pas le laisser agir en toute impunité. Cela risque de se retourner contre nous. Nous devons le contrer rapidement !

— Ça tombe bien ! ponctua le prêtre. J'ai eu des nouvelles de la part de Daké. Il est revenu à Althéa brièvement pour nous rendre les charrettes qu'ils nous avaient empruntées pour ramener les soldats morts au combat. Pour l'instant, il assure l'intendance de Mirjesta, faute de descendant ou successeur au Duc de Mirjesta. Il m'a confié une liste des vols de pierres qui ont été répertoriés dans la partie nord-est d'Avéna.

Mills récupéra la liste qu'il analysa brièvement avant de la donner à Callum. Aélis se pencha pour la lire avec lui.

— Elle vient compléter la liste de Finley sur ce qu'il a eu en retour sur les lieux et dates des autres vols... continua Cléry.

— Il y a vraiment tous types de pierres ! commenta-t-elle.

Callum fronça les sourcils.

— Oui, mais il y a plus de pierres de type quartz et améthyste qui ont été volées...

— Ce sont des pierres de rechargement, oui ! fit remarquer Cléry. Nous l'avions déjà remarqué quand Daké nous a appris le vol d'une énorme cargaison à Mirjesta.

— Tout à fait ! déclara Callum, pensif. Elles ont la possibilité de recharger en énergie les autres pierres.

— Le problème, c'est que les dates de ces vols sont trop proches pour penser qu'il ait écoulé tous les stocks pour faire de la revente. Les quantités volées sont énormes...

— Tu penses à un usage magique de ces dernières pour quelque chose de précis ? demanda Edern à Callum.

— Oui, mais quoi ? Une arme surpuissante ? réfléchit Callum.

Il leva ses yeux de la liste pour questionner son mentor.

— Hakim, crois-tu que Gésar veuille détruire la capitale et le palais ?

— Une arme surpuissante me semblerait inutile à cet effet. Il a toujours su s'entourer de personnes au caractère combattif et aux pouvoirs puissants. Il lui suffirait de lever une armée de mercenaires avec des pouvoirs magiques comme les vôtres pour attaquer la capitale et reprendre le pouvoir à son frère et le palais.

— Alors que peut-il faire de toutes ces pierres ? demanda Edern.

— Mills, allez me chercher une carte du royaume s'il vous plaît ! demanda Aélis, en pleine réflexion.

Mills revint quelques minutes plus tard avec une grande carte. Elle répertoria alors tous les endroits attaqués sur la liste, plus ceux connus par le biais des différentes confrontations avec ses hommes, ceux mis en évidence par l'enquête de Finley ou via les rumeurs. Chacun y apposa ses connaissances et un dessin plus clair apparut sous leurs yeux.

— Il n'a pas encore attaqué le sud du royaume ! constata Callum.

Aélis acquiesça.

— Ou bien nous n'avons pas encore les informations de vols à ce sujet ! contredit Hakim. Si nous arrivons à connaître tous les endroits qu'il a attaqués avec ses mercenaires, nous pourrons peut-être deviner où ils se planquent et quelle sera sa prochaine destination.

Aélis observa plus attentivement la liste et la carte.

— Ce n'est pas la peine ! Nous savons où ils vont attaquer !

— Quoi ? firent Cléry et Finley en chœur.

— Ici !

Elle montra du doigt un point sur la carte.

— Stones Circle !

Tous la regardèrent, dubitatifs.

— Ils ont beaucoup de types de pierres, mais il y en a une qu'ils n'ont pas encore et dont ils vont avoir besoin en grande quantité, comme pour l'améthyste ou le quartz !

Callum regarda Stones Circle sur la carte et comprit : le cristal de roche !

— Très bien, on a plus qu'à préparer une embuscade là-bas ! s'enthousiasma Finley.

Hakim observa plus attentivement la carte.

— Pourquoi irait-il aussi loin si son périmètre d'action est la partie nord du royaume ?

Cléry posa sa main sur son menton et fronça les sourcils.

— Daké nous a dit qu'ils avaient traversé le lac Antasia, frontalier au royaume d'Elaspen, pour semer les troupes de Mirjesta. Descendre si bas dans le royaume d'Avena leur prendrait des jours et avec une grosse quantité volée, il leur faudrait un plan de fuite qui ne les ralentisse pas. Cela me paraît compliqué…

Hakim posa son doigt sur la carte.

— Et les Terres Arides ? Il y a un gisement là-bas ! Rien ne nous dit qu'ils l'ont visité… On n'a recueilli aucune information de ce côté-là.

Callum observa attentivement la carte.

— C'est une terre de désolation, avec peu d'habitations tant le climat y est rude et le terrain désertique, n'offrant que peu de chance de survie. Seules deux oasis sont connues entre le désert et le volcan.

— Quel type de pierres y a-t-il là-bas ? demanda Edern.

— De la cornaline ! C'est une pierre de feu, qui est propice à se développer sous un climat chaud ! déclara Hakim. En extraire sa roche demande un dur labeur. La mine tourne au ralenti à cause de ces conditions extrêmes entre sa grande chaleur, le volcan actif et le vent sablonneux. La cornaline de la Porte des Terres Arides est donc vendue très chère. Cela peut justifier un besoin de gagner une somme rondelette en échange. Et cela serait dans le périmètre d'action de Gésar. Sa planque est forcément dans le nord ! Il doit faciliter le bon rapratriement de ses larcins, donc il ne peut voyager trop longtemps.

— Penses-tu que Gésar collabore avec le Roi d'Elaspen qui l'autorise ainsi à vivre sur ses terres ? demanda Callum

— Sait-il seulement que Gésar traverse ses terres ? Mais les montagnes du nord ici, à la frontière, peuvent être une bonne planque pour un fugitif. Les montagnes lui offrent un cadre naturel parfait pour prévoir une attaque et une défense efficace en cas d'invasion.

Callum fixa la carte un instant.

— Finley, je veux que tu te renseignes sur les Terres Arides et leur gisement de pierres. Ont-ils déjà été attaqués ? Qui s'en occupe ? Ont-ils eu vent de passages de mercenaires autour des montagnes du Nord ? Pour moi, le gisement est trop proche des montagnes pour que Gésar ne l'ait pas visité en premier si leur planque se trouve sur les montagnes du nord. La thèse d'Aélis n'est pas à rejeter. Leur dernière attaque était celle de Mirjesta il y a un peu plus de deux semaines. Il est donc très probable qu'une nouvelle attaque de leur part se prépare. Nous devons absolument savoir quelle prochaine mine ils comptent voler.

— Si j'étais un homme en cavale, qui plus est voleur de biens précieux, je me planquerai au centre du royaume, là où j'aurais autant de distance à parcourir quelque soit ma destination dans le royaume..., déclara soudainement Mills. La meilleure des planques, c'est celle où on ne viendra pas vous chercher ! Je parle en connaissance de cause !

Tout le monde fixa Mills. Malgré sa bonhommie habituelle, Aélis put entrevoir dans son regard une part tout à coup plus mystérieuse, voire dangereuse. Elle regarda immédiatement la carte et plus particulièrement le centre du royaume.

— Il y a Althéa au centre du royaume. Vous pensez qu'ils seraient installés dans nos montagnes, aussi près de nous ? lui demanda-t-elle alors.

— Rien n'est impossible pour un grand stratège tel que Gésar ! confirma Hakim.

Callum regarda la chaîne de montagne entourant Althéa. Autant chercher une aiguille dans une botte de foin. Malgré tout, la remarque de Mills était pertinente également.

— Prendrait-il volontairement des détours pour nous perdre dans sa destination et ainsi passer plus inaperçu ? murmura-t-il pour lui-même.

Il observa les routes qu'il aurait pu emprunter depuis Elaspen. Toutes passaient par leurs montagnes. Tous les gisements autour d'Althéa ont été pillés d'après leurs informations. Même les plus petites n'apparaissant pas sur la carte, ainsi que les entrepôts marchands. Il plissa les yeux.

— La théorie de Mills peut être envisageable, intervint Cléry. S'il a courtisé l'ancienne Duchesse d'Althéa, il doit connaître les alentours. A-t-il vécu à Althéa, Hakim ?

— Pas que je sache, mais il a effectivement rencontré Ilina Averhill aux abords d'Althéa.

— Merde ! lança Callum.

— Que fait-on du coup, Callum ? demanda Finley. Je me penche quand même sur les Terres Arides ?

— Oui, nous ne savons pas grand-chose sur leur planque, mais nous avons des certitudes sur les points de la carte qu'ils ne visiteront plus. Concentrons-nous sur les sites potentiellement vulnérables pour l'instant.

— D'accord.

— Restons méthodiques et prudents. Que ce soit la chaîne de montagne du nord ou celle d'Althéa, il y a entre les Terres Arides et cette mine dont nous ne savons rien. Réglons d'abord ce point, puis nous aviserons...

— Ne fais pas la tête ! Tout ira bien !
— Je ne boude pas. Je comprends, même si tout cela m'agace.

Callum caressa la joue d'Aélis tendrement.

— Nous ne pouvons pas prendre le risque de te mettre face à Gésar, au regard de ce qu'il a fait à ta lignée. Plus loin de lui tu te trouveras, mieux ce sera pour l'instant. Il faut avant tout que la Protectrice revienne se battre !
— Je sais...

Elle déposa un baiser délicat sur sa joue.

— Soyez prudents !
— Je compte bien retrouver mon épouse après tout cela...

Il se pencha alors à son oreille.

— J'ai toujours une nuit de noces qui m'attend ! murmura-t-il tout en finissant par lui rendre son baiser sur sa joue, puis de dévier vers ses lèvres.

Il s'éloigna ensuite d'elle tout en la fixant, avant de lui tourner le dos et de monter sur Kharis. Comme à chaque fois, elle regardait du haut de l'escalier à l'entrée du château, accompagnée de Mills, la délégation de soldats d'Althéa prête à partir. Cléry et Finley la saluèrent à leur tour et tout ce beau monde quitta lentement le château pour passer la grande Porte des remparts de l'autre côté de la ville et disparaître.

Il avait fallu plusieurs jours à Finley afin de rassembler un maximum d'informations sur les Terres Arides. Ses indics ne lui apportèrent que peu de réponses. Les seuls éléments dont ils étaient certains étaient que la Porte des Terres Arides et le gisement étaient tenus par les autochtones de la région, plus particulièrement ceux vivant dans les deux oasis entre le désert et le volcan. Peu d'informations circulaient autour de cette région aux conditions difficiles. Il avait appris que de la cornaline des Terres Arides continuer de circuler dans le commerce du royaume, signe que leur entreprise continuait de prospérer sans accuser un retard dû à un potentiel vol de pierres. De son côté, Hakim avait pu apprendre du Roi qu'il avait laissé la gestion de ce gisement aux locaux, car c'était la seule ressource de la région avec laquelle ils pouvaient marchander pour se nourrir. Autrement dit, un seul exploitant était en charge de toute la chaîne d'exploitation et de vente de cette cornaline ; il n'y avait pas d'intermédiaires. Cléry avait, quant à lui, appris qu'un chevalier de la région, possédant le pouvoir de la cornaline, gardait la Porte des Terres Arides afin de protéger le gisement et leurs réserves. Le Duc d'Althéa avait alors décidé de rencontrer ce chevalier pour au mieux lui apporter son soutien en cas d'attaque de Gésar. Et c'est ainsi qu'Aélis vit partir son époux et son armée en direction des Terres Arides.

— Ne vous inquiétez pas, Duchesse. Il a de quoi faire poids face à Gésar avec Cléry, Finley, et maintenant Hakim.

Mills sourit à Aélis après ses mots rassurants.

— Hakim est-il un chevalier magique ?

— Non. C'est un chevalier non magique, comme Nimaï. Un très grand combattant.

Aélis lui jeta un regard suspicieux.

— Pas de pouvoirs magiques ? Pas de cornes cachées ? Pas de transformations sorties de nulle part ?

— Non, Duchesse. Je vous assure qu'il n'y a rien de magique ou de surnaturel en lui.

Aélis le quitta alors en silence. Mills souffla, ressentant bien la méfiance d'Aélis et sa froideur depuis l'arrivée du mentor du Duc.

— Duchesse ! lui cria-t-il alors.

Aélis cessa sa progression et se tourna vers lui.

— Nous n'avons pas pu vraiment en parler depuis, mais je tiens à réellement vous présenter mes excuses. Je sais que vous avoir caché ma véritable identité vous a blessée, mais si vous avez des questions à me poser à ce sujet, dorénavant j'y répondrai.

— Me dites-vous maintenant cela après avoir obtenu l'autorisation du Duc pour le faire ?

— Non ! lui sourit alors Mills. Vous m'avez rappelé combien j'ai perdu mon indocilité depuis que je suis au service du Roi Mildegarde.

— Soyez alors indocile avec les autres, mais pas avec moi si vous tenez réellement à ce que j'accepte vos excuses !

Elle le quitta et Mills s'inclina avant de sourire.

— Un mage noir au service de l'hôte de la Protectrice... Mills, tu vieillis vraiment pour en arriver à ce stade !

30

La Terre de Désolation.

Après cinq longues journées de route, Callum et son armée arrivèrent à la Porte des Terres Arides, après en avoir contourné son désert. Chacun savait que le désert était dangereux, mais que franchir la Porte des Terres Arides l'était encore plus, car derrière, la Terre de Désolation les attendait. Un paysage de poussière noire, alimentée par les cendres et la roche du volcan qui dominait la région, s'offrait à celui qui franchissait sa Porte. La Porte se trouvait à un kilomètre du gisement de cornaline. La cornaline, une calcédoine qui se transforme par l'action du dioxyde de silicium que l'on trouve dans les cavités des roches volcaniques, absorbe l'oxyde de fer, lui donnant sa couleur rouge chatoyante. La région des Terres Arides était donc l'endroit idéal pour en trouver et pour en exploiter des gisements. Le plus grand gisement se trouvait trop près des régions avoisinantes et attisait les convoitises, ce qui avait obligé les habitants de la région à construire une grande Porte afin de filtrer le passage des visiteurs qui empruntaient l'unique route qui y conduisait, le reste du paysage étant trop accidenté par les coulées de lave et les roches coupantes.

Callum et ses hommes contemplèrent cette immense Porte en pierres, de plusieurs mètres, s'élevant devant leurs yeux. Des sculptures d'hommes vénérant le volcan sur le haut de l'arche donnaient un côté solennel et sacral à l'ensemble.

— C'est un lieu qui donne la chair de poule ! s'exclama Finley. J'en avais beaucoup entendu parler, mais j'étais loin d'imaginer combien ce lieu était angoissant.

— Certains appellent ce lieu, la Porte de l'Enfer ! ajouta Cléry. À juste titre !

Callum observa au loin, au-delà de la Porte, et fronça les sourcils.

— C'est bizarre... Où est le comité d'accueil ?

— Tu as raison, Callum ! Où est le chevalier qui est censé la garder ? confirma Hakim. Ce n'est pas normal !

— Hum ? Un piège de ce dernier ? s'en amusa Finley, déjà prêt à l'affronter.

— L'effet de surprise peut avoir un intérêt, mais beaucoup savent que cette Porte a son gardien... commenta Cléry, méfiant.

— Montre-toi, Chevalier ! cria alors Callum. Je suis le Chevalier de Sang. Je viens en paix. Je souhaite te parler. Il en va de l'intérêt de ton territoire.

Le silence fut sa seule réponse. Un léger vent chaud souffla, balayant un peu plus de poussière noire devant eux.

— Une attaque de tes Terres est possible ! continua Callum. Nous suivons un groupe de mercenaires ciblant les gisements de pierres pour en récupérer le butin. J'ai besoin de ta coopération pour les arrêter !

Les troupes de soldats de Callum attendirent une manifestation de la présence du chevalier magique, en vain.

— C'est plus que louche ! affirma Hakim.

Callum acquiesça.

— On passe la Porte !

— Attendez ! cria Cléry. Le piège est forcément de passer cette Porte. Nous devons rester vigilants. Il nous teste peut-être !

— Et si on la contournait ? proposa Finley.

— Tu sais parfaitement que s'il y a une Porte, c'est pour une raison ! grinça Cléry.

— Et tu suggères quoi ? demanda Finley.

Cléry descendit de son cheval et s'approcha de la Porte qu'il examina plus attentivement. Il prit un caillou qu'il jeta à travers la Porte. Le caillou la traversa et finit sa course au sol, de l'autre côté.

— Serait-ce efficace que sur du vivant ? s'interrogea-t-il.

Il ferma les yeux et inspira fort. Il leva ensuite sa main devant lui, en parallèle à l'entrée de la Porte et libéra son mana.

— Tu sens quelque chose ? lui demanda alors Callum.

— Non. Ce n'est pas normal. Il devrait y avoir des résidus de mana si son gardien la surveille. Il aurait dû la piéger. C'est ce que j'aurais fait à sa place. J'aurais insufflé mon mana dedans, j'aurais prévu un effet de surprise ou quelque chose qui puisse m'aider dans mon devoir de la protéger.

— Je suis d'accord ! déclara Hakim. J'ai cette drôle de sensation que la Porte est désertée. Je ne sens aucune onde négative ou oppressante hormis le lieu qui s'y prête.

Cléry tendit le bras et le passa au travers de la Porte lentement. Rien ne cessa sa progression. Aucune défense ne se manifesta, aucune intervention du chevalier ne vint l'interrompre. Callum serra les dents.

— Ils se sont fait attaquer ! s'exclama Callum, inquiet.

Il donna un coup d'étrier à Kharis pour lui ordonner de galoper. Il traversa la Porte avec son cheval, frôlant Cléry, et se dirigea tout droit vers la mine de cornaline. Finley et Hakim le rejoignirent, suivis par le reste des chevaliers non magiques et des soldats. Cléry les observa passer en silence avant de retrouver son cheval calmement et de fermer la marche. Il observa une dernière fois la Porte sur sa face cachée lors de leur arrivée et fronça les sourcils. Une fresque représentant le chevalier magique délivrant son pouvoir contre les ennemis de la Porte était représentée.

— Où es-tu passé, chevalier ?

Le bataillon se pressa d'arriver à la mine et très vite, leurs doutes furent fondés. Ils virent empalé au-dessus de l'entrée de la mine un chevalier à l'armure rouge. Du sang coulait de sa bouche. Ils ignoraient s'il était encore en vie ou pas, mais deux longs pieux en pierre rose fuchsia tirant sur le rouge le maintenaient contre la poutre en bois horizontale, au-dessus de l'entrée de la mine. Tel un avertissement à ceux qui viendraient perturber les activités en cours, la présence de ce chevalier ainsi présenté en pâture indiquait à Callum et son bataillon que la paix était loin d'être évidente à présent. Les chevaux s'arrêtèrent à quelques mètres et une présence familière finit de dresser le triste bilan de la situation.

— Khan... murmura Callum, le regard plus dur.

La mine était visiblement sous son contrôle. Ses soldats s'activaient à récupérer la Cornaline. Deux autres chevaliers se distinguaient du groupe. Visiblement des chevaliers magiques, au regard de la couleur de leur armure dont l'un avait une armure rose fuchsia de la même couleur que les pieux qui transperçaient le corps du chevalier au-dessus de leur tête. Chacun pouvait donc conclure que le chevalier sauvagement empalé devait être le gardien de la Porte.

L'arrivée de Callum ne passa pas inaperçue au sein des mercenaires qui cessèrent un instant leur activité pour se concentrer sur les trouble-fêtes. Khan sourit de façon narquoise à leur vue.

— Regardez qui voilà ! Notre cher Chevalier de Sang qui souhaite tenir compagnie à notre chevalier à la cornaline.

Il observa le chevalier en question, accroché au-dessus de lui. Tous ses camarades se mirent à rire. Très rapidement, Callum et ses camarades remarquèrent l'absence de Gésar de leur champ de vision.

— Détrompe-toi ! Je pensais juste que tu pourrais le remplacer, ... Khan !

Khan ferma les yeux un instant, avant de les rouvrir.

— Toujours aussi présomptueux.

— Je dirai plutôt ambitieux, même visionnaire !

— Alors ton ambition causera ta perte, comme pour beaucoup dans ton cas !

— Comptes-tu prendre la fuite cette fois-ci aussi, Trouduc ?

— Nous y revoilà ! Non, pas cette fois ! Il est temps de faire taire cette impertinence vulgaire qui te caractérise depuis notre première rencontre.

— Je veux m'en occuper ! le coupa alors le chevalier à l'armure fuchsia. Je ne supporte pas sa laideur !

Callum le toisa du regard de façon tout aussi dédaigneuse.
— T'es qui, toi ?!
— Je suis... plus beau que toi, c'est certain !
Callum le dévisagea de façon blasée.
— C'est qui ce gugusse ? commenta Finley, tout aussi déconcerté par le comportement du chevalier qui semblait avoir un énorme ego. Regardez-le se remettre sa longue chevelure blonde en place, comme une femme !
— Toi non plus, tu ne sembles pas savoir ce qu'est la beauté, rustre ! En même temps, être le partenaire de bataille d'un chevalier tel que ton camarade ne peut que t'enlaidir !
— Je vais me le faire ! siffla Callum, un brin agacé par ses provocations.
Finley tendit le bras devant son ami pour le calmer.
— Puis-je savoir ce qui te fait croire que tu es plus beau que nous ? demanda alors le chevalier solaire.
— C'est évident ! Regardez-vous ! Aucune classe ! Que ce soit dans votre posture ou dans vos mots ! Voilà pourquoi je vais me charger de vous éradiquer de cette terre pour effacer l'affront que vous faites à nos yeux !
— Rien que ça ! marmonna Hakim, soufflé par son éloquence.
— C'est fou, plus il parle, plus je le trouve ridicule ! lança Cléry, d'un ton monotone. Il n'a pas été touché par la grâce de Dieu, c'est certain !
Le chevalier ennemi fronça les sourcils face à l'affront du chevalier prêtre !
— Garde ta salive dans ta bouche ! Dieu m'a accordé la grâce divine, celle de la beauté parfaite !
Il brandit alors son arme, une énorme faucille, et de sa pointe, il toucha le sol. Une longue tige rose fuchsia en sortit et vint directement cibler Cléry sur son cheval. Finley eut juste le temps de le pousser pour qu'il l'évite. Cléry tomba du cheval. Les mercenaires se mirent à rire.
— Qu'est-ce que je disais ?! Aucune élégance !
— Il est pour moi ! grogna Cléry, touché dans son amour-propre.
— Non ! lança Finley tout en descendant de son cheval. Je m'en charge. Occupez-vous des autres.

— Très bien ! lança Callum qui descendit à son tour de cheval. Hakim, prends quelques hommes avec toi et détache-moi le chevalier de la Porte. Assure-toi de son état. Cléry, occupe-toi de l'autre mercenaire. Moi je m'occupe de Khan. Les autres, vous savez qui combattre !

Un cri général d'encouragement et d'acquiescement retentit.

— Permettez-moi de chambouler un peu votre stratégie ! objecta le second chevalier mercenaire, jusqu'à présent silencieux. Pensez-vous que cela soit aussi simple ?

Il se tourna vers Khan, l'attitude assurée.

— Je m'en occupe ! Ne faites pas attention à nous ! Continuez l'extraction sans vous soucier du reste.

Khan jaugea son soldat.

— Es-tu sûr de pouvoir contenir tout ce petit monde ?

— Évidemment !

— Très bien ! Je te les laisse.

Khan se tourna pour retourner dans la mine. Aussitôt, Cléry agit et sortit son chapelet.

— Mur divin !

Un mur bleu formé d'énergie se matérialisa devant l'entrée de la mine, empêchant Khan d'y pénétrer. Il se mit à ricaner devant cette barrière magique. L'homme à l'armure verte et violette intervint pour contrer Cléry en envoyant des serpents magiques qui sortirent de terre, mais Callum couvrit Cléry en lançant du bout de son épée une vague d'éclairs rouges et noirs. Les serpents disparurent aussitôt.

— Il semble que chacun ait finalement choisi son combattant ! s'en vit ravi Callum.

Les trois chevaliers mercenaires se trouvèrent face aux trois chevaliers magiques d'Althéa. La tension était palpable. Callum comprit qu'il fallait éloigner leurs ennemis de la mine afin que Hakim et les soldats puissent agir pour sauver les mineurs pris en otages et libérer de ses entraves le chevalier magique de la Porte des Terres Arides.

— Finissons-en rapidement ! déclara alors le chevalier à l'armure rose fuchsia. Vous gâchez ma journée !

— Je peux en dire autant ! rétorqua Finley. Je suis Finley, chevalier d'Althéa, et je serai le dernier chevalier que tu rencontreras, sois-en sûr ! Je ne compte pas y passer la journée !

— Quelle mauvaise langue ! Aussi mauvaise que ton physique repoussant.

Finley s'esclaffa, amusé par la bassesse de ses propos.

— Hormis déblatérer sur ce qui est beau ou non, tu n'as pas autre chose à proposer ?

La pointe de la lame du chevalier mercenaire frotta le sol une nouvelle fois. Finley se mit sur ses gardes. Il suivit les pas du mercenaire qui s'éloigna des autres combattants.

— Je me nomme Rozi. On me surnomme le chevalier à la rose. Sais-tu pourquoi ?

— Huuumm... Parce que ton armure est rose ? se moqua Finley.

— Effectivement, mais surtout parce que mes attaques sont aussi piquantes qu'une rose !

Tout à coup, l'armure du chevalier évolua et des piques pointues apparurent sur les jointures de ses membres. Ses épaulettes, ses genouillères, ses chevilles, ses poignets se parèrent d'épines roses extrêmement pointues. Finley fronça les sourcils.

— Sympa tes pointes, et après ?

— Après ? Tu vas vite comprendre...

Rozi fonça sur lui avec sa faucille en main. Finley para ses coups avec son bouclier à l'avant-bras. Les coups tombèrent sur lui avec grande force, mais le bouclier ne se fissura pas, jusqu'à ce que soudain, suite à un coup de pied de Rozi, des épines de sa cheville vinrent se planter dans sa cuisse non protégée par son armure. Du sang coula le long de la jambe de Finley. Ce dernier prit acte de sa blessure avec agacement, puis souffla, désabusé. Il retira les deux épines en pierre fuchsia coincée dedans et les jeta au sol.

— Très bien, en fait, ce n'est pas sympa ton truc d'épines, j'avoue.

— Ma pierre est une spinelle. Elle est souvent confondue avec le rubis. La spinelle est connue pour sa forme irrégulière faite d'arêtes pointues. Elle est tellement belle !

— Mouais, donc t'es un faussaire ! Ta pierre n'est pas un rubis. Donc, elle n'a pas la même valeur et est moins belle !

— Ma pierre est la plus belle qui soit ! Tu as tort de me provoquer de la sorte ! Elle trouve son origine dans le magma et regarde où nous sommes.

Des pointes roses sortirent de terre, tirant du rose vers le rouge incandescent de la lave en fusion à plusieurs mètres sous terre, et foncèrent sur le corps de Finley. Instinctivement, Finley fit briller son armure en y injectant son mana et l'armure se para d'une surarmure qui cacha les parties à découvert comme ses cuisses. Les piques vinrent percuter l'armure de Finley, mais ne la transpercèrent pas, à la grande surprise de Rozi. Les arrêtes pointues tombèrent sans élégance autour du chevalier d'Althéa, au grand agacement de Rozi. Sans crier gare, Finley lança sa contre-attaque et fonça sur lui. Il sortit alors de son dos un énorme trident dont la pointe du milieu était plus proéminente et rendit le coup de Rozi porté sur sa cuisse sur la sienne. Du sang gicla à son tour de sa jambe, avant que Finley prenne du recul.

— Qui es-tu ? grogna le mercenaire.

— Je suis Finley, chevalier magique d'Althéa. Je te l'ai déjà dit ! Ta beauté t'a bouché les oreilles ?

— Comment se fait-il que ma spinelle ne parvienne pas à transpercer ton armure ? Quelle pierre soutient ton mana ?

Finley esquissa un sourire.

— C'est vrai, la spinelle a une dureté de 8 sur l'échelle de la dureté des pierres. Une grande dureté. Mais face à ma pierre, cela est inutile, car elle a la même dureté que la tienne. Ma pierre est l'héliodore.

— L'héliodore ?

— Sais-tu pourquoi Althéa est si crainte dans le royaume d'Avéna et au-delà ? Parce que les chevaliers magiques qui la protègent ont des spécificités bien particulières. Si Cléry, mon camarade chevalier prêtre, a la spécificité d'avoir trois pierres liées à son mana, pour mon cas, c'est l'inverse. J'ai trois armes liées à ma pierre ! Le bouclier qui a un spectre de défense que tu n'imagines pas, mon fouet pour les attaques à distance et enfin mon saï, mon trident pour l'attaque rapprochée. Autrement dit, je suis un chevalier sans faille !

Rozi serra les dents. Il réalisa que son adversaire était de taille.

— Ne crois pas que cela te rend parfait ! Au contraire ! Il n'y a rien de plaisant chez toi ! Tu restes hideux à mes yeux avec ta couleur jaune criarde !

Finley se mit à rire.

— Ne sois pas jaloux ! Je suis un tombeur de ces dames !

— Elles n'ont juste pas le sens du bon goût ! rétorqua Rozi. Celles qui tombent à mes pieds, oui !

L'armure rose de Rozi se mit à scintiller alors.

— Tu vas voir ce qu'est la beauté !

Les pierres autour d'eux entrèrent en lévitation. Finley comprit vite ce qui se préparait et sortit son fouet.

— Du magnétisme, je parie.

Il donna son coup de fouet et les pierres en lévitation tombèrent en poussière. Rozi s'agaça davantage.

— Ne cherche pas à m'attaquer par une attaque magnétique, c'est peine perdue ! le prévint Finley. L'héliodore veut dire « pierre du soleil » et le soleil est un aimant géant. Ça ne marchera pas avec moi !

— Tu crois ça ? répondit Rozi, sûr de lui.

Tout à coup, Finley ressentit un profond malaise et tomba un genou à terre. Sa tête tournait comme si son équilibre était perturbé.

— Qu'est-ce que...

— La spinelle aide à trouver son orientation. Elle est utilisée par les marins. Imagine si elle est utilisée pour, au contraire, désorienter mes ennemis...

Rozi se mit à rire de façon satisfaite.

— Tes sens vont être désaxés progressivement. Ta droite et ta gauche vont se mélanger dans ta tête, le haut et le bas également. Tu seras incapable de maîtriser les distances, incapable de te tenir debout, incapable de te mouvoir correctement. Ton rythme cardiaque va devenir fou parce que ta circulation sanguine va perdre sa direction et ton flux sanguin irriguera mal ton cœur. C'est fini. Mon shotel, cette énorme faucille, va couper maintenant ta gorge. Le magnétisme de ma spinelle va te mener à ta mort.

Lentement, Rozi s'approcha de Finley qui tentait de lutter pour garder le contrôle. Il vit la lame courbe de l'arme de Rozi se rapprocher de sa gorge, mais ne bougea pas, conscient que ses mouvements pouvaient lui porter plus préjudice que le sauver.

— Bientôt, même ton langage va perdre de sa cohérence. Bref ! Le monstre que tu es doit disparaître. Tu fais désordre ! Adieu, chevalier d'Althéa !

31

Les profondeurs de l'oubli

Callum fixa sévèrement le chevalier magique face à lui. Son armure était verte tachée de violet. À y regarder de plus près, Callum identifia des sortes d'écailles sur son armure, telle une peau de serpent. Il essaya alors de trouver quelle pierre pouvait être liée à son anicroche, sa lance très longue munie d'une pointe en forme de crochet au bout, tel le croc d'un serpent, mais ne trouva pas.

— Des serpents ?... Ce n'est pas courant ! lança le Duc pour démarrer son enquête.

— Et toi ? Tes éclairs noirs et rouges sont la seule manifestation de ta magie ?

— Tu te doutes bien que non.

— J'ai beaucoup entendu parler de toi, Chevalier de Sang. Je dois dire que tu m'intrigues, au-delà de l'envie de me battre contre toi. Je me demande ce qu'il y a dans ta tête !

Il posa son index sur sa tête pour mimer ses mots.

— À qui ai-je l'honneur ? se méfia Callum.

— Je m'appelle Mu. Je viens du Royaume de Kaléo.

— Kaléo... C'est assez loin d'Avéna !

— Oui, j'ai dû m'exiler de mes terres.

— Quel dommage que tu te sois mis à la solde de Gésar.

— Gésar est un homme tout aussi honorable que ton Roi. La seule différence est dans leurs priorités sans doute.

— Et quelle est la priorité de Gésar ?

— Tu le sauras rapidement. Un peu de patience !

— Pourquoi as-tu dû t'exiler ?

— Tu es bien curieux, Chevalier de Sang ? Mais puisque tu souhaites le savoir, j'ai rendu fou le Roi de mon royaume !

— Comment ça ?

— Comme tu l'entends ! Il a perdu la raison !

Callum écarquilla les yeux de stupéfaction tandis qu'un sourire sadique se dessina sur le visage de Mu.

— Je vois… Donc, tu as un pouvoir qui joue avec les pensées. La folie, dis-tu ? Je connais quelqu'un qui aime côtoyer la folie, celle qui mène à la mort...

— Vraiment ? répondit le chevalier rebelle. Il n'y a rien de pire que soi-même, tu sais ! Le pire danger est soi-même. Tu vas vite comprendre !

Mu agita alors son épée, formant un cercle devant lui avec. Bientôt, son mana apparut dans le cercle et une lumière verte et violette éblouit Callum. Sans avoir la possibilité de comprendre, il se trouva transporté ailleurs. Très vite, il comprit qu'il n'était plus sur la Terre de Désolation. Un endroit spécial, comme une forme de subconscience. Il se voyait dans l'eau, dans l'impossibilité de se mouvoir. C'était comme une sensation de flottement où il se retrouvait seul avec lui-même.

— Bienvenue dans les profondeurs de l'Atlantide !

Callum chercha son ennemi, mais ne trouva que sa voix en réponse.

— Connais-tu la cité perdue d'Atlantide ?

C'était comme s'il était enfermé dans une boîte dont Mu regardait à l'intérieur par la fenêtre.

— Où suis-je ?! lui cria Callum, méfiant. Qu'est-ce que tu m'as fait ?

— Je t'ai plongé dans ta mémoire oubliée, Callum Callistar.
— Quoi ?!
— Tu es toujours physiquement devant moi, mais ta conscience t'a abandonné parce que je suis entré dans ton subconscient.
— Alors, je n'ai qu'à t'en sortir !
— Essaie ! Mais ne sous-estime pas le pouvoir de ma pierre ! L'atlantisite a la faculté d'identifier les blocages psychologiques. Je peux donc soit les soigner soit les accentuer...
— L'atlantisite ? Qu'est-ce que c'est que cette pierre ?
— Je vois... C'est vrai, c'est une pierre peu courante à Avéna. Ma pierre est le résultat de la fusion de deux pierres.
— Quoi ?! C'est impossible !
— Et pourtant ! Tu as bien reconnu des aspects de la serpentine, non ? La serpentine se mélange à la stichite et forme la pierre sertie dans mon épée. Elle cumule les propriétés des deux pierres qui la composent et devient une atlantisite. On raconte que ma pierre détient l'énergie des anciennes civilisations dont celles de la mythique Atlantide.

Callum se noya un peu plus dans les profondeurs d'une eau verte aux bulles d'air violettes.

— Voyons voir ce que cache ton enfance, Chevalier de Sang !...

Cléry observa Khan dont la tranquillité le dérangea. Il jeta un œil vers Callum qui semblait à la merci du chevalier à l'amure verte et violette. Il n'aimait pas sa passivité, mais ne pouvait intervenir face au danger que représentait Khan.

— Il n'y a pas d'eau sur la Terre de Désolation. Pas de végétation. Rien sur quoi tu puisses t'appuyer pour en utiliser l'eau. La chaleur du volcan efface toute forme de vie. Ton pouvoir risque d'être dérisoire sur ce terrain. Rends-toi, Khan !

— Je vois que ton Duc a bien transmis les informations de notre précédente rencontre ! Hélas..., cela ne suffira pas !

Cléry augmenta sa vigilance. Khan était le bras droit de Gésar et un combattant redoutable.

— Il y a toujours de l'eau... pour celui qui sait où la chercher !

Khan leva son sabre et le dirigea vers Cléry qui sentit alors une force tenter d'extraire quelque chose en lui jusqu'à ce que de l'eau sorte de sa bouche et vint rejoindre la pointe du sabre de Khan.

— Voilà ! Ce problème est réglé ; nous allons pouvoir commencer !

— Allez, gamin ! Tu peux encore tenir la tête quelques secondes de plus sous l'eau !

Callum vit des enfants jouer autour de lui jusqu'à ce qu'une petite fille tombe et s'écorche le genou. Aussitôt, une femme dans son dos le bouscula et se précipita sur l'enfant.

— Maman, j'ai mal !

— Ce n'est rien, ma chérie, Maman est là. Elle va te soigner.

« Pourquoi n'ai-je pas un papa et une maman, moi ? Maman ! Papa ! Où êtes-vous ? »

Des bulles s'échappèrent de la bouche de Callum. Des pleurs d'enfant résonnèrent dans ses oreilles. Il réalisa que c'était lui qui pleurait. Les têtes des serviteurs l'ayant élevé défilèrent sous ses yeux, puis un visage familier : le Roi. De ses yeux d'enfant, il se voyait revivre un souvenir précis qui l'avait marqué.

— Je veux que tu t'occupes du petit. Fais-en un soldat ! Vu son passé, il doit être capable de répondre aux attaques qui pourront venir contre lui. Forge son mental et son physique. Prépare-le à sa future vie.

Il tourna la tête et un soldat d'un grand charisme se tenait à côté de lui : Hakim.

— À vos ordres, Votre Majesté !

Hakim s'inclina comme dans son souvenir, puis la souffrance physique et mentale revint à lui.

— Callum ! Tiens encore un peu sous l'eau ! Tu peux le faire ! Montre-moi ta force mentale !

La voix inflexible de Hakim réveilla des souvenirs plus douloureux encore. De nouvelles bulles sortirent de la bouche de Callum et un nouveau souvenir revint à sa mémoire. Des paroles de servantes vinrent à lui.

— Je ne comprends pas pourquoi le Roi Mildegarde s'acharne à garder ce gamin au sein du palais. Ce n'est même pas son fils ! Hormis créer des rumeurs, ce petit n'apportera rien de bon à rester ici !

— Le Roi a acheté depuis sa naissance notre silence sur sa présence au palais et son mariage avec notre nouvelle Reine ne semble pas vouloir ébranler son ambition de le garder à l'œil ! Pourquoi ne le met-il pas dans un orphelinat ?

Callum ouvrit les yeux. L'eau était toujours tout autour de lui, l'attirant toujours plus profondément dans ses souvenirs douloureux. Il plongeait encore, comme aspiré dans son passé de plus en plus lointain.

— Le petit a fait ses premiers pas, Votre Majesté !

Le regard dur sur lui, le Roi acquiesça dans un grognement.

— Très bien ! Il est temps pour lui de quitter le palais. Faites revenir Hakim de mission.

— Très bien, Votre Majesté !

Le serviteur du Roi se pencha sur lui.

— Tu vas enfin pouvoir vivre ta vie..., même si elle s'annonce compliquée.

Callum ferma les yeux. Ces souvenirs enfouis dans son subconscient lui rappelèrent combien il avait été plus un poids pour le Roi qu'un membre de la famille. Quelle famille pouvait-il espérer ? Il ignorait tout de ses origines.

— Reste trois secondes de plus sous l'eau, Callum ! lui cria une nouvelle fois Hakim. Tu peux battre ton record de la dernière fois.

L'eau rentrait dans sa gorge, le poussant un peu plus vers la noyade. Il était seul. Il l'avait toujours été. Ce sentiment ne le lâchait pas encore maintenant. Depuis le début, ceux qu'il côtoyait ne faisaient pas les choses de bon cœur le concernant ; il fallait seulement répondre aux souhaits du Roi. Il n'avait jamais connu la tendresse, l'affection d'un adulte.

Un nouveau cri sortit de sa gorge. Il était bébé ! Il vit qu'on l'éloignait d'une femme qui semblait très diminuée. Un accouchement ! Le Callum enfant ouvrit les yeux. Les battements de son cœur s'affolèrent. Il voyait sa mère ! Une femme épuisée, mais il percevait dans son regard le soulagement et la tristesse à la fois. Sa main s'approcha de son visage de bébé. Un serviteur le portait au-dessus du lit.

— Bats-toi, mon fils ! Ne laisse rien ni personne prendre le dessus sur toi. Je suis désolée. Je ne vais pas pouvoir être là pour toi, mais...

Des larmes coulèrent le long de ses joues.

— Je veux que tu sois fier de qui tu es. Je veux que tu saches que je serai toujours là, avec toi...

« Maman ! »

Sa voix de bébé cria, comme si la douleur le foudroyait tandis qu'on l'éloignait de sa mère. Son dernier regard vers le lit montrèrent un médecin et des serviteurs s'activer autour du corps alité.

De l'eau rentrait dans sa bouche et lui brulait l'œsophage. L'eau le rongeait de l'intérieur. Il s'enfonçait encore dans les profondeurs de son passé et déjà son seul souhait était de revenir à ce moment où sa mère lui parlait. Il tenta de se débattre, mais un courant l'emportait plus profondément jusqu'à un souvenir enfoui très profondément.

— Je suis désolée de vous solliciter de la sorte, mais j'implore votre indulgence, Démon de la Mort.

Callum ne voyait rien. Il entendait seulement de façon floue, comme si le son était brouillé par quelque chose.

« Démon de la Mort ?! Noctis ?! »

— Je vous en supplie, je ne supporte plus ce qu'il s'est passé. Je me sens tellement coupable !

Seule la voix de sa mère résonnait à ses oreilles.

— L'équilibre doit être rétabli !

Il pouvait percevoir de légers sons, plus graves dans leur tonalité en réponse, mais rien de distinct. Seules les paroles de sa mère lui arrivaient.

— Prenez mon enfant et ma vie ! Je vous en supplie !

Il se sentit secoué, au rythme des sanglots de sa mère. Et puis un tourbillon d'images vint s'interposer. Des cris, des pleurs, de la terreur, des flammes, des combats. Enfin, une profonde solitude, la sensation que tout est fini, que rien n'est à sauver, que le monde s'achevait avec cette profonde tristesse d'avoir perdu un être cher, des ténèbres, une transformation de ses mains en mains de démon.

« — ÇA SUFFIT ! »

Une voix qu'il connaissait que trop bien vint interrompre sa plongée. Ses yeux virèrent au rouge et Noctis apparut devant lui. Il était là, dans l'eau, face à lui, et ne semblait pas ressentir l'engloutissement qui l'emportait.

— C'est ton passé que j'ai entrevu ? demanda alors Callum, épuisé par ce combat intérieur qu'il perdait.

— Tu ne vois pas que ce chevalier magique te manipule ! Sors de ton rêve ! Tu es en train de mourir, ne le vois-tu pas ?

Callum contempla Noctis, d'un regard vide.

— Je pourrais au moins retrouver ma mère...

— Non ! Elle est morte en couches. Tu ne retrouveras rien du tout ! Ce n'est pas ton heure !

— Elle est venue te voir, n'est-ce pas ? Pendant que j'étais dans son ventre.

— Effectivement.

— Pourquoi ne puis-je pas connaître la vérité sur vos échanges ?

— Je ne t'empêche pas de connaître la vérité. C'est la magie de ce chevalier qui a été attirée par mes souvenirs. Il se sert de la douleur des gens pour les affaiblir.

— Es-tu en train de signifier que ta douleur est plus grande que la mienne ?

— Un démon ne souffre pas ! Rien ne le touche ! Contrairement à toi, je n'ai pas besoin de revoir mon passé ! Ce type m'agace !

Noctis grogna, peu ravi que l'on fouille dans sa tête.

— Je nous sauve simplement la vie face à cette magie. Tu meurs lentement. Réveille-toi !

Noctis lui toucha le front de l'index.

— Vois quelle est la vérité !

De nouveaux souvenirs défilèrent. Des rires avec Hakim, des moments difficiles où sa vie était en sursis et où il avait senti en lui le pouvoir du démon agir sans qu'il le sache, les rencontres avec ses amis, son arrivée à Althéa et par-dessus tous ces souvenirs, la voix d'une enfant...

« S'il te plaît ! Prends-moi avec toi ! Je cuisinerai, je ferai le ménage, la lessive ! S'il te plaît, épouse-moi ! »

Callum ouvrit les yeux et vit Mu devant lui. Il semblait surpris. Très vite, Callum reprit pied et se rendit compte de son retour à la réalité : la Terre de Désolation, la mine, Khan... et son adversaire qui avait failli réussir à le battre. Sans l'intervention de Noctis, il serait mort, noyé dans ses souvenirs. Callum sourit et posa sa main sur la poitrine. Noctis lui avait montré des souvenirs positifs, mais surtout, il avait appris que sa mère ne l'avait pas laissé seul. Contre toute attente, Noctis avait toujours été là, dans son ombre depuis le début. Ses souvenirs étaient devenus ceux de Noctis. Leur connexion n'avait jamais été réellement fermée. Tout n'avait pas commencé avec son apparition dans la salle du Conseil Magique. Il avait veillé sur lui toute sa vie, l'aidant par son pouvoir à survivre et à se battre comme sa mère le lui avait ordonné sur son lit de mort. Pouvait-il considérer que Noctis était devenu son meilleur ennemi ?

— Je dois te remercier, Mu ! déclara-t-il alors. Grâce à toi, j'ai pu comprendre beaucoup de choses sur moi. Des choses que je ne soupçonnais pas ou du moins, que je refusais de voir.

— Comment as-tu pu revenir à la réalité ?! C'est impossible de sortir des profondeurs de l'Atlantide !

Mu observa alors sur son pommeau sa pierre dont il doutait à présent de son efficacité.

— Ta pierre ne t'a pas trahi. C'est juste que tu n'as pas envoyé une seule personne là-bas !

— Quoi ?

Callum sourit et ses yeux devinrent rouges.

— Tu as contrarié le démon en moi ! Il m'a renvoyé à la réalité. Oui, tu as touché à la partie sensible de mes souvenirs. Tu m'as montré des moments tristes, que j'ai détesté revoir... mais en même temps, aussi douloureux que ces souvenirs aient été, ils m'ont aidé à grandir. Ils m'ont forgé, et même si je plonge profondément, je sais que j'aurai toujours quelqu'un pour me remonter à la surface. Je connais les ténèbres, je les côtoie depuis tout petit, mais j'ai toujours retrouvé la lumière, la chaleur, le positivisme dans cette vie ! Tu peux toujours essayer de me remettre la tête sous l'eau, je reviendrai toujours.

Mu se trouva désarçonné par cette vérité. Le Chevalier de Sang avait contré son pouvoir. De désarroi, il frappa son anicroche au sol et fit sortir des centaines de serpents de terre.

— Tes serpents ne peuvent rien contre moi ! gronda Callum dont l'aura rouge et noire s'intensifia autour de lui.

Son épée s'enveloppa de son mana et de l'électricité crépita autour.

— Aujourd'hui, je sais que je n'ai plus besoin d'avoir peur de ce que je suis. Je n'ai pas à me tempérer parce que les ténèbres m'envahissent. Je sais qu'elles font partie intégrante de moi et que je peux m'en servir de tout mon soûl.... parce que NOCTIS EST AVEC MOI !

Il fonça sur Mu, l'épée au-dessus de son épaule.

— Tu vas découvrir ce que sont les profondeurs, les miennes ! Les ombres engloutissantes !

Des ombres sortant de ses serpents vinrent se jeter sur Mu qui se trouva tout à coup immobilisé d'effroi. Il n'eut pas le temps de réagir qu'il vit l'épée de Callum et ses yeux rouges vifs lui tomber dessus. Un cri sortant des entrailles résonna alors jusqu'à l'intérieur de la mine...

La lame du shoten de Rozi toucha le cou de Finley quand soudain, un sourire se dessina sur le visage du chevalier solaire qui ferma les yeux.

— Rayonnement absolu.

Une lumière aveuglante sortit de l'armure de Finley et s'intensifia encore et encore, au point d'engloutir Rozi qui cria face à la puissance que généra son armure. Cela déboussola à son tour le chevalier mercenaire qui perdit la vue et la pleine capacité de son corps, déstabilisé par ce changement soudain de conditions liées à la perte d'un de ses sens.

— Alors ? fit Finley. Je ne suis plus le seul à avoir ses sens touchés ?

Le pouvoir du mercenaire se trouva également chamboulé, ce qui allégea la désorientation de Finley et lui permit d'agir. De son trident, il se glissa dans un mouvement rotatif derrière Rozi et trancha l'arrière de ses deux genoux.

— Toujours assurer la protection de ses articulations ! Elle est là, ta faille, malgré la dureté de ton armure !

Rozi perdit l'équilibre et tomba sur ses genoux défaillants. Finley trancha ensuite ses coudes, ce qui obligea Rozi à lâcher son Shoten. Sans la possibilité ni de se relever ni de riposter, Finley pointa son trident sur la gorge de son ennemi.

— Tu ne sais rien de la beauté. Ce que tu défends est un pastiche de ce qu'est la réelle beauté. La réelle beauté est celle de la lumière qui illumine les ombres pour les terrasser, celle qui offre la chaleur et le sourire aux gens et donne à la vie la possibilité de se répandre.

La vue de Rozi revint progressivement. Il remarqua alors le halo lumineux autour de Finley.

— Le soleil est beau. Il brille, réchauffe, offre la vie. Sans lui, rien de beau n'apparaîtrait à tes yeux. Tu ne verrais pas ta fameuse propre beauté.

Un bruit guttural d'agacement sortit de la bouche de Rozi. Le trident appuya un peu plus sur sa gorge. Les yeux de Finley ne laissèrent passer aucune émotion.

— Mais comme toute belle chose, elle peut s'avérer très dangereuse si on l'approche de trop près. Adieu, chevalier !

La première pointe du trident s'enfonça dans la gorge de Rozi. Le sang gicla sur sa lame avant que les deux autres pointes de chaque côté de la pointe principale du saï ne transpercent aussi le cou du mercenaire. Rozi vit le regard implacable de Finley et son corps auréolé de lumière surplombant son propre corps à l'agonie, telle la sentence implacable qui lui tombait dessus pour avoir été aussi présomptueux.

Le corps du mercenaire s'étendit définitivement sur le sol. Finley regarda le chevalier à la rose s'étouffant avec son sang. Il se recula quelques instants avant de trébucher et de tomber sur les fesses.

— Le moindre que l'on puisse dire, c'est que je déteste la spinelle et sa capacité à désorienter !

Il s'allongea au sol quelques instants, afin d'attendre que les effets de la pierre s'évanouissent. Il regarda le ciel sombre. Le soleil était caché par un épais brouillard de cendres. Il leva son trident au ciel et de son mana lança un faisceau de lumière qui transperça l'épais brouillard. Quelques rayons de soleil traversèrent alors les nuages et tombèrent sur l'armure du chevalier.

— Voilà ! C'est mieux ! Je vais pouvoir recharger les batteries !

32

Le piège se referme.

Cléry pouvait sentir l'eau guidée par l'épée de Khan ronger son armure. Il admettait volontiers qu'il était un chevalier redoutable. Il ne savait ce qui l'inquiétait le plus : voir cette eau désagréger l'enveloppe de son corps ou l'eau qu'il ponctionnait de son corps pour l'attaquer et qui le vidait de l'intérieur. Ce dont il était sûr, c'était qu'il n'allait pas tenir longtemps ainsi. Il réfléchit à une possibilité de le contrer. L'eau bénite était une eau purifiée en soi. Elle pouvait contrer celle de Khan. Cependant, le terrain était si désertique qu'il n'avait aucun moyen d'en trouver, hormis, comme Khan celle de son corps...

— ou bien...

Cléry sourit. Il enroula son chapelet de perles.

— La croix-reliquaire rédemptrice !

Le chapelet changea de forme et se transforma en une grande croix que Cléry brandit, les bras tendus, face à lui. Khan se méfia. Une nouvelle attaque se préparait contre lui.

— Au nom du Père, du Fils et du Saint-Esprit, je te bénis ! cria alors Cléry à destination de Khan.

Un faisceau bleu sortit du centre de la croix et vint percuter de plein fouet Khan qui sentit son corps être sous tension.

— Ce n'est pas vrai ! C'est quoi, ça ?

— Si tu peux purifier l'eau qui sort de moi, je peux aussi purifier la tienne !

— Quoi ?!

— Je bénis l'eau que contient ton corps !

— Essaie, pour voir ! Pour qui me prends-tuuuu ?!

Khan tenta de contrer le faisceau magique de Cléry en se servant de son sabre comme bouclier. La puissance de l'attaque de Cléry fit fléchir le genou de Khan, mais Khan injecta plus de mana dans son sabre et d'un tour de poignet, guida le faisceau lumineux vers le sol. Une faille énorme partit de l'impact et alla craqueler la terre jusqu'à Cléry qui comprit qu'il devait vite l'éviter pour ne pas être emporté par l'éboulement souterrain. Il se jeta alors le plus loin possible de la faille et s'écrasa au sol. La faille s'arrêta à quelques centimètres de ses pieds. Essoufflé, Khan redressa ses lunettes.

— Pour qui te prends-tu ? Comment oses-tu me prendre de haut en prônant une sainteté qui n'existe pas !

Khan longea la faille et s'approcha lentement de Cléry.

— Vous êtes tous les mêmes, à croire que vous détenez la vérité. J'exècre les gens comme toi qui se croient bons, bienveillants et puent l'hypocrisie. Je vais t'anéantir !

Cléry se redressa difficilement, lui aussi à bout de souffle.

— Tu transpires la haine, Khan ! Pourquoi ? Que t'a-t-on fait pour que tu en viennes à être aussi indifférent à tout, à part à ta propre existence ?

— Tu penses que c'est l'heure du confessionnal ? Pathétique petit prêtre ! Tu crois être le représentant d'un dieu, créateur de toute chose ? Tu penses détenir la vérité universelle et tout contrôler parce que tu es un messager de ton dieu. Je vais te montrer ce que c'est d'être universel ! Ma shungite a la capacité d'agir sur l'énergie cosmotellurique !

— Quoi ? s'inquiéta Cléry.

— Tu as bien entendu. En effet, nous, les êtres vivants sur

cette planète, baignons dans une multitude de forces. Certaines de ces forces viennent de la terre : la force d'apesanteur, le champ électromagnétique de la terre... Et d'autres viennent de l'espace, du ciel : les forces de gravité liées aux planètes comme la lune ou le soleil, le champ électromagnétique du soleil... Ma pierre peut donc influer sur ces énergies ! C'est aussi pour ça que je suis capable d'attirer à moi l'eau, venant soit des nappes souterraines, soit de ton corps !

L'étonnement de Cléry laissa place à une crainte indescriptible du potentiel pouvoir de Khan.

— Et si on jouait un peu... Voyons comment tu supportes la gravité.

Khan leva son sabre et Cléry sentit une force incroyable le soulever à plusieurs mètres dans les airs avant de le laisser retomber. L'impact fut douloureux, mais Khan recommença rapidement. Il monta cette fois-ci plus haut. Le chevalier à lunettes ne masqua pas son sadisme de le voir s'écraser une nouvelle fois au sol. Il s'apprêtait à le refaire une troisième fois, mais Callum intervint et dévia la trajectoire du sabre vers les airs d'un coup d'épée. Finley vint retrouver Cléry pour s'enquérir de son état.

— N'essaie même pas de recommencer ! gronda Callum.

Khan regarda l'épée qui contrait son sabre, puis jeta un regard vers les cadavres des deux chevaliers magiques qui l'accompagnaient. Il vit également que le chevalier magique de la grande Porte avait été détaché de ses entraves et que les mineurs étaient sous bonne garde, derrière les soldats d'Althéa.

— C'est fini ! Rends-toi, Khan ! Tu es cerné ! Conduis-nous à Gésar !

Khan se mit à ricaner, avant de rire à gorge déployée. Tous observèrent l'homme de main de Gésar de façon perplexe, mais méfiante.

— Tu crois que tu as gagné, Callum Callistar ? Allons, allons ! Ce n'est pas ton chevalier prêtre qui doit redescendre sur terre, mais toi !

Callum le fixa, ne comprenant pas où il voulait en venir.

— Tu crois franchement que la Cornaline de la Terre de Désolation nous intéresse ?

— Quoi ?!
— Nous avons déjà suffisamment de cornaline en stock !
Il se mit à rire à nouveau.
— Tout cela n'avait qu'un seul but : te tenir à l'écart !
— Me tenir à l'écart ? répéta Callum, plus inquiet encre. À l'écart de quoi ?
Callum réfléchit, mais c'est Cléry qui lui donna la réponse.
— Gésar est à Althéa !
Callum tourna la tête vers son ami, incrédule, avant de comprendre.
— Il en veut à Aélis ?!
— Ta femme ? Tu crois que c'est la seule chose qui l'intéresse ? À ton avis, pourquoi nous vous avons attaqués lors de votre mariage ?
Callum se sentit perdu.
— Pour récupérer le corps de l'ancienne duchesse d'Althéa.
— Effectivement, nous l'avons pris, mais nous aurions pu le prendre n'importe quand ! Il suffisait de deux personnes pour déterrer un cercueil et prendre une dépouille ! En une nuit, à l'abri des regards, cela aurait été réglé !
Callum ne comprit pas la finalité de tout cela.
— Alors pourquoi ?!
— Nous voulions examiner la cité d'Althéa de nous-même ! approfondit Khan.
— Pour y chercher quoi ? s'énerva Finley.
— Tu es tombé dans notre piège. Nous avons tracé un périmètre volontairement pour que tu en viennes à penser que la Terre de Désolation serait notre prochaine cible. Nous devions simplement vous retenir ici pour que Gésar puisse retrouver une ancienne mine dans la montagne d'Althéa !
— Il n'y a pas de mine, à Althéa ! répondit rapidement Callum, sûr de lui.
— Tu crois ?
Callum, Finley et Cléry comprirent en cet instant combien leur ignorance concernant Althéa venait de leur coûter cher. Pourquoi Khan leur mentirait-il ? Gésar avait bien connu Althéa à une époque.
— Tu devrais vite retrouver Althéa ! Enfin..., si tu arrives encore à sortir quelque chose des décombres ! Peut-être le corps de ta charmante épouse !

Khan continua de rire tandis que la peur s'immisçait dans chaque pore de la peau de Callum. Il se recula tout en regardant son ennemi se moquer de sa crédulité affligeante avant de foncer sur Kharis. Il bondit à saute-mouton sur lui et attrapa les rênes pour prendre la direction d'Althéa.

— N'y va pas seul ! hurla Cléry. C'est trop dangereux !

— Je pars avec lui ! déclara Finley qui fonça retrouver Lutès, son cheval.

— Je vous suis ! cria Hakim qui se précipita à son tour sur son cheval.

Les trois hommes partirent au galop vers Althéa. Khan garda un visage satisfait, puis observa Cléry.

— Je n'ai plus rien à faire ici. N'essaie pas de me faire suivre, tes soldats mourront !

Cléry le laissa partir sans bouger. Il savait que le combattre à présent n'aurait que peu d'intérêt. La vie des mineurs n'était plus en danger. Même si Khan risquait de les mettre une prochaine fois en difficulté, la sagesse était de vite revenir à Althéa...

La Duchesse observa attentivement du haut des remparts la situation en contrebas, en présence de Mills et d'Edern, concentrée. Sampa et Nimaï restèrent derrière.

— Mills, il nous faut mettre les habitants à l'abri, solliciter les plus vaillants à prendre l'épée, et je veux tous nos soldats sur la place menant au château. Je veux que les ennemis soient ralentis le plus tôt possible. Je veux des archers dans les habitations pour que la place devienne leur cible.

— Bien. C'est un bon plan.

— Avez-vous des suggestions ? leur demanda-t-elle, malgré tout.

Elle souffla alors.

— J'avoue que je ne suis pas la mieux placée pour élaborer une stratégie de défense, mais mon instinct me pousse à penser ainsi. Peut-être que je me trompe. Peut-être que Gésar va tous nous tuer...

— Allons, même si une bonne partie des troupes est à l'extérieur, nous sommes encore aptes à nous défendre ! lui rappela Mills.

Le chambellan les quitta pour répéter les ordres à tout le monde.

— Nimaï, Sampa, je veux que vous appuyiez les soldats au combat.

Les deux chevaliers, postés à l'extérieur de la tour de contrôle d'Edern, se montrèrent surpris.

— Notre rôle est de vous protéger, Duchesse ! objecta Nimaï.

— Il est d'exécuter mes ordres ! reprit Aélis, plus durement. Dans ce genre de cas, la sécurité de tous prime sur ma propre sécurité.

— Vous êtes une cible pour notre ennemi ! insista Nimaï. Il va forcément chercher à vous tuer !

— Nous ignorons s'il sait que j'ai en moi la Protectrice. Nous devons faire comme s'il l'ignorait pour l'instant !

— Et si la Protectrice se manifeste ? demanda Sampa.

— Elle se défendra !

— Vos prédécesseurs ont failli.

— Ma tante a été dupée par Gésar. Aujourd'hui, c'est différent, la Protectrice et moi savons qu'il est un ennemi voulant notre mort. Notre vigilance sera accrue. Il faut les empêcher de détruire le fief. Nous manquons d'hommes de combat. Vos présences sont donc indispensables pour épauler nos soldats. Je veux que vous preniez le commandement des opérations.

Les deux gardes personnels de la Duchesse écarquillèrent les yeux en même temps de l'honneur dont elle les gratifiait.

— Les soldats vous suivront parce que vous êtes les soldats de ma garde. Si vous avez des doutes, demandez conseil aux plus hauts gradés. Mais je veux que vous protégiez Althéa comme vous me protègeriez ! Est-ce clair ?

— Oui, Duchesse ! clamèrent les deux soldats en chœur, tout en s'inclinant.

— Qu'allez-vous faire ? demanda alors Sampa, méfiant. Vous ne pouvez rester seule !

— Je ne suis pas seule ! Regardez bien autour de vous !

Elle leur sourit de façon sereine, avant de se concentrer à nouveau sur Edern et l'armée.

Le plan astral d'Edern fixa sévèrement l'armée devant elle, avec à sa tête Gésar Mildegarde. Elle savait que c'était lui. Lors du mariage, elle avait eu le temps de l'observer en cachette, le Duc ayant refusé son intervention durant l'attaque. Aujourd'hui, elle comprenait pourquoi. Il ignorait tout de ses pouvoirs et de ceux de Mills. Ils avaient encore l'effet de surprise pour les repousser en l'absence du reste du bataillon d'Althéa. Cependant, elle n'aimait pas la sérénité de leur chef. Il ne semblait pas voir un obstacle infranchissable en elle. Cela l'agaçait et donc, décuplait sa méfiance. Elle n'avait pas la prétention de penser qu'il n'était pas un danger important pour Althéa, mais elle n'était pas non plus si faible que cela. Elle examina attentivement ses troupes. Une centaine de soldats, tout au plus. Elle se doutait à présent que le Duc avait été attiré dans un traquenard pour mieux attaquer Althéa par surprise.

— Gésar, vous ne passerez pas les portes d'Althéa !

Gésar observa la femme chevalier avec intérêt.

— Vraiment ? Je comprends que tu veuilles assurer le rôle que l'on t'a attribué de protéger l'entrée d'Althéa. C'est une belle cité. J'y allais souvent, il fut un temps. J'aimais beaucoup l'atmosphère qui y régnait.

— Et elle s'en sort bien mieux sans votre présence. Partez !

— Quel accueil ! déclara un des chevaliers qui le secondait.

— Et tu n'as encore rien vu ! ironisa Edern. Je peux te renvoyer d'où tu viens en une fraction de seconde !

— Espèce de... !

Aussitôt, le chevalier descendit de son cheval et porta son épée sur Edern. Edern ferma les yeux, sans bouger, et se laissa frapper. L'épée passa au travers de son corps à la grande surprise du chevalier.

— C'est toujours comme ça ! soupira Edern.

Le chevalier s'étonna.

— Qu'est-ce que ça veut dire ?! s'écria-t-il.

— C'est une projection astrale ! répondit Gésar avec certitude.

Edern profita alors de ce doute pour contre-attaquer.

— Le tourbillon cosmique !

Elle agita son sceptre d'un mouvement circulaire. La galaxite nichée au cœur de la sphère qui surplombait son sceptre brilla et un tourbillon en sortit. Le chevalier observa le tourbillon grandir jusqu'à l'attirer à lui et le happer sans qu'il ne puisse faire quoi que ce soit. Il disparut alors.

— Où l'as-tu envoyé ? demanda Gésar, presque amusé.

— Va savoir ! Je peux l'envoyer à 10 km d'ici comme dans un lieu inconnu. Quoi qu'il en soit, il ne me gênera plus. Je n'avais pas menti ; il a disparu en une fraction de seconde !

Gésar soupira et descendit de son cheval.

— Ce n'est pas gênant ! Je le trouvais trop vantard ! Bon débarras !

Edern se méfia. Le fait qu'il descende de cheval pouvait montrer son envie d'en découdre.

— Donc, tu maîtrises l'espace, si je comprends bien, à différents niveaux...

Edern ne répondit rien. Elle attendait la conclusion de son constat.

— Intéressant...

Sans attendre, Gésar donna un coup d'épée vers Edern. Comme prévu, le coup frappa le corps dématérialisé de la femme chevalier, mais Edern se figea. Le mana de Gésar brillait à travers la lame, mais son porteur resta également immobile.

La véritable Edern, dans sa tour, avala une grande inspiration et s'écria devant Aélis.

— Ce n'est pas vrai !

— Qu'est-ce qu'il se passe ?! s'inquiéta la Duchesse.

Edern resta silencieuse, mais son esprit semblait toujours ailleurs. Ses yeux restaient vides…

« — Comment as-tu fait ? » s'étonna Edern.

Gésar regarda autour de lui, avec un petit sourire.

« — Alors nous voilà dans ton propre plan astral ? »

Entouré d'un ciel étoilé, Gésar s'amusa à faire tournoyer son épée d'un geste du poignet.

« — Ta projection astrale m'a offert une porte d'entrée pour pénétrer ton plan astral. Oui, tu as bien compris. Je suis entré dans ta tête ! »

« — Il faut un long moment de méditation pour trouver son plan astral, et une aide particulière pour pénétrer celui de quelqu'un d'autre. Comment as-tu fait ? »

La sidération d'Edern augmenta la satisfaction suffisante de son ennemi.

« — J'ai une obsidienne neige. Elle a une prédisposition à faciliter la méditation et la plongée dans les différents plans subtils : l'imagination, les rêves, le subconscient... Entrer dans ton plan astral fut un jeu d'enfant lorsque l'on maîtrise une telle pierre. »

Edern comprit qu'il l'avait piégée. Si elle avait des aptitudes à sauter dans différentes réalités, dans différents niveaux de conscience, Gésar en était capable aussi et son excellence venait d'être prouvée.

« — Je vais être plus clair avec toi. Tu as devant toi un mage de l'esprit. »

« — Quoi ?! C'est impossible ! Ils sont extrêmement rares ! »

Il fit tournoyer une nouvelle fois d'un mouvement de poignet son épée.

« — Et pourtant ! J'ai eu très jeune des capacités liées au mental, dont la connexion rapide à mes plans supérieurs, mais aussi la télékinésie. Avoir un tel don est rare. Certains ont un don de médium, d'autres de télépathie, de clairvoyance. À l'époque, certains me voyaient d'un mauvais œil, mais être le fils du Roi Angus Mildegarde me permettait de continuer mon apprentissage de ces facultés innées sans être trop inquiété. C'est sans doute pour cela que l'obsidienne neige a brillé au passage de ma main devant le présentoir du Conseil Magique lorsque je suis devenu chevalier. Elle a décelé le possible épanouissement de ses capacités à travers mes propres aptitudes naturelles à l'y aider. Lorsque j'ai compris l'ampleur des pouvoirs que je pouvais exploiter avec elle, ce fut un terrain de jeu incroyable ! Le Conseil Magique m'a appris à devenir à la fois chevalier et mage de haut rang avec cette spécialisation portant sur le mental. »

Edern observa Gésar. Elle comprenait combien un homme de cette envergure d'un point de vue guerrier pouvait représenter un véritable danger s'il basculait vers le mal. Elle réalisait pourquoi le Roi Hélix Mildegarde restait prudent face à son frère depuis son génocide sur la lignée d'Aélis. Maîtriser mentalement l'esprit de quelqu'un s'avérait dangereux. Le Conseil Magique avait dû miser sur le fait que c'était l'héritier direct au trône et que cela pouvait être une bonne chose d'avoir un Roi de cette envergure, mais à quel prix aujourd'hui ? Elle ne pouvait se résoudre à l'idée de constater un tel gâchis.

« — Tu sais ce qu'il va se passer maintenant ? »

« — Ma magie a peu d'effet dans mon propre plan astral... Tu arrives à me bloquer dans mon propre plan astral, c'est ça ? »

« — Tout à fait ! »

« — Maintenant, tu comprends dans quelle panade tu es, femme chevalier ? Ton propre esprit est ta prison ! Mentalement, tu ne peux plus rien contrôler. C'est moi qui ai pris les rênes ! Tes pouvoirs sont à présent obsolètes ici. Il ne te reste plus que le combat physique ! Voyons voir ce que tu vaux au combat ! »

Aélis resta auprès d'Edern, très inquiète de son immobilité et de son mutisme depuis l'attaque de Gésar. Elle se doutait qu'elle luttait contre quelque chose, mais ignorait quoi. Vu de sa tour, elle percevait que la projection astrale d'Edern avait disparu face à un Gésar qui avait gardé sa position de fin d'attaque sur elle.

— Pourquoi reste-t-il figé sur son geste, maintenant que la projection astrale d'Edern a disparu de ses yeux ?

Tout à coup, du sang gicla de la cuisse d'Edern, comme si on lui avait infligé une blessure au moyen d'une arme invisible. Aélis écarquilla les yeux, sans comprendre ce qu'il se passait. Une seconde blessure suivit à son bras opposé.

— Ce n'est pas vrai ! Edern ! Dites-moi quelque chose ! Comment puis-je vous aider ?!

Edern ne répondit rien aux demandes d'aide de sa Duchesse, toujours mentalement absente. De son côté, dans son plan astral, Edern observa ses blessures. Gésar était un fin épéiste. Il savait se battre physiquement. Même si elle avait eu des entraînements avec des hommes, Gésar était agile, mais il dégageait aussi un charisme qui impressionnait et jouait sur la volonté de ses ennemis à penser qu'ils pouvaient être battus. Elle n'avait pas réussi à le toucher une seule fois tandis qu'il lui avait déjà infligé deux blessures.

« — On continue ? À moins que tu décides de me laisser passer... »

« — Je t'empêcherai de franchir les remparts, Gésar Mildegarde.

»

« — Bien sûr ! »

Le sceptre d'Edern brilla. La sphère à la pointe de son sceptre changea alors. Tels des anneaux autour d'une planète, des lames tranchantes apparurent et entourèrent la sphère.

« — Mes pouvoirs sont obsolètes ? Pas entièrement ! Passons à la phase deux, Gésar ! »

« — Quand tu veux ! répondit Gésar, peu impressionné. »

Une longue blessure s'ouvrit au niveau du ventre d'Edern. Il semblait qu'un coup fut porté avec une telle force qu'il traversa son armure. La guerrière tomba à genoux. Aélis se précipita sur elle.

— Edern ! Que se passe-t-il ? Pourquoi n'arrivez-vous pas à quitter votre plan astral ?

Gésar observa son adversaire, décontenancée, ne voyant pas d'issue hormis sans doute sa fin.

« — C'est fini ! Regarde-toi ! Tu ne tiens plus debout ! »

Il s'approcha d'elle tranquillement, sans y voir le moindre danger.

« — Écoute-moi bien ! Je vais franchir ces remparts ! Ni toi ni personne ne m'arrêtera. Rien ne fera obstacle à ma volonté. J'ai un objectif à atteindre, et je l'atteindrai coûte que coûte ! »

« — Que veux-tu, Gésar ? La Protectrice ? »

Gésar s'étonna, puis lui sourit.

« — C'est effectivement pour elle que je fais tout ça ! »

Il lui envoya un coup de pied en pleine face et Edern s'effondra...

33

Ma mission est réussie...

Edern tomba devant les yeux alarmistes d'Aélis qui tenta de la réveiller.

— Edern, je vous en prie ! Répondez-moi ! Dites-moi quelque chose.

Elle la secoua un peu, mais ses blessures étaient trop graves pour que cela soit judicieux de continuer. Il fallait qu'elle soit vite soignée.

Un énorme fracas vint faire trembler la tour et les remparts. Aélis se précipita à la fenêtre et vit Gésar avancer avec ses troupes vers la grande Porte d'Althéa. Elle remarqua qu'il l'avait complètement détruite.

— Comment a-t-il fait ?!

Toutefois, cela lui confirma qu'Edern avait perdu son duel face à lui. Elle sortit immédiatement de la tour et dévala les marches des remparts pour se rendre en ville. Il fallait qu'elle trouve un médecin pour sauver Edern. Les troupes de Gésar pénétraient l'enceinte de la cité, mais sa priorité restait Edern. Elle évita soigneusement la proximité de la Porte et passa par les ruelles adjacentes pour trouver de l'aide. Malheureusement, Mills avait déjà dû commencer l'évacuation vers le château des femmes et enfants et il y avait de grandes chances que le médecin ait suivi le mouvement pour proposer ses services après la bataille. Elle s'arrêta alors un instant, essoufflée, et se posa pour réfléchir. Elle vit alors au loin, l'apothicaire qui quittait son officine dans la hâte, avec sa mallette.

— Monsieur, attendez ! lui cria-t-elle.

Elle courut vers lui et le retrouva.

— J'ai besoin d'aide, je vous en prie !

L'apothicaire la scruta des pieds à la tête.

— C'est votre Duchesse qui le demande,... même si je dois vous paraître mal apprêtée, essouflée de la sorte !

— Dites-moi, Duchesse ! répondit-il, les sourcils froncés, preuve de toute son attention.

— Edern a besoin de vous à la tour des remparts. J'ignore où est le médecin, mais vous pouvez peut-être m'aider en attendant de le trouver. Elle est gravement blessée !

L'apothicaire opina du chef et tous deux reprirent la direction des remparts, mais Aélis entra dans un soldat ennemi au coin d'une ruelle. Sa frayeur la fit reculer avec l'apothicaire. Au même moment, trois femmes sortirent d'une auberge et Aélis reconnut l'une d'entre elles.

— Éliette ?!

La jeune femme parut tout aussi surprise de se retrouver nez à nez avec son ancienne maîtresse. Aélis leva les yeux pour voir l'enseigne portant le nom du lieu d'où elle sortait et la dévisagea.

— Une maison... close ?

Éliette baissa d'abord les yeux honteusement, avant de les relever et de lui offrir un regard haineux.

— Ne faites pas la surprise alors que vous êtes responsable de cette issue !

— Quoi ?!

— Nous n'avons pas le temps ! les interrompit l'apothicaire, les poussant à rentrer dans l'auberge face à l'ennemi menaçant, qui retrouvait son envie de les tuer. Le petit groupe tenta de faire un barrage avec tout ce qu'ils trouvaient, mais le soldat ennemi fut rejoint par des camarades qui défoncèrent la porte.

— Je n'ai jamais voulu cela ! s'attrista Aélis, tout en montant au premier étage avec le reste du groupe.

— En me virant du château, le Duc ne m'a pas laissé d'autres choix que de vendre mon corps pour survivre ! Allez en enfer !

— Je vous promets que nous réglerons cela une fois tout cela fini ! s'expliqua Aélis, alors que l'apothicaire et elle refermaient la porte d'une chambre derrière eux et que les deux autres complices d'Éliette poussèrent une commode pour bloquer le passage, leur laissant un instant de répit.

— Je n'ai que faire de vos promesses !

— Il nous faut trouver une autre issue ! intervint l'apothicaire. Si nous restons ici, nous sommes fichus.

Aélis comprit l'urgence, mais ne voyait guère de solution. La fenêtre ne menait vers rien de positif à leur sort. Seule une hauteur de plusieurs mètres les attendait : ils s'écraseraient au sol et se briseraient en morceaux s'ils sautaient. Sa seule pensée se dirigea alors vers la Protectrice. C'était le seul moyen.

Elle s'efforça de l'appeler mentalement. Elle pria pour qu'elle lui réponde. Elle n'avait aucun moyen d'aller dans son plan astral comme la dernière fois. Elle savait seulement qu'elle apparaissait lorsqu'elle estimait que Callum était en danger de mort. Or cette fois-ci, ce n'était pas le cas. Comment pouvait-elle provoquer l'apparition de la Protectrice ? La seule voix qui pouvait la guider vers la réussite était qu'il fallait qu'elle désire intimement sauver la personne en question. Elle regarda autour d'elle et elle ne pouvait affirmer qu'Éliette ou ses camarades étaient des personnes qu'elle voulait sauver. Quant à l'apothicaire, c'était la première fois qu'elle le rencontrait. Elle le fixa attentivement. Si elle n'éprouvait aucun attachement particulier à cet homme, sa vie était d'une importance capitale pour sauver celle d'Edern. Oui, Edern était une vie à laquelle elle accordait une réelle importance.

— Je dois me rattacher à cela... murmura-t-elle pour elle. S'il meurt, elle meurt. Tu m'entends ! Je ne peux la laisser mourir sans avoir pu tenter de la sauver.

Éliette l'observa marmonner tandis que les soldats poussaient petit à petit la commode. Aélis se focalisa sur Edern.

— Je dois la sauver ! Je dois la sauver ! Je dois la sauver, tu m'entends ! Si je ne la sauve pas, nous perdons Althéa !

— À qui est-ce qu'elle parle ? demanda une des camarades d'Éliette.

Tous la dévisagèrent, mais très vite, leur attention revint vers la porte que les soldats avaient enfin réussi à ouvrir. Leurs regards menaçants accentuèrent l'urgence d'Aélis à trouver une solution pour les sauver. Son cœur battit plus fort. Elle regarda à nouveau la fenêtre. C'était suicidaire. Rien dans la chambre ne pourrait les aider à sortir de ce mauvais pas. Les soldats s'avancèrent et elle sentit tout à coup quelque chose en elle. Comme aspirée dans son subconscient, elle quitta un instant la réalité.

« — Je ne t'aiderai pas, Aélis. »

« — Protectrice, c'est toi ? Je t'en prie, aide-nous ! Je dois à tout prix sauver Edern. »

« — Tout le monde doit mourir un jour. »

« — Où est donc passée ta combativité ?! Des gens comptent sur toi. »

« — Non ! Ils vivront si le destin le décide. Sinon ils mourront. C'est ainsi que va la vie. »

Aélis se trouva démunie face à l'entêtement de la Protectrice. Elle réfléchit à la façon dont Callum aurait pu convaincre Noctis d'agir. Elle était bien plus novice que lui dans ce genre de situation.

— Si seulement nous avions un pouvoir pour nous défendre ! lança une des femmes tout en reculant contre le mur le plus éloigné des soldats.

Aélis entendit d'une oreille les paroles de la jeune fille de joie.

— Des pouvoirs ? répéta-t-elle, dans son état semi-consciente. Callum manifeste des pouvoirs de Noctis...

Elle sourit alors.

« — Puisque tu refuses de m'aider, alors je vais me servir de toi ! Ne crois pas que je vais te laisser vivre en moi sans réagir ! »

« — Quoi ?! »

La Protectrice remarqua alors Aélis prendre le contrôle de toutes les parties de son esprit, muée d'une volonté hors du commun. Des iris blancs apparurent à la place de la couleur habituelle de ses yeux.

Ses cheveux gardèrent toutefois sa couleur de cendre.

Tous dans la chambre remarquèrent le changement d'ambiance autour de la Duchesse.

— C'est quoi, ça ? cria un des soldats.

— Dehors ! déclara posément Aélis.

Un souffle parti de son corps et les soldats furent propulsés en dehors de la chambre. Éliette contempla Aélis, stupéfaite. Cette dernière se tourna vers elle.

— Je vais assurer votre sécurité. Il faut absolument sauver Edern. Je veux que tu secondes, avec les filles, l'apothicaire dans ses premiers soins.

— Je ne suis plus à votre service ! rétorqua Éliette, malgré l'énergie que dégageait de son corps Aélis.

— Tu dois suivre les ordres de ta suzeraine ! répondit solennellement Aélis. Chaque habitant d'Althéa doit aider son prochain ! C'est ainsi que cela se passe sous mes ordres !

Éliette fronça les sourcils.

— À moins que tu préfères mourir ici ? continua-t-elle gravement.

— Je suis sous vos ordres ! répondit une de ses camarades.

— Moi aussi !

Éliette hésita, mais finit par plier devant l'injonction d'Aélis.

— Très bien, allons-y !

Les soldats de Gésar arrivèrent sur la place. Sampa, Nimaï et Mills les attendaient avec le reste des soldats d'Althéa. Gésar descendit de son cheval et examina la situation.

— Souhaitez-vous vraiment en arriver à cette issue ? leur demanda-t-il alors.

— Vous ne nous laissez pas le choix. Nous devons défendre notre ville de votre assaut ! répondit Nimaï.

— Si vous nous laissez sagement agir, cela peut se résoudre sans heurts...

Mills fut intrigué.

— Que nous voulez-vous ? lui demanda-t-il.

— À vous ? Rien du tout ! Il y a juste une chose qui m'intéresse ici !

— Et c'est quoi ? l'interrogea Sampa.

Gésar se mit à sourire.

— Quelque chose que vous avez oublié ! Pang, occupe-toi d'eux !

Un chevalier sortit du groupe de soldats ennemis. Il portait une armure qui étonna Mills, Nimaï et Sampa. C'était comme si deux armures avaient été scindées en deux et qu'on avait collé une moitié à l'autre. Ainsi, un côté de son armure était d'un blanc laiteux, l'autre d'un jaune transparent. Il avait tout d'un chevalier magique. Gésar les observa de façon condescendante et les quitta avec quelques soldats. Il prit la direction de l'ouest de la ville.

— Nimaï, dit alors Mills, occupe-toi des soldats de Gésar ici. Sampa, suis furtivement Gésar. Nous devons savoir absolument ce qu'il veut récupérer ici. Ne rentre pas en conflit avec ses soldats ! Tu dois rester en vie pour tout rapporter au Duc à son retour et protéger la Duchesse par la suite !

— Nous ne pouvons le laisser repartir sans combattre ! objecta Sampa.

— Notre priorité est de comprendre son dessein final. S'il repart sans qu'on ait aucune piste de ce qu'il a pris, notre combat n'aura servi à rien. Espionne, mais ne pars pas au front ! Nous ne sommes pas en mesure de nous frotter à lui dans ces circonstances.

Sampa baissa les yeux, bien obligé de répondre aux ordres du chambellan qu'il jugeait malgré tout pertinents.

— Moi, je me charge du chevalier magique devant nous. Il faut le contrer et je suis le seul à le pouvoir. Si les remparts sont tombés, c'est qu'Edern n'est plus en mesure de nous aider. Je reste le seul ici avec des pouvoirs pour l'affronter à armes égales.

Nimaï acquiesça. Sampa soupira, résigné.

— C'est parti ! lança Nimaï, avant de crier l'ordre d'assaut contre les troupes ennemies.

Sampa profita de la confusion pour prendre la direction de l'ouest de la ville.

— Il semble que ce soit ma modeste personne qui va devoir vous faire opposition ! déclara alors Mills, avec un petit sourire bienveillant, à Pang.

Le chevalier à l'armure biface jaugea alors son ennemi.

— Bienvenue à Althéa, Pang ! déclara plus sévèrement Mills, qui se déshabilla alors, laissant son torse nu.

— Passons aux choses sérieuses !

Des flammes noires apparurent sur son corps et son visage. Ses cheveux devinrent plus longs et sa couleur blanche vira au noir. Ses iris se colorèrent également de noir et des flammes apparurent alors dans ses paumes.

— Que dirais-tu de goûter aux feux de l'Enfer,... Pang ?

Sampa resta à distance de Gésar et ses soldats et devina difficilement l'objectif qu'il souhaitait atteindre. Gésar arriva à flanc de la montagne d'Althéa et resta là, un instant, sans bouger. Il était vrai que cette partie de la ville n'avait pas de maisons construites autour, le sol étant trop escarpé. Il contempla plus attentivement le mur de pierre face à eux. Des plantes grimpantes, des cailloux plus ou moins gros...

— Qu'est-ce qu'il fabrique ?

Gésar leva sa main vers le mur. Quelques secondes plus tard, des tremblements résonnèrent autour d'eux.

— De la télékinésie !

Sampa paniqua. Si la montagne leur tombait dessus, ils étaient tous foutus. Pourtant, très vite, il vit un gros rocher s'extraire du flanc de montagne, attiré par la télékinésie de Gésar. Il découvrit alors que ce rocher cachait une entrée.

— Vous pouvez y aller ! ordonna Gésar. La mine regorge de pierres déjà extraites !

— Une mine ?! répéta Sampa, stupéfait.

Nimaï conduisit ses troupes pour tenter d'encercler les soldats de Gésar, mais le combat était rude pour les deux parties. Pourtant, son inquiétude venait d'ailleurs, du côté de Mills.

Mills restait concentré malgré son essoufflement certain. Ses attaques de feu étaient systématiquement repoussées par Pang avec de la magie d'eau. Il avait songé à une attaque par les ombres, mais celles-ci furent balayées par la lumière. Il avait alors fait appel à la seconde magie des ténèbres avec l'hématomancie en tentant de contrôler son sang. Mais là encore, Pang avait contré son attaque. Mais ce qui l'inquiétait le plus, au-delà de sa force magique, c'est qu'il n'avait encore rien tenté sur lui physiquement, comme si cela l'amusait de contrer ses tours.

— Tu arrives à contrer ma magie noire à plusieurs niveaux... C'est impressionnant ! Tu trouves à chaque fois une parade, comme si tu avais de quoi répondre par l'opposé de ce que je propose...

Pang se mit à sourire. Son calme ne rassurait pas Mills, bien que ce soit une marque de contrôle de la situation obligatoire pour un combattant ne souhaitant pas montrer ses faiblesses.

— C'est exactement ça. Mage noir ou chevalier magique, vous ne pouvez rien contre moi.

Mills fut interpellé par cette remarque.

— Comment ça ? Personne n'est invincible !

— Je le suis ! Tout simplement parce que je forme un tout ! Le yin et le yang ! Mon armure représente les deux versants d'une même pièce, formant un tout.

Mills fronça les sourcils.

— Tu possèdes deux pierres, n'est-ce pas ? C'est pour ça que ton armure arbore ce blanc vitreux d'un côté et ce jaune translucide de l'autre.

— Effectivement. Je viens de te le dire ! Le yin et le yang ! Une chose et son contraire en un tout. Mes pierres sont la pierre de soleil et la pierre de lune. L'une et l'autre s'opposent, mais se complètent en un tout. Je maîtrise donc le feu et l'eau, l'obscurité et la lumière, je peux faire bouillir ton sang comme je peux le refroidir et le réguler... Quoi que tu fasses contre moi, une de mes deux pierres m'aidera à te contrer !

Mills comprit alors la complexité de sa tâche. Il lui fallait donc trouver quelque chose contre quoi Pang ne trouverait pas de solution de défense. Il inspira un bon coup et fit craquer ses cervicales.

— Je vois...

Mills l'applaudit alors.

— Effectivement, cela te permet de battre bon nombre d'ennemis. C'est un avantage indéniable !

Pang se trouva déconcerté devant le sourire tout à coup bienveillant de son adversaire, comme s'il était presque admiratif de ses capacités.

— Combien de mages noirs as-tu vaincus ? Cela m'intéresse !

Pang dévisagea Mills.

— Pourquoi souhaites-tu le savoir ?

— Si tu as des noms, je veux bien les entendre ! Non ! Dis-moi plutôt le mage le plus fort que tu aies vaincu !

Pang se trouva troublé par sa demande.

— Je crois que c'est le mage noir Shézius... Pourquoi ?

— Tu as vaincu Shézius ? Il est donc mort ?

Mills afficha un air surpris et admiratif.

— C'est un mage noir d'un niveau certain...

— Tu sais donc à quoi t'attendre si tu le connais !

— Oui, je le connaissais... Mais... c'était un idiot insolent !

Pang se montra davantage surpris par les réponses déstabilisantes de son ennemi.

— Il a été mon élève ! ajouta sévèrement Mills, le regard plus dur. Il n'a pas voulu continuer mon enseignement, pensant être devenu suffisamment invincible... La fougue de la jeunesse couplée à l'appel des ténèbres et ses vices... Bien malheureux....

— Où veux-tu en venir, vieillard ?!

— Que l'élève n'a pas surpassé le maître ! lui répondit alors Mills, de sa bonhomie habituelle.

— Insinuerais-tu que tu peux me battre parce que tu es plus fort que tous les mages noirs que j'ai battus ?

— Possible... Je n'ai pas dans ma panoplie la divination !

— Et qu'as-tu dans ta panoplie ?

— Tout dépend ! Jusqu'à quel niveau, chevalier, es-tu prêt à souffrir ?

Pang retint son souffle. Un étrange frisson le parcourut. Il savait que le côté presque trop respectueux et calme dans l'attitude de son ennemi n'était qu'une façade. Il suffisait de voir ses flammes noires tatouées sur son torse et son visage, pour savoir que cet homme était dangereux. Mais c'était ce qui le rendait aussi insaisissable. Pang ignorait ce qu'il pouvait prévoir dans sa tête comme contre-attaque.

— C'est toi qui vas souffrir le plus, mage noir ! répondit-il alors, finalement agacé d'être pris de haut.

Pang leva son glaive vers le ciel. Il l'enveloppa de mana et bientôt un rayon du soleil vint taper sa lame qui lentement passa du jaune à l'orange, puis au carmin. Mills comprit alors que, comme l'héliodore de Finley, la pierre du soleil pouvait capter l'énergie solaire et en faire une puissante attaque. Avant que le glaive devienne rouge écarlate et que Pang libère toute sa puissance contre lui, Mills se baissa. Il mordit au sang son pouce et activa un sceau au sol.

— La complainte des os !

Une ombre noire quitta le sceau pour se diriger vers Pang.

— C'est inutile ! lui cria Pang. Ma lumière va détruire tes ombres !

Le glaive brilla davantage, devenant éblouissant au point que les troupes au combat à côté cessèrent un instant le combat pour porter leur bras en visière.

— Ce n'est pas vrai ! s'écria Nimaï. Miiills !

Mills sourit.

— N'oublie pas que je sers les ténèbres !

Tout à coup, les ombres plongèrent sous terre. Pang comprit alors qu'elles allaient pouvoir toucher leur cible. Elles réapparurent dans l'ombre de son corps que son glaive créait par sa luminosité. Elles s'infiltrèrent alors dans son armure et Pang sentit une première brisure, puis une seconde. Des cracs se firent entendre alors que, progressivement, Pang perdait l'équilibre. Les craquements remontèrent encore dans son corps et la douleur augmenta avec. Pang cria tandis que les autres soldats le virent se disloquer sous leurs yeux.

— Tes pierres ne pourront pas te soigner. Aucune des deux n'a un pouvoir régénérateur.

Pang comprit qu'il allait mourir et que l'avertissement sur le degré de douleur de son ennemi n'était pas feint. Il tomba alors sans avoir le temps d'envoyer son attaque. Le rayon de soleil ne traversa plus son glaive. Bientôt, ses bras furent touchés alors que sa colonne était en miettes.

— Je t'ai épargné la douleur suprême. J'aurais pu t'écorcher vif. Désolé, chevalier. Mais c'était toi, ou moi !

Le crâne de Pang craqua alors, annonçant la mort du chevalier. Les soldats autour tremblèrent d'effroi, imaginant aisément le supplice du chevalier, à présent en morceaux. Seule sa peau retenait l'ensemble disloqué. Des soldats ennemis prirent la fuite en réalisant que Mills pouvait maintenant s'attarder sur leur cas. De retour, Gésar, au loin, avait observé la scène. Mills cracha soudainement du sang. Nimaï comprit que son sort avait une contrepartie sur le corps du mage qui s'écroula au sol finalement. Il hésita entre empêcher Gésar de fuir et s'enquérir de l'état de santé de Mills. Il vit Sampa caché au loin qui lui fit un signe de tête négatif.

Gésar quitta la place d'Althéa avec le reste de ses soldats encore vivants et une carriole remplie de pierres. Nimaï se précipita sur Mills, visiblement très mal en point. Sampa ordonna immédiatement un état des lieux des soldats valides ou non et demanda l'aide du médecin au château.

De son côté, Aélis, contrôlant toujours le pouvoir de la Protectrice, avait pu sauver de la malveillance des soldats de Gésar deux enfants, un vieillard et la mercière d'Althéa, refusant de se cacher au château. Tout le groupe avait ainsi pu se rendre en haut des remparts au chevet d'Edern.

— Je pars aider les soldats d'Althéa. Restez ici.

Aussitôt, elle longea les remparts et vit Gésar prêt à quitter la ville au niveau de la Grande Porte. Elle s'apprêtait à agir pour l'en empêcher lorsque soudain, elle sentit un grand vide en elle. Un malaise dû au déficit soudain d'énergie magique la rattrapa. Elle comprit alors que ses pouvoirs la quittaient. Au même moment, Gésar vit la jeune femme au-dessus d'eux et reconnut la duchesse. Il constata que son état n'était pas au beau fixe et fit arrêter son bataillon. La main contre son front, elle titubait, tentant de se retenir du mieux possible contre le mur du rempart près d'elle.

— Non, pas maintenant ! la supplia dans un murmure Aélis. J'ai encore besoin de tes pouvoirs, Protectrice ! Ne me les retire pas !

Un morceau du mur d'enceinte affaibli par l'attaque de Gésar sur la Grande Porte se déroba soudain sous son autre main contre laquelle elle avait pris appui. Aélis perdit l'équilibre et chuta du haut des remparts. Gésar, qui avait assisté d'un œil à la scène, la réceptionna malgré lui sur son cheval. Sous le regard surpris de ses soldats, il observa longuement la jeune femme qui avait perdu connaissance dans ses bras. Il resta plusieurs secondes, silencieux, avant de regarder devant lui.

— Partons ! Cette mission fut une grande réussite !

À SUIVRE...

LIVRE IV
LE PASSÉ FACE AU PRÉSENT

Avec l'aide de Khan, Gésar a piégé Callum et ses troupes à la mine de cornaline de la Terre de la Désolation pendant qu'il attaquait Althéa pour y récupérer des pierres cachées dans une mine mystérieuse à l'intérieur de la cité. Cette invasion-surprise au sein même d'Althéa laisse un goût amer à Callum dès son retour au fief : Aélis a été enlevée par Gésar, Edern et Mills sont mal en point et lui, le Duc d'Althéa, ignorait tout de la présence de cette mine dans son propre fief.

Si l'urgence est de s'occuper des blessés, Callum ne peut perdre plus de temps à Althéa : chaque seconde l'éloigne de la possibilité de retrouver sa femme saine et sauve.

Bonus

J'ai beaucoup d'idées sur mes personnages et leurs pouvoirs. Malheureusement, je doute de pouvoir tout déployer sur ces 4 tomes. Un peu à l'instar d'un bon manga shonen où le héros développe sa force , sa puissance, sa résilience, au fur et à mesure des situations et du danger, j'aurais aimer pouvoir les mettre en difficulté au point de pouvoir montrer toute létendue de leur pouvoir et les voir en développer des nouveaux.

La lithothérapie est une excellente base pour créer des personnages magiques. Et il est vrai que je trouve de nouvelles idées au fur et à mesure de l'écriture de l'histoire, mais je n'ai pas la possibilité de les mettre en situation. Il me faudrait en réalité une seconde saison de 4 tomes pour pouvoir déployer les capacités totales de chaque personnage. Je ne vous livre ici qu'une bribe de leurs capacités. C'est frustrant, mais en même temps, ça permet de mieux ficeler le scénario et ne pas partir dans tous les sens.

Par moments, je m'imagine en mangaka avec cette panoplie de personnages qui partent à l'aventure, et je crois que je pourrais écrire des tomes et des tomes dessus. Mais l'écriture prend du temps, elle est aussi ingrate, car le manque de succès vous freine vite dans vos envies. Un jour peut-être, dans dix ou vingt ans, cette histoire connaîtra un autre public que celui-ci restreint et développera un tel engouement que mes voeux de le voir en webtoon ou en anime, voire en série TV, se réaliseront. Ou bien après ma mort avec les ayant-droits !

CLÉRY

L'APATITE BLEUE

chakra : 3e oeil
signe zodiacal : gémeaux
planète : Mercure

Son nom vient du mot grec « apatant», qui signifie « tromper». C'est pour cette raison qu'elle porte ce nom car elle est polymorphe ; on la confond facilement avec d'autres pierres.

Pierre de perception :
- perception extra-sensorielle comme la clairvoyance et la claisentience.
- aide à voir les choses de façon limpide aussi bien sur des circonstances externes que son vécu intérieur -> compréhension complexe et complète du monde, de la vie. Prendre conscience de sa place au sein d'un tout.
- aide à repérer les influences karmiques en jeu dans sa vie et comprendre l'héritage de nos vies antérieures. -> permet de mieux percevoir l'aspect global et interconnecté de la vie. Vision holistique.
- clarifie ses projets : favorise la concentration, comprendre comment les étapes s'articulent, réhausse la motivation.
- aide à digérer les émotions difficiles
- permet un pont entre l'être humain et sa guidance supérieure : aide à prendre du recul pour adopter un point de vue plus large

---

Pierre de communication :
- soutien son détenteur pour l'expression personnelle : aide à mieux se comprendre.

Pierre du système moteur :
- agit pour soutenir le système osseux. Elle aide le corps à absorber le calcium issu de l'alimentation.
- soulage l'arthrite et les articulations
- aide à la perte de poids

| **CLÉRY** | LA CALCÉDOINE |

chakra : gorge
signe zodiacal : gémeaux, vierge
planète : Mercure

Pierre de l'orateur, elle facilite la communication. C'est la pierre par excellence, reliée au corps éthérique. Elle peut donc affirmer des facultés télépathiques ou permettre une connexion psychique avec quelqu'un via un objet lui appartenant. pierre d'intuition.

Pierre de communication :
- aide à l'expression des émotions
- permet d'avoir une parole mesurée : réfléchir avant de parler, actes justes
- désamorce les conflits : pierre d'écoute, de bienveillance, qui aide à trouver des solutions durables aux disputes.

Pierre de réflexion :
- éloigne la confusion, le brouillard intérieur : guide vers la clairvoyance, vers le chemin vers Dieu.
- apaise les ressentis forts (colère, rancoeur, peur etc), favorise la cicatrisation des blessures émotionnelles.
- apaise le flux incessant de pensées

Pierre du système moteur :
- guérit les maux de gorge
- traite l'insomnie et le somnambulisme
- aide à la circulation sanguine
- aide à la production de lait maternel
- soulage les allergies et problèmes respiratoires
- baisse la fièvre
- apaise les inflammations
- soutien aux problèmes mentaux tels que la nipolarité ou Alzheimer

CLÉRY — L'AZURITE

chakra : 3e oeil,
signe zodiacal : sagittaire, taureau
planète : Jupiter
élément : eau

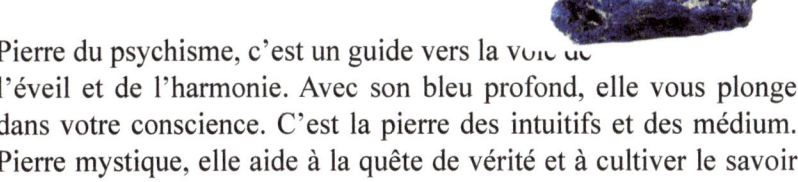

Pierre du psychisme, c'est un guide vers la voie de l'éveil et de l'harmonie. Avec son bleu profond, elle vous plonge dans votre conscience. C'est la pierre des intuitifs et des médium. Pierre mystique, elle aide à la quête de vérité et à cultiver le savoir ésotérique.

Pierre de connaissance :
- facilite la compréhension, l'apprentissage et la mémoire
- permet de comprendre les origines et trouver le salut.
- stimule l'intellect.
- aligne la perception sur la sagesse spirituelle présente en chacun de nous.
- éveille les capacités intuitives.

Pierre de relaxation :
- aide à la légitimité des émotions menant à l'acceptation.
- libère le stress et apaise l'agitation liée à l'indécision
- permet de réaliser la vraie nature des choses

Pierre du courage :
- donne le courage d'exprimer les choses telles qu'elles sont.
- aide à vaincre le sentiment d'infériorité et à la tendance à vouloir plaire à tout prix : expression du soi authentique (vrais désirs, personnalité unique).
- dialogue franc et compassionnel.

Pierre du système moteur :
- alignement de la colonne vertébrale
- soutien la guérison des malformations liées à la cage thoracique.
- apaise l'arthrite, les articulations.
- favorise la circulation et l'oxygénation du sang
- détoxifie le corps : problèmes de reins, de vésicule biliaire

DANS LE ROMAN...

Le personnage de Cléry n'était pas prévu, mais il m'est venue assez vite en lisant un webtoon parlant d'une femme plongée dans un monde de zombies et sauver par un homme de foi chevalier ! Je me suis dit alors : « Hé ! Ce n'est pas con ! ».

Créer un tel personnage, c'est créer une série de paradoxes au sein même du personnage : comment un homme d'Église peut-il tuer en tant que chevalier ? Peut-on lier magie et catholicisme ? Quel pouvoir peut-on associer à un tel personnage ?

Mon cerveau a fusé. Je savais qu'il me fallait une pierre liée au 3e oeil ou à la couronne, pour le côté mystique, pour le lien à Dieu. Mes recherches m'ont conduit à ces trois pierres. Je ne savais pas laquelle choisir et j'ai donc réfléchi au type de pouvoir que je pouvais créer avec. J'en ai donc vite déduit qu'il me fallait un lien avec un principe de redemption, voire de punition divine, pour justifier sa position de chevalier.
Le lien avec la trinité Père/Fils/Saint-Esprit a été le déclic. J'ai gardé les trois pierres et je les ai unies en un chapelet, arme inimaginable en l'état pour blesser, mais plutôt logique pour un croyant afin de faire le lien avec une volonté de Dieu. Callum l'explique bien à Aélis dans le T1 sur la particularité de chaque pierre dans ce chemin vers la rédemption où chacune est une étape vers le pardon, l'absolution. C'est pourquoi ces pierres vont parfaitement avec le personnage pour ce qui concerne la parole : parole pour aider à la confession, pour mesurer ses mots, pour trouver le mot juste, pour prêcher la parole de Dieu, etc. Les pierres ont donc un lien avec le chakra de la gorge justement pour l'idée de dissiper la confusion.

Pour l'instant, nous n'avons pas vraiment vu son pouvoir d'attaque pour guider les âmes perdues vers la rédemption. Nous l'avons vu davantage dans une situation défensive, de protection. Car c'est aussi une mission d'un émissaire de Dieu que de protéger son prochain. Ainsi, nous avons vu *le mur divin* et *le dôme divin*. Dans ce T3, on le voit contre-attaquer face à Khan en invoquant *la croix-reliquaire rédemptrice* où son chapelet se transforme en objet sacré. S'il ne parvient pas à prendre le dessus sur Khan, cela laisse malgré doute présager la panoplie de pouvoirs qu'il peut avoir si son chapelet prend la forme d'une relique.

Voici des exemples de croix-reliquaires. Imaginez-le, les bras tendus devant lui, et le pouvoir qui sort de la croix ! ^^

Il existe plein de reliques qui peuvent devenir une arme. J'espère pouvoir en présenter une autre dans le T4.

EDERN

LA LABRADORITE

chakra : coeur, maussi du 3e oeil
signe zodiacal : Cancer, Gémeaux, Poisson Sagittaire
planète : Mercure
élément : air, terre

Nommée aussi galaxite, la labradorite symbolise la galaxie. Elle permet de sortir de notre monde pour comprendre l'univers. Sa couleur cosmique en fait la pierre de prédilection pour s'éveiller à la spiritualité. Pierre d'aura, c'est une pierre puissante, régénératrice, restructurante. Pierre d'ancrage.

Pierre de spiritualité :
- favorise la communication avec les êtres d'un autres monde/dimensions
- aide à la projectiuon astrale et au voyage astral
- favorise l'intuition, 6e sens
- protège, nettoie, purifie, équilibre l'aura
- bouclier contre les énergies négatives (protège, absorbe et dissout)

Pierre de relaxation :
- aide à la légitimité des émotions menant à l'acceptation.
- permet de réaliser la vraie nature des choses
- renforce la concentration spirituelle

Pierre de régulation :
- libère le stress et apaise l'agitation liée à l'indécision : aide aux changements et aux transitions
- régule les problèmes hormonaux et de digestion
- diminue la pression sanguine et donc les problèmes cardiaques

DANS LE ROMAN...

Edern ! Ma seule femme chevalier ! Je vous le dis tout de suite, non, ce n'est pas une question de parité voulue au sein de l'armée d'Althéa ! C'est juste une question d'inspiration ! En réalité, je voulais un chevalier-gardien pour Althéa. Une personne discrète, un joker au cas où la ville est assiégée. Une personne qu'on n'attend pas et détentrice d'un grand pouvoir.

Un personnage m'a immédiatement fait tilt dans ce type de profil : c'est Sailor Pluton ! Oui, j'ai grandi avec *Sailor Moon* et ce personnage, je l'ai toujours trouvé badass. Qu'est-ce qu'elle est classe ! Elle détient les clés du temps et de l'espace. Bref ! Je voulais faire d'Edern une nana badass !

De sailor Pluton, j'ai donc repris l'idée du sceptre et le côté cosmique. Je voulais vraiment la faire évoluer dans une autre «sphère» que

les autres chevaliers. La labradorite était la pierre la plus appropriée pour représenter le côté cosmos avec sa couleur irisée bleu-vert, aux reflets métalliques, voire avec des effets miroir, quand on l'incline à la lumière d'une certaine façon.

Et en plus, elle peut porter le nom de «galaxite» ! J'avais donc le profil du personnage qui se précisait. Comme Sailor Pluton, je pouvait jouer sur l'espace-temps, mais aussi sur les plans subtils ! Le combat contre Gésar ou encore son soutien à Callum face à Noctis dans le plan astral montre sa facilité à voyager dans différents mondes. C'est une force incroyable que de promener son ennemi dans des réalités alternatives et le perdre.

Niveau caractère, je voulais un vrai garçon manqué dans son attitude. Pas dans le langage, mais simplement dans le fait qu'elle est tellement attachée à son devoir de chevalier qu'elle en oublie sa féminité. C'est le Grand Gardien qui lui rappelle par ses jeux de séduction qu'elle reste une femme avant tout et qu'elle peut souffler aussi.

SANTOR

LE QUARTZ ROSE

chakra : coeur
signe zodiacal : taureau, balance
planète : Vénus
élément : eau

Au temps des pharaons, le Quartz rose avait la réputation de lutter contre le vieillissement de la peau. Les Égyptiens l'utilisaient en poudre pour éliminer les rides. Cette pierre jouait également un rôle important dans le processus de guérison du corps. Pour les anciens Romains et Grecs, le Quartz rose venait des dieux de l'amour Amor et Eros. L'apparition de ce minéral sur Terre devait donner aux peuples l'amour et la paix. Une autre légende de la mythologie grecque raconte que le Quartz rose provient d'Aphrodite. Son bel Adonis se faisant attaquer par un sanglier, elle se précipita pour le sauver. En s'écorchant dans les ronces, son sang se mêla à celui d'Adonis. Ce mélange de sang donna vie au Quartz rose.

Pierre de l'amour :
- symbolise l'amour inconditionnel et apporte sécurité, tendresse et confort
- aide à réduire le stress et minimise les effets néfastes sur le corps
- aide à la paix intérieure
- aide à surmonter les chagrins d'amour et les crises d'angoisses
- favorise l'ouverture du cœur et la réconciliation.
- aide à trouver de l'inspiration et fait ressortir la créativité
- encourage la connexion au sein du couple et les relations amoureuses

Pierre de régulation :
- Aide à améliorer la circulation et à stimuler la santé du cœur.
- Aide à la fertilité et à la grossesse
- Améliore le système circulatoire
- Lutte contre les troubles endoctriniens, les maux physiques
- Ralentit l'apparition des rides et le vieillissement de la peau.

DANS LE ROMAN...

Le quartz rose est une des pierres les plus douces à porter. Sa couleur rose bonbon renvoie à ce côté câlin, plein d'amour, apaisant. Une pierre difficile à mettre entre les mains d'un chevalier, censé tuer plutôt que câliner ! Et pourtant, j'aimais bien ce contraste entre ce qu'elle représente et ce qu'elle peut faire comme dégâts en tant qu'arme d'attaque !

Je voulais donc l'attribuer à un chevalier qui pouvait montrer cette contradiction entre violence apparente et côté doudou. Santor était parfait pour cela, car il a un côté nounou avec la comtesse d'Arizona. Il est là pour la surveiller, la protéger et, malgré son physique de gros nounours, il reste à la fois doux et impressionnant.

Il ne me restait donc plus qu'à trouver un pouvoir me permettant de rendre le personnage dangereux et je l'ai trouvé, comme pour Edern, dans les autres noms du quartz rose. Le quartz a plusieurs autres noms dont celui de dragonite/draconite, qui serait issu de la croyance que le quartz rose serait une cervelle desséchée de dragon.

J'avais ici une base de mon pouvoir : l'image d'un dragon. Associée à son élément, l'eau, je pouvais partir sur la purification en terme d'attaque, de séquestration aqueuse, mais aussi pour un pouvoir plus défensif, une aide à l'apaisement, comme Santor a tenté de le faire pour calmer les ténèbres du Comte Éranthis.

Enfin, Santor m'a aussi permis d'apporter une touche humoristique entre son amour rose et son pouvoir lié à l'amour, et les ténèbres et l'obsidienne de Callum, antithèse parfaite du quartz.
Santor n'est pas un chevalier puissant. Callum a un niveau nettement supérieur. pourtant, son aide lui a été précieuse et rappelle que chacun, à son niveau, peut apporter quelque chose.

GOBALD

L'OPALE DE FEU

chakra : sacré
signe zodiacal : Cancer, Balance, Scorpion
planète : Mars
élément : eau, feu

À l'image de sa couleur flamboyante et solaire, l'Opale de feu confère joie de vivre, bien-être et épanouissement. C'est la pierre par excellence du désir. Opale provient du sanscrit « upala » qui signifie « pierre précieuse ». Dans l'antiquité, on le prénomme « opallios » ou « opalus » que l'on pourrait traduire par « pour voir un changement de couleur ». L'Opale de feu est désignée ainsi en référence à sa teinte flamboyante qui oscille entre l'orangé et le rouge. Sous le règne de Napoléon, on la surnomme « pandora » ou « l'impératrice », en honneur à l'Opale de feu qu'il offrit à l'impératrice Joséphine.

Pierre de la sexualité :
- En étant reliée à l'appareil reproducteur, elle participe à resserrer les liens au sein du couple par le biais d'une sexualité plus épanouie.
- Augmente la fertilité / Stimule le désir sexuel
- Génère une sensation de bien-être, détient le pouvoir de rendre plus heureux son propriétaire en le guidant sur le chemin du bonheur
- Améliore la communication et les interactions pour une vie sociale de qualité

Pierre de créativité :
- Influe sur la créativité
- Encourage la prise de décisions
- Idéale contre la procrastination

Pierre de guérison :
- Lutte contre les désagréments intimes tels que les vaginites, les mycoses, mais aussi contre l'impuissance.
- Favorise la circulation sanguine et lymphatique.
- Elle combat les sensations de jambes lourdes et prévient l'apparition de varices.
- Soutient les reins
- Combat la fatigue

DANS LE ROMAN...

Gobald est le premier chevalier que rencontre Noctis après avoir quitté le Conseil Magique. Si son destin est funèbre, il a le mérite de montrer la puissance de Noctis. Une puissance qui est toute aussi physique que psychologique.

Gobald est un chevalier magique chargé de la protection de la capitale. Il patrouille avec ses soldats afin de faire régner l'ordre et la justice au nom du Roi Mildegarde. Son frère est Ribald, Duc de Mirjesta, une des plus grandes villes du royaume. Je voulais que leurs noms aient une consonnance phonique repérable afin de montrer qu'ils sont de la même famille. Pour créer des noms de personnages, il suffit simplement de prendre une syllabe identique, ici «bald», et de rajouter une syllabe différente devant ou derrière.

Pour trouver un bon ennemi à Noctis, l'idée était de trouver un chevalier pouvant symboliser l'enfer. Entre l'enfer et la mort, il n'y a qu'un pas et chacun représentait ces deux thèmes. L'opale de feu était parfaite pour interpréter les enfers. Pierre de feu, elle en impose. Elle symbolise le bouillonnement, le désir, avant l'explosion. Sa couleur orangée rappelle la lave en fusion.

Et c'est ainsi que j'ai fait mourir Gobald, tel le volcan qui couve avant d'exploser et infliger des dégâts sur le quartier d'Arcos. Et le détonateur pour que la goupille pête, c'est Noctis. Noctis est la petite voix dans l'oreille qui te souffle combien un doute peut devenir une vérité. Le démon légendaire appuie sur le détail qui fait mal et pour peu que vous ayez un caractère volcanique, le reste est évident.

RIBALD

L'AVENTURINE VERTE

chakra : coeur
signe zodiacal : Taureau, Bélier, Balance, Sagittaire
planète : Vénus
élément : eau, terre

Cette pierre est une pierre porte-bonheur qui apporte la chance et la renaissance. Elle donne de la joie, de l'humour et une belle confiance en soi. C'est une pierre anti-stress qui lutte contre les angoisses et l'anxiété. Elle est donc la pierre de l'aventure !

Cette pierre est associée, dans la culture chinoise, à la déesse Guanyin Pusa, la déesse de la compassion, de l'amour inconditionnel ainsi que de la pitié. Elle était portée sous forme de talisman. Il y a 2000 ans, le peuple Inca chérissait l'Aventurine, car elle était connue pour apporter bonne fortune et richesse. Les tibétains l'utilisaient, quant à eux, pour leurs sculptures et pour améliorer leur vision et pour soigner les problèmes oculaires. La pierre aventurine est portée par les chercheurs d'or afin de leur apporter bonne fortune et richesse.

Pierre de positivisme :
- évite d'entretenir des relations toxiques et nuisibles
- est d'une grande efficacité sur les personnes sensibles aux ondes électromagnétiques et électriques.
- pierre de changement, qui donne la force et la motivation nécessaire pour repartir de zéro.
- provoque l'optimisme et donne la force de surmonter les épreuves de la vie.

Pierre de guérison :
- libère des tensions.
- excellente pour la circulation des fluides corporels.
- calme les nausées dues au mal des transports
- réduit les ulcères et l'hypertension
- facilite la respiration
- favorise l'endormissement
- contribue à réduire les maux de tête
- régénère la peau

DANS LE ROMAN...

Dès le départ, je voulais venger la mort de Gobald. Créer un frère était donc logique pour justifier la cause de la vengeance. **Là où mon coeur te retrouvera** utilise de la thème de la famille tout au long de l'histoire. Donner une vengeance à sa mort, c'était mettre en avant la lassitude de Noctis et de la Protectrice sur les conséquences de chacun de leur acte.

Un fait entraîne des conséquences. Ribald est cette conséquence de la mort de Gobald : une bataille en conduit à une autre. C'est sans fin. Venger un membre d'une famille, venger des familles entières, venger l'extermination d'une ville, d'un royaume. Il y a un effet boule de neige irrémédiable. La mort amène plus de morts.

Noctis pourrait s'en satisfaire, mais il n'y trouve pas d'intéret tant sa puissance rend cette vengeance insignifiante. Il n'y a pas d'ennemis à sa hauteur et cet esprit de vengeance devient alors usante aux yeux du démon. Son combat face à Ribald renforce ce sentiment de vacuité qui règne dans l'esprit de Noctis jusqu'à ce que son véritable ennemie apparaisse : la Protectrice.

Pour rendre Ribald dangereux, je devais en faire un chevalier à la puissance imprévisible. Il devait aussi justifier son statut de Duc de Mirjesta. J'ai cherché longtemps quelle pierre pourrait m'aider à le rendre compliqué à combattre. L'aventurine m'a apporté une vertue qui m'a permis d'exploiter une attaque imparable : son statut de pierre de la chance.

Je me suis dit : « comment battre un chevalier qui a la chance avec lui ?».

Bonne question ! Peut-il seulement être vaincu si tout lui est favorable ? C'est pourquoi Callum se trouve en mauvaise posture et que la Protectrice puis Noctis interviennent.

Pour battre Ribald, il n'y avait qu'une possibilité qui m'était venue : ne pas lui laisser le temps de réfléchir pour placer sa chance où il le souhaitait. Noctis le devance donc par la vitesse d'exécution et le tue. L'armée de squelettes qui suit est surtout une leçon de Noctis pour prouver qu'amis ou ennemis, cela ne change rien devant des dangers plus grands et des résultats plus graves que ceux voulus initialement.

GÉSAR

L'OBSIDIENNE NEIGE

chakra : racine
signe zodiacal : Cancer, Capricorne, Sagittaire et Verseau.
planète : Saturne
élément : feu

L'Obsidienne flocon de Neige ou mouchetée est une recristallisation du verre de l'obsidienne. C'est la plus douce des Obsidiennes. Pierre de protection et d'ancrage, l'Obsidienne Neige encourage son détenteur à profiter de l'instant présent et à redéfinir ses priorités. Idéale pour pacifier les émotions, cette pierre noire tachetée de blanc octroie optimisme et sérénité au quotidien.

Pierre spirituelle :
- Pierre d'harmonie et d'équilibrage
- Favorise l'ancrage dans le moment présent
- Éloigne les énergies négatives : apaise les blessures émotionelles
- Renforcerait le lien avec la nature
- Encouragerait à se libérer du superflu
- Aiderait à rester dans le droit chemin
- Lutterait contre le stress et l'anxiété
- Améliorerait la concentration
- demeure particulièrement conseillée aux rêveurs qui ont tendance à s'éparpiller et à se perdre dans leurs fantasmes.
- participe à chasser la tristesse, à apaiser la colère ou encore à effacer les rancœurs
- aide à la méditation

Pierre de purification :
- Éviterait le mal des transports
- Soulagerait les maux d'estomac
- Renforcerait les os
- Purifierait l'organisme
- Améliorerait la circulation sanguine

DANS LE ROMAN...

Gésar est le personnage antagoniste par excellence. Lorsque j'ai voulu chercher le nom de l'ennemi principal de la saga, je n'avais pas beaucoup d'idées. Et puis un jour, je suis tombée sur un reportage TV sur l'épopée d'un grand roi des terres mongoles et tibétaines du XIe siècle, **Gésar Khan**, qui a fait l'objet de nombreux récits et légendes. J'aimais bien l'idée de donner le nom d'un roi historique pour mon héritier déchu.
Je le vois également comme un Gengis Khan, grand conquérant. C'est aussi pour ça que j'ai fait de mon personnage un grand guerrier, un conquérant ayant combattu pour agrandir le royaume d'Avéna. Un général d'armée!
D'ailleurs, le mot Gésar, vient du turc Kaisar ou du romain Caesar, qui signifie «empereur», «roi» ! Son nom même, déterminait donc les ambitions de son père, le Roi Angus Mildegarde. Ce nom était parfait pour établir d'emblée ce que devait être le personnage de Gésar : un homme légendaire.
 Mon Gésar a l'étoffe d'un roi, il était donc prédestiné à le devenir, mais le destin en a décidé autrement. Cependant, il a écrit l'histoire d'Avéna malgré tout. Il garde une image altière, charismatique, de puissance, malgré ses méfaits.
Vous devinez donc aussi comment m'est venu le nom de son bras droit, Khan.

Au départ, je ne voulais pas lier Gésar à autre chose qu'une rivalité fraternelle pour la bonne marche du royaume d'Avéna . Et puis j'ai revu ma copie en lisant le manga *Yona, princesse de l'aube*, qui m'a donné une idée pour donner plus de profondeur à son histoire, mais aussi au titre de la saga.
Dans le T3, on apprend qu'une tragédie s'est abattue dans le passé. Tragédie dont il est coupable, mais dont on ignore encore toutes les raisons qui seront révélées dans le dernier tome. Gésar est le méchant malgré lui. Je voulais que la saga souffle un air de fatalité et c'est Gésar qui va en être l'image. Un peu comme un air de Shakespeare...
Pour le personnage de Gésar, je voulais créer quelqu'un d'unique, d'exceptionnel dans ce qu'il était et donc ce qu'il promettait pour

l'avenir.

Gésar a donc un don rare, en plus de son pouvoir magique liée à l'obsidienne neige : la télékinésie. Un don qui le prédispose facilement à la magie liée au mental.

Je trouvais cette idée intéressante de ne pas proposer que des combats purement physiques. Je voulais des combats qui se jouent aussi à d'autres niveaux et celui entre Gésar et Edern était intéressant pour cela. Car au-delà de la force physique, le mental peut être le lieu de rencontres de puissants adversaires. Tout comme Noctis face à Callum...

Enfin le choix de l'obsidienne neige... Elle a beaucoup de similitudes avec l'obsidienne noire de Callum. Je voulais justement une pierre qui permette de faire un parallélisme entre Callum, le héros et ses ténèbres, et Gésar, l'antihéros, celui qui était destiné à être héros, mais qui a sombré. Gésar, c'est un peu l'image de Callum qui tombe dans le côté obscur de la force. Gésar ne s'est pas transformé en démon pour une raison qui est l'amour. Cependant, ses ténèbres l'ont dévoré malgré tout, au point de détruire tout ce qui faisait sa vie.

Retrouve

Là où mon coeur te retrouvera...

en version numérique, papier broché et relié
dans toutes les librairies sur commande !
En version deluxe en exclusivité sur mon site !

JORDANE CASSIDY

De formation littéraire, c'est en écrivant des fanfictions pour un manga que Jordane Cassidy s'est essayée à l'écriture. Avoir un cadre déjà défini lui permet alors de prendre confiance et d'acquérir l'engouement de lecteurs saluant son style : entre familier et soutenu, mélangeant humour, amour et action.
Après une pause de quelques années, elle revient sur son clavier, mais cette fois-ci pour écrire une histoire sortant entièrement de son imagination. Une comédie sentimentale érotique en 6 tomes : « Je te veux !», où elle prend le temps de développer les sentiments de ses personnages, entre surprises, déceptions, interrogations, joies, colères, culpabilité, égoïsme, etc. C'est une réussite ! Première sur le classement toutes catégories confondues sur le site MonBestseller.com, elle signe en maison d'édition et confirme le succès.
Aujourd'hui, elle continue d'écrire des romances contemporaines en autoédition.

Vous avez aimé votre lecture, dites-le !

Laissez votre avis soit sur :

- sur les plate-formes de ventes sur internet où vous avez acheté le livre
- sur le livre d'or du site de l'auteur (www.jordanecassidy.fr)
- sur les sites communautaires de lectures tels que booknode, babelio, goodreads, livraddict
- sur les réseaux sociaux via vos profils ou pages
- sur la page facebook, instagram, twitter de l'auteur

Soutenez les auteurs, aidez-les à agrandir leur communauté de fans !

Retrouve vite mes autres livres !

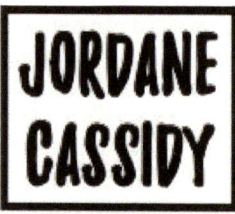

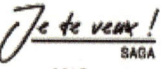

2015	2016	2016	2018

2019	2021	2022	2023

À votre service ! SAGA

2018	2020

Bibliographie et réseaux ici

Imprimé par Book on demand
Novembre 2023